馮苓植動物小説選

下卷

市井从莽篇

王欣 冯建华◎编选

蘇叔陽題

远方出版社

图书在版编目 (CIP) 数据

冯苓植动物小说选 / 冯苓植著 . -- 呼和浩特 : 远方出版社 , 2016.11

ISBN 978-7-5555-0785-7

Ⅰ . ①冯… Ⅱ . ①冯… Ⅲ . ①小说集—中国—当代 Ⅳ . ① I247

中国版本图书馆 CIP 数据核字 (2016) 第 294929 号

冯苓植动物小说选

FENG LINGZHI DONGWU XIAOSHUO XUAN

作　　者　冯苓植
编　　选　王　欣　冯建华
总 策 划　苏那嘎
责任编辑　董美鲜
责任校对　贾玉梅
装帧设计　韩　芳
出版发行　远方出版社
社　　址　呼和浩特市乌兰察布东路 666 号　邮编 010010
电　　话　（0471）2236471 总编室　2236460 发行部
经　　销　新华书店
印　　刷　北京振兴源印务有限公司
开　　本　170mm × 240mm　1/16
字　　数　530 千
印　　张　36
版　　次　2016 年 11 月第 1 版
印　　次　2017 年 1 月第 1 次印刷
印　　数　1—3 000 册
标准书号　ISBN 978-7-5555-0785-7
定　　价　79.80 元（全二册）

目录

contents

新引进的洋种波斯猫，既然来到中国也必须“入乡随俗”。为保持血统纯正，就必须门当户对地结猫亲家。而双方又都生怕对方揩油或使坏，随之便有了男女主人轮番监督猫的情爱进展。谁料猫没串种，人却……

原生态野性勃发的黑丛莽原本是狼的天下，而早年前来的拓荒者却要取而代之。为了生存，狼视对方为人患，人视对方为狼患。随之，古老的丛莽中便发生了一系列人与狼的传奇故事……

生命有始就有终。一只老鸟、一条老狗、一个退休多年的乡村老教师，同住在一个屋檐下。由于女主人的突然去世，人、狗和鸟同时陷入了困惑与迷惘，甚至相互哀怨。但经过失落后的逐渐理解，人、狗和鸟最终都安详地走向了生命的终点……

虬龙爪

——鸟如其主

一

早上，座钟刚打过六点，宗二爷已经轻挑门帘儿，托着鸟笼子，潇洒地跨出屋门了。五十多岁了，瞧那身板儿，哪像个大难不死的人儿。

街坊邻居都对宗二爷的鸟儿，抱着一种特殊的尊敬感情。

可不是嘛！要不是儿子孝敬，给他搞回这只鸟儿，宗二爷能从医院归来，心不浮、气不躁，平平安安地活到今天吗？

既然鸟儿有这么大的能耐，这里就得先讲讲鸟儿。

爱鸟者养的鸟儿大体分为两类：一类是看的——观赏鸟，偏重在欣赏鸟的毛色、身架、姿态；一类是听的——听口鸟，偏重于欣赏鸟的声音，像画眉、百灵就属这一类。至于尚不入流的第三类，后头还会捎带着讲到。

宗二爷这只鸟儿属于后一类，是一只活蹦乱跳、多嘴溜舌的百灵子。

鸟的价值不等。便宜的三五块钱一对儿，贵的三五十以至二三百的也有。这首先得看产地，比如鹦鹉，讲究山东青岛产的，画眉讲究四川产的，百灵讲究张家口产的。不是正宗产地，价格略低几筹。其次再看毛色、神态、长相、欢蹦劲儿。

宗二爷这只百灵子，是货真价实、地地道道、不折不扣的张家口货。

街坊们不懂这里头还有这么大的学问，就以为这只百灵子是件稀罕物儿。其实，养鸟在这儿早有悠久历史。遥想当年，乾隆爷为戍边的在旗子弟修筑这座城，就是想以老北京为模子的。后辈儿孙不负浩荡皇恩，深感五坛、八庙倒可少一点儿，可那老北京的小玩意儿：溜个马，架个鹰，斗个蛐蛐儿，玩个鸟儿的，却绝对不能少。好您哪！这家的姑奶奶常常从京城回来探亲，那家的二舅爷又进京去当差。这里就连说话，一直到现在还保持着京腔京味儿。只不过因为口外吃牛羊肉多，舌梗子稍稍发硬，话音儿听着已不如老北京那么俏、那么溜、那么打得弯儿多。如果再少了鹰啊、马啊、蛐蛐啊、鸟儿啊这点谱儿，那不就更让人笑话吗？好在国泰民安，孩子一落地就有俸禄，这几手绝活儿竟颤颤悠悠一直传了好几百年。不过到民国已渐流入民间，这方面的能人好手已多出于市井之中。后来由于众所周知的原因，中断了好一阵子，使这几手绝活儿几乎成了千古绝唱。可这几年却随着高楼大厦拔地而起，这几手绝活儿又渐渐透出了生机，尤其是玩鸟儿，方兴未艾。

可话又说回来了，如果在前三月您和宗二爷提玩鸟儿，他准能和您急了。什么和什么呀？但自从这只百灵子衔回来宗二爷的魂儿，那情景可就不同了。

是啊！在干得正欢实的节骨眼儿上，冷不丁地被拨拉下来了，给谁谁受得了啊？且甭管过去宗二爷这个人儿传闻如何，就论那一口气儿没上来，在医院冰棍儿似的整整躺了一个多月，那也够让人心疼一阵子的了！哼！还说是什么潜伏性心肌梗死，瞧瞧如今医院这水平！

后来就是“据说”了。宗二爷好不容易活着回了家，成天躺在炕头上尽是日娘操祖宗。一提起机关的事儿就犯病，直翻白眼儿喊胸脯子堵得慌。大夫说，在家养个花儿务个草的，想法让他转移转移注意力。他那老伴儿赶紧张罗了，没想到宗二爷一见这花红柳绿，脾气变得更加吓人，还直嚷嚷这是家里存心要他好看，咒他不得好死。乒、乓！四个花盆摔成了八瓣儿。知父莫如子，儿子出面埋怨娘了，说这不是存心戳爹的心窝子吗？他瞅见红花就必定想起什么红柿子、红辣椒、红萝卜，瞅见绿叶就准想起芹菜、芫荽、羊角葱！

后面的“据说”就更神了。说的是宗二爷久积阴德，而儿子更是孝感动天，一次出差路过张家口，竟意外得到这只百灵子。宗二爷初见这鸟儿，还神神道道地直犯迷糊。可不到片刻工夫，便六神归位，显得格外清爽起来。又过了几天，宗二爷就端着鸟笼子在老城根公园出现了，病歪歪还透出股子洒脱劲儿。

可这一洒脱两洒脱不要紧，宗二爷的身体竟复原得真洒脱了。不到三个月就变成了地道的爱鸟者、真正的鸟行家。就是有人为他打抱不平，他也总是一摆手儿，说：

“得了！还提那个干什么？梦，就像做了一场梦！您听我这小妞子叫儿口不？地道的音儿，打凉败心火！嘿嘿……”

听！小妞子？宗二爷干脆把这只百灵子，当成了自己宠惯的老丫头、压窝儿的小闺女！怪不得有人说，养鸟儿有助于修身养性。乐在其中，其乐无穷！可见其言之不谬。

小妞子有功。不但家里消了灾免了难，就连机关里也安静多了。同事们松了一口气的同时又感到纳闷：莫非像胳肢窝儿识字、鼻子尖儿认人，百灵子也有鸟体特异功能？

嘿嘿！宗二爷笑而不答，显得更洒脱了……

二

说话间，宗二爷已经托着鸟笼子，面带微笑地走进了老城根儿旁的小公园里。

这里必须补充说明，老城的爱鸟界也分两大派。如今，老年间的房子早已扒得差不多了。剩下那点小胡同小院，也早已淹没在拔地而起的高楼群中。这老城爱鸟界的两大派，也由此应运而生。新派儿多是高楼住户，玩鸟儿带着股洋派头、新鲜玩意儿特多，集中地点是城郊的现代化大公园。而老派儿则多是些矮小四合院的老住户，什么过去掌勺的、收破烂的、动泥水活的、钉鞋补掌的、吆喝卖小吃喝的，岁数大了玩玩鸟找个乐子，求个清静，集中地点就是这老城根儿的小公园。

两派尚能和平共处。新派儿称对方为“老帮子”，老派儿称对方为“匪派儿”。不过，据说市政协一位副主席，正准备出面组织统一的爱鸟者协会，以求得结束这“老帮子”和“匪派儿”老死不相往来的局面。

宗二爷似乎还不了解这一切，只是一味顾自己就近，顾自己洒脱。老城根儿小公园他从年轻时候就逛惯了，顺眼、舒坦！

一汪湖水，几株垂柳，跨过石带桥就是那隐秘的小树林。这里便是鸟的乐园、自发的鸟市，老派儿爱鸟者独有的社会。就连那些专找幽静之处打太极拳、练鹤翔功的主儿，也不敢随意来此一显身手。据说，一位自谓功力深厚者刚刚在这里运气入定，就见数十位爱鸟者一齐掀掉鸟笼套，刹那间百鸟争鸣、婉转入云，入定者一惊一乍，差点走火入魔，从此就再没见犯境入侵者。

宗二爷托着鸟笼子，一身和气地走进了小树林。抬头一看，几株小树杈上已经挂上了几只熟悉的鸟笼子。但那株最显眼的、似专门横长出一枝虬龙爪的小树上，却没有人敢贸然挂上鸟笼。这是老派儿爱鸟界不成文的规矩，鸟儿也得“梁山泊英雄排座次”。主随鸟荣，谁敢呀？

宗二爷一见就摇头了，说：

“诸位、诸位！这算什么和什么呀？我这小妞子有个地方，就算大伙儿赏脸啦！这，这这……”

可没等宗二爷“这”完，就有人马上抢过鸟笼子挂在了虬龙爪上。

随着便是一片寒暄声传了过来。“宗二爷！您早哪！”“宗二爷！您喝了吗？”“宗二爷！您抽一根儿！”“宗二爷！您……”好像在爱鸟者的社会里，只有这样的称呼才透着亲切、近乎，才透着爱鸟者社会自己特有的风味儿。

三月前，您这样叫试试……

宗二爷现在感到的却是一种满足。他微微含笑应付着，还顺手接过了鸟友递过的那根儿香烟。不抽！行吗？透着瞧不起人儿的劲儿。两个烟圈儿喷过，宗二爷抬手有板有眼地退下了鸟笼套。虬龙爪不能白占着，得挑这个头儿。

宗二爷的小妞子露脸了，只见它身形俏丽，颜色发黄，遍体油光闪亮。尖尖的嘴儿轻轻地梳理了几下羽毛，歪着头儿机灵地瞅了主人片刻，便浑身一抖，跳上鸟架，欢快地叫了起来。

几位鸟家也不敢怠慢，纷纷揭开鸟笼套，露出自己的宠物儿来。

百灵子是一种好胜心极强的鸟儿，几只鸟在一起就要开口比赛，而且绝不轻易服输。宗二爷的小妞子开口一唱，几位鸟家的百灵子也放声大叫起来。一刹那小树林里众鸟争鸣，竞比高低，啼声不断，互不相让。

宗二爷脸上透着宽容，又透着谦虚。可那小妞子却显得气盛，得理不让人，越叫越有劲儿。这家伙跳上跳下，左顾右盼，叫声洪亮悦耳，音色优美多变，时而短促，时而绵长，时而低吟，时而高亢……渐渐地一个个百灵子败下阵来，耷拉着翅膀哑了口。

“好。”四周响起一阵阵喝彩声。

宗二爷只觉得喝了好酒一般，一股晕晕乎乎的感觉，从脚后跟直冲天灵盖儿。可他的脸上却透出歉意，透出和气，弹指一搕鸟笼子，笑着说鸟儿：

“得了！显什么？”

但小妞子还在趾高气扬地叫着……

玩鸟的老少爷们儿谁不服啊！但宗二爷却直愣愣地盯着自己的宠物儿，神智竟有点恍惚起来。他隐隐忽忽地想起了半年前，那算什么和什么啊？各式各样的蔬菜，笼子一样的办公室，自己比这只鸟儿还跳得欢，嗓门还叫得亮，可……真有一种宛如隔世之感。

“二哥，您真能呀！”是哪儿飘来一股尖酸刻薄的声音？

宗二爷一定神儿，只见瘦了吧唧的侯七，皮笑肉不笑地站在自己的跟前，背后脖颈子上斜插着一根横木棍儿，上头落着一只极不安分守己的“老西子”。

这里还得插上一笔。玩鸟者除了“观赏”和“听口”两类鸟之外，还有一种不太被爱鸟界高雅人士所看重的小玩闹——姑且称为杂耍鸟，如“鸟头”“交嘴”“老西子”之类。这种鸟虽大都不是很值钱，但却能来些杂耍特技表演。有的能从观众手中叼走小硬币，有的能把小纸旗送到旗座上，有的能把抛向高处的弹丸凌空接住，常常引得外行们喝彩叫好。杂耍鸟不入流，自然就难入笼了，只配在紫木棍儿上站着。

侯七这只“老西子”即使在杂耍鸟里也是末流货，什么本事也没有，只会喳喳着乱叫。

但宗二爷一见侯七，还是不由得倒吸了一口凉气儿。这小子两个多月前，就让自己羞得钻了耗子洞，今儿个又从哪个窟窿里钻出来了？

众鸟家也都感到纳闷儿……

侯七从小和宗二爷在一起站柜台，在“香必居”酱园里当小伙计。临到解放时的“香必居”，已是这老城里数一数二的老字号了，专门经营油盐酱醋，各类酱菜，干鲜果品，时令蔬菜。当时侯七和宗二爷都是十六七岁，被掌柜的分配到柜台外专卖时令鲜菜，比谁吆喝的声音高，比谁做成得买卖多。那时候，侯七就显然不是宗二爷的对手。尽管他把嗓子都喊哑了，可无论从声儿啊，调儿啊，糊弄出去的菜儿啊，都比宗二爷差远了。为此，他常挨掌柜的大嘴巴子。解放后，侯七就更是步步跟不上趟儿了。“三反”、“五反”、公私合营，宗二爷由营业员、小组长，当了门市部主任。随之，又由职工转成了干部，进了市蔬菜公司，成为炙手可热的人物。没几年便由干事、科员，升任为公司业务办公室临时负责人。虽然还没正式任命，但已被蔬菜界恭恭敬敬称为“宗头儿”。可侯七呢？嘿嘿！三十多年了，私——公私合营——公，猴头巴脑儿的，还是个门市部卖菜的。无论大人小孩，大伙儿都拖着长长的儿腔，没大没小地喊他“侯儿——七”。尽管他嘴尖毛长，争五比六，一点用也没有，眼巴巴地瞅着宗二爷的老伴儿进被服厂当了工人、儿子进机关开了车。而他自己的老伴儿，却直到如今还是个骂骂咧咧的家庭妇女。女儿初中毕了业，愣在家里哭哭啼啼待了四五年。直逼得前两年他一咬牙，两筐西红柿搞了个假证明，提前病退，让闺女顶了班。姥姥！侯七说什么也不服这个气儿！

“二哥！赏根儿烟抽抽！”侯七的声音。

“哦！哦……”宗二爷猛醒过神儿一看，侯七正涎着脸儿，嬉皮笑脸地伸过一只手。

“你呀！”宗二爷“啪”一下扔过烟盒，行动透着宽宏大量，可眼神儿却透着警惕。

“二哥！我算服了您，在哪个行当上您都站高枝儿啊！”侯七猛吸了一口烟说。

“老七！你小子嘴上就是缺把把门的锁儿啊！”宗二爷温和地嗔怪着。

玩鸟的老少爷们似乎也放心了……

大伙儿都唯恐侯七破坏了爱鸟者社会特有的和睦气氛。这小子玩鸟儿舍不得下本钱，让老婆骂得在屋里待不住，就脖子里插着根棍儿，玩起那不起眼儿的“老西子”。鸟儿没一手绝活儿，可就他，成天在小树林里叽叽喳喳挑事儿发牢骚。不但为鸟讨食儿，自己还赖着脸儿四处讨不完的伸手牌香烟。尤其是以前——关老爷子的鸟儿占据虬龙爪的那些日子，这小子瞅准了老头子爱戴高帽子的脾性，可干了不少惹人嫌的事儿。关老爷子嫌鸟友们不争气，端着鸟笼子进京住姑娘家去了，这家伙就更猴头巴脑地想以接班人自居。

嘿嘿！多亏了三月前宗二爷出现了……

鸟友们至今还记得，那一天宗二爷是在儿子的搀扶下，病病歪歪地来到小公园的。脸色苍白，满是悲愤忧戚之色，托着鸟笼子的手还直打战儿。爱鸟者社会里讲究的就是个和睦相处、以诚相待，何况“匪派儿”正在招兵买马、扩大实力呢！为此，虽然宗二爷的鸟笼子还罩着笼罩儿，谁也搞不清里头养着什么鸟儿，可大伙早已笑脸相迎，刹那间便是一片热语寒暄。就在这节骨眼儿上，侯七这小子也不知从谁的胳膊弯儿下钻了出来，一露头儿就酸了吧唧地嚷嚷上了：

“喝！我当是谁呀？原来是二哥您哪！”

宗二爷眼神儿有点发直，手里的鸟笼子抖得更厉害了。

“二哥！眼瞧到手的烧鸡也会飞了？嘿嘿！放着公司的主任不当，也玩上这没出息的鸟儿啦？得！咱哥儿俩不是到死才平等——一人六尺土，现在就都成了秋后的蚂蚱了，一个草坑里瞎蹦跶吧！”

宗二爷气喘得怕人，鸟笼子差点失手掉在地上。多亏了儿子一手接住，狠狠瞥了侯七一眼，颇有信心地“嗖”一下揭开了鸟笼套。小妞子刚一露脸儿就博得个满堂彩。喝！瞧瞧那毛色，瞧瞧那身架，瞧瞧那机灵劲儿！小家伙浑身一抖，毫不怯场，亮亮的眼睛一瞅左右的同族，便马上扯开嗓子唱了起来。鸟家们也不敢怠慢，按爱鸟界的老规矩，立即举起笼子前来“以叫会友”。这一下不要紧，小树林里刹那间出现了少有的热闹场面。比着比着，众鸟家一个个傻了眼，随着自己鸟儿的甘拜下风，人人都把尊敬的目光投向了宗二爷。全场的鸟儿都哑了口，只有小妞子还在好胜地唱着。鸟家们的目光更加透出惊讶、透出敬佩、透出心服口服。谁也不说话儿，都战战兢兢，愣怔地眼瞅着一颗鸟坛新星的升起。

宗二爷却似乎没有察觉，也只顾直愣愣地站着，眼珠子好像都不会转了。恍惚间，他只觉得手中的鸟笼子已经化成了那间办公室，自己就变成了其中的那只鸟，叫着、叫着，可着命地扯开嗓子叫着……

“好！”林子里的宁静让喝彩声炸裂了。

宗二爷还没转过神儿来，只是脸上渐渐布满了血色，气儿也越出越匀，手里托着的鸟笼子也越来越稳了。

又是一阵盖头好儿，鸟友们一个个围了过来，众星捧月似的把宗二爷围在了当中。鸟类社会不像人世间，没有成文的法律，却有个不成文的规矩。一位鸟家赶紧自动把自己的鸟笼子从虬龙爪上摘了下来，大伙儿又簇拥着忙把宗二爷的鸟笼子挂了上去。这是心服口服，鸟类王国新的“盟主”诞生了，不能占着茅坑不拉屎！

“您，贵姓？”

“免贵，姓宗……”

“宗二哥！不不，宗二爷，您给咱这儿争脸了！”

“别！别别……”

“可不是嘛！关老爷子不是因为咱们这儿没对手，愣跑到北京城住闺女家了吗！”

“关……关老爷子……”

“嘿嘿！这回也让他瞧瞧，除了北京城、天津卫，咱们这儿也有拿得出手的好鸟儿！”

“好……好鸟儿……”

“对对！您可千万不能上大公园那帮‘匪派儿’的当。这帮小子啊！愣管咱们叫什么老帮子，千万可去不得！”

“老……老帮子……”

“是啊！虬龙爪归您了，您就留下吧！”

“虬……虬龙爪……”

“对对！宗二爷，您赏脸了！”

“赏……赏脸了……”

宗二爷在一片“赏脸了！赏脸了”的呼唤声中，只觉得一股热气腾腾的暖流，刹那间传遍了全身，然后又汇聚在一起，直向心窝子涌去。一涌、两涌，猛地把堵塞的心眼儿全都涌开了窍。飘飘忽忽中，他感到眼前豁然开朗了，整个身心沉浸在三个月来从未有过的满足之中。

“宗二爷！您不吭声就是答应了！”

又是一片喊“对！对！”的声音，宗二爷厚道地笑了。但等他醒过神儿来一看，侯七这小子没了，和他那只多嘴滑舌的“老西子”，一起隐没在敬仰的人群后了。

可不知为什么，关老爷子这人物，却神神道道地留在宗二爷的脑海中……

后来，这位过去的祖师爷也始终没有出现，他渐渐接受了宗二爷这称呼。变了，彻底变了。超然了，洒脱了，甚至连侯七这小子也忘了。只听说这小子又跑到大公园供“匪派儿”打哈哈，却绝没想到这小子还敢回来。

可今儿个侯七，又鬼头巴脑儿地钻出来了，这小子？

“嘿，嘿！二哥，关老爷子回来了！”

“哦！”众鸟家一惊，宗二爷一乍。

“您瞧——”

三

侯七这一嚷嚷不要紧，就连众鸟笼里的鸟儿们也屏声静气，纷纷跳上了鸟架，歪着头儿，敛着翅儿，掖着嘴儿，瞪着眼儿，向远处望去。

只见小湖边上垂柳丝儿一拂，闪出一位清癯的白发长者。两撇儿银须，几点老人斑，一脸矜持的微笑。身穿一套银灰色制服，棱是棱，角是角，略显肥大。但正因如此，也就格外透出股文雅超脱的精气神儿。说话间，老者已经托着鸟笼子，迈着方步，缓缓跨上了石带桥。虽然鸟友们透出情急，老者也显得心切，但那千层底儿纯礼服呢圆口鞋仍不乱方寸，稳重、飘逸，透出股古色古香的味儿。

侯七已经几次挑衅地瞅着虬龙爪上的鸟笼子。宗二爷明白这意思：戳他的心窝子，臊他的脸皮子，让他自动地下台。但他却愣了神儿，像从盛大酒宴的主宾席上，一下子被扔到厨房旮旯里一样，骤然冷冷清清缓不过劲儿来。

“老爷子！可把您给盼回来了！”

“老爷子！您一扔我们就是这些日子！”

“老爷子！鸟友们可没一天不念叨您呀！”

“老爷子！老爷子……”

老者刚一跨入这爱鸟者的乐园，一下子便被众鸟家包围了。小树林里一片热切的问候请安声，不但透着近乎、尊敬，而更重要的是，还透出了久久被抛弃后的那股委屈。

宗二爷像做了三个月的梦，猛然清醒过来，但还是想动又不动。一种奇异的心理，促使他不看老者的面孔，却只顾眼巴巴地瞅着老者手中的鸟笼子，似蔫了、傻了。

只见鸟笼中也落着一只百灵子，仿佛早受惯了恭维，居高临下地对谁都爱答不理。其实这只鸟儿绝不如自己的小妞子，细羽毛少了，粗毛梗子却多了，缺绒和劲儿。浑身颜色暗淡，似乎就要失掉光泽，透出点老态。但这只鸟儿却像自己的主人一样，自我感觉特别良好：矜持、自重、古雅中透出点清高。

鸟儿没张口难论短长，且先看看那副鸟行头，那可真让人有点失望。鸟笼子破旧、寒酸，样子真叫老掉牙了。黑不溜秋，油腻把竹篾儿都漆出亮来了，要多恶心有多恶心。儿支竹档子已经断了，残了，用细丝线缠着、绑着，要多小气有多小气。打个比方，让人一瞅就像一座梁倾柱斜的破房架子。说到那鸟食罐儿，更是要多老气有多老气，要多不起眼儿有多不起眼儿。裂了纹儿，豁了口儿，还那么穷凑合着。

嘿嘿！瞧这破庙里能供出什么大神儿？

宗二爷正在迷迷怔怔地感到纳闷儿，就听侯七一阵幸灾乐祸的喳喳声把他弄醒了：

“二哥！傻了眼儿吧？嘿嘿！好马要配好鞍，您就瞅瞅这鸟行头，就知道关老爷子这鸟儿非比寻常了！啧啧……”

宗二爷还是傻了似的一动不动，只感到侯七的目光，又一次大有深意地扫了一眼虬龙爪，似在启发，又似在卖弄，继续对他说：

“二哥！瞧瞧吧，货真价实浙江安吉县的青竹，地地道道‘涿州马’的手艺！您不信问问关老爷子，百十多年前，‘涿州马’在老北京前门的鸟笼铺子，曾经拿关老爷子这鸟笼当过幌子，宫里的太监一开口就出纹银一百两！您再瞧瞧这鸟食罐儿，乾隆年间的细瓷活儿，当年关老爷子用三间房换的……”

这里应该补充说明，侯七这番话还是说得满在行的。玩鸟者特别讲究鸟具，俗称“鸟行头”，如鸟笼、鸟抓（鸟笼上的提手）、鸟食具。鸟笼子是要用安吉县的青竹；做工是要论“涿州马”的手艺；老北京前门是有这么个鸟笼铺子，是已有上百年的名气；而鸟食罐儿最讲究的也的的确确是乾隆年间的瓷货。侯七这小子，在这方面还真不含糊！

侯七的话音儿刚一落，周围便是一片由衷的赞叹声，仿佛是在围观一座新竣工的金銮殿，又仿佛是在欣赏一件古代的艺术珍品。关老不吭声儿，儒雅中含着矜持。鸟儿也不轻易开口，安详中透出深不可测。

宗二爷被一种咄咄的神秘气势逼着，似乎就要下意识地摘下虬龙爪上的鸟笼子。但几乎与此同时，侯七那最后半句话："关老爷子用三间房换的……"像在他那迷迷怔怔的脑海里开了一条缝儿，挑出了他多少年前一缕陈旧的记忆，刹那间，他的手又木木地停住了，只顾抬起了头，痴痴呆呆地注视起眼前的老头子。

是他?

往事如烟云一样在眼前浮荡起来。那还是解放前一年，掌柜的打发他到财神庙街去讨账。信不信由您，欠债的主儿祖上竟是"香必居"的大股东，这老城过去的首富人家。如果后代稍能老成守业，到解放后这人家定是口外数一数二的大地主兼大资本家。所幸子孙会吃、会喝、会玩、会乐、会闹、会变着法儿折腾，临到欠债的这位主儿手里，就留下了一座古老颓败的小四合院。但这位少爷仍不变父风，更超脱，更潇洒。先是爱玩蛐蛐儿，一斗就赌房子典地。后来又爱上了玩鸟儿，而且越玩越玄，一溜大正房换来一只好鸟儿，三间偏西房换来一个乾隆年间的鸟食罐儿。就是为了这个"谱"儿，自己宁愿带着老婆孩子，挤在下首破烂的小门房里。掌柜的生怕这位昔日的大股东，把这间小门房也喂了鸟儿，特打发最能干的小伙计前来要账。

宗二爷记得，当他一跨进这间阴暗潮湿的小门房里，就看见一位面黄肌瘦的妇女，带着四个孩子在糊纸盒子。孩子们一个个脑袋显得分外大、脸色分外苍白，只显出一双双忧郁惊恐的黑眼睛。而那位欠债的主儿却像没那么回事儿似的，正自得其乐地伺候着自己的鸟儿。一件夏布大褂虽然早已辨不出原来的颜色，却透出一股古色古香的味儿。满头长发多日不剃了，却和一脸的晦气与油泥儿显得那么协调柔和。真搞不清这位主儿的年龄：二十、三十、四十……只清楚地看见了他爪子似的右手上，那小拇指的指甲是那么长、那么俏，就像半片发黄的小葱叶儿似的。进屋时，这位大爷正用珍贵的长指甲当鸟食勺儿，为那只鸟爷爷喂食儿呢。不等他开口，一串轻轻的“嘘、嘘”声儿，已经堵住了他的嘴：

“您哪！免开尊口，小心惊了鸟食儿！”

“掌柜的说……”

“掌柜的说个屁！咱爷儿们的鸟儿得了压食病，砸了他‘香必居’能赔得起吗？”

“这……”

“这什么？我说小伙计，与其跟那些俗气人儿吆喝卖菜，还不如到鸟市上倒腾鸟食儿呢！那是什么行当？有咱爷儿们拉把你，还怕你小子不发财吗？”

“这……”

“这鸟食儿可大有学问！”

又没容他来得及开口，有关鸟食儿的学问就铺天盖地向他灌来了。什么鸟的“素食”：小米、栗子、玉米面。什么鸟的“肉食”：玉米虫、小蜘蛛、嫩蚂蚱。怎么调配、怎么研制、怎么保存、怎么使用，足足说了有一个多时辰，急得他差点尿了裤子。

“大爷！您……”

“我？我看你小子透着点灵气儿，是这么块料子！记着，百灵子不吃肉食儿，臆音儿可就不亮！”

“您！您饶了我吧。”

“这叫什么话？也算咱爷儿俩有缘分，才赏你这份吃饭的本事！”

“掌柜的他……”

“他靠边立着去吧！听大爷的，甩手别干了！到老城根儿摆个卖鸟食儿的小摊，自己又当掌柜的又当伙计，赚了钱儿再倒腾只鸟儿蹓蹓，那才叫神仙过的日子呢！”

总之，债是分文也没讨回，倒把两个多时辰绕了进去。想到回去要挨掌柜的大嘴巴子，急得他退出门外，眼里还直转泪珠子。

这时，从北屋里走出一位三十多岁的教书先生，留分头，穿长袍，戴着眼镜儿。他认得，这是老城唯一一所中学的校长辛白之先生，为人正派，颇得人缘儿。果然，一见他受了委屈，就难免鄙夷地向着下门房嘟囔了一句：

“遗老遗少，寄生虫！”

三十多年了！解放后，宗二爷进着步呢，哪顾得上理会这么个老怪物？

怪不得儿子从张家口搞回这只小妞子，宗二爷触景生情，似乎想起了什么，有那么点神神道道犯迷糊，原来好几十年前有这么一码子事儿……

宗二爷晃晃悠悠就要从云山雾罩的回忆中走回来，可又有点信心不足。直到目光由那破鸟笼子的鸟食罐上，慢慢移到关老爷子右手那小拇指二寸多长的指甲上，才算定准了神儿：

是他！

可好像又不是……瞧那潇洒自如的劲儿，脸上哪有油泥儿？哪有晦气？一举一动多够派儿！

“嘿嘿！这一走就是三个多月，北京的鸟友们盛情难却呀！官园、龙潭湖、海淀儿、宣武公园的鸟市，咱都转遍了。以鸟会友，真够味儿啊！”

“啧啧！啧啧！”鸟友们羡慕得连眼珠子都不转了。

“可咱这儿就是慢哪！人家那里爱鸟者协会早成立了。上头点了头儿，说养鸟儿符合市民传统，爱鸟有益于身心健康！”

“是吗？是吗？”又是一片热腾腾的询问声。

“那能假得了吗？嘿嘿！就连外国人也来凑热闹，专找咱们这些老派儿的玩鸟者。说什么、什么的生态平衡。记住，这可是个值钱的洋词儿！”

“那是！那是！”众鸟友又忙着响应。

“说白了，就是鸟儿越多越好，什么种儿也别让缺了。嘿嘿！一个大鼻子就瞅准我这老闺女了，鸟笼子不算，张口就给三百块洋钱！”

“您？！”鸟家们像怕丢失国库似的急切。

“我？嘿嘿，朝大鼻子一举鸟笼子，微微一笑说：‘您哪！这鸟儿是咱自己玩儿的，只听音儿，不图钱！’”

“好！”爱鸟者舒心地一声大叫。

“想想吧！他们把咱的圆明园都给一把火毁了，我能再把自个儿的老闺女卖给他吗？”

“好！”鸟家们又是一个碰头好。

宗二爷还是在外围傻呆呆地站着，木木地听着老头子还在讲些什么。应该说，关老爷子说的大多属实。比如，北京现在确实存在着官园、龙潭湖、海淀儿、宣武公园四大鸟市，已被全国各地的爱鸟者公认为鸟类世界的“联合国”。但宗二爷似乎一句也没听进去，只感到这老头子一回来，就把自己身边的风水全拔走了，光啊，亮啊，都罩在了这老家伙头上。自己眨眼间被彻底抛弃了，孤苦伶仃，没着没落，就像个没了娘的孩子。妈的！这叫什么世道！

又是一片赞叹声，老头子似乎终于讲完了。宗二爷刚一醒神儿，只见侯七这小子像是腾出了身子，又不知从谁的胳膊肘下，“噌”一下钻到了自己眼前。

“怎么？二哥！您这鸟笼子还挂着？这不是存心臊大伙儿的皮吗？”

宗二爷还没来得及回答，只觉得众鸟友的目光，已“唰”一下全落在了虬龙爪上，像是既怀着敌意又怀着怜悯。虬龙爪啊，虬龙爪！整整三个多月，你使宗二爷得到了多少安慰，得到了多少满足，得到了多少欢乐！而现在……

宗二爷只感到两眼一热，恍恍惚惚间又发现虬龙爪化成了那间小小的办公室。一刹那，他只觉得胸脯子里涌满了悲愤之火，几乎脱口喊出：“天哪！命运多舛，生不逢时！办公室里嫌老，虬龙爪旁嫌小！天灭我曹，天灭我曹！”

但宗二爷却什么都没喊出来，只是怒视着笼中的小妞子，双手抖着，眼看就要发生一起笼毁鸟亡的惨剧。就在这节骨眼儿上，只见关老爷子一伸手中的鸟笼，骤然挡住了宗二爷的双手，威严而又宽厚地喊了一声：

“等等！侯七，你小子这是干什么？鸟友们之间还分个谁和谁呀？这位！别听他喳喳。您挂着，您挂着！”

“也是，也是！”众鸟友响应着，但大多是出于对关老爷子的尊重。

“二哥！那……那您就挂着吧！嘻嘻……”侯七的笑声可大有深意。

宗二爷借这个机会，一把摘下了鸟笼子，怒目而视侯七，转身就要走出这爱鸟者的乐园，这他曾经寄予希望的小树林。

又是关老爷子拦住了他的去路：

“请稍候！您能不能赏个脸儿，让我瞅瞅您的宠物儿。”

鸟友们也趁势围了过来，又是一片歉意地喊叫：

“宗二爷！宗二爷！宗二爷……”

宗二爷对眼前发生的这一切还没反应过来，手中的鸟笼子就让一位鸟友抄了过去，眨眼间已递到了关老爷子手中。宗二爷仍然余怒未消，但此时却意外地听到了关老爷子的一片惊叹声：

“哎呀！多少年了，它可是这片树林里少见的好鸟呀！侯七！你小子可是有眼不识金镶玉，错把茶壶当夜壶啊！诸位瞅瞅，瞧这毛色，瞧这身架，瞧这眼神儿，瞧这机灵劲儿！啧啧啧啧……”

“对嘛！对嘛！”尊敬的目光又齐刷刷投向了宗二爷。

关老爷子瞅了一眼发蒙的宗二爷，又说：

“您别开口！我一瞧，准知道这是地道的张家口货！嘿嘿，咱们这儿成立爱鸟者协会，没这么两三只好鸟儿还成？上头问起来，咱们也不好交代，口气不硬！”

宗二爷似乎觉得，小树林里一下子又充满了阳光。小风儿也好像吹得柔乎乎的，转眼间把揉皱了的心熨得舒展展的。再一看这位祖师爷，也仿佛不那么惹人嫌了。他态度和蔼，正端着小妞子，客气地向自己说：

“这位！您哪赏脸就赏到底，再让大伙儿听听音儿？”

宗二爷一时不知如何是好。小妞子大概也让这一阵子吓蒙了，正赌气立在架子上发脾气。关老爷子三番五次点示它开开金口，这家伙就是侧着脑袋不理。它只顾两只眼睛滴溜溜地转着，虎视眈眈地盯着另一鸟笼子里的老闺女。

“什么玩意儿！在这节骨眼儿上它倒哑了口！”侯七的声音。

宗二爷只觉得脸上发烧。

“你懂什么？”关老爷子却不以为然，“瞧瞧它那眼神儿，火着哪，一点都不发怵！百灵子越是争强好胜，才越算得好鸟儿，难得呀，难得！”

“那是，那是！”众鸟友又一致赞同，直把侯七这小子晾在了干滩上。

“老闺女！”关老爷子侧头对着自己那“涿州马”鸟笼子一挥手儿，“来两声儿，领小妹妹唱几口吧！”

宗二爷看到，那只老成持重的鸟儿，顿时变得活跃起来，翅儿一抖跳上鸟架，朝前稍一探头儿，便金声玉振地叫起来了。亮、脆、膛音儿足。

关老爷子目视宗二爷，微微一笑补充说：

“献丑了！抛砖引玉，抛砖引玉！”

话音儿刚落，小妞子果然不服气地扯开嗓子叫了起来。爪儿微伏着，头儿微探着，眼儿虎虎地逼视着那只老闺女，一声儿也不让，差点儿把嗓子喊出血来。只几声儿，便引起了关老爷子的由衷赞叹：

“绝了，绝了！要是在老年间，三套马车都换不来！”

刹那间，随着众鸟友“是嘛！是嘛”的感叹声，众鸟儿也跟着一起穷嚷嚷地附和起来。爱鸟界求什么？还不是就求这个乐子？

可就在这乐滋滋的时候，侯七却冷不丁地瞅准了这空子，突然把关老爷子“涿州马”的鸟笼子，一下子紧贴着对到了宗二爷鸟笼子旁边，尖笑了一声，喊：

“来点真格的吧！”

宗二爷还没弄清怎么回事儿，只见小妞子和老闺女已猛地同时停了叫声，脑袋伸出笼隙，翅儿抖着，爪儿刨着，恶狠狠地斗了起来：你啄我一下，我鸽你一下；你给我一爪子，我还你一爪子，扑棱棱腾空隔笼而战。刹那间羽毛飞落，鸟食翻飞。

众鸟友一时也傻了眼儿，众鸟儿一时也哑了口。谁能料到侯七这小子竟然干得这么绝！老年间，双方的鸟儿实在分不出高低，是要这么一决胜负，但那也总是万不得已才用这种法子。可只要这么一来，就总得你死我伤、血溅鸟笼。关老爷子也似乎没了辙，愣受着侯七的摆布。直到宗二爷看见自己的小妞子又挨了一下，心疼地大叫出声儿，关老爷子才好像骤然清醒了：

“侯七！你小子干什么？”

“嘿嘿！老规矩，要想往虬龙爪上站，总得有点真功夫！”

“浑！害群之马，全让你把大伙的和睦给搅了！”

“嘿嘿！这叫不打不成交！”

侯七这小子托着鸟笼子，还在一个劲儿往紧靠。关老爷子仿佛不好带头儿破坏这老年间的老规矩。众鸟友更好像都盼望着这乐子别一时收了场。只剩下宗二爷一个人瞪着眼，咬着牙，攥着拳头，急得火烧火燎。猛然间，他觉得自己已经和小妞子合为一体了，正在隔着鸟笼子和那老头子的老闺女抖翅儿大战。姥姥！我姓宗的也不是好惹的，多半辈子的混混饭也不能白吃了！再一看对手老闺女，带着一身好几百年的油泥儿，比自己更滑、更刁、更老练。瞅着空子朝自己就是一口、又一口、再一口！好狠呀，不来绝的不行了！他只觉得自己一刹那又飞腾回小小的办公室里，一低头儿来了个欲攻故逃之计。果然老闺女带着那一身几百年的油泥儿上当了，紧追不舍猛扑过来。但它只稍稍一闪、猛地一停，就让老闺女扑了个空。待那老奸巨猾的脑袋刚刚转了过来，它已以逸待劳，照准老闺女的眼睛狠狠地就是一鸽、两鸽、再一鸽！一刹那，只见老闺女顶上见血，失声痛叫而逃，但它却异常兴奋，抖着翅儿便追！

这时，侯七却猛地托着关老爷子的鸟笼子，迅速地撤退了……

宗二爷好像刚刚来得及和自己的鸟儿分开，就看见关老爷子已顺手把他那小妞子挂回了虬龙爪上。随之，便是感叹不绝的赞美：

“这几口鸽得地道！稳、准、狠，是地方！嘿嘿！这鸟儿天生是站虬龙爪的材料！这位，老头子我算服了！”

小树林里又是一片悦目的光斑，众鸟友们经关老爷子这么一提，惊讶、敬仰、崇拜、佩服的目光，又全都落在了宗二爷身上。

宗二爷望着那枝虬龙爪，望着上面自己那稳稳当当的鸟笼子，望着那鸟笼中余勇犹存的小妞子，心里渐渐地踏实起来，这才感到魂儿是真正归了壳儿。

可偏偏侯七这小子在一边儿就是不认输，在一片心服口服的夸赞声中，竟又阴阳怪气地搭了腔：

“配吗？真格的配吗？嘿嘿……”

宗二爷恨得牙痒痒，真恨不得一口把这瘦了吧唧的东西吃了。可这小子却看也不看他，目光直扫关老，酸不溜秋地说：

“老爷子！您也该让人家见识见识真格的了！别以为戏台上没角儿了，是个黑大汉，就能冒充黑包公！”

“你！”宗二爷逼上一步。

“我？”侯七也迎上一步，“嘿嘿，没什么，只是想让二哥听听‘十三套’！”

“十三套？”

老年间，养鸟的行家讲究调教百灵子唱“十三套”。这“十三套”便是让百灵子模仿“燕子”“鸡下蛋”“小叫驴”“花喜鹊”“麻雀”“青蛙”等十三种动物的叫音儿。能叫出十三套的鸟儿身价百倍，算是名贵鸟儿。学不会一套两套的，便是“大路货”，算不得好鸟儿。不过随着“遗老遗少、寄生虫”这等老少爷们的销声匿迹，这十三套在爱鸟界就要失传了。现在养鸟儿刚被承认为“符合市民传统，有益于身心健康”，鸟友们又很满足于听听百灵子的自然音儿修身养性，似乎就把这点国粹给忘了。

宗二爷才来三个多月，怪不得不知道这些。而侯七要的就是这个：在这儿你也站高枝儿？嘿嘿！咱就是要出出几十年这口窝囊气儿，臊臊你的皮儿！

鸟友们可不知道侯七这层意思，一听这快要失传的古玩意儿就忘了看看宗二爷的脸色，一个个直恳求关老爷子，让大伙儿见识见识老闺女这手绝活儿。

宗二爷骤然间发现，光环又迅速地从自己头顶上退去，刚刚舒展了的心怀又变得冷冰冰的了。他痴痴地斜眼儿望去，只见关老头子在充满阳光的小树林里一站，和过去那晦气样儿一对比，好像已经修炼成仙了，真给人一种仙风道骨、飘然欲去之感。

鸟友们又是一片恳请，关老爷子似乎出于无奈，只好勉为其难。只见他白胡子尖儿稍稍一挑，舌尖儿上便轻轻发出一阵小哨音儿。那老闺女接到信号后，先是身子微微一颤，头儿微微一点，然后就骤然跃上鸟架，尾巴一撅，脑袋朝下一伏，运足底气，身子悠然一挺，探着头儿叫了起来。唱得脆、学得巧、叫得俏，致使声音刚落，满树林里便响起了一片碰头彩：

“好——啊！小叫驴儿！”

关老爷子仍然不动声色，学罢“小叫驴儿”，似乎只是又动了动胡子尖儿，又来了两声舌尖哨儿，那老闺女便又俯身敛羽不动，似在思考，又似在运气，刚等吊上人们的火儿来，便骤然仰天轻轻地一叫、又一叫……

这是十三套的压轴子戏——“猫儿叫！”这不仅讲学得像，更重要的是讲学得逗！鸟音儿学猫儿叫，似小孩儿学大人模样，灵巧中透着稚气，真撩得人心里头痒丝丝的，憋不住劲儿非喊这一声不可：

“好——啊！绝活儿！”

关老爷子见好就收，仿佛心满意足了，但也沉得更稳，显得更高深莫测了。只随和地道了一声“献丑了”，便探出二寸多长的小拇指甲，挑出点“肉食儿”，对自己的老闺女稍稍来了点物质奖励。

众鸟友更觉得心满意足了。这是多大的乐子啊？邓丽君能来个“小叫驴儿”吗？李谷一能来个“猫儿叫”吗？咳咳！这乐子只能在这鸟的乐园里找！

只有侯七和众鸟友的乐子不同。这小子的主攻目标始终没有变，老闺女的绝活儿刚一表演完，他就又尖声尖气地嚷嚷上了：

“二哥，二哥哎！别霸着虬龙爪自称三齐王了，也给咱下来露两手吧！哟……”

随着侯七这一声惊呼，众鸟友这才骤然发现：哟！宗二爷和他那小妞子早已没影儿啦！虬龙爪空是空下了，可空下的是个难看。众鸟友的兴头顿时一落千丈，关老爷子紧接着也颤巍巍地嚷嚷上了：

“这不是打我老头子的老脸吗？”

四

一连好几天，老城根儿小公园里，一直没见宗二爷露面儿……

石带桥畔垂柳依依，小树林里凉风习习。表面看来，爱鸟者乐园里又恢复了往日的和睦和宁静。虬龙爪上，老闺女稳坐高枝儿，又引得众鸟儿婉转和鸣，歌舞升平。主人不露脸儿，谁还记得小妞子呢？这足见鸟类世界也存在着鸟情冷暖、世态炎凉的问题。

可其实不然，鸟友们的心里头都很不踏实。除了担心宗二爷一生气，带着那么只好鸟友投奔“匪派儿”以外，还担心宗二爷再次归来，小树林里永无宁日。好您哪！天无二日，国无二君，一枝虬龙爪上能落得住两只好斗的鸟儿吗？

但心里头最不踏实的还是关老爷子……

要知道，他那漫游鸟类“联合国”，拒不出卖“老闺女”的种种业绩，经鸟友们沸沸扬扬这么一扬声，竟传到了上头耳朵里。于是那位立志要结束“匪派儿”和“老帮子”老死不相往来的市政协副主席，就亲自召见了关老爷子，询问北京爱鸟界有关组织爱鸟者协会的详细情况。看来这里鸟协的成立也势在必行了，这关老爷子能不急吗？没几只拿得出手的好鸟儿，怎么好向上头交代啊？

于是，老头子又想起了宗二爷和他那只小妞子……

侯七一看关老爷子的神色不对，就一摞又一摞地往老头儿头上戴高帽子。什么“德高望重”呀！什么“威镇鸟界”呀！什么“鸟协主席比个公司经理还大”呀！但老头子光戴高帽子就是不领他的情，刚听完便咧咧上他了：

“滚一边吧！豁唇骡子卖了个驴价钱，全坏在你小子那嘴头子上了！”

自古打江山的就没个好下场！侯七一听，心坎儿就种下了一根刺儿……

但人和鸟之间，最可怜的大概还要数小妞子了。这些天鸟笼子一直在屋子里挂着，鸟笼套一直也没摘。它还以为这个夜晚就该这么长、这么闷、这么黑，外头还有风声、雨声、闪电声！

可不是嘛！据侯七调查报告说，宗二爷这些天，一连砸了两把瓷茶壶、碎了四个瓷茶碗儿！

该怎么说呢？还据侯七说，宗二爷自从那天见识了什么叫十三套，回家就又犯了病儿：心烦，气闷，胸脯子堵得慌，脾气大得怕人！除了哼哼唧唧外，就是破口大骂。单位里又重新倒了霉，但挨骂的重点是年轻人。小树林里也沾了光，但主攻方向却转向了老头子。

鸟友们听了心里烦呀！他们都盯着那横生的虬龙爪，恨不得砍了这惹是生非的树杈子！

可隔了两天，传回的讯儿就又有点不一样了。似乎是说，宗二爷突然若有所悟，蒙住被子整整睡了一整天，发了一身大汗，再一起来就变得风调雨顺了。一张嘴不是骂，却是宣布：请客！而且请的人正是背后捣他鬼的侯七。这一下把鸟友们都搞蒙了，除了怀疑起侯七前几天的调查报告外，就是怀疑起自己过去的担心是否多余。

不管怎么样，小妞子总算熬过了漫漫的长夜，摘掉鸟笼套重见了光明。

只有关老爷子还在叨叨着：

“这小子！那天是在打我老头子的脸啊！老匪派儿、生茬子！”

可等侯七再回到这小树林里来，那天宗二爷的不辞而别，就似乎又有了新的解释。这小子脖颈子上架着那只不安分守己的“老西子”，逢人就嚷嚷，说：

“我二哥是什么人儿？师兄弟好几十年，我还能不知道吗？（小声）嘿嘿！别听关老头子瞎喳喳。老帮子就是爱疑心生暗鬼！匪派儿听说我二哥受挤兑，一帮一伙地来请。我二哥记着大伙儿的情分，愣是八抬大轿也没让这帮小子抬去！”

众鸟友刹那间觉得心头暖烘烘的：够意思！可那天……

“其实呀！（大声）那天我二哥是犯了病，怕搅了大伙儿的兴致，就悄悄提着鸟笼子退了。瞧瞧对大伙儿的这份儿心意！”

嗯！这倒也在理儿。但愿如此。可众鸟友对侯七说的话，一向是七折八扣被二除。这事儿啊，要亲眼瞧瞧！

果然，就在说话的第二天，宗二爷没带着那只好鸟儿去投奔洋鸟派儿，却提着鸟笼子来小树林里蹓鸟儿了。关老爷子还没来，他也真像什么事儿都没发生过似的，只是端着一张笑脸儿，显得更洒脱、更有人缘儿。

侯七也仿佛让酒洗过换了个人儿一般，正经多了，捧着师兄的鸟笼子，就要往那虬龙爪上挂。可刚一探手儿，就让宗二爷给拦住了：

“老七！你这是干什么？”

“嘿嘿！咱也该破破这论资排辈儿了！”

“得了吧！你这是折我小妞子的阳寿！”

“二哥！可关老爷子也夸您的鸟儿少见哪！”

“那是关老瞧得起我，让着晚生后辈！哥哥我能不明白这个理儿吗？”

“好！好……”不知哪位鸟友竟被宗二爷这发自肺腑的话语，感动得率先喊起好来，只不过声音打着战儿。

说话间，关老爷子一撩柳丝儿，托着鸟笼子，穿过石带桥，潇潇洒洒地向小树林里走来了。猛一见宗二爷，马上就又想起了那码子事儿，难免老脸上就显出点别扭神情。但宗二爷却仿佛什么都没看到，把自己的鸟笼子捡个树杈子随随便便一挂，一抖袖子，便向关老急步迎去。

“关老！您早啊！”话音儿刚落，鸟笼子已经接过手。

“多谢您还惦记着我。”老头子正有点不冷不热。

“这不是小辈儿应该的吗！”又把老爷子恭恭敬敬让到前头。

“嘿嘿！我那天可不该惹人嫌！”老头子的话里还有刺儿。

“关老爷子！我二哥那天是犯了病，怕搅了您的兴儿！瞧您……”侯七今儿个分外正派。

“对，对嘛！”大伙儿生怕不和，倒好像关老爷子是个难伺候的主儿。

“不，不不！都怪我事先欠讨教！今儿个我正是求您给小妞子压压口！”

越说越诚恳。

“您能瞧得起我那只鸟儿吗？”老头子的声音里还透着矜持。

“当然，当然！五体投地，五体投地！”就连声音都打了弯儿。

“您哪！咳咳……”老头子的声音终于透出了和解的感叹。

压压口？这里得抽空解释一下。百灵子要叫出“十三套”，就得人工加以训练，爱鸟界的行话就叫“压口”，即求养鸟功夫深厚的人，把自己还发嫩的百灵子放在人家叫口好的百灵子身边，天天模仿，天天练习，耳濡目染，日久成功，大有声乐家试唱练耳之意。一位养鸟的行家，若得到一只拔尖的好鸟儿来投师学艺，那无形中就会身价猛增，倍受尊荣。

其间，关老爷子早就把宗二爷的鸟笼子端在了手里，满眼尽是学问，屏神静气地打量起小妞子来了。小树林里透出一片宁静安详的气氛，众鸟友一个个心里热乎乎的。大伙儿求的就是这个超脱，爱的就是这个和睦。宗二爷这么一弯腰儿，乐园里可真的乐了。打这一阵子起，鸟友们就有点把宗二爷当成精神领袖。小妞子嘛！似乎也就成了当然的接班鸟儿！

只有侯七，这时候倒有点忐忑不安、慌里慌张。趁关老爷子和大伙正在研究小妞子，一把把师兄拉在了小树林里的背旮旯处，眼珠子滴溜溜地瞅着远处树影中隐没的人儿，声音儿压低到不能再低的程度，几乎是贴着心坎儿对宗二爷说：

“二哥！您今儿个是怎么啦？有事儿也不和我商量商量！”

“怎么回事，老七？”

“嘿嘿，您就不怕关老头子给您来绝玩意儿？”

“什么？”

“哎呀，您呀您！要是关老头子教您的小妞子学两声脏口，那您哭皇天也晚了！”

“脏口？”

“二哥！您连这个都不懂，还玩鸟儿？那老头子端回您的鸟笼子，要是私下里偷偷教您的鸟儿学两声乌鸦叫，或猫头鹰叫，那您的小妞子就算彻底完了！按玩鸟儿这行的规矩，这叫脏口，晦气，再好的鸟儿也不能要了！”

“哦！”

“您哪！是怎么想的？小妞子再年轻只要一沾上脏口，那就等于戴上了右派帽子，再有本事也算完了，虬龙爪上还容得它落吗？”

“这……这不会吧……”

“瞧您这厚道劲儿！也不瞅瞅这是什么时候？鸟协快开张了，谁晓得谁呀！”

“这……”

“二哥！其实这事情我心里早有底儿！那洋楼里玩鸟的匪派儿，玩鸟儿用的也是洋法子。听说他们最近就要去北京，用录音匣子把十三套录回来。我呀和他们有交情，只要从大公园往回一借，我就能帮您调教。这多保险哪！一鸣惊人，准把关老头子打蒙了！”

“不，不！咱不求这……”

“得了吧，二哥！我还能不知道您的心思？就只顾得了人缘儿，稳住老头儿，掏腾来绝活儿，却忘了防这一手！您呀，嘿嘿……”

“怎么？”

“这是把小妞子往火坑里推呀！”

“哦！”宗二爷又惊叫了一声。为了自己的鸟儿，他甚至顾不得反驳侯七强加在他头上那些分析之词。他只感到心头有点发毛，胸脯子堵得慌，竟禁不住哀求起侯七来：

“兄弟！咱不求那个，只是为了鸟儿，你说该怎么办？”

“当然我不能眼瞅着小妞子跳火坑啦！”

“好！好……”

“可马上要回来又有点不合适，那老帮子会说您小玩闹他，一翻脸总会闹腾得您在鸟友中间栽跟头，那以后还说什么和什么呀？”

“这……”

“这就得看我的了！”

“老七！哥哥今天算服了你！过去全怪上头瞎了眼，今后这鸟协的秘书长不归你呀，哥哥能和他们拼了命！我，听你的！”

“嘿嘿，咱们弟兄，谁和谁呀！”

正在这时，忽然听到鸟的乐园里，众鸟友一惊一乍地发出一阵喊叫声。紧接着便是枝丫飘摇，树影筛动，有几位鸟友已经扑出小树林嚷嚷上了：

“宗二爷！宗二爷！”

“您在哪儿呢？您在哪儿呢？”

宗二爷听后一怔，侯七早就闻声窜到了前头。小树林里又是一片呼唤，只见侯七一转身子就报大事不好：

“二哥！莫非关老爷子不等咱哥们儿下手，就把小妞子失声叫出的错音儿判定为脏口？天哪！这可坏了醋啦！”

宗二爷又是一怔。就是这么能稳得住神儿的人儿，也显得手足无措了。刚等侯七前脚钻出去，他就紧跟在后头，拨开枝枝丫丫赶来了。

众鸟友纷纷迎上，似都想急切地和宗二爷说些什么，但他已顾不了这个，一挥手儿制止了大伙儿的瞎喳喳，目光“嗖”的一下，就落在了自己那鸟笼子上。

小树林里战战兢兢，笼罩着一层神秘的气氛……

宗二爷的目光呆滞不动了，只见在一枝平伸的“丫”字形树杈子上，自己的小妞子正和关老爷子的老闺女并排挂着，不吭不哈，在鸟笼里都很矜持。而在这两个鸟笼子前头，正站着令人难解的关老爷子。他倒背着手儿，眯缝着眼儿，微探着头儿，正神神道道地研究着这一对鸟儿。

“关老爷子！出……出什么事儿啦？”侯七抢先发问。

“哦？”关老爷子像才醒过神儿，连侯七看都不看，径直投向了宗二爷，神秘莫测，似惊、似喜、似忧、似怨、似嘲弄、似感叹，直把宗二爷瞅得差点晕了过去，半晌才从牙缝里哼出声儿来：

“嘿嘿！您这是戏耍老头子吧？”

“什么？什么？我……我敢吗？”宗二爷更觉莫名其妙了。

“不敢？嘿嘿！您把大伙儿都蒙在鼓里，当掐了头的苍蝇玩儿！”

“您哪！话可不能这么说！”宗二爷更感到惶恐不安。

“您逼得呀！嘿嘿，赏大伙儿个脸儿，给咱露露您这鸟儿的底吧！”

“哦！这……”宗二爷更觉得大事不好，眼前一阵发黑。

似乎连平时这些喜欢和睦清静的鸟友们，今儿个也在听着这糟老头子的指挥瞎起哄。一个劲儿“二爷！二爷”地喊着，眉宇间甚至都仿佛透着一股幸灾乐祸的神情。再看侯七，也好像忘了昨儿个酒宴上的海誓山盟，正和一个鸟友悄悄地咬耳朵。猴了吧唧的脸上，表情更为复杂，还不时地直朝他翻白眼儿。

宗二爷心里一阵比一阵发毛。虽然说，昨儿个晚上他对侯七什么也没敢说，只是用酒一个劲儿为师兄弟情谊加温。但他还是怕这小子里勾外连，在这里又为自己布下暗道机关，以报三十多年的窝囊仇。天哪！定然是他们设下圈套，判定小妞子口吐脏口无疑了！人不逢时，鸟不逢时，此时不走，更待何时？宗二爷满怀悲愤，伸手就要上前去摘鸟笼子。但就在这时，忽听得侯七哀怨而又委屈地喊了起来：

“二哥！真有您的！原来您那小妞子，早会十三套啊！”

什么？什么？！

原来，刚才侯七把宗二爷拉到背旮旯后，关老爷子就把两个鸟笼子并排挂在树杈子上了。一方面是想让鸟友们见识见识自己这手绝技，另一方面也是想鸟协快成立了，先教给这机灵鸟儿一套半套的，也好向上头交代。得了！就让小妞子先听听最简单的“老喜鹊”吧！没想到刚等老闺女带头叫了几声儿，人家的小妞子马上就跟着叫了起来。三个月才能学到的功夫，弹指间就全会了。再来个“鸡下蛋”！这就更奇了。老闺女刚一张口儿，人家早闻声叫在前头了。再试几样，更是样样如此。众鸟友目瞪口呆，关老爷子失口惊呼了：

“老少爷儿们！这是只能人早已调教出的鸟儿啊！咱们让姓宗的小玩闹了！”

其实，宗二爷确实不知道。就是把他打死了，他也绝对料不到事情会朝这儿发展。小妞子早会十三套？自己的鸟儿早就掌握了这套绝活儿？！天哪！

宗二爷不由得倒吸了一口凉气。这几天晚上，他老做噩梦，一闭上眼睛，总感到自己又飘飘悠悠地飞进了鸟笼子里，狠狠盯视着小妞子，浑身都是气。十三套有什么难的？不就是什么“青蛙”“鸡下蛋”“猫儿叫”吗？这么着、这么着！哇啊、哇啊……咯咯蛋、咯咯蛋……妙儿呜、妙儿呜……这只笨鸟，瞧我的！说话间，他发现自己已猛然和鸟儿合为一体了，正站在虬龙爪上，傲然地演唱十三套，示威地向着关老爷子和众鸟家叫啊、叫啊！

而现在，莫非自己的魂儿还在这鸟儿的身上？

其实，鸟友们却更愿相信那“孝感动天”的传闻。神是神了点儿，可还有点折扣头啊！据说有一次，宗二爷的儿子开车路过张家口附近一荒僻山村，时已半夜，风沙呼啸，这小子还在黑暗中拼命赶路。儿子是放心不下老子呀！正行驰间，忽然见前头光柱里闪出个踉踉跄跄的黑影。这小子紧急刹车下去一看，原来是个泪流满面、连声哀告的小老头子。老人家说，儿子外出，媳妇难产，眼看就要出人命，只好拦车求救。这小子虽然惦记着自己的老子，还是一咬牙把这濒死的产妇送进了市内医院里，几经抢救，不但保住了产妇性命，而且一个大胖小子也平安降生。老头子千恩万谢，恨不得把自己的心摘下来。一听说救命恩人的父亲正患心病，马上就献出一只好鸟儿来，并说，这是他玩鸟一辈子得到最好的一只鸟儿，别人给几百块钱都没舍得卖。如今有了孙子该侍弄孙子了，这只鸟儿就送给恩人的父亲解个心烦吧！莫非这老头子就是个玩鸟的圣手，小妞子在张家口就已身怀绝技？

现在的关键问题是：宗二爷是真糊涂还是装糊涂？

宗二爷顾不得解答。他直到现在才算彻底缓过神儿来，搞明白了鸟儿是鸟儿，自己是自己。再一看四周的鸟友们，只感到原先一双双幸灾乐祸的眼睛，现在却仿佛一下子变得忠厚老实了。就连侯七那哀怨的白眼珠子，也似乎骤然间完全可以理解了。大白亮天的，尽想些子什么梦！全怪儿子莽撞，差点误了老子的大事！一刹那，宗二爷只觉得一活百活，浑身每个毛孔眼儿都透出了灵气儿。正此时，就听关老爷子又率先不满地催问上了：

“您哪！这是怎么了？是不肯赏脸儿，还是吊老少爷儿们的胃口？”

“嘿嘿！关老，您就饶了我吧！”

“什么话？”

“有您在，我要再说什么，这不是关老爷门前耍大刀吗？”

干嘛不说班门弄斧，却偏要说关老爷门前耍大刀？瞧这回答得多么哏、多么俏，怪不得关老爷子像喝了一盅儿好酒，晕晕乎乎的，脸上透出了笑意。

宗二爷再不肯多说了，只是望着鸟友们厚道地笑着，既透着对大伙儿的尊重，又似乎给自己身上涂了一层神秘的色彩。好像在说，干嘛非要兜出自己的老底儿呢？让小子们猜去吧，云山雾罩中才显出深不可测呢！但看宗二爷那谦恭劲儿，又仿佛不是这个意思……

众鸟友也乐得糊涂下去，只有侯七越来越觉得委屈了。后脖颈子上的“老西子”一扑腾，这小子就又嚷嚷上了：

“二哥！您这是唱的什么戏啊？把我侯七都给耍进去了！”

“对！是这么回事儿！”关老也似乎又被点醒了。

要换个人儿，可能马上就得乱了阵脚。可这是宗二爷！他明瞅着关老爷子的脸抹拉下来了，却偏偏去安慰侯七：

“兄弟！你这是说的什么和什么呀？你替哥哥想想！关老那天逗老闺女学十三套，我待在旁边合适吗？小妞子好胜，万一这么一比，哥哥我那成了个什么人儿？这几天，我一直犯琢磨：来，不对！不来，可我又想大伙儿！小妞子再会叫，是老闺女的个儿吗？干脆投师学艺吧！咱可不能办那没大没小的事儿，让大公园那帮匪派儿笑话！听说鸟协就要成立了，这虬龙爪不属关老，还能让小子们夺去吗？”

说得诚恳、听得感动，就连关老头子也老泪直在眼眶子里打转儿。宗二爷的话音儿刚落，他就一清嗓子，大声答上了话茬儿：

“宗二爷！您这份子心思老头子我领了！”

这叫将相和！就在当天晚上，关老爷子就主动约请宗二爷去找那位副主席，再次大胆呈言成立鸟协的重要性。

虬龙爪下，其乐融融……

五

一连十好几天，又相安无事地过去了……

这一天，老城根儿小公园的小树林里，又挂满了各式各样的鸟笼子，就是缺那关老爷子的“涿州马”。那枝引人注目的虬龙爪总是空着，鸟友们谁敢不效法宗二爷的榜样，一个劲儿把老闺女往高枝上抬呀！

除了宗二爷，谁又有能排上班儿的好鸟儿呢？

可关老爷子却越来越令人失望了，成立鸟协的吵嚷声儿越大，这老头子就越变着法儿“叛国”！

前头说过，这老城根小公园的鸟友们，大都是过去掌勺的、钉掌的、收破烂的、干泥水活儿的、吆喝小买卖的，老了落个这样的日子都很知足。这帮人能谈到一堆儿、说在一块儿，都怕引进那伙子拿录音匣子玩鸟的年轻主儿。瞧！关老头子这可好！骤然时髦起来，提着他那老掉牙的鸟儿，颠儿颠儿地跑到洋鸟界瞎掺和去了，还不时回来给布置个洋任务：什么不许打鸟呀，什么群起而攻鸟贩子呀，什么注意检查卖鸟食儿的卫生呀！更讨人嫌的是，还分配每人做一个带门儿的小木匣子挂在树上，还起个名儿叫什么“鸟舍”！

什么和什么呀，谁管得了那么多闲事？这老头子真叫人腻歪！

瞧瞧人家宗二爷，越来越随和了。成天和老哥儿们在一起，简直像换了个人儿似的。且不说烟酒不分家，就论谁家有难处人家不帮忙啊！前日里还从蔬菜公司倒腾来几筐便宜的西红柿，一人分给五十斤！更重要的是，怕小妞子冒尖把大伙儿比低了，人家压着就是不露！

总之，关老爷子越来越没人缘了，鸟友们瞅见空着的虬龙爪就心烦……

看来，真正能理解关老爷子的，还就数宗二爷了。那天，他跟着关老爷子去见那位头头，一进家门儿就傻了眼儿。天哪！这不正是那位朝着小门房骂“遗老遗少、寄生虫”的辛白之校长吗？老了！可精气神儿犹在。宗二爷望着他恭恭敬敬接待关老爷子的神情，仿佛是在做一场梦，好半天缓不过神儿来。只听得他从花啊、树啊、草啊，谈到了鱼啊、虫啊、鸟啊，又归结到什么生态平衡啊、环境保护啊。宗二爷刚想拼命地记住这两个重要词儿，就又听到他从什么带头团结啊，相互学习啊，又谈到什么取长补短啊，爱护鸟类啊。直到这时，宗二爷才醒过神儿来，瞅准空子，插上了一句：

“我们关老，那可是爱鸟的权威，他那只鸟儿连北京城都给镇了！我们这些鸟友们，都听他老人家的！”

“好啊！关老，您是爱鸟界的老前辈了，在团结上一定要起带头作用。那手绝活儿也千万别让失传了！”

“那是！”关老爷子拍案而起，“只要上头能看得起我老头子，我关某在所不惜，万死不辞！”

就从那一天起，宗二爷对关老爷子更加尊重了，主动替老头子包揽了跑市里的事儿，可在新旧两派爱鸟界中却从不抢着出头露面。遇到问题，总是那句话：“关老！您看着办吧！大伙儿盼得就是见见您！”老头子如若有不顺心的事儿，他又总是鼓励着：“您哪！听那些瞎喳喳干什么？这爱鸟界舍您谁还能叫起套儿来！”直感动得老头子颠儿来颠儿去老犯气喘病。水涨船高，鸟随主荣，老闺女也跟着关老爷子成了永不坠落的明星，成天不得片刻闲工夫。前天，侯七还对众鸟友这么提：

“这老家伙是真格的在‘卖国’呀！”

“又怎么啦？”

“怎么啦？昨儿个我去大公园了，看见那些小匪派儿，一人抱着一个录音匣子，正在教自己的鸟儿学十三套呢！”

“真的？”

“这能假得了吗？还有几个小子，又找老头子录去啦！”

“行吗？”

“他妈的！学得还真够味儿！咱们这小树林，算让这老家伙卖了！”

也就是前天，侯七的话音儿刚落，关老爷子少见地来到了小树林里。虽然老闺女蜷缩在鸟笼子内，羽毛越来越稀拉了，眼睛越来越没神儿了，神态也越来越衰败疲惫了。可老头子却格外的火爆，一扫平时的仁儒架儿，步也重了，气也粗了，头发也乱了，一进这鸟的乐园，便当仁不让地“蹭”一下把鸟笼子挂在虬龙爪上，扯开嗓子就骂上了：

“我操他八辈祖宗！哪个杂种小子到大公园里败坏爷儿们的名声了？有种儿的站出来！”

众鸟友一个个既莫名其妙又战战兢兢。

“缺他妈的大德了！爷儿们是遗老遗少、寄生虫儿？差点卖了老婆？你管得着吗？想让爷儿们当大地主、当大资本家？没门儿！嘿嘿，气死你！咱家一解放就是城市贫民，受政府照顾！子女们没拉扯，可一个个孝顺！托祖宗的福，都是正经八百的大学生！北京、上海、天津卫，都争着往回寄钱儿！爷儿们想到哪儿散心，就到哪儿散心！干眼气去吧，气出眼珠子当球儿弹去吧！玩鸟儿？爷儿们也能玩出个名堂来，玩得能进政府的大门口儿！有种儿的就站出来，虬龙爪下咱试试！没种儿的，嘿嘿！自己撒泡尿淹死去吧，省他妈的顶风也臭四十里！”

这一阵子长篇臭骂，直骂得笼子里的鸟儿全都哑了口，就连侯七的“老西子”也一个劲儿往他那瘦脖颈子里钻。鸟友们一个个越听越傻了眼儿，直瞅着宗二爷求援。

“关老！您消消气，您消消气！”宗二爷终于亲自出马了。

“您别管！”关老爷子一把推开他伸来搀扶的手，“我今儿个非把这小子骂出来不可！”

“得！您要骂就骂我吧……”宗二爷的声儿特别虔诚。

“什么？”关老爷子一愣。

“都怪我，”宗二爷更诚恳了，“在这里帮您找不出这么个人儿！（鸟友们感激）您哪！谁不知是爱鸟界少有的正派人儿？（老头子感激）人正不怕影儿斜！听蝼蛄叫还不种庄稼了？”

“对！”关老爷子来劲儿了，“我就不信这个邪！说我卖国？嘿嘿！我倒要卖出个模样儿让这缺德主儿瞧瞧！老闺女，走！有劲儿咱到大公园使去！”

喝！说完他真提着鸟笼子走了。虽然鸟友们一眼就看出，他一提鸟笼子，老闺女就一个趔趄，可大伙儿谁都不敢提。就算侯七，也是等老头子跨过了石带桥，隐没在柳荫深处，才敢跳起来日娘操祖宗：

“呸！这老帮子有什么了不起？他还以为咱不知道，大公园里那些洋鸟派儿，成天拿他当老古董玩儿！张口就是：关老！拿您的老闺女给您换回个小老婆行不？嘿嘿！猴子穿马褂儿，他倒跑到咱爷儿们跟前假充七品官儿来了！骂谁？还不是老少爷们一人摊一份儿！”

“就是嘛！就是嘛！”也有几个鸟友的火儿被点燃了。

“诸位！诸位！”又得宗二爷出来圆场儿了，“别伤了和气！别伤了和气！咱们不就是图个和睦清静吗？什么和什么呀，忍忍不就过去了！”

“不行！”侯七脖颈子一挺，“怪不得机关里刷老帮子，就是糊涂，分不清个阴阳面儿！诸位瞧得清楚，那老闺女连架都落不稳了，咱可得抱成团儿，鸟协开张，谁选这老帮子当掌柜的，我操他八辈祖宗！”

“老七！你要再瞎嚷嚷，我可要生气了！”宗二爷又忙着阻止。

“二哥！”侯七可不理这茬儿，“您怕上头批评，咱可不怕！要是非把这老帮子架在咱老少爷儿们的脖颈子上，我可真敢到市里请愿去！”

“你呀！你呀！”宗二爷急得直跺脚。

据说，还是多亏了宗二爷连夜请客，才总算用酒压下了侯七这股火气，勉强使小树林里爱鸟界的和睦维持了下去。

可一连两天，关老爷子又不露面儿了，虬龙爪一直空着。鸟无头不飞，人无头不走，这两句话用在爱鸟界再恰当也没有了。鸟友们总觉得心头空荡荡的不是滋味儿。可宗二爷又总压着小妞子不让露脸。唉！这没有一鸟挑头，哪有百鸟齐鸣？玩鸟儿还有个什么乐子。

这一晌午过得真没意思。就连侯七这小子直到这工夫都没来，缺了他那“老西子”的瞎喳喳，小树林就更冷清没劲了。大伙儿闷闷不乐地坐着，要不是宗二爷慷慨地给鸟友们散烟，准保早就各自回家伺候老婆孩子去了。

正在这时，大老远就看见侯七架着他那“老西子”跑过来了，大伙儿不由得为之精神一振。只听这小子还没等颠儿过石带桥，就冲着鸟友们压抑不住地乐上了：

“嘻嘻！嘻嘻……老少爷儿们！昨日里老头子又逼着老闺女来了五遍十三套，给五个匪派儿录了音儿！”

这有什么可乐的？

“老少爷儿们，等着瞧吧，乐子在后头呢！”侯七特意向宗二爷挤眯了一下眼儿。

鸟友们感到纳闷，可身上也顿时有了活气儿。听不到鸟儿叫，有点事情挑挑兴头也行。因此谁也顾不上看侯七和宗二爷咬耳朵，只顾一个劲儿地瞅小湖畔的垂柳浓荫。

果然不到片刻工夫，垂柳丝儿软绵绵地一拂，闪现出关老爷子托着没摘笼套“涿州马”的身影。步履既不像老日子那么文雅，又不像前天生气时的火暴。倒像患半身不遂初愈，步点儿好似踩在棉花堆儿上。一步一晃悠，一步一喘气儿。浑身罩着一层晦气，两眼直勾勾地朝小树林里走过来了。

还是宗二爷眼尖，一把推开了侯七，猛地扑上石带桥，一把就扶住了好似病病歪歪的老头子，急切地问：

“关老！关老！您这是怎么啦？”

这不问还好，一问，只见关老爷子就像见了最亲近的亲人、最贴心的朋友，一头扎在宗二爷怀里，浑身颤抖，老泪纵横，骤然间失声号啕起来。众鸟友一见，先是一惊，后是一乍，马上同情心压倒了好事心，一拥而上桥头，把老头子连搀带扶，托到了小树林里。就连跟在最后头的侯七，也愁眉苦脸地捡回了老爷子的一只鞋。

“关老！关老！怎么啦？怎么啦？”来到虬龙爪下，马上又是一连串关切的问讯。

“哦！哦……”老头子哽咽声嘶、哭声骤断，几乎要接不上气儿来。

“关老！关老！”众鸟友又是捶背，又是揉胸，又是呼天唤地的喊叫。

“天哪！”随着一声决堤似的更大号啕，关老爷子总算哭出了声儿来，“天灭我曹！天灭我曹！我……我……我那可怜的老闺女……竟忍心扔下我……哦哦！先走了……”

什么？众鸟友一听大惊失色，目光不由得全集中到那“涿州马”鸟笼子上了。宗二爷执弟子礼儿，哀痛地从老人手中接过。在关老爷子一片抽泣声中，慢慢地退下了那陈旧的鸟笼套子。

啊！在那古老发黑、油泥儿闪亮、丝线绳儿绑扎加固的竹档子里，那乾隆年间裂了纹儿、豁了口儿的鸟食罐儿依在，可那声声绝唱、矜持自尊、久居高枝儿的鸟儿，却一头扎在笼子底的一摊鸟粪当中，软塌塌、绵乎乎、无声无息、一动不动……

唉！抚今思昔，那可真是：“想当年虬龙爪上演尽千古绝唱，看今日鸟笼底下全无半点风流！”

鸟的乐园里，刹那间蒙上了一层冷冷清清凄凄惨惨戚戚的哀雾，枝叶不动，光影不摇，连众鸟儿也不免兔死狐悲地愣了神儿：听口鸟不叫了，观赏鸟不动了，杂耍鸟也一个个缩着脖子落在棍儿上变傻了。整个小树林里，只能听到关老爷子那揪心拽肺的哭诉：

“哦……哦哦……我那可怜的老闺女，争气的老闺女啊！昨儿个你还整天不歇口儿、一连录了五遍音儿，给我换回多少个好儿啊……今儿个你就一抖翅儿，不声不响、冷不丁，扔下我就走了，哦……哦哦……你叫我这孤老头子可怎么活啊……”

虬龙爪啊虬龙爪，引多少英雄竞折腰？

一汪泪水洗掉了往日的怨愤和不平，鸟友们一个个热泪盈眶全念起老闺女平时的好儿来。表现最为突出也最当仁不让的仍是宗二爷。光流眼泪算什么？宗二爷强压悲痛，对侯七悄悄地吩咐了一阵子什么。等打发这猴头巴脑的小子迈动瘦腿刚一跑走，就又急忙来到关老爷子身边，带头劝其“忍痛节哀”。

“关老！您一定要想开点儿……死的已经死了，活的还要活着……您万一要是再有个三长两短儿的，那我们这帮鸟友们，可就没了主心骨了……”

“说得是！说得是啊！”鸟友们马上发出一片深情切切的呼应。

“关老！固然是鸟无头不飞，可更重要的是人无头不走啊！有您在，您那老闺女就等于永远活着！您放心吧，这枝虬龙爪我们永远给老闺女空着。谁要敢攀一攀这高枝儿，看我们老少爷们儿不把它活剥了、咬碎了，拌成泥儿喂狗了！”

“对！对对！”众鸟友听着宗二爷这篇感人肺腑的话语，又是一声一点头儿、一句一个应承。

也不知又劝了多大工夫，总之直等到老头子哭声暂缓，号啕暂歇，大伙才总算缓过气儿来，饿着肚子听这位哀主的悲思追述：

“唉唉！那还是‘四人帮’刚玩儿完那阵子，还没人敢提养鸟儿这码事呢！我正在北京二姑娘家住着，没事儿总爱到龙潭湖溜个腿儿消个食儿的。也算有缘儿，就这么着碰上了。那主儿偷偷摸摸向我讲价儿，在我耳根子边悄悄一送话儿，张口就要三百块钱！您说，我是含糊这个的人儿吗？”

“谁那么瞧，那算他瞎了眼！”宗二爷带头表态。

“那是！那是！”众鸟友一致响应。

“是得争这口气！虽然鸟儿老是老了点，可我一咬牙宁可绝了食，还是靠着孩子们的孝敬把它弄了回来！老少爷儿们，后来那个苦啊！为了教老闺女学点真本事，几乎把我这条老命搭了进去。十三套！转遍了官园、龙潭湖、海淀儿、宣武公园，一处讨教一口儿，整整费了一年多工夫才算学齐了。可咱这老闺女也真给人长脸儿！又有灵性，又不偷懒，到哪儿都能给咱换回个碰头好儿，就连咱这儿的鸟儿也跟着光彩啊！可是它……哦……哦哦……我那可怜的老闺女啊……”

又要号啕大哭！这时，多亏了侯七这小子夹着把铁锹，怀里垒七摞八地抱来了一大堆东西，才算把老头子这次号啕大哭掖了回去。干什么？众鸟友望着这瘦了吧唧的家伙感到纳闷儿：这小子又出什么鬼花招儿？还是宗二爷出头说明了：

“关老！人入土，鸟归林！您一捧着‘涿州马’来到咱们这小树林里，大伙儿就明白了您的心意。您这是瞧得起我们，大伙儿能不为您尽力办吗？请您先过过目，瞧瞧这几件儿合适不？”

众鸟友探头一看，宗二爷竟让侯七把老伴儿的红漆小梳头匣子、小方块红绸子、新棉花团子，以至两包荤素鸟食儿，一瓶二锅头、几个碟子酒盅儿，全裹巴着抱来了。可侯七这小子呢？一眨眼儿又钻到哪里去了？

可关老却只顾瞧着这一大堆东西，一见，果然大为感动，老泪纵横，久久凝视着宗二爷，皱皱巴巴的嘴角一直在颤动，就差失声仰天喊出：

“生我者父母，知我者宗二爷也！”

而宗二爷却仿佛担待不起这眼神儿，只是眼泪打着转儿回看了关老片刻，随之便埋头默默为老闺女操办起“后事”来。

直到现在，众鸟友才算大开了眼界。原来梳头匣子当了鸟棺材，红绸子当了鸟装裹，酒和荤素鸟食儿当了鸟祭品。嘿嘿！厚道人儿就是处处都透着厚道。不但替老爷子事事想得周到，而且把这一切都归结为，大伙儿能不为您尽力办吗？就和那天分减价西红柿一样，每人都有一份儿！难得呀难得，瞅瞅人家这片心意！

可关老爷子一见宗二爷从“涿州马”鸟笼子里捧出了老闺女，正在用红绸子慎重地盛殓时，却又禁不住捶胸顿足地号啕开了。待到把老闺女往鸟棺材里装放时，老头子更是两个人都拉不住，呼天抢地直往上扑：

“老闺女，我的老闺女呀！你不该狠心撇下我走了……”

老城根儿小公园里，那游园的、划船的、打拳的、舞剑的，还有那谈情说爱的主儿，都开始往这儿涌。人们都感到奇怪，小树林里似乎出了人命。可宗二爷却熟视无睹，真够义气，像专门顶着晦气来为朋友两肋插刀。选中虬龙爪下，“噌”一下便是一锹。这一下更使关老爷子感激涕零、颤抖不已，几乎屈膝向他跪了下去。

不大一阵子，小树林中，虬龙爪下，便突起一座鸟的新坟。半拉砖头就当立了碑，一块石板权当了供桌儿。一荤一素鸟食儿左右摆着，开瓶儿的二锅头就搁在正中央、滴水不漏，还让朋友们尽什么心？刚等老爷子颤巍巍走到鸟坟前，趁四周的人儿都蜂拥着围了上来，宗二爷便又厚道地退了下来。

关老爷子这份感动啊，竟又两腿一软，扑倒在虬龙爪下嚎上了……

似乎还缺点什么？哀乐！宗二爷即使躲在人群后头，也还在事事为关老设想。想到做到，顺手便摘掉了自己的鸟笼套。小妞子一上午都没见天日了，这一瞅小树林里这份热闹，刚一得着主人的讯号，扯开嗓子就叫上了。其他挂在各树杈上的鸟儿也早就憋得慌了，闻声而动，纷纷争鸣，刹那间啼声婉转，盈满树林。喝！小树林里这份热闹啊！老头哭，鸟儿叫，围观的人们闹闹嚷嚷，使老城根儿小公园出现了空前热闹而壮观的场面。

可关老爷子听着痛快！宗二爷替自己想得多么周到啊，竟让众鸟儿也来为自己的老闺女送行。听！鸟儿们叫得多凄惨啊！

“哦……哦哦……我那可怜的老闺女呀……”关老哭得更来劲了。

这场面本来在爱鸟界就够热闹了，但侯七觉得似乎还不够意思，这小子刚才溜跑了，原来是去大公园请那帮洋鸟派儿，赶来参加老闺女的追悼会。这伙小青年提着鸟笼子一来，马上就让自己的鸟儿参加这告别仪式。他们一齐摘掉鸟笼套，竞相让自己的鸟儿加入，合唱起送葬曲。听这一片鸟叫吧！声势浩大，此起彼伏，叽叽喳喳，前所未有，几乎把老城根儿小公园给炸了。

本来，一切都很庄严，一切都很顺利，可也不知匪派儿哪位小祖宗，偏偏要发这样的遗憾之词：

“关老！让您用鸟儿换个小媳妇儿，您不换，瞧！什么都没了！”

“哈哈！”

“关老！不卖给洋人儿，三百块大洋钱也没了！是哭洋钱吧？”

“哈哈！”

“关老！开始致悼词儿吧！”

“哈哈！”

哭声、笑声、鸟叫声、人哄声，交织和鸣，越闹越乱乎。

瞧！民警也闻声赶来了……

六

老城根儿小公园这一下可出了名儿。老闺女“生荣死哀”，前来虬龙爪下参观“鸟冢”的人络绎不绝，致使小公园管理处提出最后通牒，限爱鸟者二十四小时内撤出鸟的乐园。

您哪！花草树木经得住这个折腾吗？

其实，老闺女的坟，早让一帮淘气儿的小考古学家挖掘了。提着鸟翅儿，绕着小湖狂奔了一阵子，就扔在湖里头改为“水葬”了。

可鸟家们个个流离失所，惶惶然不可终日，都盼着重返鸟林，再振乐园。可没人来操办不行呀！为此，自然而然就想道：鸟协是该早点开张了，总得有个牵头说话的人儿呀！

关老爷子显然不行了！老闺女的死，葬礼上的哄，民警的出面干涉，辛白之副主席听后的大失所望，已经使老头子遭受到毁灭性的打击，大有一蹶不振之势。所幸老爷子并不知自己出尽了洋相，甚至还准备端起谱儿，到辛副主席那里告这民警一状呢！但只要一想到老闺女之死，他就感到心灰意懒，没着没落，小屋子意外地空旷凄凉，什么劲儿也没了，仿佛最后一点精气神儿，也全被自己那鸟儿叼走了。老头子终于躺倒了，听说还病得真不轻……

能满足众鸟家的愿望，能收拾这破烂摊子的主儿，显然非宗二爷莫属！

这不但因为打从老闺女一死，小妞子就自然而然地成了群鸟之首，而且那日葬仪上率先高歌，引得百鸟齐鸣，也博得了洋鸟派儿满堂喝彩。不管宗二爷怎么摇头，人们可只讲究客观效果。小妞子还是立了一功，成了“抵制迷信，移风易俗”的英雄鸟儿。从此，大小公园、土洋两派，都毫无争议地把希望寄托在这只鸟儿的身上。

可宗二爷呢？却说话算话，坚决不让小妞子站上虬龙爪。这不但透着对前辈的尊重，而且透着对关老的忠诚。但对众鸟友重返乐园的愿望，却豁出命儿去争取。成天价四处奔波，八方说理，点头哈腰，打躬作揖，几乎把市里和小公园的门槛都踏断了，简直忙乎得屁打脚后跟儿。

这一天，鸟友们终于又得以重返鸟的乐园了。

小树林里，凉风习习，树影婆娑。远望一汪湖水，倒映出蓝天白云；近看石带桥畔，衬托出花红柳绿。众鸟友把鸟笼子各捡个树杈子一挂，便互相寒暄，又别有一番滋味儿在心头。就连众鸟儿隔着笼子相见，也似乎感到格外的新鲜和激动，一齐扯开嗓子你唱我和，甭提有多热闹了。嘿嘿！众鸟家这个惬意劲儿啊！家里头能行吗？老伴儿嫌碍事，儿女们嫌碍眼，到哪儿去寻这份乐子？

这不全靠人家宗二爷那副热心肠吗？厚道、能耐，到哪儿去找这样“两味俱全”的人物？

瞧瞧！人家不但给大伙儿争回了地盘儿，而且把湖边儿的长椅子还争来了好几把。这张小石桌子该多沉啊，人家就连这也能挪到小树林里。今后这乐子就更多了，守着鸟笼子就能聊会天儿，喝会茶儿，打个盹儿，摆盘棋儿，摔两把扑克儿，这难道不是神仙过的日子吗？

大伙儿唯一不满的就是侯七。

这小子！人家宗二爷立下的功劳，打出的江山，他凭哪一份儿来吆五喝六的？瞧！脖颈子后架着个“老西子”，竟猴头巴脑儿地在小树林里四处指挥开了：

“老少爷儿们！今后这乐园里可要注意卫生！烟头儿，果皮儿，烂纸团儿的别乱扔！不许随地吐痰，不许对准人擤鼻涕，说话儿也得斯文点儿！要不，可别怪我侯七不客气！”

呀哈！猴儿打哈欠，口气还真不小呢！

鸟友们并不知道，自从宗二爷私下里发现侯七是块鸟协秘书长的料子之后，这小子的抱负就大了去了。一辈子尽受人拨拉啦，就凭这几天搬长椅、挪石桌之功，能不提前过过这个瘾吗？听！这小子又喊上了：

“诸位、诸位！这鸟房子，不，不不，叫鸟舍！可一定要交，一片树林里挂仨！不挂的，小心我把他掏了出去！”

“侯儿——七！你先给咱做个瞧瞧！”不知是谁引头喊了一声，顿时引起一片哈哈。

“别打岔！正经点！还有，有谁敢随便扣鸟，网鸟儿，抓鸟儿，打鸟儿，要多长个心眼儿，及时向我报告！”

“侯儿——七！小心把你先抓了！”又是一声喊，又是一片哈哈。

“谁起哄？小心点！还有，卖鸟食儿的卫生更重要！小心鸟儿中毒，跑肚拉稀！这鸟食贩子的事儿，也归我管！”

“侯儿——七！这下烟卷儿可不缺抽了！”喊声、哈哈声。

总之，这一片闹闹嚷嚷，嘻嘻哈哈，大大影响了侯七过瘾。多亏了宗二爷恰好这时候提着鸟笼子来了，才算避免了侯七这小子大发雷霆。

宗二爷还是那么随和、那么老诚、那么得人缘儿，根本不提这些天来为大伙争回小树林含辛茹苦之事，倒是话语儿更少了。他只带着一脸忧虑之色，远远躲开了那枝虬龙爪。大伙儿瞅着心疼，一位过去掌勺的老师傅，抄过宗二爷的鸟笼子就要往这高枝儿上挂，可被宗二爷一把就夺过来了：

“诸位、诸位！就饶了我吧……”

“宗二爷！宗二爷！”鸟友们不解。

“不，不不！说什么也不能！我也不知道该不该这么说？咱这养鸟儿为什么？还不是图个清静、图个舒坦、图个痛痛快快度过这后半辈子！这有什么你高我低，他先他后？我一想起咱们的关老爷子，见了这虬龙爪就打心眼里发凉！什么和什么呀……瞧瞧关老爷子他……”

“老爷子怎么啦？”众鸟友的情绪，刹那间全倾注到了这个上头。

“老少爷儿们！”宗二爷更加悲戚，“我看老爷子八成儿不行了。前天夜里我去探望，老人家就像让老闺女叼走魂儿似的，瘦得皮包骨头，软绵绵地躺在炕头上，只剩一口幽幽气儿了。北京、上海、天津卫的子女们，都远天远地赶回送终来了……”

“真的！”又是一片阴森森的惊呼。

“可不是嘛！”宗二爷含着热泪，“孩子们都准备好老衣了，就等着三儿啦。老爷子最疼这小子，不见闭不上眼睛。可我看挨过今儿个，也挨不过明天……”

“哦！”鸟友们纷纷倒吸了一口凉气。

人就是这样一种奇怪的动物，一听关老爷子落了这么个下场，刹那间把他过去那些腻歪事儿全忘了，心里只留下了老头子往日的好处。大伙儿眼望着宗二爷落泪，甭提对这厚道人儿多敬重了，顿时都跟着鼻子发酸。也不知为什么，越在这时候，大家就越看着侯七不顺眼。怎么着？瞅见老头子不行了，连宗二爷也不放在眼里，瞅机会就只顾自己往高枝儿上攀？

而侯七却仿佛是个不识眼色的家伙，不瞧大伙儿，而只顾瞧着宗二爷，大有功臣劝驾之势，冷不丁出人意料地来了一句：“二哥！还等什么？这小树林从今以后不就是咱哥们儿的天下了！”

什么？众鸟友一个愣怔，目光猛地一齐扫向了宗二爷。似乎骤然间对这厚道人儿的往事，一桩桩、一件件都产生了怀疑。再看宗二爷，没有反驳，没有辩白，甚至对侯七那胡说八道都没有发火，两眼只是含着委屈的泪水，手儿发抖，音儿打颤，半晌才对这小子轻轻地说了一句话：

“老七！你就这样糟蹋哥哥……”

说毕，他竟一转身儿，抛下了小妞子，扔下了目瞪口呆的众鸟友，更重要的是留下了深深的委屈和哀怨，突然间甩手走了。

“宗二爷！宗二爷！”众鸟友千呼万唤着，但他还是隐没在湖畔柳荫深处了。哑场，长时间的哑场。众鸟友一下子就像失掉了主心骨，失掉了灵魂儿，这才骤然感到宗二爷在爱鸟界的重要性。小树林里顿时变得空空荡荡、冷冷清清。人们一个个颓然地坐到新移来的长椅上，倍受着良心的谴责，都在暗暗地咒骂自己。

渐渐地，鸟友们愤怒的目光全又集中在了侯七身上。人们正准备按爱鸟界的老规矩：开除这嘴尖毛长的家伙以及他那害群之鸟，以谢天下，以平民愤！突然，这小子竟望着远方，惊喜地叫了起来：

"二哥！二哥……"

众人一愣，猛抬头一望，只见宗二爷又意外地提着一把斧子回来了。侯七吓得缩起脖颈子直往林子深处钻。但宗二爷却温和地对上来劝阻的众鸟友说：

"没什么，没什么！我刚才只是去了小公园办公室一趟。"

"宗二爷，宗二爷！君子不记小人仇！"众人还是抢着劝。

"看诸位想到哪儿和哪去了？"宗二爷惨然一笑。

"您这是……"众鸟友忙问。

"老少爷儿们！"宗二爷却突然指着虬龙爪对大伙儿说，"过去，我怕犯了老城根儿公园的规矩，不敢动这惹是生非的树杈子。看如今关老落了这么个下场，大伙儿还为它争你高我低！我今儿个算豁出去了！"

他要干什么？众鸟友感到既紧张又纳闷。正此时，只见宗二爷一抡斧子，明晃晃、亮闪闪，憋足了劲儿对大家说：

"从今天起，我就要退出这爱鸟界了。愿从今以后，在场的老少爷儿们，没先没后，没高没低，没争没斗，和和睦睦，团团火火地过日子！这虬龙爪，就让它去他妈的吧！"

话末了，就见利斧带着风声，冷飕飕地就朝那倒霉的树杈子砍去——

"宗二爷！宗二爷！"惊喊声骤起。

还没等利斧落下，只见众鸟友早一拥而上，抱腰的抱腰，夺斧的夺斧。小树林里顿时慌作一团，鸟儿们也惊乍着乱叫不已。就连侯七也不知什么时候又钻了出来，左一下，右一下，自己扇着嘴巴子，一个劲儿地求饶：

"二哥、二哥！全怪我这张嘴，全怪我这张嘴！"

众鸟友更不落后，众星捧月似的紧紧围着宗二爷，争先恐后地嚷嚷着：

“宗二爷！您不能走，您不能走！”

“宗二爷！您不能砍，您不能砍！”

就在这挥斧者热泪盈眶、夺斧者泣不成声时，就听到小树林外，忽然有谁也在颤巍巍地喊着：

“不能砍！是不能砍……”

声音虽然微弱，却有一种令人心悸的力量，骤然把众鸟友的注意力吸引了过去。宗二爷一看，顿时利斧失手落地。鸟友们一瞧，霎时呆若木鸡。

哦！关老爷子奇迹般地出现了。

只见这形容枯槁、弱不禁风、犹如幽灵似的老爷子，今儿个似乎借了点阳气，在众多的儿子、女儿、媳妇、女婿的搀着、架着、托着、支撑下，竟又来到这爱鸟者的乐园里了。脸儿特瘦，老人斑特深。崭新的银灰色中山装罩在身上，支支架架，松松垮垮，把他装扮得就像个新糊的纸人儿似的。但那深陷在皱纹堆里的眼睛，却透过一层浑浊的老泪显得异常亢奋、乖戾、有神儿。右手小拇指上那二寸半长的长指甲翘着，剩下那四个爪子似的指头，却牢牢提着那古老破旧的“涿州马”，一个劲儿地摇晃，一个劲儿地颤抖，似少气无力，又似激动不安。但鸟笼子罩着鸟笼套，谁也不知道里头藏着什么玩意儿。

小树林里静得怕人，连众鸟儿也被这种神秘的气氛压得寂然无声……

鸟友们越看，就越瞪着眼睛一股股往肚里吸凉气。侯七更是浑身发抖，一个劲儿往众人背后缩。就连久经世面、见多识广的宗二爷，也脸色发白，心底发虚，就像白日见了索命的亡灵，吓出一身冷汗，差点儿失声惊呼起来。

这死老头子到底来干什么？

“宗……宗二爷！我……我找您……”气儿喘得怕人，鸟笼举得怕人。

“找我？”声儿颤着，腿儿抖着。

“是找您……孩子们……把鸟笼套儿……褪了……”

“哦！”

宗二爷又觉不祥。果然，等老头子的子女们七手八脚一褪掉鸟笼套，众鸟友往那油泥儿发黑的鸟档子里一望，竟恐惧得几乎失口惊呼了：

哦！老闺女同时也返阳了。

只见在那古旧的鸟笼子里，一只神气活现的百灵子，正靠着那乾隆年间豁了口儿的鸟食罐儿，敛着翅儿，正一点一颠地啄鸟食儿。

梦，简直是一个噩梦！但又这么真切，这么现实，这么令人胆战心惊！如果关老爷子再要不吭声儿，这小树林肯定会在沉默中炸裂，鸟友们会在恐惧中四散惊逃。所幸关老爷子在亢奋激动之余，千呼万唤总算倒腾起一口气儿来，哆哆嗦嗦地说明了原委：

“还是三儿孝敬……知道爹的心思……搞回来这只好鸟儿……”

什么？什么？众鸟友更瞠目结舌了。

原来关老爷子的子女们虽未继承了老子玩鸟儿的本事，却继承了咱中国的古老传统美德，一听父亲病危，立即四处赶回奔丧。其中三儿回来晚了，但知父莫如子，也唯有三儿深知信息时代信息的重要性，临归来前专门通了长途电话探明病危缘由，特路过张家口下车，专门以高价买回了这只鸟儿。果然老爷子在即将告别人世之际，骤然见三儿呈上此鸟，顿时便两目由昏暗转向光亮，气息由枯竭转向舒缓。再过半日，垂死的人儿竟从这只鸟儿身上看到了人生的希望。又隔了一天，老爷子竟能抱着“涿州马”鸟笼子坐了起来。到了今儿个上午，就……

“宗二爷……这可是只……难得的好鸟儿……好鸟儿！”关老还在颤巍巍地说着。

宗二爷还好似惊魂未定，眼睛只顾直勾勾地盯着“涿州马”鸟笼子内。经老爷子这么一提，他只觉耳朵眼里嗡的一声轰鸣，随之那鸟儿便骤然间膨胀起来，变得老大老大，挡住了众鸟友，挡住了众鸟儿，就连自己那小妞子也让挤得什么都看不见了。

“为了我这新丫头……”关老的声音。

“新丫头？”众鸟友的声音。

“对！我这好鸟儿……宗二爷！把小妞子借给我……我要替咱这新丫头压压口……”还是关老的声音。

“录音匣子，省……省事儿……”侯七这小子的声音。

“洋法子没根儿……自个儿调教的，那才叫真格的……”又是关老的声音。

“二哥、二哥！”又是侯七的声音。

只见宗二爷“哦！哦！”连着应了两声，一晃脑袋猛地活转过来。稍一停歇，马上便是一脸微笑，两眼泪花，一下子就扑到了老爷子身旁，厚道地托起老人家端鸟笼子的双手，眼里闪出忠诚，声音里含着激动，热切地说：

“关老！就为了这个？您吩咐一声儿不就行啦！您老人家先回去好生歇着，我回头就亲自把小妞子送上府去！”

“您哪！厚道人儿……”关老爷子老泪落下来了。

七

鸟儿能叼回人的魂儿，这又一次得到了证明！可不知为什么，老城根儿小公园却由此蒙上了一层阴影。

又过了两天，高层楼下的鸟友们又到小树林里来聚会了。环境越来越好了，可大伙儿的心里却越来越不是滋味儿了。谁都觉得有股别扭劲儿，可就是琢磨不出个道理来。只觉得聊天没劲儿，喝茶没味儿，玩棋甩扑克缺气儿，看着鸟笼子就愣神儿！

这是怎么和怎么回事儿啊！鸟的乐园里一会儿冷冷清清，一会儿闹闹哄哄，一会儿嘻嘻哈哈，一会儿惊惊乍乍，一切全乱套了。瞧瞧吧！老闺女死了，本该小妞子露脸儿了，可偏偏又蹦出个新丫头来！

唉唉！人生就是变化无常，到哪儿都缺少着清静。

众鸟友越坐越无聊。掌勺的忘了讲自己一只全羊做五十四道菜的绝技；

钉鞋的忘了讲自己把一双烂皮鞋整旧如新的高招；干泥水活的忘了讲自己年轻时修督军府，那年轻的七姨太每天对他眉来眼去……挑不起火儿来了，没劲儿！

今儿个真静啊！树不摆，影不摇，连草皮儿上也一个劲儿往上透冷气儿。宗二爷和侯七也不知道跑哪儿去了，这老城根儿的爱鸟界就像要散了架似的。真烦人呀！唯一让人们心里舒坦的是——

唉！关老爷子总算保住了一条命，这就是不幸中的大幸……

大概找到点精神安慰，人跟着也就有了点生气。关老爷子既然还活着，大伙儿也得想法儿找点乐子。钉鞋的终于主动央求上那位干泥水活的了：

“喂，四哥！您那位七姨太，可真的长得帅？”

“那是！”昔日的泥瓦匠抱定了捍卫真理的宗旨，“且不说那双眼睛带钩儿，准钩得你三魂出窍！就说那屁股一扭，浑身上下就是三道弯儿！”

“你呀！”昔日掌勺的也跟着插话了，“真他妈的笨，猫不吃肉是个傻老虎！”

可就在大伙儿刚刚谈出点乐子的时候，却见一位鸟家慌慌张张提着鸟笼子跑来了，不但搅了众鸟友刚刚挑起的兴致，而且送来了几乎把人们吓晕倒的凶讯儿：

“老……老爷子！刚……刚才殁了！”

“哦！”众鸟家刹那间只觉得从头顶凉到脚后跟。

据这位鸟家说，前儿个关老爷子从小树林回到家里，精气神儿还分外好，一口气儿就吃了两大碗鸡丝儿面。宗二爷怕老人家伤神儿，没敢连夜往去送小妞子。老人家就对着电灯端起“涿州马”，打着哨儿开始逗弄三儿孝敬的新丫头。第二天，儿女们又请了大夫做了全面检查，大夫也夸老头子奇迹般恢复得好。儿女们放心了，特到宗二爷家拜托了以后，连夜就走了好几个。他们哪里知道，关老爷子死而复生的消息越传越玄乎，就连那只新丫头也跟上传着传着变成了一只神鸟儿。

就在这天晚上，洋鸟派儿就有几个小青年要求见关老爷子，多亏了宗二爷闻讯儿拦住了，一个劲儿作揖求告：

“诸位、诸位！就算我求求大伙了，千万不要去打扰老爷子！”

“喂！侯七讲，这是老头子的三儿，从北京龙潭湖拔的鸟尖子！”

“听说，开码儿就是一千多块钱哪！”

“不！是一台大彩电换来的！”

“舌音儿巧，底音儿足！”

“身架儿特棒！”

“救命鸟儿！”

“绝啦！”

“嘿！”

在小青年的一片吵嚷声中，宗二爷急得满头大汗，手足无措，但他又不好说什么新丫头还嫩。背后议论人尚且不道德，何况是一只初来乍到的鸟儿呢？宗二爷只好苦苦哀求、苦苦阻拦：“诸位、诸位！看在我的面子上，再等几天吧，再等几天吧！求求诸位了，过几天再开眼界吧！”真吊胃口！小青年急得抓耳挠腮，两眼冒火。被宗二爷拦住去不了，只好找伙伴们去传，一传十，十传百，越传越添油加醋，最后竟突破了爱鸟界，就连街坊邻居、大姑娘、小媳妇、老头儿、老太太，甚至到后来就连工人、干部、职员、发了财的个体户，都想捷足先登，先睹为快！

也难怪呀！就是大伙儿不嚷嚷，这事儿能包得住吗？关老爷子本来就是这老城玩鸟儿的祖师爷，加之前些日子老闺女的猝死，虬龙爪下的鸟葬，众鸟儿的争唱哀曲，老头子的哭哭啼啼，小青年的前来助兴，民警的出面干涉，早已使老人家闻名遐迩，何况又出现了只新丫头，产生了这起死回生的奇迹，有谁能漠然无视不去赶这个乐子呢？

今儿早上天不亮，关老爷子的大门就让堵上了。虽然宗二爷早有先见之明，摸黑就派侯七架着“老西子”来把门了，可这又能拦得住谁呀？最后还算大伙儿尚能通情达理，答应一拨儿一拨儿轮着进去。喝！这一下可热闹了，要是卖门票准能发财。可侯七今儿个正派，只收推辞不掉的烟卷儿。

关老爷子起先很高兴，看到自己的新丫头一露脸儿，就引得满城轰动，自然很是得意，还一个劲儿指着鸟儿说毛色，讲种态，论眼神儿。可架不住一拨儿又一拨儿，后来就有点喘不上气儿来了。还好，又过了几拨儿后进来的，是些提着鸟笼子的年轻爱鸟者，话儿不多。进门儿就捧起“涿州马”鸟笼子要听音儿。当然新丫头也很好胜，但年轻人的鸟儿也不甘示弱，刹那间你争我比，马上就竞相高唱起来，叫嚷得老爷子当时就有点犯迷糊了。

可小青年们并不满足听本口音儿。一定要见识见识这一千多块钱，或者大彩电换来的鸟儿的真本事，于是一个个就献艺挑逗起新丫头来了。这个来个“花喜鹊”，那个来个“小叫驴”，下一个来个“鸡下蛋”，谁也没有注意老爷子，只顾给这鸟坛新秀献殷勤了。

只见这只鸟儿毫不怯场，果然灵！虽然不会十三套，但两只眼睛却像两粒宝石似的，闪着光亮，追着声儿，左顾右盼，直盯着学叫的鸟伴儿。不到一会儿，它竟试着叫了起来。虽因没压过口，音儿不像，可敢学，敢叫，不发怵，就算了不起。但东一声，西一声，学着学着就换不过口儿，调不过音儿，骤然来了一声怪叫！大伙儿并未注意，但不知什么时候钻进来的侯七，却惊惊乍乍地及时指了出来：

“猫头鹰叫！脏口！”

哦？！再看看本来迷糊着的关老爷子，闻声竟一个鲤鱼打挺坐了起来，一把夺过“涿州马”鸟笼子。深陷的眼窝子里闪着恐惧的光，死死盯着里头一动不动。众人一见，脊梁骨都吓得发凉了。可那只鸟儿却还在扯开嗓子，得意地胡唱乱叫着。大家越听就越感到不像什么猫头鹰叫。可关老爷子却浑身打战儿，两手颤抖着，急促地喘着气儿，骤然间一声大喊：

“是脏口！猫头鹰叫！晦气！晦气！”

众人们还来不及阻拦，老头子已经向鸟笼子里伸进枯柴般的手，一把抓住了新丫头，死死地紧攥在自己手里面。随之便是两眼一翻，直挺挺地倒在了炕上。

侯七和小青年们，当时就吓得撒丫子便跑。

等宗二爷提着自己的小妞子到来的时候。关老爷子已只有进气没有出气了，那只三儿送来的鸟儿仍紧紧攥着不撒手。谁能想到是这么个结果呀！宗二爷一下子抛开了自己的鸟笼子，扑到关老身上，禁不住失声痛哭起来：

“我的好老爷子啊！您这是为什么和什么啊？您醒醒，您醒醒！我是专门来给您送鸟儿来了……我的老爷子！只要您好了，我心甘情愿把小妞子送您呀！哦哦……”

宗二爷的小妞子真是鸟如其主，也悲戚戚地落在鸟架上，缩着脖儿，掖着嘴儿，敛着翅儿，撒拉着毛儿，静静地瞅着一动不动的关老爷子，似乎也和主人一样悲痛欲绝，一样准备随时献身。

“我的好老爷子！睁睁眼吧，睁睁眼吧！小妞子也在瞅着您呀……哦哦……您可不能撇下鸟友们……撒手走了……”

宗二爷泣不成声，小妞子也突然异样凄惨地叫了一下。果然这一切感动了老爷子。这垂死的人儿，竟忽忽悠悠地睁开了浑浊的双眼，骤然松开了死鸟儿，一把就握住了宗二爷的手，倒腾起最后一口气儿，终于吐出了他久久要说的一句话：

“生……生我者父母，知……知我者宗二爷您……”

“您……您可不能这么说，全……全怪我来晚了呀！……”

“情，我领了，我……我死了后，‘涿州马’归您……还有那乾隆年间的……鸟食罐儿……也归您……”

“不！不不！您不能扔下我们呀！”

“放……放心！十三套，我……我留着几手呢……哪能叫……叫他们全糊弄去……”

“老爷子！老爷子！”

但只听“哦！”的一声，关老爷子的脑袋朝后一挺，就再也不动了。身旁还扔着那只死鸟儿。

小妞子又是凄惨地一啼……

八

又过了一个多月，老城的鸟协总算成立了。宗二爷虽然一再推辞，但还是被土洋两派爱鸟者一致推选为副主席（主席由辛白之老先生挂名）。

至于侯七的秘书长却落选了。

这倒不是因为他那“老西子”不入流，而是自从关老爷子死后，这小子就有点精神失常。他总是疑神疑鬼地看到，那虬龙爪上好像老挂着个人儿似的，晃悠来，晃悠去。为此，侯七常常瞪着眼睛一惊一乍地乱喊：

“饶……饶了我吧！我可不是成心的，我可不是成心的呀！”

啊！虬龙爪……

（发表于《小说界》）

落凤枝

引子

玩鸟，堪称这塞外古城祖传的一绝。

无论是老帮子还是新派儿，一经玩上，便终生有瘾，而且越玩越有板、有眼、有谱儿。您瞧！前些日子老城根儿小公园内一惊一乍，鸟友们竟又顺应潮流玩出个爱鸟者协会来。

得！有庙就得把神搭配齐了。

为此，当主席和副主席选定了，鸟友们就开始为鸟协寻访一位较劲儿的秘书长。但不知为什么，挑来挑去，大伙儿竟挑中了玩鸟纯属玩票性质的白三爷。更令人不解的是，这小子近半年来更难得露面儿了，可鸟友们却仍一致认为：鸟协秘书长非他莫属。

白三、白三爷哪儿来的这么大能耐？

说到这儿，必须首先提到白三爷的父亲。您知道，老年间这儿曾经是口外甘草、发菜、皮毛、牲畜的集散重地。为此，一批靠嘴皮子吃饭的人便在这儿应运而生了。一般的靠着牵个线、搭个桥、敲个边鼓儿，也能混碗饭吃，俗称“伢行”。而那高级一点的就懂得“良禽择木而栖”了。宁缺毋滥，专挑那“奇货可居”的潜力股来显能。凭着那嘴皮子上的绝顶功夫，为主子东拼西闯，到头来自己也落个吃香的喝辣的。但这必须要有眼力，东家一定要认准了，行话称为选定“落凤枝”。白三的父亲属后一种，在同行中属拔尖人物儿。

而白三爷从小又深得父亲真传……

这小子从小就嘴巧过人，加上脑子又特别好使，十三岁跟着老头子一亮相，就在同行里博得个满堂彩。可惜世道变了，白三爷还没来得及“择木而栖”，这行当便销声匿迹了。最后，只落得在街道维修队当个泥瓦小工子，靠着给师傅们打哈哈混日月。壮志未酬，闲暇只好对着鸟笼子跟鸟儿练练嘴皮子，生怕把一身绝技丢了。白三爷从来无心问鼎“虬龙爪”，只顾梦寐以求“落凤枝”，因此在爱鸟界的人缘儿极好，深得老少爷儿们的爱戴。

要不，大伙儿怎么都想到他呢？

但谁也没曾料想到，平时那么个随和的主儿，经鸟友们一请、二请、三请，就是不为这顶乌纱帽所动，愣不迈出自己那小小的“茅庐”。劝急了，他竟不冷不热地扔给了人家这么一句：

“您哪！我白三儿不犯那个瘾！”

这一天，鸟友们终于全体出动来请了。推开柴扉，一进那“茅庐”外土坯砌成的小院，只见这位往昔的玩鸟者，正古怪地逗弄着一头瘸腿小驴儿。且不说他从哪里掏腾出这么头怪物让人感到惊讶，就看他调教着这头小驴儿不断扬着脑袋怪叫的模样也让人觉着纳闷儿。一鸟友当即失口惊呼：

“原来您在玩驴！”

“玩驴？”

众鸟友瞠目结舌，白三爷笑而不答。

一

白三爷不玩鸟了，他玩驴，不听鸟叫，听驴叫。这足以在这塞外古城引起一片神秘的轰动。

好您哪！玩驴听驴叫？没听说过。

可这是事实。第二天一大早，就见白三爷背着手儿，牵着这头瘸腿小毛驴儿，穿过乱哄哄的车流人海，优哉游哉地向着老城深处的闹市区走去。

这闹市颇能令人发古之幽思。

据说，必须保持这老城一隅的古老风貌，要不然招引不来外国人。为此，这老城腹地的闹市区——大裤裆胡同便免受了推土机荡除之灾，而以其古色古香之姿，稳坐于四周骤起的高楼大厦之中。大裤裆胡同名副其实，东西各伸出一条裤腿儿。而裤腿儿交接之关键部位，又有一眼名闻塞北的古泉井。古泉井左为一茶楼，右为一酒肆，对仗工整，搭配得当，颇能使人浮想联翩。

白三爷牵着他那头一瘸一拐的小驴儿，正顺着“左裤腿儿”向古泉井走去。

遥想当年，乾隆爷为戍边子弟钦定此城时，曾御笔亲书此井为“漠北第一泉”。后辈儿孙欲延世泽，便蜂拥至此，顺着茶楼酒肆，沿东西发展，争相盖起一座座作坊店铺，致使各种小吃喝、各类小玩意儿的门面，一时间缀满了这左右两条裤腿儿，热闹得实在可以。据说，一位末代翰林回乡探亲，曾为此慨然落泪，激动之余，连声赞道：“果不负皇恩浩荡，咱们这地儿也有自己的天桥啦！”当然，近二三十年，大裤裆胡同也曾大大地冷落了一阵子。但世事多变，最近几年，却又开始时来运转了。随着四周高楼大厦的拔地而起，一时间两条裤腿儿里门面重修，店铺重开，游人如织，熙熙攘攘，更胜过当年的繁华热闹。而两条裤腿儿交接处的古泉居茶楼，更因其紧傍古井，扼守要害，自然先声复业，很快成为这闹市区令人瞩目的一景。

白三爷牵着小驴儿，终于穿行到大裤裆深处。他停下了。

茶楼老掌柜，六十多岁，重操旧业，大有祖风，老远就认出了白三爷，一溜小跑，人尚未到，声儿就先送到了身边儿：

“嗬！白三爷，您今儿个也有工夫来赏脸了！”

“瞧您说的！”白三爷满脸堆着笑，“都怪我白三儿平时问候少，您就替我耽待着点儿！”

“这是哪儿的话！”老掌柜透着近乎，“想当年，您父亲就常来这儿赏脸，有多少买卖就是在这儿做成的！我打小儿就常伺候他老人家，可您这几年？”

“唉！”白三爷似有难言之隐。

“别、别！”老掌柜忙劝慰，“好汉秦琼还有个卖马的时候呢！瞧您这印堂，好运道来了！您请，请！”

“我这驴？”白三爷问。

“放心！”老掌柜的笑纹儿更密了，“祖宗的章法能少了吗？那乾隆爷拴御马的拴马石，早又在井边儿立起来了。外国人就喜欢这个。”

“那，给您添麻烦了。”白三爷递过驴缰。

“嗐！”老掌柜恰如其分地来了点儿不高兴，“瞧您说到哪儿和哪儿去了！您哪……小顺子！一壶龙井，不准收钱！”

小伙计吆喝着一答应，白三爷便一甩手儿踏进了多年不进的古泉居茶楼。

二三十年了吧，朦朦胧胧，似乎眼前一切依然如旧。但仔细看来，恍恍惚惚，又好像四周有点什么异样。说不清，道不明，只觉得胸脯子里顿时涌上一股热乎乎、酸溜溜的滋味儿，拌着、搅着，直戳心窝子，直冲眼眶子。

一时间，白三爷有点呆了、傻了、蔫了……

白三爷在发呆，但老掌柜却顾不上回头照应。他正牵着那头小瘸驴儿在乾隆爷的拴马石旁发蒙。这算哪码子事儿啊？且不说白三的父亲从不亲手经营牲口，就说一改父风也不该倒腾这瘸腿儿驴啊！瞧瞧这驴模样儿：身架子忒小，全身就扛着个可笑的大脑袋了。浑身褐灰，只显出个白色的贪吃嘴头子。左后蹄儿很明显从小受过治，走起路来，三步一瘸，两步一拐，颠儿颠儿的，露出一副傻里傻气的可怜相。如今这是什么年月？这驴还有谁要啊？老祖宗！白三儿这是做的哪门子买卖啊？

啊……不对！这驴哪儿见过……

老掌柜正在犯疑，茶楼上白三爷那股劲头儿已经过去了。正倚桌而坐，手端扣碗儿，右腿儿搭在左腿儿上，有板有眼地品茶呢。刚等老掌柜在乾隆爷留下的御拴马石上拴好了小瘸驴儿，他已品完了一碗茶，探头窗外，分外客气地喊上了：

“劳您驾了，朝我那香妞儿屁股拍三下！”

香妞儿？小瘸驴竟叫香妞儿？老掌柜又是一怔，更晕头转向了。但他还是不敢怠慢，只好抖着手儿按老主顾的吩咐行事。一下、两下，哪想刚等拍到第三下，那小瘸驴儿便骤然昂起脑袋大声嘶叫起来，长吁短叹，声震四方，差点儿把老掌柜吓得掉进了古泉井。

白三爷笑了，似乎茶喝到这时才喝出点味儿来。

老掌柜迷迷瞪瞪地回来了，他越想就越觉得晕晕乎乎如坠五里云雾之中。

也就从这一天开始，白三爷彻底扔掉了他的鸟笼子，成天牵着他那瘸腿小驴香妞儿，开始在这老茶馆里泡上了，而且还泡得颇有耐心。每天还必定三番五次地去拍那小驴儿的屁股，似乎就是专门为听那长吁短叹的驴叫，来取这门乐子。

听驴叫？这可是连老祖宗都不敢想的解闷法子！

老掌柜越瞧越觉得纳闷儿，一见到那瘸腿小驴儿就犯迷糊。这一天，他禁不住借着冲茶续水就想倒腾点儿底细：

“三爷！这驴我好像哪儿见过……”

“是吗？”白三爷不动声色，“您老真好记性。”

“您这是到底做的哪门子买卖？”

“嘿嘿！”白三爷还是微微一笑，“玩玩儿。”

“玩驴？”

“老掌柜！”白三爷正襟危坐，“我白三儿总不会脖子上挂镰刀——玩玄吧？”

“那您？”

“您放心！”白三爷更加正气凛然，“我打保票香妞儿辱没不了您的茶楼！”

“这……”

“您先忙着！”白三爷却要起身外出，“我那小驴儿又憋得慌了！”

“哦……”

老掌柜呆住了，惘然间只感到眼前有过去和现在的两条线头儿，飘飘忽忽，可就是怎么也接不起来。突然，那茶楼外的小瘸驴又长吁短叹地叫个不停。刚等白三爷面带光彩重新入座品茶时，就听得窗外传来一片人群涌动的嘈杂声。老掌柜不安地向白三爷扫了一眼，只见这位主儿兴奋中却很镇静，仅仅自言自语似的来了这么一句：

“总算盼出个头儿了……”

老掌柜惊诧地忙探头向窗外望去，就看见茶楼外在一片人群熙攘声中，一位形体特殊的主儿，正背着个罗锅儿，眨巴着双烂眼边儿，噘着张不长胡子的婆婆嘴，迈动着两条罗圈腿儿，围着御拴马石旁那头瘸腿小驴儿转来转去，久久舍不得离开。老掌柜脱口惊呼了：

“是他！”

是谁？粗看这主儿，满脸油泥儿，一副严肃相，除了面目苦了点外，真搞不清他是三十岁、四十岁、五十岁，还是六十岁。再看穿戴，更是古老陈旧，只见他光身子穿着一套长年不换、油渍麻花的中式裤褂，赤脚趿拉着一双补来钉去、实纳鞋帮的变形牛鼻子鞋。真可谓要多艰苦有多艰苦，要多朴素有多朴素。可又有谁能料想到，就是这么一位极不显眼的主儿一露面，却在大裤裆胡同里引起了这么大的轰动。一群西装革履、浓妆艳抹的男女青年，竞相跟踪围观，人涌得里三层外三层，简直比这老城闹市区初次出现外国人还热闹。

嗬！大裤裆深处开锅了！

但这位主儿对此却置若罔闻，如入无人之境，只顾抖动着两条罗圈腿儿，围着那头小毛驴儿转。渐渐地，他竟在一片嘈杂的哄闹声中站住了，轻轻地摩挲着小瘸驴儿的脖子，红眼边里还扑簌簌滚出两行热泪。

老掌柜望着望着，似看到眼前那两条线头儿猛地撞在了一起，好像有两个驴影儿也跟着碰合了。老掌柜再一晃悠脑袋，心里透亮了，竟不由得自言自语地嚷嚷上了：

“我说在哪儿见过这头小驴儿呢……”

“可那头早死了。”白三爷在他身后微笑着纠正。

“三爷！”老掌柜转身赞叹了，“真有您的！原来您唱的是这出戏！”

“瞧您说的，”白三爷却透着谦和，“论唱戏，我算得了什么？老掌柜！充其量咱只不过是个敲边鼓儿的。你瞧！真的角儿这才出场了。”

“哦……”又是一声由衷地赞叹。

但那位被称为“角儿”的人，竟不顾自己的身份，在众目睽睽之下，猛地搂着小瘸驴儿失声痛哭了。

也真凑巧，香妞儿也在这时开始了长吁短叹的嚎叫。

这时，白三爷一抖袖子，再整衣褂，不失时机地紧跟着走出了茶楼。

“哦！”老掌柜大彻大悟了……

二

白三爷站住了，嘴角旁露出了几缕洒脱的笑纹儿。

人群里三层、外三层挤得更密了，致使各酒楼、小店、各类铺面儿里的主顾们，一时间几乎都被抽空了。

但白三爷似乎又不急于进去了。

他旁观者似的站在人群之外，背着手儿，眯着眼儿，仿佛正在欣赏一幅难得的好画儿。不！更像一位唱压轴戏的名角儿，台前的“急急风”敲得越响，他就越不急于出场，越沉得住气儿。

白三爷眼角旁也挂上了笑。

往事烟云似的在他眼前飘荡开了。玩驴，终于玩出这么个歪脖子树杈子来。他透过人群缝儿，久久望着那位只顾搂着小瘸驴痛哭的主儿，渐渐地两只眼珠子竟不转动了。

这个人？

是的！这里是该说说这位不凡的人物了，要不然显不出白三爷得了祖宗真传。

常言说得好：真人不露相，露相不真人！这话要用到这位衣着相貌均很脱俗的主儿身上，那真是再恰当不过了。但要详细讲到他的身世，还必须说到一宗事儿。不说这个，这位人物的特殊价码儿就显示不出来。

孔子曰：食不厌精……

据说，咱们的老祖宗就是以吃而自立于世界民族之林的。您瞧瞧！北方越吃越大、越吃越野，什么驼峰、熊掌、犴鼻、鹿唇。而南方则越吃越细、越吃越精，什么银鱼、明虾、海虱、鲇鱼须，并且各有创造，争相发明。也是据说，南方已由色、香、味过渡到声，已开拓到专吃胎里的小白鼠。活蹦乱跳的，沾上咸水往口里一送：一叫。咽进嗓子眼儿：二叫。落到胃里：三叫。绝！“顾声思名”，此珍馐曰：三叫。虽这只是传闻，不足为信，但北方却绝不甘落后，早在数百年前就卓有成效地又端出一道佳肴：汤褪驴！君不闻民谚：天上的鹅肉，地上的驴肉！仅此一斑，就足可知其在中国名菜史上的地位了。

汤褪驴的发祥地则是老北京的青龙桥。

据说，卤制这种驴肉并非是驴即可：老驴肉老，病驴肉邪，死驴肉恶，而杀一般壮驴又违背天理。为此，青龙桥的汤褪驴是专门精选那非老、非病、非死、非用之驴，即一生下来就先天带着残缺之驴，或出世不久就受伤难愈之驴。您哪！这样煮了，睡觉才能睡得安稳。还是传说，汤褪驴还不准一起手就血糊淋拉地动刀子。血放了，神散了，味儿也就跑没了。祖传的绝招儿是：先在平地上深挖四个小坑儿，然后再把活驴的四条驴腿直挺挺插进去。这样，任是那再顽固不化的驴儿，也陷地为牢再难挣扎半分。随之，便是用整锅滚烫的开水向驴身上浇去，直至驴儿长嚎短叫在全身筋腱肌肤的活蹦乱颤中死去。这样，既保证了满腔热血浸在肉丝之中，又保证了肉质的色、鲜、活、嫩。但这仍不是关键，关键是在驴儿开、剥、宰、割后那一卤。虽然其间仍有种种秘方和绝招儿，但这关键之中的关键却又在那锅历数百年、煮驴无数头的珍贵原汤了。

这才是荟萃，这才是精华！

也是传说。据说到“老佛爷”修万寿山那阵子，汤裍驴的老主人临死已为三个儿子留下了万贯家产。但兄弟间宁可不要百亩良田、半街铺面、无数金银、数座宅院，就是拼死拼活要争那锅闻名遐迩的驴肉汤。到后来，哥儿仨竟争得头破血流反目成仇，官司直打到慈禧老太后大红人儿李莲英的门下。还是据说，这位大太监一辈子就办了这么件好事儿，他主张长兄、嫡传，才避免了三兄弟砸锅漏汤的悲惨结局，使老北京的老主顾们保住了这点儿口福。

从此，青龙桥的驴肉就更引得“京师万人馋”了。

但说到这汤裍驴又何时香飘塞外的？就又须提提老古话儿了。听老人讲，乾隆爷待此座塞外名城筑成后，便钦命一位宗室贝子率领一支八旗子弟屯兵于此。而这位封疆大吏虽也愿为王命肝脑涂地，但就是舍不下青龙桥这一口儿汤裍驴。好您哪！没了这么点滋味儿，那肝啊、脑啊的也都跟着没了，还拿什么玩意儿为皇上往地下涂呢？奏请圣上把青龙桥搬到口外，不但显着让人笑话，就是让其他王爷大臣知道了也不让啊！京师里谁不贪这满口香？于是便有一位汤裍驴的帮工小伙计，在这位封疆大吏的亲信策划下，暗中偷得了主人那份儿炮制汤裍驴的绝技，尤其是还盗得半罐子那秘不外传的原肉汤，追随大驾，连夜潜逃至此。据说，自从这塞外名城有了这一宗美味儿，这位封疆大吏便勇武倍增、忠贞复加，致使大清江山数百年来无后顾之忧。虽此仅为老者传说，只供姑妄听之。但那位小伙计确实从此露脸塞北，很快就成了名闻口外的驴肉陈了。

说完这宗事儿，就该说到人了。白三爷只觉得思绪飘飘忽忽，往事却在眼前越来越清晰了。

驴肉陈代代单传……

传到第九代驴肉陈的时候，不但大清国早已寿终正寝，就连民国也快玩儿完了。但闻名遐迩的汤裍驴的声名却丝毫未减，只不过由将军府流入到市井之中罢了。

那时候的大裤裆胡同，四周虽少有高楼大厦，却有自己一种独特的风情。每当一大早，东西两条裤腿儿便灌满了一股烟熏火燎气儿。铺面一开，各类小吃喝店就竞相敲响了锅铲、铁勺、擀面杖，刹那间一片各有特色的叫卖声便随之而起。有的拖长音儿，有的放短调；有的高亢入云，有的声重入地；有的似吟，有的似唱。此起彼伏，交织和鸣，混乱中不失和谐，嘈杂中却很协调。叮叮当当，吆高喊低，组成了一曲古老的市井交响乐。这其中最富魅力又最感染人的是这一声：

“哎！刚出锅的驴肉啊……油油……驴心、驴肝、驴肺、驴大肠嘞……”

只喊一遍，绝无二声，但这已产生了振奋人心的作用。只见人群闻声而动，争先恐后齐向古泉居茶楼涌去。不过这仍是先声，人们尚须强咽馋涎耐心等待。又过片刻，才能伸颈踮足远远看到，一头小瘸驴儿拉着一辆乌黑油亮变形的木轱辘车，慢吞吞地向这里滚动而来。跟在车旁的是一位油渍麻花的红脸大汉，敞胸露怀，一副市井好汉的气魄。

这就是九世驴肉陈。

据说，这位好汉一生和驴打交道，驴鞭驴肾吃多了，特别费女人。曾经娶过三个老婆，到头来还是光棍儿一条。但种儿还是传下了，瞧！就是躲在他身后那猴头巴脑儿的小孩儿，同样的油渍麻花，还背着个小罗锅儿。虽尚未在大裤裆胡同里叱咤风云，可当时已被大裤裆胡同里的老少爷儿们尊称为小驴肉陈了。

您哪！也就是现如今抱着小瘸驴痛哭的这位主儿。

那时候的小驴肉陈可不如现在这么招人，又瘦、又小、又驼、又油腻得光彩照人，总是战战兢兢、畏畏缩缩地躲在老驴肉陈身后，尚未显出不凡的地儿来。但这绝不影响买卖的兴隆，刚等小瘸驴儿拉着木轱辘车在茶楼门前停稳，“呼啦”一声，那驴肉便被一抢卖光。人们把香喷喷的驴肉夹在专门从烧饼刘那里买来的芝麻火烧里，随之又纷纷涌进了古泉井茶楼。要知道，这曾是塞外古城头面人物的一种时髦风尚。据说，当时的一些遗老遗少虽已穷极潦倒，但这种嗜好却绝不愿更改。好不容易凑两个钱儿买了一节儿便宜的驴大肠，也总得在茶楼里摆谱儿摆半天。临走，嘴边的油儿还绝不肯擦掉，甚至还得专门拈两粒芝麻贴在油儿上，好端着鸟笼子走亲串友，在穷亲戚们面前穷显摆一阵子。

解放初某一天，那黄钟大吕的吆喝声突然没了……

那一天，等候在古泉居茶楼前的老主顾们一个劲儿感到纳闷儿：怪事儿！芝麻火烧已经快凉了，怎么还听不到那振奋人心的一声吆喝？正当大伙儿六神无主时，就听有谁大喊了一声："快瞧啊！"这一喊不要紧，大裤裆内顿时凉飕飕地没了声音。人们自动闪向两旁，一个个提心吊胆地顺声儿望去：

哦！老驴肉陈殁了……

就看到在那小瘸驴儿拉的木轱辘车旁，只跟着那位畏畏缩缩的小罗锅儿，正战战兢兢地向着大伙儿走来。小瘸驴三步一拐，木轱辘两转一吱，庄严、肃穆，不像是卖肉，倒像是赶来一辆灵车。当时，上了岁数的主顾们即预感到不祥，莫非众驴冤魂向老驴肉陈讨债了？

果然不出所料……

事后老少爷儿们才知道，头天晚上有人来报讯：终于给十五岁的小驴肉陈说成一门亲。老驴肉陈兴奋异常，当即灌下一瓶老白干儿，并且还带醉汤浇了一头歪脖子驴。但不该的是，等宰剥了刚一下锅，他又仰着头儿干了一瓶，而且越喝越来劲儿，竟然提着剥驴刀晕晕乎乎地睡了过去。谁料想惨祸就此而生：半夜，老驴肉陈在睡梦中一个打挺。只听"咔嚓"一声，身未翻过，剥驴刀就明晃晃地直向自己胸脯子砍去。据说，似乎是这老光棍儿梦见了未来的小孙子向卤驴肉的开锅爬去，急忙抢救，才落得这么杀身成仁、舍生取义。惨啊！可这位市井好汉即使只剩一口悠悠气儿，却仍关心着汤褪驴这万年不败的事业。血糊淋拉的，还不忘谆谆叮嘱自己那吓得半死的罗锅儿子：

"小子！别……别发怵，一定得把媳妇儿娶回来！咱可不是寿星老儿拉旱船——单凭个脑袋晃。爹从小就给你吃驴鞭和驴肾，你内秀！十代单传的驴肉陈可不能断了根儿……"

得！从此小驴车旁就只剩下这位不起眼的主儿了。

但小驴肉陈却没有娶到老婆，似乎随着爹的死，媳妇儿也就跟着飞了，当然跟着也就把老驴肉陈的孙子给耽误了。您哪！这小子罗锅得厉害，仿佛连声儿也给窝回去了，天生的结巴。没了那市井好汉给他做主，谁还再愿把闺女嫁给这小窝囊废？好在这小子没嘴有心还真得了他老子的真传，守着个原汤锅卤出的驴肉还真是那个味儿。唯一遗憾的是，大裤裆里再听不到那黄钟大吕的吆喝声儿，驴肉崇拜者们只好每天聆听那木轱辘车的吱吱咕咕声来抢这“一口鲜”了。

小驴肉陈开始独闯江湖了……

但只要肉味儿不变，老主顾也就不挑剔这声吆喝了。很快地，这人、这驴、这车，就又变成了这闹市区的一景，和大裤裆胡同里的“古泉映月”并称为“晨巷驴影”。小驴肉陈虽然油渍麻花窝囊得实在可以，但却无形中跟着他的小瘸驴儿沾上了诗人气质。

您哪！这就叫缘分……

加之当时还算得天时、地利、人和，这小罗锅儿竟凭着自己这瘸驴、破车、可怜相当活幌子，在大裤裆胡同里渐渐地扎稳了脚跟儿。老城的驴肉爱好者都感到很庆幸。除了齐夸他保住了老祖宗的牌子外，甚至还暗里发现，这小子的腰板儿似乎也有点直了，舌尖儿似乎也有点活了，满脸的倒霉气儿似乎也有点儿少了。最后，这小罗锅儿终于得到了大裤裆胡同老少爷儿们的承认，免小而被尊称为驴肉陈了。

您哪！又一代正宗驴肉陈横空出世了！

但就在这时候，如果有谁敢建议白三爷选定这位主儿当落风枝，他也准会认为您小瞧了他，准会和您变了脸，弄不好还会和您拼了。

要知道，这位主儿的不凡之处还在后头哪！

往事还在眼前飘忽着。远处，似有两个民警跑过来维持秩序了。白三爷一怔，突然清醒过来。当即发现：火候已经到了，该上场了。

但还得先说说这头叫香妞儿的小驴。出生于远郊的山村，刚一落地就命中注定只能落入汤锅。多亏生就的腿瘸、脖子细、脑袋大，浑身除骨头没有儿两肉，而且怎么喂也喂不肥才勉强活到今天。后来又多亏了白三爷要专找一种瘸驴当“钓饵”，它才总算死里逃生又被卖到城里。而更出乎意料的还在于，它一进入大裤裆胡同更“身价倍增”：它不但有了个芳名：香妞儿，而且天天跟随主人出入闹市，还被拴在了乾隆爷的御拴马石上。岂止引得老少爷们刮目相看，就连往来拉板车的健驴们望见也羡慕得长吁短叹。只不该也不知哪来了这么一位脏了吧唧的丑爷们，一见自己就又搂脖又抹眼泪儿。多亏有主子前来救“驾”了……

说话间，白三爷已经拨拉开围观的人群，满头大汗地挤了进去。可那位主儿还是视而不见、旁若无人，一把鼻涕，一把眼泪，搂着小瘸驴儿哭得更痛心了。白三爷一看，得意之情顿时全消，悲切之意片刻即起，眼含热泪，急切地跨前一步。无语凝视片刻，这才手扶着乾隆爷留下的御拴马石，强忍哀伤，轻轻地呼唤上了：

“陈爷！”

陈爷？是谁首次这样亲切地、恭敬地、厚道地、尊重地、诚恳地、恰当地称呼这位残缺、邋遢、窝囊、不起眼儿，却又关系大裤裆胡同荣辱的主儿？白三爷！因而这两个字儿刚一出口，便引起了一片巨大的连锁反应。不但围观者“陈爷、陈爷”地为之回荡，就连香妞儿这小瘸驴也跟着长吁短叹地相呼应了。

当然，陈爷的失声号啕也绝不亚于这声势。

“陈爷……”又是悲悲戚戚的一声。

“哦……哦哦哦，”哭声中带着结巴，“我的驴……驴……驴啊！”

“它还在！”白三爷柔情地提示。

“早……早早早，”抽泣中时时地打呃，“早死……死……死啦！”

“谁说的？”白三爷断然否定。

“是……是是是，”泪水中长长的拖腔，“是没……没……没了……”

“这不是！”白三爷着重地一点。

“哦？”号啕顿止。

“您瞧瞧！”白三爷还在提示，“这小驴儿的身板儿、个头儿、毛色儿？再瞧瞧这白嘴头子、瘸驴蹄子、怪脾性子？”

“这……”显然懵了。

“不信是不？您再问问它自个儿！”白三爷照准瘸驴屁股就是三下。

长吁短叹，似在呼应。摇头摆尾，仿佛首肯。

“哦哦……”香妞儿又一次被搂紧了。

“您还待在这儿干什么？”白三爷显得更通情达理，“还不牵回府上，爱怎么亲热就怎么亲热去！”

“您您……”结巴里已全剩下了感激。

“瞧您！”白三爷变得更落落大方了，“这论谁和谁呀？大裤裆胡同里谁不知道，我爹和令尊还拜过把子呢！从小儿一个锅里抡马勺儿，咱俩不也就像亲弟兄吗？您牵走！您牵走！”

“好……好人哪……”这位差点儿跪倒。

围观者还没反应过来，白三爷已经从御拴马石上解开驴缰绳，谦恭而又豪爽地递在这位手里，留下一大群傻帽儿站在那里发蒙，他陪同这位打道回府了。

小瘸驴驮着一个又一个谜在前头走，白三爷颇有分寸地在驴屁股后慢慢跟着。但那脸上的笑纹儿却越来越密了，似乎越绷就越绷不住。突然，有谁从身后拍了他的肩膀一下，猛一回头，啊！就见一位洋装小伙子紧跟在自己身后，还没等他开腔，这小匪派儿已经主动搭上话了：

“等等！茶楼上有人找您！”

“哦……”白三爷一怔。

三

这事儿是有点蹊跷……

但白三爷是什么人物儿？哪能露这个怯？因而即使玩驴正玩到节骨眼儿上，随时都有被搅了的可能，他还是面不改色地调头跟着回来了。

您哪！吃这行饭的，讲究的就是见识见识！

刚一上茶楼，就见老掌柜面有忧色地迎了过来，想说什么，又不好说。白三爷一愣，马上就联想起老祖宗留下的一句行话：来者不善，善者不来！但更令他惊讶的却是，倚窗而坐等待他的竟是一位娘儿们！

白三爷不由得倒吸了一口凉气儿。

抬眼望去，只见这女人的年龄大约在三四十岁之间，描眉、画眼、长发披肩、浑身上下一水儿的洋式小打扮。那水灵灵的身段儿叫人一瞧准会浑身冒火儿，但那冷冰冰的脸庞儿让人一看却准会急剧降温。白三爷这一行讲究的就是冷热不吃，因而他一绷脸儿便洒脱地走了过去。

倒要瞧瞧这驴和这娘儿们有什么关系？

茶桌是早包好了的，那男匪派儿正随着她的眼色张罗着，迷得像个三孙子似的。

“白先生！请坐！”她不卑不亢地招呼着。

听！不叫三爷叫先生。这算洋交道。白三爷也不怵这个，一转身子，顺声儿有谱有派儿地坐下了。

哑场。她不说话，他也不吭声儿，都在绷着。

片刻，那娘儿们似乎有点儿绷不住了，顺手“啪”一下打开了那洋式小提包，轻轻捏出一张名片来，搁在桌上，两指顺势一推，便送到了他的眼前。白三爷是干什么吃喝的，能不懂这个？他也不用手拿，只侧着头儿用眼角余光扫去，嗬！中美合资、光大国粹商行总经理秦晓光……那女人嘴角马上挂上了傲气的笑。白三爷也马上就明白了这傲气的原因：这洋玩意儿上的头衔儿固然大得怕人，但关键还在那“中美合资”四个字儿上。

还不说话，都在绷着……

白三爷由此猛地联想起一件事儿，前些日子玩鸟界曾疯传过一个消息：老城有一位女能人儿，不知怎么就和老外挂上了钩儿，硬说大裤裆胡同给中国人丢脸，尽往来招苍蝇，发誓要集资金，挖能人，推平之后盖自己的贸易商行大楼。听说，还陪着一个外国人见过那驴肉陈。

是她？！

白三爷心里已有所警觉，但是仍憋着劲儿。

“白先生！”还是女的先说话。

“嗯？”白三爷仍不动声色。

“您那驴要多少钱？”问得突然。

“怎么？”白三爷一怔。

“我出三千！”回答得惊人。

“哦？！”白三爷再也绷不住了。

三千块钱买一头瘸腿小驴儿，没听说过的荒唐事儿！老掌柜听后大吃一惊，几乎把滚烫的开水浇了茶客们一身。

但老掌柜已经再明白不过了：醉翁之意不在酒，买驴说到底还是为了人！而那位结巴罗锅的窝囊废哪儿来的这么大能耐，竟能把老帮子和匪派儿同时都给牵动了？好您哪，看来仅靠那上半截子故事已经不能说明问题，何况从那以后驴肉陈才真正开始倒霉了。

上代驴肉陈刀劈自个儿死了，小驴肉陈总算苦苦挣扎横空出世了。

但好景不长。世事像中了邪似的在拐着弯儿变。从公私合营开始，大裤裆胡同就逐渐绷起了脸儿。又过了好几年，两条裤腿儿里就更变得严肃到再不能严肃了，就像满脸的笑纹儿慢慢消失了似的。随之那瘸驴、破车、小罗锅儿也就跟着慢慢消失不见了。

好您哪！筷子头下有枪声……

日月如梭，岁月如流。忘了，渐渐都忘了。人们除了夹起尾巴做人，就是战战兢兢过日子，哪有心思去想那位油渍麻花的窝囊废呢。但有一次一位昔日的驴肉崇拜者随泥瓦队来修补塌房时，却站在房顶上意外发现隔壁竟是末代驴肉陈的住处。这里必须补上一笔：这地儿属大裤裆胡同的裤腰部分。裤腰是掖在袄襟下见不得人的，故而要多脏有多脏，要多破有多破，而末代驴肉陈的府邸又是其中最不堪入目的。站在房顶朝里一望，只见屋倾墙斜，满院破烂，冷冷清清，一片凄凉，就像八辈子没住过人似的。但在一株曲里拐弯的歪脖儿榆树下，却意外地还拴着一头大脑袋瘸腿儿驴。

这可真叫人触景生情、睹物思人啊！

这位驴肉崇拜者歇工时暗中一打听，才知这位末代驴肉陈可是越活越背时，公私一合营他那驴肉就没一点味儿了，改当小伙计不会说话，改洗盘子尽往烂打，最后只得靠捡破烂过日子了。而且越活越罗锅、越活越结巴、越活越怕见人了。整天只知道溜着墙根儿过日子，像个小耗子似的，一见来人，便吱溜一下，躲了！驴肉崇拜者听后，当即倒吸一口凉气儿，把刚才勾起的那点儿驴肉香给掖回去了。

您哪！这哪像是人儿？是鬼啊！

但三十年河东，三十年河西，骤然间世事又拐着弯儿绕回来了。又过了两年，就像有这么只巨杵往死水里狠劲儿一搅，周围的一切立刻又变得活蹦乱跳起来。大裤裆胡同再不绷脸儿了，两条裤腿里也呼呼地灌满了热风。各行各业重新翻腾了起来，一时间那古老的市井交响乐演奏得比往日还邪乎。

就是久久不见那人、那驴、那车……

好您哪！二十多年了，且不说那末代驴肉陈早已变得非人非鬼、似呆似傻，就说那份儿珍贵的煮驴原肉汤也早该沤臭耗干了。但事情往往就是这么邪门儿，哪壶不开提哪壶。有一个老外竟意外地出现在大裤裆深处，专门寻访这早已销声匿迹的汤褪驴肉，并声称他们的大老板特命他带几斤回美国。

嗬！震动且不说，这一下又算把人们的馋虫儿逗起来了……

这一天，正当一群驴肉爱好者相聚古泉居茶楼哀叹此项国粹沦没之余，就听得有谁骤然瘆人地喊了一声："瞧啊！"人们闻声慌忙探头向窗外望去，就只见熙熙攘攘的人群猛地波开浪裂地让开一条人巷。又过了片刻，只见人巷中终于闪现出那久已消失的瘸驴、破车、小罗锅儿。当时，烧饼刘就端着扣碗儿热泪盈眶了。茶楼老掌柜更是激动得寿眉抖动、泪眼模糊了。

老天爷！总算又轱辘出来了……

这木轱辘车到底轱辘了多少年？似乎谁也搞不清了。只记得把大清国轱辘过去，把民国又轱辘玩完，现在又把一场浑浑噩噩的噩梦给轱辘结束了。擦着穿靴戴帽的、长袍马褂的、西装革履的、灰蓝制服的，以及蝙蝠衫和喇叭裤的，一直轱辘了这么多年头儿，直至轱辘得车身早让油泥儿腻得油黑发亮，车轱辘轱辘得难论方圆。而且拉车的还是这么一头小瘸驴儿，仿佛不这样就不能配套，不这样就不成规矩。

万变不离其宗的是这人、这车、这驴……

听说，老年间就有人向老驴肉陈建议过：又不缺钱儿，何不换头好驴？老驴肉陈回答得诚恳：瘸驴听话，健驴欺弱、欺小、爱尥蹶子，得为孩子们想。到末代驴肉陈接班儿的时候，恰逢上一代瘸驴恋主也死了，有些人也曾又旧话重提，可这位主儿换来换去还是换了条两岁的瘸腿儿驴，并且难得地结巴出一句话："祖……祖宗，留留留留下的章法……"当即迎来了个满堂好。好在车轱辘早已不成方圆，似乎也非瘸驴拉动不可。车轱辘颠高时，恰是后驴蹄瘸下之际，取长补短，配合巧妙，慢虽慢点儿，却轱辘得颇能使人发古之幽思。

得！汤褪驴的活幌子终于又打出来了！

老掌柜刚一缓过神儿，小驴车早已按祖宗章法停在了古泉居茶楼门前。嗬！人群一下子就围上去了，要多么轰动有多么轰动。但卖肉的战战兢兢，主顾们也有点战战兢兢：到底那珍宝似的原汤还有没有了？这小子还卤得出地道的汤褪驴吗？多亏了茶楼老掌柜比大伙儿还急，走下楼来，挤进人群，先用权威的眼光细细审视，再把大拇指和食指一并，轻轻地捏起那么一条肉丝儿，举得老高，再看再察，然后再落入口中，细细地嚼，细细地品，细细地咂巴着，足足有十多分钟。待围观者都快急出眼珠子时，他这才带哭音儿猛地一叫：

"老少爷儿们，驴肉陈的老滋味儿又回来了！"

这一吆喝不要紧，只见"呼啦"一下，一车驴肉便被抢购一空。而且在当天，有关这家伙舍身保护原肉汤、装傻糊弄公家人儿的种种传说，更沸沸扬扬地塞满了整个大裤裆胡同。尤其听说北京青龙桥的驴肉失传了之后，这闹市的游客竟骤然增加了两倍之多。更为重要的是作为塞北一绝，汤褪驴竟在招待外国人的宴会上派上了用场。据说，这些洋人们刚吃了几片儿，便伸出大拇哥连声喊："蒿！蒿！"

您哪！国粹顷刻间变成国宝了。

可又有谁能料想到，这位末代驴肉陈的背时运还没走完。就在他刚要走红的时候，他那头瘸腿儿驴竟活得不耐烦老死了。木轱辘车缺了这驴当然拉不出去了。但更奇怪的却是，这位国宝也像缺了腿儿开始晃晃悠悠起来，有一天半夜竟游魂儿一般没了影儿。等老主顾们再发现他的时候，这主儿已经栽到一个公用茅厕里只剩一口幽幽气儿了。

这驴、这车、这人，眼看结着伴儿要全完了……

还有什么说的？两眼发直，四肢冰凉，刚等抬到医院就准备着往火葬场送了。大裤裆胡同里顿失肉香，古泉居茶楼上立布愁云。一帮虔诚的驴肉爱好者只好忍痛节哀，张罗着提前为这位背时的主儿操办起后事来。

总不能让他油渍麻花地去见老祖宗啊！

作为大裤裆胡同盛衰史的活的见证人，老掌柜当然就更难免兔死狐悲了。他含着眼泪，戴着手套，捏着鼻子，率领着几位老主顾一起走进了末代驴肉陈的府邸。您哪！是得在居委会监督下清理清理了，死了也得让他穿一次新的裤褂吧？但走进去这么一瞅，咳！瞧屋子里这份儿脏、乱、破、穷、臭，真让人瞅着寒心哪！有几位当即拔腿就要走，多亏让老掌柜给喊住了："诸位，诸位！还是翻腾点破烂儿卖卖吧，总得凑个火葬费呀！"老天爷！这一翻腾可不要紧，破炕席下，烂被褥中，炕洞子里，破顶棚上，死驴皮卷儿内，到处都是钱、钱、钱！有前清的银锭、银票、银元宝，有洪宪的袁大头，有民国的法币，有日伪的蒙疆票，有蒋介石的关金和金圆券，还有现如今的人民币。油渍麻花，东掖西藏，海啦！海啦！

就是没翻到那份儿神秘莫测的原肉汤……

但现有的收获已经足够了。当时，大裤裆区正苦于找不到一位万元户来出席全市首届致富户代表大会。这一下可行了，送到银行一兑换，岂止万元？好您哪！整整十几万哪！于是区领导亲自过问，将这位首批致富户转送到全市最好的医院，住进高干的特级病房，进行专门的特级护理，并下令不惜动用一切珍贵药物进行抢救。是啊！怎么能让这么一位先进人物在这时候不明不白、不吭不哈地死去呢？不！绝不允许！

这么一来，您还别说，末代驴肉陈还真的从阎王殿拉回来了。

时来了，运转了！

再等到这位沦尘落难的主儿睁开眼睛，嗬！一时间他差点又让镁光灯、照相机和摄像机给晃晕了过去。从此，他便一跃而成为大裤裆胡同万人瞩目的一颗“新星”，连电视机里的李向阳也让他给比得黯然失色了。人们的注意力全被那十几万吸引了过去，致使大伙儿竟数月不想驴肉味儿，还提那油渍麻花的玩意儿干吗？如今他老人家还能顾上这个？

末代驴肉陈被大伙儿改称驴财神了。

但这位遍体生辉的财神爷却有点儿令人失望，给他门头儿上挂“致富光荣”那匾时，他竟愁眉苦脸的像给他贴报丧帖子一样。送他参加全市首届致富代表会的时候，他更像被绑赴刑场。最令人琢磨不透的是，归来后他居然绝口不提汤褪驴，整日里迷迷瞪瞪六神无主，只顾蒙着头儿守着破院里那株歪脖子树发蒙。

可越这样儿，大伙儿越感到神秘，越对他肃然起敬。

有一天情况却又有了新的变化。那阵子来大裤裆胡同的外国人越来越多，早已流行起诸如“古德、您哪、拜！”这类混合词儿。更重要的是，上次那位要买驴肉带回美国的老外又来了，而且专门点名儿要见这位末代驴肉陈。更令人不能理解的是，这位洋人儿在一位娘儿们的陪同下，进门一瞧这位当今的驴财神，愣在惊喜之余用半生不熟的中国话喊上了：

“哈！和我们经理说的一样，一点不错，是他、是他！蒿、蒿！先生……”

并且当即预定汤褪驴肉五十斤！

人们并不去研究其中的奥秘，只是因为外国人这么一提，顿时又把对这宗美味的嗅觉、味觉调动起来了，就连视觉也从钱上又重新落到驴肉上了。于是，汤裉驴更变得香飘万里、中外闻名，仿佛没了这份美味儿就会民不聊生，国将不国，大裤裆胡同也就更不称其为大裤裆胡同了。

至此，正宗驴肉陈才算得再一次真正横空出世了……

但令人惊讶的是，正当这位驴财神声誉卓绝、名利双收、可大展宏图之际，他却坚决地拒绝再次出山，只顾得每日里守着那株歪脖子树发蒙。任谁来苦口婆心相劝，都始终未能把这位悲悲戚戚凄凄惨惨的"国宝"请出那大门一步。

但是白三爷却做到了，玩驴终于把这古怪的人物从树杈子下玩出了大门来。

而现在……

老掌柜一晃脑袋，猛地从缥缈的思绪中转了回来。四周依旧是乱哄哄的景象，眼前还是白三爷和那矜持的娘儿们久久对峙着。只有那甘当三孙子的小匪派儿像是等不及了，又急匆匆地跑过来问上了：

"怎么样？"

"哼！"白三爷冷笑了。

"五千！"那女的更不同凡响。

"谢您啦！"白三爷却突然立起身来，"我白三儿不卖祖宗！"

"啊！"惊叹声。

白三爷早已一甩手儿，洒脱地走下茶楼了。

四

白三爷终于随着小瘸驴儿走进了陈爷的府邸。

好您哪！那娘儿们也好像认输了，一连好几天竟能相安无事。而白三爷不卖祖宗的故事却在茶楼传开了，愣让老少爷儿们骄傲了好一阵子。是得教训教训这些小匪派儿了！要想把大裤裆胡同扒平了，那不等于要刨祖坟吗？

得！白三爷又成了英雄！

白三爷自己也踌躇满志，一个心思就想着给祖传这一行争光露脸。这一天，他穿过大裤裆胡同，正准备去陈爷府上大展宏图。谁料想冤家路窄，却又偏偏碰上了这两位对头。白三爷向来是真人不露相，背起手儿走得更潇洒了。但背后那甘当三孙子的男匪派儿竟口出不逊，冷不丁地来了这么一句：

“呸！出土文物儿！”

“什么？”白三爷当即停住，本想给他个难堪。

“多嘴！”谁又料想，那女的竟狠狠给了那小子一句，而且使劲儿一拽，拉着他就走，只给白三爷留下个琢磨不透的背影儿。

白三爷立刻感到：这事儿还不算完……

果然，过了几天，这两个家伙虽然只串小铺面，专尝各种风味小吃喝，但大裤裆胡同里的正人君子却突然增加了好几倍。宁可丢下自个儿的小铺面儿，也得来这乾隆爷留下的茶楼里泡着，整日里神神道道地议论白三爷此次玩驴的目的，致使古泉居里久久地弥漫着一层儿愁云迷雾。

玄哪！

要知道，这位窝囊的财神爷有十好几万哪！而这小子却从来不吃、不喝、不穿、不戴、不玩、不乐，加之那成堆的钱儿又不储、不存、不动、不用、不借、不花，愣成年累月沤在那又破、又烂、又脏、又臭、又阴、又暗的屋子里招苍蝇呢？从古至今只听过玩鸟、玩蛐蛐、玩鸽子，谁听说过玩驴啊？天哪！可别让白三儿这位精明主儿，借着玩驴明偷暗抹地全给玩了去。

这年月，什么事儿都能办得出来……

白三爷听着真揪心，他没想到后院里这么容易就点着了火。按说，烧饼刘、修脚李、肉串杨、杂碎赵等，都是从小一起长大的老伙计，而现在背后嚷嚷得最厉害的也正是这几个。但白三爷却脸上一点儿都不露，更不逢人就解释，只是笑眯眯地在心里头琢磨着。

背后的嚷嚷声儿更大了……

也难怪老少爷儿们这么忧心忡忡。是这位迷糊财神爷的钱儿早招上苍蝇了。大裤裆胡同乃藏龙卧虎之地，有时候就难免有点儿鱼龙混杂。虽然驴财神的府邸就离派出所不远，但一些小玩闹们还是自有自己的生财之道。干嘛动刀子见血呀，不就是这么位耗子似的胆小人儿吗？于是，半夜里便有人敲这位的门儿，而他还总是闻声而起，愁眉苦脸地就往门缝外塞出两张大白边儿。就是在闹市里也是如此，他在前头梦梦悠悠地走着，身后也难免有人用钢笔杆儿捅一下他的腰眼儿，而他还是绝不回头，只把手伸后悄悄递出两张票子。失者不吭，得者不哈，动作迅速，配合默契，绝不去惊动公家人儿，就是有人发现产生疑问，他也总是摇头否认。

如今，白三爷要比这些主儿能耐啊！

白三爷却仍然不动声色，而且还天天陪着驴财神来茶楼喝会儿茶，好像是天天要来看伙计们的白眼儿似的。任大伙儿再窃窃私语，他都当没听见，只顾按祖传规矩，主子似的伺候着陈爷。这简直不仅仅是玩驴，而是玩人哪！更可气的是，那位窝囊主子也仿佛置若罔闻，竟像是离了他就没法活似的。

这不等于臊大伙儿的皮吗？

这一天，老少爷儿们便决定动点“真格”的了。因而刚等这一主一仆一上茶楼，大伙儿就逼着老掌柜亲自去“套”一下白三爷的底儿。哪想刚等老掌柜一开口，这位竟脸上不红不白，冠冕堂皇地和大家较上劲儿了：

“诸位！我白三儿到底要干什么？按祖宗的话说，是辅佐主子！按时髦的话讲，叫发展驴肉事业！除此而外，如若再有半点别的心思，我白三儿就不得好死！”

辅佐主子？发展驴肉事业？谁信这个！？

古泉茶楼里，顷刻间便是一片窃语声。也不看在大裤裆胡同混饭吃的都是些什么主儿，愣想拿这么几句话儿糊弄人？于是大伙儿的主攻方向便转了，迎着窝窝囊囊的驴财神便是一片同情的寒暄：

“陈爷！这边儿坐！”烧饼刘首先搭上了茬儿。

“这……”这位显然不情愿离开白三爷。

“您！”烧饼刘话中有话，“是该换身儿行头了。要不，大伙儿也觉得对不起您。嘿嘿！您这么艰苦，也不知道日后会便宜了谁？”

“这……”驴财神霎时像芒刺在身，更结巴得说不出话了。

“也是！”修脚李又搭上话了，“您一辈子油光滑溜惯了，新的刺挠，可您也总不能一辈子就是咸菜疙瘩就小米儿粥吧？”

“这……”驴财神似乎顿觉恶心，更没词儿了。

“唉！”轮到杂碎赵出场了，“从小油烟儿熏的！可小驴儿再亲，也不顶个老婆吧？您哪！是到挑一个的时候了，有人管家，别人也就少打您主意了！”

“这……”驴财神又是一阵结巴，突然失声儿号啕大哭了。

古泉居茶楼内顿时一片混乱，人们一个劲儿埋怨杂碎赵：干吗呀？话是“哨”给那位主儿听的，为什么偏不小心去捅驴财神的心窝子？他老子不就是给他提媳妇儿那天晚上把自个儿劈死的吗？

只有白三爷一直安然地坐在一边儿，微笑着聆听大伙儿和陈爷搭话儿。见主子大哭才略显慌了神儿，忙上前帮着众人安慰：

“别……别难过了，大伙儿不也是为您好吗？”

又过了几天……

古泉居茶楼显得稍消停了一点儿，烧饼刘、修脚李、杂碎赵、裁缝王、估衣孙等，似乎在这里泡的劲头儿也不那么长了。好像面对白三爷的我自岿然不动，老少爷儿们都有那么点儿没辙了。其实不然。只有茶楼老掌柜心里最清楚：大裤裆胡同里讲的就是一荣俱荣、一辱俱辱，见了好处谁想钻在被窝里独吞，没门儿！为此，这几天大伙儿改变了战术，一个个见义勇为的劲头儿大着哪！发展驴肉事业？屁！宁可下辈子儿孙都不吃，也非把白三儿这小子扳倒不可！于是每天晚上都有人跑居委会和派出所，差点儿填火药把两地儿都填平了，可临走还都得咬着耳朵来这么一句：

“仅供您参考！您可给我保着点儿密！”

大伙儿都战战兢兢地等着那么一响儿，古泉居茶楼这才暂时这么消停了。

但白三爷却似乎不知道，每天照旧陪着陈爷来泡茶楼，瞧大伙儿默默无语，竟然还挑头儿说上个荤故事。

这一天，似乎火候已经到了……

头天晚上大伙儿就得到了讯儿。白三爷把整座茶楼给包了，专门要请大裤裆胡同的头面人物来喝茶。白三儿这是怎么了？玩驴又玩出了什么新花招儿？因而大伙儿虽不愿为白三爷抬这个轿子，还是经不住诱惑都来了。

嗬！这才叫大裤裆胡同英雄大聚义！

上楼一瞧，今天的茶楼要多干净有多干净，要多规矩有多规矩，要多正派有多正派，一片庄严肃穆的气氛。当头正面坐着德高望重的老掌柜，紧挨供着愁眉苦脸的驴财神，身后便是提着大茶壶垂首而立的小顺子。而白三爷则抱着个小包袱恭迎在门口，打前照后，外接里应，既不失热情大方，又显得端庄正派，只不过眼神儿里稍稍透出点令人莫名其妙的凄凉。

谜，简直是个让人琢磨不透的谜……

老少爷儿们正准备等着一层层揭这包袱皮儿。谁料想，白三爷刚等大伙儿一落座儿，便恭敬地回身看了陈爷和老掌柜一眼，然后就双手抱拳，开门见山地说上了：

“谢谢诸位前来捧场儿！我白三儿知道，打从我那小瘸驴香妞儿一进陈爷的院儿，大伙儿就开始为那十几万块钱儿操上心了！”

开门见山，令人不好意思……

“也说真格的！感谢陈爷信得过我白三儿，这笔钱现在还真在我手上，一共是十二万六千三百六十六元八角四分。另外，又从炕筒子里掏出了三张大清国的银票，一张烟儿熏了，一张火儿燎了，一张剩下大半截子！”

一针见血，顿时使全场大哗……

“说来诸位一定不信，今儿个我还全抱来了，这不，就在这手头小包袱里！”

语出惊人，使举座目瞪口呆……

这还不够，白三爷把小包袱放在茶桌上，竟在众目睽睽之下公然解了开来。只见随着一片失声惊呼，当即有几位茶碗失手落地碎了，又有几位屁股抬起再难落到凳子上去，还有几位脖子僵直缩不回来……

钱儿，一捆又一捆的大白边儿……

但白三爷好像觉得这还不够意思，他一捆一捆地搬弄着，最后竟专门拣出一小捆儿说：

“可现在这包袱里是：一十二万六千八百六十六元八角四分整，还多出这整五百！”

事出意料，更令众人瞠目结舌……

“老少爷儿们！”白三爷却不急于解答了，渐渐热泪盈眶，半晌才说，“别怪我白三儿没出息，一提祖宗就当着大伙儿抹眼泪……您哪！伤心……我爹是传给我这么一碗饭吃，可从来就没有教给我坑人。他老人家临死就留给我两个字儿：厚道！我没出息，这好些年来我把老人家的牌子差点儿砸了，可就从来没敢忘过这两个字儿！唉！您瞧，我说这个干什么！”

停顿使得满屋又活转过来。

“得了！当着诸位的面，今儿个就把话兜底儿说清了。我劝过陈爷：钱儿窝着要招鬼呀，成天往外递也不是个事儿啊！这年月，亮彻了正保险了。也是陈爷爱国，他老人家琢磨来琢磨去就赏我白三儿这个脸儿了。这不，连那五百整……”

撩拨得众人又开始注意。

“说明了吧！我白三儿也为陈爷操过心，暗地儿找过派出所，提过陈爷被诈骗这档子事儿。连带我背后这么一查、一访、一诈唬，没几日，还真追回了这五百多！陈爷由这儿更爱国了，一句话儿：存！”

众人肃然起敬。

“老少爷儿们！我白三儿原想，陈爷那汤裍驴可是一宝，连外国人都瞅着眼红哪！青龙桥的失传了，咱可不能再让大裤裆胡同的一绝也没了。这么好的年月，这能对得起谁呀？陈爷出山有苦处，而我白三儿又是天生祖传跑腿的命。得！咱就为陈爷敲敲边鼓吧。可又有谁能料想到，正和陈爷商量在节骨眼儿上，半道儿竟落了这么个下场。既然诸位信不过我白三儿，不肯赏脸让我吃这口饭，那就请诸位当着陈爷和老掌柜的面把钱儿点清了，我白三儿也该回家重新遛鸟玩儿去了。得了！老少爷儿们，话说清了，咱们也该散了！”

结束得令人大感意外。

白三爷收拾好钱，扎好包袱，双手奉还在陈爷面前，然后带着一副问心无愧的模样儿，真的准备着就要走了。谁料想，驴财神却不接受，竟像要失掉主心骨似的一下子慌乱起来。

更奇怪的是，老少爷儿们也全都不吭声儿。

应该说，这一招儿不可谓不绝：亮彻了撒手儿就走，下半篇文章留给大家去做。可这年月的老少爷儿们谁是吃这个的？慌乱中透着稳重，失措中仍不失沉着。烧饼刘当即觉得尿憋得慌，修脚李随之也想到澡堂子水冷了，裁缝王竟立刻和肉串杨讨论起烤羊肉串儿的火候。剩下几位，也只是纷纷表示遗憾而不加阻拦，端起扣碗儿齐夸白三爷赏的茶这才喝出点味儿来。

您还别说，白三爷也不含糊，竟满脸带笑，一抱双拳，潇潇洒洒地走了。

那一直手足无措的驴财神，此时却突然一声号啕痛哭起来，呼天抢地，但结巴着什么也喊不出来。大伙儿刚刚围上劝解，他竟一把把那小包袱夺了过来就走。仿佛白三爷走了，他那爱国之心也跟着全没了。

又两天，古泉居茶楼真的消停了……

五

白三爷似乎玩驴玩亏本儿了……

古泉居茶楼上再没见到他的身影儿，听说他把那小瘸驴儿无偿奉送给陈爷后，就直奔老城根儿小公园就任鸟协秘书长去了。

但老掌柜却总觉得有那么点不对劲儿……

这是怎么了？自从白三爷这一甩手儿走了不久，御拴马石旁便骤然出现了许多瘸驴拉的木轱辘车。从茶楼窗口向下望去，你喊我叫，熙熙攘攘，乱哄哄的。大家争比高低，竞创名牌，相继打出了“老驴肉陈”“真驴肉陈”“当代驴肉陈”“嫡传驴肉陈”“不折不扣驴肉陈”“货真价实驴肉陈”种种牌号。不到几天工夫，这位十代单传的老光棍儿，竟意外地新添了许多诸如侄子、侄孙、外甥、干儿、干闺女、叔伯堂弟、同辈七哥等亲属。有一位年轻主儿，愣认定自己是这位末代驴肉陈的私生子，不但引用自己老娘的临终忏悔来加以证明，而且还一个劲儿指着自己的后背嚷嚷：

“瞧瞧！咱是不是也带点罗锅儿？”

这一来不要紧，直把大裤裆搅了个乱乱哄哄、真真假假，食客们晕头转向，主顾们眼花缭乱，几乎被这骤然掀起的“驴肉热”给淹死了。到后来，修脚李竟也大谈起这位老罗锅儿年轻时的罗曼史，而且还得到了老伙计的点头赞同。但这位骤然有了许多儿女和情妇的当事主儿竟然不闻不问、不吭不哈、不反驳、不辩解、不辟谣，只顾得自个儿睹驴思人，愁眉苦脸，唉声叹气，足不出户，整日里坐在歪脖子树下发蒙。

老掌柜隐隐感到要出什么事儿了……

果然不出所料。日子一久，麻烦也就跟着来了，这一股竞创名牌儿的浪头随之便泛滥成灾了。真真假假，又把人们冲得对一切都产生了疑心。上当上够了，就连烧饼刘的芝麻火烧、杂碎赵的辣油杂碎汤、爆肚儿张的风味嫩爆肚儿、肉串杨的现烤羊肉串儿等，全都跟着卖不出去了。大裤裆胡同蒙上了一层造假的阴影，一时间竟变得萧条不堪。

老天爷！这真叫祸从“驴”起……

为此，大裤裆胡同的各路英雄好汉，便又纷纷涌进古泉居茶楼研究对策。对！一正压百邪，还得请陈爷亲自出山！真正的汤褪驴肉推出来了，那乱七八糟的冒牌货也就不战自退了！但谈何容易，大伙儿簇拥着老掌柜亲自去请这位驴财神，一请、二请、三请，这位虽然没有一句词儿驳大伙儿的面子，可就是愁眉苦脸地守着那小瘸驴儿纹丝不动。

好您哪！这才叫睹物思人哪！

似香妞儿也有相同的看法。虽说前一个主人成天只给他喂一些烂菜帮子馊窝头，可他能让自己拴上御拴马石而成为闹市中的驴界明星。而后一位却不同，吃喝上倒好，还不时让自己舔盐尝调料，只不该成天愁眉苦脸死守着自己，让它从此顿失驴界明星的光彩。

驴不理解，似乎老少爷们也难以理解……

也难怪，人们只看到他不知要了多少驴的小命儿，却没看到他对驴竟还有这么深的感情。而白三爷却独具慧眼地看到了：杀驴的是他，爱驴的也是他！要知道，自从九世驴肉陈死了之后，他大半辈子几乎就是孤零零的一个人。尤其是最后那头小瘸驴儿，竟伴着他人不人鬼不鬼地度过了近二十年。日夜厮守，对月相望，比他妈个老伴儿还亲呢！一旦撇下他死了，他能受得了这份儿刺激吗？多亏了白三爷玩出了这头一模一样的小瘸驴儿，才使他感到又有了活头。可大伙儿硬生生把这么个好人儿从他身旁逼走了，这让他能受得了吗？

老掌柜似乎也看出了这一点……

更令人不安的是最后那一次，老掌柜和伙计们刚一垂头丧气地迈出陈爷的门儿，就迎面又碰到两位来请陈爷的主儿。老掌柜只觉眼前一晃，再抬眼一瞧，哎呀！这不是那位要买白三爷驴的娘儿们吗？洋妆打扮，光彩照人，恰和这古色古香的驴财神府邸形成鲜明对比。陪同前来的还是那位甘当三孙子的小匪派儿。两人一块儿捏着鼻子，扭着身子，好一副要杂技走钢丝的模样儿。老掌柜和伙计们当即停步了，傻帽儿似的瞅着这两位不速之客。那女的还是冷若冰霜，见人爱答不理。而那男的瞧着大伙儿，竟嘻嘻哈哈地来了这么一句：

“谢谢诸位了，多帮忙！”

“犯贱！”女的当即骂了他一句。

虽然如此，老少爷儿们也受不了啊！等再回到古泉居茶楼上，就变得更忧心忡忡。好在第二天烧饼刘便打听回消息来了。听说那骚娘儿们是去动员陈爷参加他们商行的。那油头粉面的男匪派儿就说得更绝，说什么要把陈爷弄出国展览，要让美国大总统也拜倒在汤褪驴肉的脚下，并且特地声明：

“美国的驴比中国多，可没中国的好！”

问题变得更严重了，这两个男女匪派儿要卖国，要把大裤裆胡同的风水给拔走了。于是茶楼之上顿时紧张起来，老伙计们又相聚在一起纷纷商量对策。研讨的结果是大家一致认为，关键在于必须把陈爷留住，而且得尽快请他出山！为此，老掌柜又感慨万分地第一个发言了：

“干吗呀？既然人家白三爷主动给大伙儿露了底儿，咱就该趁势头儿将他留住。憋什么劲儿呀？”

“也是！也是！”大伙儿竟纷纷应承。

“其实，白三儿这人挺厚道，老实，有人缘儿，大伙说是不是？”

“那是！那是！”又纷纷响应。

“人家玩驴选定落凤枝，又碍谁的事儿啦？肉烂了总在锅里，出不了大裤裆胡同！现在这可好，唉！”

“唉！唉！”马上就是一片叹息。

“瞧瞧吧！没了这汤褪驴，烧饼刘你那芝麻火烧卖不动了吧？烧饼不夹驴肉，那不是嚼泥吗？连我这茶楼里跟着缺了那份儿热闹，茶喝不出味儿啦！茶卖不出去，谁还出汗？谁还洗澡？谁还想得到修脚？唉！”

“唉！唉！”又是一片此起彼伏的叹息。

“全他妈的害了红眼儿病！把白三儿给逼走了，大伙儿都跟着倒霉，怪不得老主顾们都扯开嗓子骂大街！”

“就是！就是！”大伙儿竟像说别人似的。

老掌柜又唉了一声儿，不言语了。茶楼里顿时一片寂静，大伙儿也只顾低着头儿品茶了。但要把陈爷弄出国外的事儿却在老主顾间沸沸扬扬传开了，汤褪驴肉的众多爱好者便开始群起兴师问罪，发誓要坚决清除大裤裆胡同里的红眼儿病。也不知是谁走漏了风声，烧饼刘、修脚李、杂碎赵、爆肚儿张等，便无形中被列入了讨伐之列。于是，当天下午便在古泉居茶楼里又兴起一股表白明誓之风。

“我操他祖宗！”修脚李首先骂上了，“谁干那号缺德事儿，生个孙子也没屁眼儿！”

“缺他妈的大德！”烧饼刘也不甘落后，“谁干那号事儿，他妈卖了！”

“谁冤枉好人，”杂碎赵一跃而起，“准他妈的不得好死！”

“天地良心！”爆肚儿张更是义愤填膺，“让刀子捅了！”

骂到这时候，人们才更体会到白三爷的厚道、老实、有人缘儿，于是便纷纷公推茶楼老掌柜亲自去“三顾茅庐”。好您哪！没有白三爷出场能牵出那头犟“驴”吗？而祸从“驴”起，还必须祸从“驴”消，只要白三爷能再把这驴财神玩出来，那大裤裆胡同这点儿风水就算保住了。

得！各路好汉这回总算服了白三爷……

但常言说得好：三顾不如一哭。老掌柜深知其中的奥妙，便又径直来找那位甘愿子孙成群，情妇成堆的主儿。

您还甭说，老掌柜这一招儿使对了。要知道，这一辈子有谁像白三爷这样对待过驴财神？没！眼瞅着大伙儿愣把这么好个人儿逼走了，他心里能不难受吗？不能！可自个儿又结巴带窝囊，阻止不了，于是白三爷这一走，便把他的魂儿也勾去了。只留下小瘸驴又有什么用？它会赔笑脸儿吗？它会解闷儿吗？它会讨好说话儿吗？它会出主意想点子吗？

一句话，驴身上有人的影儿……

老掌柜这一登门说明缘由，驴财神一听要给自己请回白三爷，那积极性大了，当时就牵着小瘸驴难得地出了府邸。刚一到白三爷家的门口，便是一声“一日不见如三秋兮”的号啕，愣把白三爷吓得一下子就蹦出了自己那“茅庐”。一见面，陈爷似有千言万语要往出结巴，可白三爷却先搂着那小瘸驴儿委屈地抽泣起来。

瞧！伤心却仍不忘玩驴，只不该香妞儿似不领情……

“三爷！”老掌柜这时才开了口，“瞅瞅这情分儿，您还能不回去吗？”

“您哪！”白三爷哽咽得更厉害了，“真不愧姜是老的辣，可您就不该愣把我往这是非窝儿里推啊！”

“不推？”老掌柜声儿也很凄凉，“事儿可就闹大发了！陈爷不出山，大裤裆胡同可眼瞧着给毁了！”

“那是陈爷的能耐！”白三爷坚持认为。

“瞧您！”老掌柜有点儿发急。

“凭我白三儿能有什么本事？”白三爷仍不退让。

“好，好！”老掌柜也来了绝的，“那就听听陈爷怎么说吧！”

“哇！”陈爷却又是一声瘆人的号啕。小驴香妞儿似更心疼新主人，也马上嘶叫着呼应了。

“您？！”老掌柜还是只顾盯着白三爷。

“我？！”白三爷还是只顾得痛苦地摇着头儿。

“哇！”又是一声绝望的号啕，又是一声心疼的呼应嘶叫。

“三爷……”老掌柜又恰到好处地轻轻呼唤一声。

“这……唉！”白三爷只得仰天一声长叹，“老掌柜，真有您的！我白三儿还能说什么呢？就是火坑，我白三儿也只好咬着牙往里跳了！”

“够意思！”老掌柜及时地一伸大拇指，“我老头子替大裤裆胡同烧高香了！”

陈爷也难得地咧嘴乐了……

不知白三爷是能避邪还是能压阵，说也奇怪，自从他一回到陈爷府邸，那御拴马石畔的瘸驴和木轱辘车就少了一多半儿。又过了半天，就连那位自称是驴财神私生子的小玩闹也骤然改了口：

“谁给爷儿们造谣？除非瞎了眼睛才能看上他！红眼圈儿、烂眼边儿、不满五尺的老罗锅儿，油渍麻花地让他配狗去吧！”

得！驴财神又跟着倒了大霉！

古泉居茶楼外，正气显然一转眼就回升了。人们一开头还总嘀咕，白三爷是不是和这帮子争创名牌的各种驴肉陈有什么关系？但一细瞧，大伙儿就发现不是这么一回子事。即使只剩下了一个冒牌货，也架不住人家眼勤、腿勤、嘴勤，嚷嚷的声音能把整个大裤裆胡同灌满了，喊得连茶楼都直颤悠：

"诸位、诸位！谁爱卖驴肉我管不着，可有一点儿，千万别沾陈字这个边儿！话说前头了，我白三儿受陈爷委托，就专管这冒名顶替的事儿！诸位、诸位！该姓什么您还姓什么，驴肉陈这块老招牌可不愿招苍蝇！要不然，可别怪我白三儿告你坑、蒙、拐、骗，外带诈！"

瞧！冒牌货果然闻声逃窜了！一正避百邪嘛……

更绝的一手是，人家回来刚不几天，十代单传的汤褪驴肉就又热气腾腾地出锅了。这天一大早，就听得古泉居茶楼前一阵小鞭炮儿乒乒乓乓地响，人们刚让震到路两边儿，就只见那头小瘸驴儿拉着那辆木轱辘车，又肉香扑鼻地轱辘过来了。驴车后还是跟着那么位油渍麻花、不吭不哈的小罗锅儿，只不过如今年龄大了点儿。

像梦，简直像是一场梦……

如果没有那小瘸驴香妞儿身上的披红挂彩，大伙儿一定会以为时间又倒退回好几十年了。多亏了这位驴财神虽然身段儿毫无变化，但脸上却添了许多抽抽巴巴的皱纹儿。就凭这个和那个鞭炮儿震响，才总算又把大伙儿给拉回此时此地来了。

老少爷儿们！活幌子又打出来了，香妞儿又恢复了驴界明星的地位……

于是紧跟着驴车停下，人们稍一愣怔，便轰一下把一锅真正的、嫡传的、名副其实、不折不扣、期待已久的汤褪驴肉给抢购一空，临了还差点把驴财神挤压在驴车下。玄了！

可为民造福的白三爷呢？

尊重陈爷也不该尊重得不露面儿了？大伙儿正在捧着热腾腾的驴肉纳闷儿，就猛听得又是一阵乒乒乓乓的小鞭炮声。惊魂未定，就又觉眼前闪起一片火树银花。光焰刚落，就只见古泉居茶楼上意外地闪现出一块白底黑字儿大招牌。硝烟散尽，这才在招牌下显出了幕后英雄白三爷。可就在这工夫，他也是一手拿着营业执照，一手恭恭敬敬地搀扶着惊魂未定的陈爷。也正因为这样，才衬托出那白底黑字儿大招牌的古色古香、光明正大！致使大伙儿一瞧，便不由得肃然起敬，忙抬眼向前望去，只见招牌上工工整整地写着十个大字：

驴肉陈驴肉开发总公司！

六

古泉居茶楼从此在大裤裆胡同就占有了更重要的地位，老掌柜也因此而大沾其光。

好您哪！这还不是全凭着人家白三爷吗？

常言说得好：人比人，活不成。瞧瞧人家白三爷，不但敢选中这么个窝囊废当落凤枝，而且还真让这歪脖儿树杈子发了新芽儿。绝啦！老古话儿里也挑不出这样的故事，比起他爹来可真称得起青出于蓝而胜于蓝！

不信？您就去问问老掌柜……

泡茶楼的主顾们都知道，自从这“驴肉陈驴肉开发总公司”的招牌一挂出来，这桩买卖可就越做越铆上劲儿了。人家白三爷真不愧深得祖宗真传，忠心报国，权不倾主，愣先把那位结巴罗锅的驴财神捧上了总经理、总技师、总财务主任的高位，而自己却甘愿隐姓埋名，整天上凭一张嘴，下凭两条腿，吆来喊去，颠儿来颠儿去地为主子打江山了。虽然早已成了古泉居茶楼的灵魂人物儿，可忙得连坐稳喝杯茶的工夫都没有。不信您瞧，他刚一跨进茶楼的门儿就让人给堵上了。

“三爷！帮个忙，您大外甥娶媳妇儿，可怎么也得来个十斤八斤汤褪驴肉！”

“六哥！”白三爷准这么回答，“您见外了，咱们弟兄还说这个？不过……”

“不过您不肯高抬手儿？”

“六哥！”白三爷喟然长叹，“您还不如干脆给我两个嘴巴子！”

“怎么？”

“您想想，”白三爷分外真诚，“我白三儿算什么？充其量只不过是个小跑腿儿的！没有陈爷点头儿，我敢在私下胡乱应承吗？”

“那您？”

“您放心！”白三爷话音儿一转，“我这就去舍出老脸儿给您求个情儿！大外甥办喜事的时候，这就算我白三儿的喜礼啦！”

“三爷！难得啊！说句官话，您就是咱大裤裆胡同的活雷锋！”

“不敢！”白三爷惶恐地一揖，“要夸您就夸陈爷吧！”

说着，他竟屁股连凳子都没沾，一回身推开了晾凉的茶碗儿，又急急忙忙地小跑出了古泉居茶楼。您瞧瞧！够忙啊？可忙出了个对主子的忠心，忙出了个对朋友的厚道！怪不得人家玩驴能玩成个大裤裆胡同公认的大能人儿，搁给一般主儿能行吗？

古泉居茶楼里只留下了由衷地感叹……

至于说到被白三爷抬得那么高的陈爷，那当然再不能在茶楼前抛头露面了，有那小瘸驴拉着那木轱辘车当幌子就足够了。要知道，总经理、总技师、总财务主任，那可不是闹着玩儿的！再让他老人家成天吆喝着小瘸驴儿、赶着木轱辘车去卖驴肉，那不是成心自个儿找掉价儿吗？好在这位驴财神也尚有自知之明，似乎也很发愁茶楼前那每天一趟的自我展览。尤其最后那次差点儿被挤在木轱辘车轮下之后，就更对老少爷儿们的热情景仰发怵了。

多亏有了白三爷……

为了开发驴肉事业，他把自己的儿子打发来干这苦差事，而把陈爷恭恭敬敬地供在那神秘的府邸里，任其发挥自个儿的高超本领。这一下可好了，什么瘸驴、犟驴、豁唇子驴、断脖子驴、转脑子驴、六条腿儿驴等残缺之驴，便源源不断运进了这塞外汤褪驴的发祥地。而这位总经理、总技师兼总财务主任，也乐得一天到晚汗流满面、咳嗽气短、呼哧呼哧、哼哼呀呀，埋着头儿地褪呀、宰呀、剥呀、割呀、切呀、煮呀、卤呀，没明没黑地玩儿命忙着，差点儿一头栽到汤锅里把自个儿也一块儿煮了。但这值得！古泉居茶楼里的伙计们都知道，一位年轻记者来采访，一出门就高度评价：这才像个埋头苦干的当代企业家！如果不是因为外形和服装差了点儿，早就上报了。

瞧瞧！陈爷又成了大裤裆胡同第一个当代企业家！

为此，古泉居茶楼的老伙计们又跟着骄傲了好一阵子。但白三爷似乎仍觉不够，他还要把主子推向荣誉和事业的顶峰：好您哪！驴肉滚滚而来，那就必须为扩大影响而大造声势。按现在的时髦话儿说，那就得做广告。电视里不是动不动就闪现出个现代妞儿吗？嗲声嗲气儿地来一阵子什么“誉满全球、全国第一”，就是这么个意思。仅以牙膏为例，就不知让多少人吃尽了苦头。据说鸟协副主席宗二爷一下子就买了二十多种，愣把腮帮子里都杵出了血。

白三爷看不上这个……

老王卖瓜，自卖自夸！不干！白三爷用的是祖传的老办法，讲究正派。只是满脸真诚地对得月楼饭庄经理来这么几句：“七爷！我好不容易给您掖下四十斤！您天黑了派人来拿，让塞外香酒楼知道了，我白三儿可不好做人哪！”得！行了，塞外香酒楼得到的讯儿准比打电话还快，而且一张口还比得月楼多要一倍。再说，前一阵子哄起的各种冒牌驴肉陈，总不能让人家白置了那瘸驴和木轱辘车吧？不能！白三爷最讲究的就是厚道！于是这些倒霉的主儿便不时得到了点儿真正汤褪驴肉的供应，成了“驴肉陈驴肉开发总公司”的分销车，让这些家伙赶着各自的瘸驴破车到大街小巷轱辘去吧！肉不多，刚够逗起馋虫儿，可这老城里却到处都是陈爷的活广告啦！

绝！可香妞儿却平添了许多对手，遭遇到众多怪驴的挑战……

果然，自从有白三爷忠心保主，驴财神便更加财源不断、滚滚而来。据古泉居茶楼老掌柜说，不到三个月就又是好几万了。

但老掌柜却不知道，牙齿还难免咬舌尖儿呢，何况家大业大，这两位之间也常常闹点儿小别扭。比如说，汤褪驴肉卖得顺顺当当的，白三爷却总爱冷不丁地抽一下筋儿，愣把驴肉捂在大锅里就是不往外卖了。而这位结巴总经理也总被这抽筋儿抽得更结巴了，愁眉苦脸，一个劲儿不高兴。每逢这时候，白三爷总是摆出一副拼死进谏的忠臣模样儿，大谈其做生意之道。而这位财神爷却总不吃这一套，耳朵眼儿就像塞进驴尾巴似的。没法子！这时的白三爷就得拿绝招儿：一片忠义无处倾诉，只好抱着脑袋痛心地哭，直哭得那头小驴香妞儿也跟着这过去的主人悲从心头起，嚎从嘴边儿来，大弯大调，哀声入云。最后终于迫使这位总经理天良发现，心神不安，头昏脑涨，手足无措，结巴的频率骤然加快了五倍，但还得告饶似的说：

“啊……行行行……行不行！”

瞧！到这工夫还得玩驴！但眨眼间上下级关系便得到了调整，人再不哭，驴再不叫，珠联璧合，乐在其中。

当然，这种玩驴玩多了也就会失灵，于是白三爷该让步的地儿一定让步。比如，白三爷提出“公司”要来点儿现代化，买它三两个大电冰箱。而总经理却就是皱着眉头不同意，坚持他那小院里不进电。那白三爷就得翻腾老皇历、寻找老办法，宁可在小院里挖地窖、贮冰块儿，也得以示对总经理权威的尊重。但即使是这样，老城的驴肉市场经白三爷这么一调节，货源便时而有了、时而没了，时而多了、时而少了，时而东了、时而西了，搞得几乎让汤褪驴引导了老城的饮食新潮流，竟使中外众多美食家一个个晕头转向，只好成天跟着白三爷含而不露的眼神打转儿。

当然，油渍麻花的总经理就显得更神乎了……

古泉居茶楼前那块总公司的招牌越来越亮了，十代单传的驴财神有了这么一位诸葛亮来辅佐，一时间便拔尽了大裤裆胡同里所有的风水，取得了其上九代祖先梦寐以求而又从未取得的成就。怪不得老掌柜急着要送他这副对联儿：财源茂盛达三江，买卖兴隆通四海！

当然，白三爷的能耐也就被传得更神乎了。

但是，在这令人晕晕乎乎的时候，或许也只有白三爷还能经常想到那挡横儿的娘儿们。听说，这些日子她去广州了，去见给她钱儿的那位美国大财主，猫腻儿好长时间了。

白三爷知道，就是不露……

七

白三爷防范着……

乐极生悲、否极泰来！老祖宗不是早就敲过这锤子响锣吗？

果然，白三爷很快就发现，正当自个儿忙得屁打脚后跟的时候，后院又开始起火苗儿了。古泉居茶楼里又是一阵叽叽喳喳，竟又传出这样的议论：驴财神虽然高高在上，但结巴带窝囊，又无孤可托，充其量只不过是个阿斗。而当今的诸葛亮也非三国的诸葛亮，精明而又得人缘儿，这座汤褪驴肉堆成的江山将来还不知归谁呢！

白三爷不露声色地又琢磨上了……

这一天，他刚忙完外头的一大摊子，便匆匆赶回向陈爷又来请示。不知为什么，他发现陈爷也不像平日那样对自己热乎了。一开始他还以为：陈爷只不过是被惯坏了，开始摆主子的谱儿了。但仔细一瞧，却又发现似乎不全是因为这个。白三爷马上便联想到茶楼里的叽叽喳喳，但还是不忙着解释，而是在恭恭敬敬地向陈爷请示之后，出人意料地先上了古泉居茶楼。

这可算得件稀罕事儿……

要知道，这些日子里茶楼里难得见到这位大忙人儿，可白三爷今天却悠着步子来了。他洒脱地和大家打过招呼后，一屁股坐下就再没有挪窝儿。但不知为什么，他只顾得和老掌柜压低嗓子说小话儿。真吊人胃口，于是伙计们便难免伸长了耳朵悄悄地听上了。

“您哪！”老掌柜的声音，“别听那个，听蝼蛄叫唤还不种庄稼呢！”

“可这心口儿总是堵得慌……”

“也是！”老掌柜一声叹息，“如今这年月人们也不知怎么了？没事儿老犯病！”

“您说，陈爷真的窝囊吗？”

“这、这？”老掌柜显然感到突然，“这说到哪儿和哪儿去了？”

“就说那锅汤！”

“汤？！”老掌柜显然更懵了。

“就是那锅十代秘传的原肉汤！”

“您说这个？”老掌柜恍然大悟，“那可是陈爷来钱的泉眼儿呀！”

“对！可陈爷真要窝囊，他干嘛一卤肉总得避开了我？而且火一灭了，那锅原肉汤还总不见影儿？阿斗，有这样的阿斗吗？”

“哦……”老掌柜倒吸了口凉气儿。

“您哪！不是我白三儿背后议论主子，我知道陈爷有陈爷的难处。祖宗留下的规矩，对谁都得防着点儿。可不该总变着法子这么抬举我，我没根儿！”

“哦……”老掌柜又顺势吐出了这口凉气儿。

随之，各茶座儿顿时又活跃起来。好像老掌柜一吐出这口气儿，大伙儿心头也跟着畅快了。于是又开始品茶的品茶，聊天的聊天，而且越看白三爷就越觉得厚道，越觉得他有人缘儿。

嘿嘿！没想到那窝囊废还留着最绝的一手儿哪……

大伙儿面带笑容，白三爷却仍然面带忧戚。等大伙儿心情舒畅地乐够了，他这才替在座的各位付了茶钱，一抱双拳告辞了。当今的诸葛亮又成了三国的诸葛亮，伙计们又开始为他抱屈了：好一个老罗锅儿！表面窝囊心眼儿多着哪，连这么位厚道的主儿也信不着！

得！白三爷要的就是这个！

背后，白三爷一打听，原来那男匪派儿又开始串小铺吃风味小吃喝了。白三爷不由得冷笑了：那女能人儿也不过如此，留给这小子的还是这一手儿，嫩着哪！

又过了几天，果然就又变得风调雨顺了……

这一天，白三爷又要到后草地为陈爷收购残缺之驴。为了茶楼前那块招牌，老掌柜月月得到不少“租赁费”，临行前有关伙计们的事情，当然也就得多拜托他老人家了。而有关“公司重地，闲人莫入”的禁令，白三爷则一再嘱咐过自己那赶车卖肉的儿子严加注意。而且怕陈爷没人伺候，外出前早已督促这小子搬去陪睡了。

不这么安排，怎能算深得祖宗真传呢？

但说起来也邪门儿，即使做到这样滴水不漏，白三爷却还是总感到有点不对劲儿。刚刚出来几天，就常常被一种说不清、道不明、莫名其妙的情绪搅得睡不安然。这一夜，好不容易睡着了，但半夜里却做了一个可怕的梦：那群收回的驴竟突然炸群儿跑了，而自己手里只剩下一根儿断缰绳。

不对！这是祖宗托梦报讯儿……

白三爷赶忙又赶回家来。但稳住神儿一看，江山依旧，里里外外似乎并没有什么变化："总公司"里还是他白三爷说了算！可不知为什么，他却总觉得那断缰绳老在眼前晃悠着。再仔细一看，他找到了心底儿不踏实的原因：瞧！那歪脖儿树杈子拴着的小癞驴似乎也有点失宠了。再不见了日日和它对坐的驴财神，好像这位爷已经开始"吐故纳新"了。

白三爷一怔，似乎预感到了什么……

小癞驴儿孤孤单单，再不像他玩那阵子那么有神儿了。它耷拉着耳朵、低着个脑袋，还耐不住寂寞地打两个响鼻儿，一副没娘孩子的架势。白三爷不由得倒吸了一口冷气儿。他实在没有想到，自己精心玩出的小癞驴儿转眼间竟开始掉价儿了。

白三爷马上提高了警惕……

第一个查问的是自己的儿子。谁料想这小子每天就是赶一趟车卖肉，完了就泡在舞厅里扭那洋玩意儿。而陈爷还总是大力支持，少不了接济他几张大白边儿。更可怕的是，那男匪派儿在舞厅里竟成了自己儿子的铁哥们儿！白三爷忙再问街坊邻居，也都是和他挤眉弄眼儿地一笑，临完还谁都不愿露底儿。完了！自个儿只顾得成天没明没黑地为主子玩儿命了，到头来只落得给蒙在了鼓里。

玩驴玩出个这下场？不干！还得查！

这一查不要紧，白三爷首先发现自个儿的主子在变，不但开始洗脸了，而且在油渍麻花的衣褂外还皱皱巴巴地罩上了一件特大号的西装套服。见了他虽然有点儿羞羞答答，但眼神儿里却透出股子怪模怪样的高兴劲儿。

白三爷又是一惊！

要知道，祖传的绝招儿里也有这一手啊！莫非那娘们……

这一天，白三爷佯装外出，躲在附近的茅厕里等着，决心要看出个究竟。苍天不负有心人，真让他给等上了。就在他解完手系裤子那工夫，驴财神便把一个人送出了大门。白三爷只觉眼前光艳一闪，便不由得暗暗叫苦了：

天哪！果然是她……

白三爷没猜错，她是早已从广州回来了。还是那副神态，只不过现在穿得更洋、打扮得更俏，直把四周的破屋烂舍衬托得更老气横秋。但这次身边儿却没跟着那位油头粉面的男爷儿们。或许正因为少了这位，那诱惑力就显得更大。眼前这位罗锅儿总经理也就变得更加扭扭捏捏、羞羞答答，处处表露出一副急于替补去当三孙子的模样儿。

不好！自己玩驴，人家玩人……

瞧着，瞧着，白三爷的脑门儿上当即就冒出一层冷汗珠子。看来，这娘儿们背着自己来了已经不止一次了，要不然这窝囊主儿也不会一下子变得色迷了眼儿似的。更看得出，这娘儿们是有高招儿的。不但把自己的儿子收买了，而且把街坊邻居也打点满意了。这还了得？绝不能等闲视之！因而刚等这娘儿们前脚走出了巷口儿，白三爷后脚便紧跟着迈进了驴财神家的大门槛儿。

“陈爷！”恭敬中含着埋怨，“您今儿这是怎么了？”

“怎怎怎怎怎么了？”陈爷有点儿装傻。

“您哪！”委屈中透出直率，“我早和您说过，这娘儿们就知道贱卖老祖宗，听说她那公司一半钱儿就是洋人给的哪。您想想，不和外国人睡能得这个便宜吗？陈爷！她这样猫腻儿地缠着您，到头来能落个好儿吗？”

“这这这这……”陈爷似有点儿内疚。

“这事儿？”忧戚中含着责备，“咱这儿竟让这么个主儿随随便便混出混进，让我们这下面跑腿儿的怎么向茶楼老主顾交代呢？要是再有个三长两短的，那就更闯娄子啦！知道的还好说，不知道的可就总会说我白三儿老没正经，拿祖宗留下的原肉汤给主子换骚娘儿们！”

“你你你你……”陈爷像有点儿不高兴。

“怎么？”惊讶中透出悲愤，“您不爱听？我就知道忠心报国的没个好下场！磨破了嘴儿，跑断了腿儿，到头来顶不住骚娘儿们一个色媚眼儿。您哪！大裤裆胡同里都拿您当神儿似的供着，您可不能为了个骚娘儿们又让大伙儿说成是馋猫儿、赖狗子、不要脸的下三烂！”

“瞎瞎瞎瞎瞎掰！”陈爷真有点儿急了。

“瞎掰？”震惊中显出绝望，“罢、罢、罢、罢！您不下三烂，是我白三儿下三烂行不？活该！都怪我自个儿犯贱！一天到晚背着口黑锅颠儿颠儿为主子玩儿命，累得像个三孙子似的，到头儿却落了个瞎掰？我多嘴，我该死，我白三儿不是个好鸟儿！”最后竟边说边打自己的脸。

“别别，行不行？”陈爷又有点儿慌了。

“行不行？”白三爷接着茬儿一声长叫，突然抱着脑袋蹲在地上痛哭起来。

小瘸驴儿仿佛也有同感，骤然也长吁短叹地嘶叫起来。

毕竟是头一回捅开这事儿，这位总经理兼总技师兼总财务主任还绷不起来，因而面对着这一人一驴、一哭一叫、一长一短、一高一低骤起的悲声，便彻底手足无措了。

“这，干干干干吗？”他结巴得更厉害了。

应该说，开头儿那次这娘儿们和那位油头小生一起来，他是恐惧的，甚至是反感的。可后来她单独一人姗姗而来就不一样了。头一回尚有点儿战战兢兢，第二次就有点儿恍恍惚惚了。明知白三爷会反对，可不知为什么，就是盼见到她。好您哪！九世驴肉陈临死还不忘夸儿子“内秀”，虽然有罗锅儿压着，内里还憋着好大一股劲儿哪！过去因为倒霉给耽搁了，如今面对这么水灵的娘儿们能不引爆吗？何况人家就是要以自个儿为模子，主动专程来要给他说个媳妇儿的。

为此，那小瘸驴儿也就失去往日的魅力了……

当然，要媳妇儿就必须付出代价。那水灵主儿每次一来总是一段话儿、一个媚眼儿、一串新词儿，直把他搞得既晕晕乎乎美不滋儿的，又慌慌张张有点乱神儿。要知道，他毕竟从小就结巴，老祖宗的章法难免就在肚子里窝得多了点儿。为此，他夜里翻腾总想现代化的媳妇儿，白天琢磨又怕挖了祖坟里的老根儿。为难着哪！瞧，偏偏又在这节骨眼儿上让白三儿给堵上了。

“这这这这……”陈爷更急得没辙了。

“得了，陈爷！”白三爷终于停止了痛哭，“您也别为难了。都怪我白三儿不好，不该这么个数落主子，我这儿给您赔不是了！”

“啊？啊啊？！”陈爷一怔，大感意外。

“您多保重！”白三爷又是悲悲戚戚地一揖，“咱们总公司这一摊儿，您心里也该有个总数儿了。后草地的驴、各饭庄拿走的肉、老少爷儿们欠下的款、外头该联络的事业，还有税务局、派出所、防疫站、工商联、居委会、个体户协会、古泉居茶楼那块牌子……”

“你？你你？！”陈爷一听，更是目瞪口呆了。

“我？”白三爷又是眼含热泪地一垂头儿，“都怪我白三儿没能耐，伺候不好您。陈爷！您瞧清楚了，咱这可是小葱拌豆腐，一清二白。我白三儿是空着两手来的，现在还是空着两只手走。您哪！这回我该告辞了……”

“别别别别走！”这一告辞可真够陈爷乱的。

“您放心！”白三爷却又补了几句，“我白三爷的嘴就像针缝上似的，骚娘儿们的事儿保证从我这里漏不出去。就是大裤裆胡同有谁敢说您卖祖宗什么的，我白三儿也得和他豁出命拼了！

“这这这这……”这么一说就更使陈爷胆战心惊。

“走吧！”白三爷却径直走向了小癞驴儿，“别发贱！主子对咱们瞧不上眼儿了，干嘛还赖在这里惹人嫌？”得！临散伙还不忘玩驴……

一刹那，这位总经理兼总技师兼总财务主任，便在这位“小跑腿儿”的面前彻底抓瞎了。好您哪！白三爷这一走将会给他留下个玩不转的大摊子且不说，就单论那走后留下的臭骂也得把他给淹死了。他知道，白三爷越明誓守口如瓶，那古泉居茶楼里准越会骂大街、操祖宗，非把他咒成个连武大郎还不如的三孙子不可。更何况，这小瘸驴儿还牵着往事儿哪！猛一拉走，可还真有点儿让人割舍不得啊！

“别别别别走！”陈爷开始告饶了。

“谢您啦！”白三爷却分外坚决，“我白三儿担待不起！”

“不不不不……”陈爷进而阻拦了。

“何苦哪？”白三爷却更是说走就走，“陈爷！您又信不着我。”

“信！信信信信……”这回轮到陈爷明誓了。

“嘿嘿……”白三爷只好苦笑着。

“真、真真真的！”逼得陈爷走投无路了。

“嘿嘿……”但白三爷还是只顾摇着头儿。

“我我我我我……”只听陈爷猛地被憋出一串声来，“告告告告告诉你你你你你你——”

“原肉汤！”白三爷不失时机地一点。

“哦……”陈爷哭了。

八

这才叫因祸得福！

但白三爷却不这样看，他不但不露，而且又感激涕零地到后草地为陈爷说亲去了。不能让她把主子比下去，他挑了个哑巴。要有生育经验的，他选了个壮实的小寡妇。看来，他不但现在打算忠心伺候陈爷，而且将来也准备忠心保“孤”。世世代代，永报知遇之恩！

但就在白三爷回来的这天上午，古泉居茶楼里发生了一件惊天动地的大事。

这一天，茶楼里本来就够热闹的。大裤裆胡同里的老伙计们，正围着一张茶桌儿大谈白三爷外出为陈爷说亲之事。谈到兴浓之处，只听得楼梯上猛地一片震动。等到大伙儿缓过神儿来，就看到一大群人毕恭毕敬地簇拥着一位老者闪现了。白须白髯、西装革履、颤颤巍巍、仙风道骨，身旁还有两位洋人儿伺候着。

一刹那，大伙儿都傻了眼儿……

老者却如入无人之境，还在拄着拐杖痴痴地向四周望着。渐渐地，两行老泪竟由面颊滚落而下，直挂在白胡子尖儿上。没声儿，谁也不敢出一声大气儿。片刻，老者的目光又缓缓转动了，由物及人，从一张张目瞪口呆的面孔上望了过去，最后竟慢慢落到老掌柜脸上又一动不动了。只看到他嘴在抖，胡子尖儿在颤，但足足又等了好大一阵子，才憋着劲儿轻轻喊出三个字儿：

“少……少掌柜……”

少掌柜？大伙儿更懵了！

但老掌柜却猛觉得眼皮儿一跳，鼻尖儿一酸，心里头便像马上裂开条缝儿，几乎不由得失口惊叫起来：是他？！

是谁？

老掌柜骤然泪流满面了……

原来，这位老者便是当年曾在这塞外古城富极一时、乱极一时、红极一时、悲极一时的大名人儿刘一品——刘老先生。其父曾是这塞外的毛皮泰斗，去世时他才不过二十八岁。但在他独自掌管了万贯家财之后，却敢一改老子守财奴似的经商做法。一出世便插足四行八业，厕身烟花柳巷，广为结交军、政、宪、警、特，很快便成为这老城富极一时的刘大少。到后来老蒋搞国大竞选，便更是当仁不让，凭着无数白花花的袁大头，愣把最高钦定的一位贵胄亲王给顶了。老王爷呼天抢地抬着棺材要告御状，他却鼓乐喧天抬着花轿去娶小老婆。这真叫乱极一时！一到南京，他又是国大代表中最年轻的一个，风流倜傥，挥金如土，最后竟引得名媛淑女争相向他眉目传情。就连有名的孔二小姐也向他连抛飞吻。这又叫红极一时！南京风头出够之后，他又赴上海风月场中大显英雄本色，但此时却传来了后院起火的消息：老父的八位姨太太趁他不在，纷纷招郎入室，双宿双飞，利益均沾，财产分为八份，只给他留下一张老头子脸上踩满了十六双脚印的遗像。这才叫悲极一时！后来这位主儿就突然不见了，再听不到他的讯儿了。有人说他跑台湾了，有人说死于杨梅大疮喂狗去了。但谁又能料想到，三十多年后他却又像个梦似的闪现了。

“是您哪！”老掌柜的声音打着哆嗦。

“是……是我……”这位的话语也打着战儿。

“老了……”他只顾瞧着他的脸说。

“老了……”他只顾握住他的手答。

走了，参观了片刻，刘老先生经不住激动，终于满怀感慨地走了。但随之涌进古泉居茶楼的消息却令老掌柜目瞪口呆了：还想往日那些陈芝麻烂谷子干什么？如今的刘老先生能耐可大着哪！在纽约、旧金山、洛杉矶、加利福尼亚等地儿，开着几百家中国餐馆，在美国也是数得上的大财主哪！就连洋人儿也抢着伺候他，可给咱们老祖宗争光争老鼻子啦！

更重要的是，他一回国就钻进大裤裆胡同了……

为此，大伙儿对刘老先生的敬仰之情油然而生。随之，一股忆旧之风也跟着在茶桌间勃然兴起。烧饼刘大谈老先生小时候最爱吃他爹的芝麻火烧；肉串杨畅叙老先生年轻时顿顿离不开他家的羊肉串儿；修脚李比画如何为当年的老先生搓脚剜鸡眼；裁缝王表演当年如何为老先生的三姨太剪旗袍。多了，多了！一时间似乎每个人都感慨万分，都发现了刘老先生和自己有着千丝万缕的特殊关系。

但刘老先生却似乎更看重那秘传的汤褪驴……

这天晚上，就有人专程来报讯儿：刘老先生要在自己下榻的豪华宾馆里亲自接见末代的驴肉陈。当然，面对这种殊荣陈爷难免有点儿发怵。要知道，虽然他被人称驴财神，但和这位美国牌号的老乡亲相比，那毕竟是小巫见大巫。

但更为此焦心的却是白三爷……

要知道，他本来就回来晚了，等闻讯儿赶到古泉居茶楼时，茶桌间早已又传来许多新消息。据说，这位老先生一直是身在曹营心在汉，爱国心大着哪！数十年不忘家乡的汤褪驴肉，每一思及便夜不能寐。时事一顺，不但马上打发一个洋听差的回来买，而且怕出了差错，第二次又专门回来看过末代驴肉陈。人对上号了，但肉没买到，于是便又不远万里重归乡梓，远涉重洋前来就食。多给老祖宗面子啊！

白三爷听罢，暗自一惊……

怎么？是专为汤褪驴肉回来的？！但随之传来的消息却更令人震惊：原来和那娘儿们合资的美国大老板，正是这位中国种儿的老头子！而且眨眼之间，她又成了他的表侄女！扑朔迷离，眼花缭乱，白三爷当即便沉默不语了。谁料想伙计们还真会拍马屁，不但不理解他此时的心情，而且竟瞅准了空子不冷不热地给了他几句：

“谁说人家那公司拿外国人的一半钱儿？嘿嘿！那是刘老先生爱国投的资！”

“就是嘛！就连人家那身洋打扮儿，也是为了镇外国人才穿的！”

“什么卖国？什么和洋人儿睡觉？扯淡，尽瞎掰！”

“说的是！人家刘老先生爱国的劲头儿这么大，那亲戚还能错得了吗？”

“没错！我早就这么说过！”

得！一人得道，鸡犬也跟着升天了……

幸亏紧接着又传来了要在豪华宾馆单独接见陈爷的消息，才使大伙儿猛然间酸不溜溜地转了话题儿：这位美国牌号的中国人这是怎么了？为什么眼里只有美味汤褪驴？但更为难得的却还是人家白三爷，为了主子，甘愿忍受这旁敲侧击的委屈。一听讯儿，马上就推开扣碗儿走下了古泉居茶楼。

好您哪！现在顾不上这个……

为此，白三爷扔下外头一大摊子亟待处理的事务，急急忙忙便又奔向了驴财神的府邸。下决心紧跟陈爷寸步不离，大有随时准备陪主子赴汤蹈火之势。要知道，虽然知道了原肉汤的秘密，可还是人最重要啊！门外等着的汽车又在催了，白三爷只好伺候陈爷愁眉苦脸地洗了脸儿，皱皱巴巴地罩上了那件特大号的西装套服，不离左右地陪同出发了。

您还别说，还多亏有白三爷陪着……

要不然，这位单独被邀的驴财神不但宾馆大门儿进不去，就连电梯也晕乎得不敢上。瞧那战战兢兢的窝囊模样儿，紧拽着白三爷的袄袖子，简直成了个离不了娘的二傻子。但越是这样，白三爷就越感激主子的信赖，心里头也就越踏实。

十九楼，就这个门儿……

白三爷把吓蒙了的驴财神扶着靠墙根儿刚站稳，便抢先去按电铃儿。他发誓从这一刻开始，就是伴随主子走到天涯海角也再不分离了。但一开门儿，白三爷便觉一股不祥的香风迎面扑来：啊！又是她？！只见她一挥手儿，便出来一位洋人儿连搀带拖地把陈爷请进了房间。而当他正要紧跟而入时，就又听“啪”的一声，她已倒背着拉上门儿，却偏偏把他堵在外头了。

“您？”他颤着声儿问。

“我？”她眉梢儿一挑，“我倒要问你：还要把这老古董儿拖在地下多少年啊？”

“什……什么？”白三爷给问蒙了。

“还什么什么呢？”她又手儿一叉，“缺德带损人！连个女人都不让人家见，就想一辈子拿这窝囊废当猴子玩儿！”

“造……造谣！”白三爷试着反抗了。

“得了吧！”她又鼻子一哼，“你背着这位驴财神，到底捞了多少？”

“天地良心，祖宗不容！”白三爷指天发誓了。

“说得好听！”她又是几句，“防疫站、税务局、工商联、居委会，甚至还有派出所的个别人儿，你到底里里外外打点了多少钱儿？”

“那是祖宗的章法！”白三爷竟失口而出。

“什么？！”她冷笑了，“瞧瞧！好些事儿就让你们这些出土文物儿给毁了！”

“我……我是为了陈爷！”白三爷严正声明了。

“哼哼！”她又冷笑了一声。

“你你你你？！”白三爷义愤填膺了。

“你靠边吧？”她猛地脸儿一绷，转身进屋，随手把门儿关了个山响。

白三爷被晾在干滩上了……

眼瞅着紧闭的屋门，他委屈，他惶恐，他感到没着没落，就只顾得暗骂刘老头子帮助婊子勾引人，却不懂这娘儿们早有自己的打算了。说穿了，人家就是要洋模洋样洋打扮，就是要专门这样去招引驴财神。好您哪！据说这叫什么“启发人的性本源”，让窝囊废也能喷出股子火儿来，也好自己挣扎着出土不当老古董！白三爷面对着空空荡荡的楼道似乎没辙了，只好骂骂咧咧地下了十九楼。

他妈的！你才缺德带损人！

但骂大街绝对解决不了问题。于是白三爷一跑出宾馆，就连夜又摸上了古泉居茶楼。懂祖宗章法的人儿都在这里，还得动员大伙儿一起上啊！果然，老掌柜听白三爷这么一说，又挨家把各路好汉召集到了茶桌儿旁。要知道，各路英雄均因不在应邀之列，心里本来就有点儿愤愤不平，再听白三爷这么一说，马上便更觉言之有理。

瞧！大裤裆胡同又迅速一百八十度大转弯儿了……

本来嘛！姓刘的为什么不请在座的诸位，却单请一个驴财神？这不单单是小瞧了老少爷儿们，更重要的是这里头一定有鬼呀！仿佛是有意配合这种判断，恰好又有一位老伙计摸黑来报新的消息：刘老先生娶的是位外国老伴儿，听说还生了两个半土不洋的小崽子哪。听听！早让洋娘儿们把魂儿勾跑了，心里头还能留着老祖宗吗？这次回来表面是惦记着大裤裆胡同，实际上是想往外拔大裤裆胡同的风水！为的就是把塞外一绝的汤褪驴给弄走了，好再回美国去发大财呀！议论结果，白三爷便被公推为“国宝”的主要保卫者，而大伙儿则誓死作为他的坚强后盾！

“明儿个他要再来，”爆肚儿张说，“我要给他个正眼儿，算我缺德没志气！”

“他想尝我的芝麻火烧，”烧饼刘说，“做梦吧！馋死这老狗日的！”

“我把他臭死！”修脚李说，“他要搓澡？他想修脚？待着去吧，爷儿们不伺候！”

“看我的了！”肉串杨一拍胸脯儿，“他想拔走咱大裤裆胡同的风水，没门儿！”得！众志成城了……

白三爷果然不负众望，刚听大伙儿喊完了，又摸黑赶到了陈爷的府邸。小油灯下，只见这位“国宝”正孤孤单单、昏昏悠悠盘腿儿坐在火炕上。借着灯光，后墙上映出个老大的罗锅儿来，小山似的。看得出，这位主儿还没有彻底缓过神儿来，还像在做个没完没了的梦。白三爷一瞧陈爷这副神态，爱主之心竟使他不禁潸然泪下。

“陈爷！”他轻轻地叫了一声儿，“您回来了。”

“嗯……嗯嗯是哪！”这位还没缓过神儿来。

“瞧这别扭的，”他又慢慢走近陈爷的身边儿，“我先帮您把这套西服给脱了。这么晚了，您想吃点儿什么？醋拌咸菜疙瘩丝儿，还有小米儿粥，临走前我就给您焐在火上了。”

“哎……哎哎不啦！”这位有点儿感动。

“您就想开点儿！”这回才过渡到正题儿上，“去一趟没什么，大伙儿的心都向着您哪！他们要再敢借着洋人牌子折腾您，老少爷儿们全不答应！”

“这这这……”这位又开始烦了。

“这您就放心！”白三爷竟愣没看出来，“我早就在茶楼告诉大伙了：陈爷那是什么人儿？十代祖传的老招牌砸不了！别说是这么俩不洋不土的主儿，就是把美国大总统搬来，陈爷也绝不会卖祖宗！”

“不不不不……要哑……哑巴……”这位却突然把话题儿扭到这儿了。

“什么？”白三爷一怔，他知道这是因为什么，半晌才又接上了话茬儿，“哦！您是惦记着这码子事儿？这还不好说吗？大伙儿是怕您受气，您不可心，咱再变着法子替您挑！一定挑个壮实的，十代单传的驴肉陈绝不能断了种儿！”

“别！别别……唉唉……”这位却开始叹气儿。

“您怎么了？”白三爷明知故问，“是在那儿出了什么事儿吗？”

“没没没有……”这位在掩饰。

“那？”但白三爷似乎更关心了，“他们都对您提了些什么？”

“没……有。”这位还是摇头儿。

“真的？”白三爷更加关切。

“这这这这个，”总算憋出一句话，“他他他们……要要要要要……盖盖盖盖盖……一座楼！”

“一座楼？”白三爷顿时傻眼儿了。

九

楼，要盖一座特高的楼……

白三爷这个心烦啊！这骚娘们绕了半天弯儿，还是要平了大裤裆胡同盖这座楼？！

第二天一大早，古泉居茶楼里也沸沸扬扬地传开了。虽然还未见一砖一木，但整个胡同却早已蒙上了它的阴影。那么浓，那么重，直压得好多人都喘不过气儿来。

他妈的！全怪那美国牌号的刘老头儿！

就像是故意捉弄人，这老头子凭着自个儿有大把大把的美国大洋钱，勾结那卖祖宗的骚娘儿们，不但要盖一座老城前所未有的二十五层的洋楼，而且还真的放出风儿来告诉大伙儿，选定的地儿就是这大裤裆胡同。听说还要把乾隆爷亲自命名的“漠北第一泉”给填了，而换上带漂白粉味儿的自来水。真缺德呀！那古泉居茶楼的茶、塞外香酒肆的酒、杂碎王的辣油杂碎汤，还能喝出那祖传的老滋味儿吗？

可小匪派儿们还说，这叫什么爱国？

爱个屁！老少爷儿们真想和他们拼了！想想吧，填了古泉井，折了两条裤腿里的铺面儿，这祖传的手艺可到哪儿去露啊？但一听说，上头似乎已经点了头儿，大伙儿便又垂头丧气没辙了。还能再说什么？只好拼着命往回招揽主顾，抢日子往回多划拉点钱儿吧！

您哪！一时间大裤裆胡同全乱了……

但过了不久，却又吹出另一种风儿：好像原本没那么回事儿，人家刘老先生还亲自建议把乾隆爷的御拴马石当重点文物保护呢！大楼是要盖，可是地点选在后头那“裤腰”部分。应该说，如果开头就这么提，大伙儿准会炸了！怎么？想遮我们大裤裆胡同的风水呀？！可现在这么一说，大伙儿竟觉着大大松了一口气儿。好您哪！大裤裆胡同保住了，各路好汉也就有了用武之地，还穷嚷嚷什么？老少爷儿们便又来神儿了，一个劲儿猛感激老祖宗在天之灵保佑。转眼间，两条裤腿儿里又变得喜气洋洋了。

可白三爷却没这份福气……

这位古泉居茶楼里公认的最精明的主儿，早已被近些天这眼花缭乱的变化给搞蒙了。那位洋式娘儿们，还有那位昔日的刘大少，好像并不怎么露面儿，可就不知为什么，一会儿把大裤裆胡同搅了个乱七八糟，一会儿把大裤裆胡同弄得个风调雨顺，竟使老祖宗留给自己那套绝活儿，可怜巴巴地变得连一个大子儿也不值。瞧着伙计们各守自己铺面那份高兴劲儿，白三爷头一次感到自己形单影只了。

唉！还得回去守住落凤枝……

陈爷的府邸里，也显得有那么点不对劲儿。虽然表面看去，陈爷足不出户，是唯一没受这外头干扰的主儿。但仔细看来，自从那晚公然宣布不要哑巴做老婆之后，那举动就神神道道的，有点儿反常了。不但越来越爱摆主子的谱儿了，而且还越来越爱洗脸了。尤其对照镜子有了特殊爱好，愁眉苦脸，怪模怪样，一照就是老半天。同时还破天荒地结巴着要他往破院里通电，甚至还提前买回一台电视机。好您哪！这全怪那骚娘儿们！现在人家再不背着他出出进进了。似乎陈爷告诉他原肉汤的秘密，就是为了换回这点儿乐子。

主子涨价了，那女人也就更来劲儿了，甚至公然当着陈爷的面儿臊他的皮。白三爷有点儿首尾难顾了。所幸“总公司”那一大摊子他还掌握着，那原汤坛子除陈爷外也只有他一个人知道，他这才能支着、撑着、硬顶着！

可怜就可怜了那小瘸驴了，那老树杈子上再难见到它的踪影了……

但香妞儿的自我感觉却特别良好，除免了天天面对那张愁眉苦脸外，还受到独住单间的特殊待遇。再不拴缰绳了，完全可以潇洒自由地走来走去。草料更加充足，而且供应的水中调料味儿也越来越浓。可不喝又不行，单间好是好就是忒热！当然，它并不知道这是汤褪驴的前期准备：“绽肥”与“灌浆”！

白三爷虽未亲眼见得，但恍然间感到玩驴似乎玩到尽头儿了……

这一天，白三爷又在破院里摩挲着小瘸驴儿感叹了：瞧瞧这毛色儿，瞧瞧这眼神儿，一副没娘孩子的倒霉样儿。小瘸驴儿似乎也难得有这么一次爱抚，竟满怀委屈长吁短叹地哀叫上了。再一看窗口边儿的那位驴财神，愣好像没听见，还在那儿一个劲儿愁眉苦脸地照镜子。白三爷先是一悲，随之便是一惊，然后竟联想到了那罐十代秘传的原肉汤。他感到连这个也玄了。

“陈爷……”他声音打着战儿叫着。

“哦……”陈爷只结巴着应了一声。

“嘿嘿！”白三爷的笑声里透着忠诚，“那娘儿们今天没来？人儿不错，就连我都越瞧越顺眼，难得人缘儿这么好！”

“哦哦是是？”陈爷的眼神中有激动，也有惊奇。

“真的！”白三爷对着窗户却更认真了，“您真要是找上这么个媳妇儿，下边人也跟着光彩啊，我连她一起伺候！”

“不不不是……”陈爷激动中想解释。

“我知道！”白三爷更厚道了，“她是要拿自个儿当模子给您挑一个，那就更说明人家厚道，心眼儿好！”

“这这这对对！”陈爷结巴着点头儿了。

“让我说，”白三爷显得更贴心了，“您要再把那原肉汤的底儿一露给她，这事儿不就来得更快了吗？”

“别别别别……”陈爷却不同意。

“怎么？”白三爷一副不理解主子意图的神态。

“怕……糊弄……”陈爷终于说出口来了。

“啊！”白三爷顿时领会了，“您这是不见兔子不撒鹰啊！”

“……”陈爷再不吭声儿了。

但白三爷却觉得心头顿时又涌起一片狂喜：想不到这窝囊主子还真有绝的！自己还是陈爷最信得过的人儿，骚娘们还不知道原肉汤的底儿！嘿嘿，只知道糊弄人儿不懂得糊弄汤，还嫩着哪！白三爷越想就越觉得眼前充满了希望，一片忠贞保主之情不禁又死灰复燃了。既然主子还信得着，那就必须趁大伙儿高兴劲儿刚过，再去说动两条裤腿儿里的各路能人儿，以便群起保护这点儿“国粹”。

对！绝对不能让匪派儿把大裤裆胡同的风水拔走了！

想到这儿，白三爷拔腿就走。一出陈爷府邸，满怀的豪情便有点按捺不住了。姥姥！栽在一个洋式娘儿们的手下，摘了这行的面儿，天理不公，祖宗不容！但一走进古泉居茶楼，就发现情况有点儿不对头。老少爷儿们那乐呵劲儿不但没有过去，而且比听说不拆大裤裆胡同那阵子还邪乎。

一桶凉水兜头又向白三爷泼来了……

谁料想，人家总是走前一步，就在白三爷到来之前，那骚娘儿们已经陪着刘老先生又来过了。而且这次不是一看就走，而是专门坐到那古老的茶桌旁喝茶的。一手端着茶碗儿，一手捏着碗盖儿，喝得有板有眼儿，一举一动无处不符合老祖宗的章法。老掌柜瞅着瞅着，竟不由得热泪盈眶了。随之，人家又就势在茶桌旁品尝了烧饼刘的芝麻火烧，杂碎赵的辣油杂碎汤，爆肚儿张的嫩爆肚儿，肉串杨的鲜羊肉串儿，以及各路能人的拿手绝玩意儿。虽然一家只尝一点儿，但已经尝出三十多年前的老滋味儿来了。最后，只尝得老泪纵横，颤着声儿连连夸道：

“嗯！嗯！不错、不错！老牌子没倒了，还是祖宗留下老滋味儿！好、好！”

还要什么？不就是要的这么一句话吗？当即又有好几位主儿竟为此也抹开眼泪了。

好您哪！谁说人家忘了祖宗？

更重要的是，人家刘老先生茶用过了，风味小吃也品尝过了，还是舍不得离开这块地儿，坐在老掌柜一旁和大伙儿聊上了。一个话题儿：给将来那二十五层高的大洋楼起个名儿。七嘴八舌，您猜起了个什么？最后还是人家刘老先生想得绝：

“我看，咱这老城是乾隆爷点的地儿，数典不忘祖，就叫乾隆大酒家吧！”

瞧瞧！把老祖宗竖得有多高？后辈儿孙还能够跟着不沾光吗？

如果说，过去老少爷儿们还有什么不满，那现在就让刘老先生的行动一扫而光了。

但更令人高兴的话题儿还在后头呢！

可惜白三爷没赶上。他来了，人家早走了。但乐蒙了头的伙计们今儿是大方的。一见他来晚了，都恨不得马上就把自己的高兴劲儿分给他一半儿。

“三爷！”烧饼刘首先嚷嚷上了，“这回裤腰里的老住户可有盼了！人家刘老先生说了，先挑地儿盖什么居民新村！这才叫鸟枪换炮，一步登天哪！”

“还有哪！”爆肚儿张也抢着说，“盖好那高楼，咱们都能在里头露一手！刘老先生说过，带着自己的拿手绝活儿也能入股，年底还保准能够分红！”

“您知道，”修脚李也马上插嘴，“说是酒家，那可称得起一条龙服务啊！上头有宾馆，中层有各式餐厅，院里有游泳池，底楼还专门设有搓澡修脚服务部。瞅着吧！到时候连老外也得排着号儿求咱啦！”

“大好事儿！”老掌柜德高望重地做了总结，“听刘老先生说，大裤裆胡同还留着！儿子上楼，爹守铺面儿，一古一今，一洋一中，互相搭配，那才有意思哪！”

“那是！那是！”一片叫好声。

白三爷傻了。大伙儿热情越高，他觉得心坎儿里越凉。好您哪！他是祖传靠耍嘴皮子吃饭的，裤腿儿里自古就没有他家的铺面儿。白三爷没有这个福气，但他还是不愿摘面儿。他想笑又笑不出来。脸皮儿抽巴了几下，只抽巴出一堆苦纹儿。又是老掌柜先看出来了，走上一步，问：

“三爷！您……您这是怎么了？”

“我……我只顾想着陈爷……”白三爷慌忙应付。

“咳！”老掌柜忙安慰，“您先别替主子发愁！陈爷是什么人物儿？刘老先生能想不到吗？”

“就是！”修脚李马上插话了，“人家早就说了，汤褪驴连北京青龙桥都绝了，咱这儿算独一份儿，高楼顶儿上不插这幌子，能称得起乾隆大酒家吗？”

“是呀！”烧饼刘又抢过话茬儿，“刘老先生早有安排了，他要陈爷第一个到楼顶儿大办公室去，当什么大股东、大顾问、大技师的。说白了！人家借的就是十代单传驴肉陈这点风水！”

“那更棒！”肉串杨总结性地发言，“风水拔得越高越好，那整个胡同不就都罩上宝气儿了吗？”

“那是！那是！”又是一片欢呼。

白三爷一时间觉得心更冷、手更凉了。恍恍惚惚中，似乎听到有谁来他耳旁悄悄递着话儿：

“说来归去，老头子总是要走的，那娘儿们才是真正的大拿！舍出老脸儿向她去求个情儿，能到大楼里当个端盘子跑堂的也不错。听说，老外可大方啦，真舍得给下人小费……”

顿时，白三爷更感到没着没落了……

他走了。趁大伙儿乐蒙的工夫，悄悄走了。大裤裆胡同里还是熙熙攘攘的人群，还是乱乱哄哄的声音。但他却什么都听不见了，只觉着有一个声儿在自个儿身前身后飞绕着：

她是大拿！她是大拿！她是大拿……

完了！老祖宗留下这一行眼看真要完了！自己由大裤裆胡同众人瞩目的拔尖儿人物，眼瞅着就要拜倒在一个骚娘儿们手下了。白三爷明白，那老头子刚从国外回来能知道什么？在幕后打鼓点儿的还是这个女匪派儿！但白三爷也绝不是那善罢甘休的主儿，走着走着便加快了脚步。对！趁陈爷还不知道，变着法子也不能让他们拔走风水，何况还有那罐原肉汤！

但他又晚了一步……

等白三爷再次返回陈爷的府邸时，就看到一群人儿拥着一位长者从前面刚刚拐过弯儿去。白三爷一怔，马上意识到那刘老头子已经来过了。天哪！果然一出茶楼就来这里摘幌子了。白三爷一惊，又慌忙推门进院，怎么？那骚娘儿们竟然单独留在这儿啦？

这才叫冤家路窄啊……

白三爷再定神儿望去，只见这位女匪派儿打扮得比以往更洋、更俏、更水灵。但那罗锅儿财神爷却仿佛甘心当陪衬，愣陪着人家站在那株歪脖儿老树下，一边儿眼瞅着一头滚瓜溜圆的小瘸驴儿，一边儿正在说些什么。白三爷一见，似觉眼熟。果然，那小瘸驴一瞅见他便不安地长吁短叹起来。

这女匪派儿又在打什么主意？……

但人家瞧见白三爷进院，就跟没瞧见一样，理也不理，好像还故意放大声儿给他听似的：

“您这回可亲自听到了，刘老先生对您有多么看重！”

“哎、哎……”陈爷颇为感激，就是说不出来。

“您哪！”她更亲切了，“他老人家可就提了这么个要求：从小就爱吃个汤褪驴肉，可就是不知道是怎么个做法。光听传说得神乎其神，就想专门亲眼瞧瞧。这不正该您露一手儿吗？他老人家还说要叫人来拍电影呢，带回美国也让外国人见识见识。”

“这这这个？”陈爷似很激动、又有难处。

“您不愿露？”她还很和蔼。

“不……是不愿……”陈爷忙结巴着分辩。

“那为什么？”她还很耐心。

“这这这这这……”陈爷更结巴了。

“没……没有驴！”白三爷毅然扑出救主了。

“这不是！”她却突然一指滚瓜溜圆的小瘸驴香妞儿！

“哦！”陈爷目光骤然落在白三爷身上了。

刹那间，白三爷那眼神儿再转不动了，只顾痴呆呆地瞪着那头小瘸驴香妞儿。但他心里却明白，自己玩驴的事情她一定知道了。天哪！这娘儿们干得可真毒！借老头子看作汤裉驴，是想让主子彻底甩掉自己呀！天地良心？天地良心？随着心底儿发出的呐喊，白三爷的眼神儿便“唰”的一下反射到驴财神的脸上。

“这……”陈爷也仿佛给吓蒙了。

“陈爷！”白三爷又是悲戚地一叫。

“别别别这这……”陈爷顿时更慌神儿了。

“这是怎么了？”她也有点儿悲哀，“我跑断腿儿给您说人，您却舍不得一头驴？”

“不不不不不是！”陈爷又忙着调头分辩。

“陈爷！”白三爷又是凄惨地一叫。

“这这这这个……”陈爷更加进退两难了。

“这您是信不着我？”她似乎有点来气了。

“我……别别我我……”陈爷又忙调头解释。

“陈爷！”白三爷又哭哭啼啼一叫。

“唉……”陈爷彻底陷入困境了。

“别唉声叹气！”她当机立断地来了一句，“今晚上我就领您去见人！”

“您？您是不是？！”陈爷猛地抬起了头。

“我要说不成，”她补了最关键的一句，“我就自个儿嫁给您！”

“我的驴！”白三爷猛地扑了过去。

“连你也是主子的！”她冷冷一声。

“天哪！”

得！一锤定音了……

十

白三爷只觉得眼前骤然一黑……

一时间，他痴了，他傻了。他呆头巴脑儿地转身就向门外走去了。心里头塞满了凄凉，眼睛里只剩下了绝望。他想再喊些什么，喊不出来。他想再挣扎一下，浑身又没一点劲儿。耳旁只飘忽着一丝悲悲戚戚的声儿：

没用了！没用了！再说什么也没用了……

也许是那小瘸驴儿也知道自己就要完了，号啕得更厉害了。白三爷只觉得这声儿揪着心、拽着肺、牵动着肝肠。一时间，他又慢慢地站住了。手在抖，心在抖，嘴皮子也在打战儿。猛地，他真想把这老罗锅儿提起来大喊大叫一通。但没有，人家是主子。半晌，他才背对着那位自己辅佐过的驴财神，带着哭音儿迸出这么一句：

“陈……陈爷！真有您的……”

他走了，终于没着没落地走了。好您哪！这才是名副其实的“卸磨杀驴”哪！

但他似乎还残存着一丝幻想……

下午，白三爷又出现在古泉居茶楼上了。茶桌间只有他一个人孤零零地坐着。除了小顺子提着把大铜茶壶心不在焉地陪着以外，就再没有其他主儿了。向窗外瞧去，大裤裆胡同像戒了严似的，冷冷清清地见不到几个人影儿。白三爷知道这意味着什么，只不过因为心冷得像掉在了冰窖里一样，屁股早冻在茶座上挪不了窝儿了。

好您哪！谁愿错过那百年难逢的热闹啊！

刹那间，白三爷仿佛看到，人们熙熙攘攘地都向着驴财神的破院涌去了。

那破墙上、旧屋顶儿上、大门外、窗户口，黑黑压压都挤满了人儿。只有歪脖儿树杈子下那块地儿是空的：拴着一头打战儿的驴，挖着四个深深的小坑儿，旁边还有烧得正旺的火以及那口翻腾着卤汤的大锅。

白三爷猛地闭上了眼睛……

但那破院里的情景却似乎显得更清楚了。人，人！一个个瞪大了眼睛的人！空地上还站着那姓刘的老头子、那欺人的娘儿们、那手提摄影机的洋听差，更重要的是还有那结巴罗锅的驴财神！瞧，开始拉驴缰了！小瘸驴儿挣扎着、蹦跳着、哀叫着、后扯着，但那驴缰却越缩越短，一步又是一步，驴蹄子下就是那四个深深的小坑儿。

白三爷又恐惧地猛然睁大双眼……

涌动的人影儿虽然霎时消失了，但在冷冷清清的茶桌间却骤然冒出了许多声音：

“想想！没有人家刘老先生，咱们能见识这秘不外传的绝活儿吗？”

“对对！托祖宗的福，跟着沾光啦！”

“还有！也多亏了那娘儿们说动了陈爷！要不，盖着被子做梦去吧！”

“啧啧！没说的，大能人儿啊！”

白三爷又赶紧捂住了耳朵，可这回更邪门儿了，嘈杂的人声儿听不见了，却似乎猛地听到一声小瘸驴儿乍起的惨叫。白三爷又是一个愣怔，刹那间茶楼的一切又消失了，眼前又骤然闪现出大锅里不断倾倒出的滚烫的开水，惨叫中小驴香妞儿身上蒸腾起的热气儿。

白三爷收拢不住地浑身打战了……

在外人眼里看来，茶楼里还是那么冷清那么静，但他却像架在火堆上烟熏火燎似的。脸皮儿无端地抽巴着，两手莫名其妙地痉挛着。只有他那眼神儿是直的，死羊眼一般，直勾勾地瘆人。跑堂的小顺子回头一瞅，当即吓得把大铜茶壶失手扔在地下。白三爷像猛触惊醒了一样，但当他低头一看楼板上流动着的开水、茶桌下蒸腾起的热气儿，便又绷着身子死死地一动不动了。

但他的眼神儿却在急骤地变化着……

等到老少爷儿们看完热闹归来，白三爷那眼神儿已令人琢磨不透地变得和没事儿一般，而且就连脸上也跟着变回了原来的老模样儿，甚至显得比以往更潇洒，更超脱，更得人缘儿。为此，老掌柜带着大伙儿一上茶楼，竟没能看出一点儿破绽来。

“三爷！”老掌柜像见了亲人似的，“您消闲啊！”

“嘿嘿！托主子的福！”白三爷笑容可掬。

“您哪！”老掌柜又接过话茬儿，“活了六十多了，今儿个我算一饱眼福了！”

“是吗？您真好精神！”白三爷又含笑回话。

“来劲儿！”修脚李也马上插话说，“果然名不虚传！那烫、浇、开、剥、卤，可真叫绝了，瞧着真过瘾哪！”

“那是！”白三爷洒脱地肯定。

“听说！”肉串杨又补充几句，“露完这手绝活儿，今儿晚上陈爷就要去相亲了。只要有那女能人儿保驾，这桩事儿准成。三爷！回去就把那驴鞭驴肾给主子留着吧，到时候您就听好儿了！”

“错不了！”白三爷笑着满口答应。

“嘿嘿！”肉串杨乐了。

“哈哈！”大伙儿笑了。

瞧！谁也没有瞧出点儿差错来，甚至连白三爷是多会儿走的也没顾得上理会。好您哪！百年不遇的大乐子，还能不围着茶桌好好聊聊吗？谁都抢着谈驴，哪还顾得上去瞧人儿。只有老掌柜例外，他怎么瞧都觉得白三爷浑身罩着一层晦气儿。得！晚上抽空儿去求求刘老先生去吧，瞧他爹的面子也得为他讨碗饭吃。

白三爷不知道，只顾自个儿径直走着……

但令人不解的是，这位主儿明知现在卸磨已经杀了驴，却仿佛还要给祖宗脸上抹黑，就好像有什么勾着引着似的，竟又返身向着那变了脸的主子的大门儿走去。而且眼瞅着那刚刚剥下的驴皮，愣仿佛自己从来没有玩过驴那样，一见主子，还是恭恭敬敬地叫了一声儿：

“陈爷！”

陈爷没吭声儿。

“已……已经卤上了？”白三爷又主动递话。

陈爷还是没吭声儿。

没声儿了……

灶火呼呼地响着。只见汤锅里热气腾腾，那小瘸驴香妞儿正碎尸数段在汤锅里颤动着。硕大的驴头显得格外突出。只不过早已洗剥干净再看不出那显眼的白嘴头子了。一切都被滚烫的汤水咕嘟着，再也听不到那长吁短叹的嘶叫了。

白三爷眼巴巴地盯着。

驴财神也在愁眉苦脸地瞅着。

还是没有一点声儿……

“陈爷！”白三爷声带哭音儿说。

“唉……这这……”这回总算搭茬了，而且颇为内疚。

“好……好陈爷！”白三爷竟激动起来。

“唉！这这唉唉……”又是叹息，又是内疚。

“今后？！”白三爷只觉得眼前充满了希望。

“这……”骤然没词儿了。

“……”心冷了。

热气儿腾腾，香味儿四溢。那小瘸驴儿的肉块儿还在汤锅里咕嘟着，一会儿探出个驴脑袋，一会儿伸出个驴蹄子，似在不平，似在挣扎，又似懒洋洋地在里头打把式。眼看就要熟了。香妞儿的肉变得越来越酱红，白三爷的脸显得越来越惨白，但他还在直勾勾地瞧着……

热气儿散了，火苗儿灭了，小瘸驴儿又被一块块晾在肉案上了。还有那头、那蹄、那心、那肝、那肺、那驴大肠，再没有一点儿声息，都乖乖地在那里摆着。只是闪着油光、散发着香味儿，再不能摇尾巴尥蹶子了。

白三爷冷眼中竟又渐渐渗出了泪……

泪眼中，那小驴儿仿佛又拼拼凑凑自个儿爬起来了。它瘸着一条腿儿，顶着个可笑的大脑袋瓜子，颠儿颠儿地撒起欢儿。御拴马桩旁一鸣惊人，古茶楼前穿针引线，陈爷府邸后院压阵，胡同深处拉车卖肉……玩儿，它还在玩儿，按着自己调教的玩儿。它玩得有板有眼、有声有色，玩出了古色古香的“驴肉陈驴肉开发总公司”！

而现在？

白三爷猛一眨眼，就见那老歪脖儿树还杵在那里，但旁边却见不到那小瘸驴儿了。只留下不知轱辘了多少辈子的木轱辘车还孤单单停在树影里。老气横秋、油腻黑亮，车轱辘更不成方圆了。过去它和小瘸驴儿一配套，曾是塞北闻名汤褪驴的活幌子。如今小瘸驴儿被煮了，它也就更显得破烂不堪了。像一个老绝户躺在那儿，半死不活地喘着气儿。天哪！这才叫自己的驴被杀了，幌子被拔了，牌子被砸了，路被堵绝了！

白三爷几乎失口喊出声儿来……

但等他再一转眼，却见那位驴财神正往一个陈年酒坛子里舀那原肉汤。这是绝顶的宝贝啊！祖祖辈辈玩命地秘藏，就连那无法开张的倒霉日子里，这窝囊废也懂得宁可挨打受骂、装疯卖傻，也要把这绝玩意儿装在一个陈年酒坛子里，冒险埋到一个人们猜不到的绝地儿。还得一次次半夜偷偷熬过，一次次再趁黑藏起。谁料想，眼瞅着自己已经掌握了这绝玩意儿，但在眨眼间却又让人家连人带汤一锅端了。

白三爷的两只眼珠子，突然死死盯住那原汤坛子一动不动了。那么冷，那么阴，那么直勾勾的。但那位驴财神却没看出来，他急着要去相亲。

天，眼瞧着快黑了……

蓦地，大门外传来一片哄闹声儿。随之，修脚李、裁缝王，还有其他一些热心肠主儿，都嘻嘻哈哈一起涌了进来。也不知是因为天快黑了没瞧见，还是因为陈爷身手不凡太打眼了。人们竟像没瞧见白三爷似的，刚一进院就冲着驴财神嚷嚷上了：

“陈爷！是媒人叫我们来的！都快相亲去了，您那也该收拾收拾了！”

“哎哎哎哎……”这位来劲儿了。

“走！”修脚李先上来了，“先上我那澡堂子里洗洗去！我呀给您搓搓澡，修修脚，浑身捏巴捏巴，保证您一定来精气神儿！”

“这……”陈爷似乎有点儿不好意思。

“瞧您？”又是修脚李的声音，“您能到我那儿洗澡，不是赏我脸儿吗？那水我得留着，煮肉准带原汤味儿！”

“您哪！”裁缝王又抢先了，“人是衣架，马是鞍鞯，您得到我那西服店走走！我早给您琢磨出一身儿套服，保证您穿上身条儿显得顺溜！”

“行行行，这这……”陈爷更显得羞羞答答。

“还这什么？”还是修脚李搭话快，“大伙儿还不是借您的风水沾您的光吗？没有您，这大楼能在这儿撑得起来吗？您还别说，那女人给我们看过一张图，瞧大楼那个高啊，把天都能捅个窟窿！”

“真的！二十五层哪！”又是一片呼应。

一时间，白三爷什么都听不见了，甚至连陈爷是多会儿让伙计们拥走的也忘了。眼前只剩下了一座楼，顶天立地、黑压压的、鬼影儿似的直杵在他的眼前，压得他安不了神儿，喘不过气儿、伸不开手儿、迈不出腿儿。天更黑了，四周黑漆漆的没有一点声儿。猛然间，白三爷突然扯开嗓子大喊了：

“楼！楼！老子让你们盖他妈的楼！”

随之，他借着黑暗，一下子扑向了那秘藏原肉汤的绝地儿，疯了似的把那陈年酒坛子搬到了当院儿。他手儿抖着，气儿喘着，眼睛在黑地儿闪出冷冷的白光。猛地，他一下子摸起把砍肉的斧子，带着风声，“嗖”一下便高高抡过了头顶。

但斧子在半空抖动，却久久未落下来……

也就在这工夫，那豪华的宾馆十九楼房间里，老掌柜正舍出老脸为白三爷求情。但谁能料想到，刘老先生一听完有关白三爷的身世、家传，以及玩驴前前后后的种种故事，竟不由得拍案叫绝，赞叹不已，连声说道：

“原来是白老九的儿子呀！身手不凡，人才一个！快请来见见，快请来见见！说白了，驴肉陈虽身怀绝技，但也只能起号召作用，真正办事儿的还得这种人儿！如真像您说，这位可真称得起中国牌号的商业经济人！难得、难得呀！我要和他好好谈谈，对路了，我这就建议下聘书，请他当乾隆大酒家副总经理！”

老掌柜瞠目结舌了……

但也就在这时候，白三爷双手颤抖了半天，终于一咬牙还是把斧子抡下去了。“砰”的一声，那陈年酒坛子便粉身碎骨了。原肉汤四处乱流着，在黑暗中渐渐渗进了地皮儿里。

白三爷大笑了，他觉得那黑压压的大楼也让他砸碎了。

您哪……

（发表于《收获》）

猫 腻

一

猫腻？这本身就难免有点缠绵悱恻，要再乱乎到猫腻发生的地儿绕不出来，那就显着更麻烦了。

得！好在有篇小说早介绍过了，您先瞧着：

“据说，必须保持这老城一隅的古老风貌，要不然外国人招引不来。为此，这塞外古城的闹市区——大裤裆胡同，便免受了推土机荡除之灾，而以其古色古香之姿，稳坐于四周骤起的高楼大厦之中。大裤裆胡同名副其实，东西各伸出一条裤腿儿。而裤腿儿交接之关键部位，更有一眼名闻塞北的古泉井。左有一茶楼，右有一酒肆，对称合理，搭配得当，颇令人浮想联翩……”

再往下瞧：

“遥想当年，乾隆爷为戍边子弟钦定此城时，曾御笔亲书此眼古泉为‘漠北第一泉’。后辈儿孙欲沐皇恩，便蜂拥而至，顺着酒楼茶肆沿东西发展，争相盖起一座座作坊店铺，致使许多小吃喝、各类小玩意儿的门面，一时间缀满了两条裤腿儿，热闹得实在可以。当然，近二三十年，大裤裆胡同也曾冷落了好一阵子。但世事多变，最近几年又时来运转了。随着四周高楼大厦的拔地而起，两条裤腿儿里又渐渐地荡满了春风。一时间店铺重开，门面重修，游人如织，熙熙攘攘，更胜过当年的繁华热闹。就连外国人来，也不断伸出大拇哥连声喊着：'蒿！蒿！蒿！'"

好，是好！但更好的却还在后头哪……

这一天，又有一帮老外在塞外的王府井转悠了半天，好不容易才晕晕乎乎地转到了西裤腿儿出处。前头就是豁然舒展的现代化大马路，对面就是巍然初起的鳞次栉比的高楼。眼瞅着这帮老外要从迷迷怔怔中醒过神儿了。谁料想，就在这节骨眼儿上，猛听得身后一阵鞭炮声骤响，惨了！老外们顿时又给缩回梦里头去了。

您哪！就让他们再晕乎着去吧……

鞭炮声刚停，只见就在这裤腿口儿的一户四合小院门前，硝烟中渐渐闪现出一辆锃亮的小卧车。挡风玻璃上明明白白可见两个不大不小的红双喜字儿，顿时给大裤裆胡同增添了一股洋式的喜庆气氛。车刚停稳，就见开车的那位主儿当仁不让地下了车，三十七八岁，有谱儿，有派儿，一身洋式小打扮儿，还不缺男子汉那种潇洒的匪气儿。随之，车后又下来位怯生生的少妇。长得倒也纤巧娇柔，却越看越像个刚从外国化完妆回来的受气小媳妇儿。再看，四合院门前也早有人迎了出来。打头的是位高头大马的妇女，丰满，精干，三十好几了，可浑身还透着那么股子水灵劲儿。身旁另一位却差点意思，男性，年龄大约在三十岁左右，瓶底厚的眼镜儿，虾米似的身段儿，内八字的两条腿儿，躲躲闪闪的眼神儿，天生的一副窝囊废的模样儿。

得！喜车前的主要人物就算聚齐了……

不过，这可有点让人纳闷儿！要知道，这地儿可不是一般居民配住的！进可到现代化的大马路上去兜风，退可到大裤裆里古色古香的茶楼去喝茶。能守能攻，能收能放，非有福之人消受不了。可今儿个这户挺体面的主儿这是怎么了？贺喜的人少了点儿且不说，竟愣让大伙儿分不出谁是新郎新娘来？这……但这两家的自我感觉却似乎特好，刚一见面，只见两位打头的人物儿，便是一片喜气洋洋地抱拳欢呼：

“亲家！哈哈哈！”

“哈哈哈！亲家！”

围观者正丈二和尚摸不着头脑时，只见双方那两位出类拔萃的打头主儿一招呼，剩下的另两位就赶忙车前门后地忙乱起来。大家伙刚觉着眼前银光一闪，就见得两只雪团锦簇的波斯猫骤然闪现在两位打头主儿的手里。嗬！远看一堆雪，近看一簇云，遍体银白，浑身竟挑不出一根杂毛儿来。只让人觉得那四只眼睛恰像四粒宝石，似蓝、似碧、似翠、似绿，在那两团锦丝雪绒之中烁烁闪光、相映成趣。顿时，围观者瞅着这两只稀罕玩意儿目瞪口呆了。要知道，这种宠物儿值钱且不说，纯种儿的那可更象征着主家的身份、地位、眼光、能耐！但人们在惊羡之余也难免有点发蒙：在这场面上干嘛非得端出这么两位小祖宗？正疑惑间，就听见一位先知先觉者猛地一声呐喊：

“结猫亲家！”

得！这一下更热闹了，只见人头攒动、你拥我挤，真比看人结亲还轰动。就连老外们也一个劲儿端起像匣子凑近乎，还不停地玩着那刚学会的一个字中国话，一连声又喊起了：

“蒿！蒿！蒿！……”

可那两只即将结亲的波斯猫，虽同属西洋种儿，却似乎听不懂这洋味儿十足的“蒿”。只见那只将做新娘的波斯猫，似羞、似臊、似悲戚不安，一副娇柔无力的模样，浑身抖抖瑟瑟的神态，似早被新婚之夜吓得软作一团。而那只公猫却仿佛有点不大情愿，一只眼睛发绿，一只眼睛发蓝，睥睨一切，虎视眈眈，似忧，似愤，悲壮间做随时奋起反抗状。

但围观者越瞅就越觉着热闹……

尤其是那帮老外们，那劲头儿就更足了。也不知道他们怎么看的，竟越瞧这对猫情人儿的神态越感动，其中有一位显然是不满足于再喊“蒿”了，咬了半天翻译的耳朵，愣得出了如此的结论：

“他说，中国真不愧世界的文明古国，爱护小动物也爱出了个新的高度来！感动，感动！他要马上给世界爱护小动物学会写文章……”

“好——啊！”顿时迎来了满胡同的碰头好。

可谁又曾料想到，就在众人正沉浸于一片爱国主义的激情之中时，那将做新郎的波斯猫，却骤然从兴高采烈的女主人怀中挣脱，猛地外窜逃婚。而那抱着新娘的男主家刚要上前阻拦，它竟公然奋起照着阻拦者脸上就是两爪子。还没等人们醒过神儿，它便像白色闪电般一闪，仅在男主家的脸上留下两道血痕、几丝银毛儿，早已飞蹿进大裤裆胡同深处逃之夭夭了。

乱了，乱了，顿时一片大乱……

围观者一个个转喜为忧，老外们一个个瞠目结舌。而那娇小的受气包小媳妇儿早吓得浑身直打战儿，那虾米身段的瓶底眼镜儿也早慌得两条内八字腿直抽筋儿。那有谱有派的男子汉面带血痕一时也似乎傻了眼儿，只剩下那人高马大的大美人慌乱间仍不忘惊呼，猛地伸出双手，向着裤裆深处情真意切地喊了起来：

“佐罗！佐罗！……”

二

佐罗？这名儿是有点玄乎，可绝不包含一点儿荒诞和迷幻！大裤裆胡同的存在，靠的就是老祖宗留下的那点古色古香的气派，容不得这个！

您哪！全怪老外在一边儿瞎掺和……

玩猫？中国人玩了好几千年了，一直有自个儿的一套玩法。您先听听这些名儿：雪里拖枪，彩云托月，泼墨梨花，枫林晚霞……绝了！玩猫竟能玩出诗意来，他外国人能吗？更何况我们还玩鸟、玩蛐蛐、玩狗、玩鹰、玩鸽子种种，他外国人能玩得这么全乎吗？但玩猫和玩上述各类玩意儿又有所不同，除那些养猫专为防鼠的俗气主儿外，似乎讲到玩猫便大多和女性有关，因而选猫也大多注重一个字儿：媚！不媚的猫儿难值个三钱两子儿的。媚，从女旁，大概就是源渊于此。故笔记野史多有记载，后宫嫔妃多学猫之媚态以取悦皇上。但仅就此点而论，也似乎难以一概而论，即使在后宫也有忠勇献身之猫，君不见“狸猫换太子”中那只猫吗？牺牲得何等壮烈伟大？还有，万历皇上就养着多只猫儿，又似乎是专门和女性作对的。秘史讲，哪位宫女稍拂圣上春心，即把猫儿揣入其裤裆之中，四处扎紧，任猫儿在其间乱撕乱抓，故明代宫女常常谈猫色变。当然，此处所提裤裆绝和大裤裆胡同毫无渊源关系，只是为了考证玩猫历史之悠久。

至于有关波斯猫的传入……

在这方面，有关猫史专家也是众说纷纭。有的说，波斯猫唐代即由古丝绸之路传入中国，“雪里拖枪”即是有力证据。浑身雪白，拖着一条长长的黑尾巴，定是波斯猫和中国猫杂交的后代，古籍见载，何必怀疑？但有的却说不然。白，古之忌者。此类猫自今俗称“满身孝”，视之为不祥，古代又何能容其传入？有的考证，第一只波斯猫为鸦片战争后英国大使夫人赠予慈禧老佛爷的，旋即被李莲英扼死于储秀宫后。有的考证，第一只波斯猫应出现于上海，地址是犹太人的哈同花园里。总之，波斯猫带着满身洋味儿，在中国一直未取得同鸟啊、鹰啊、蛐蛐啊、鸽子啊等相同的地位。直到如今，新娘子结婚再不从头到脚一身通红，而是时髦起从上到下遍体白纱，波斯猫才总算取得了自己应有的历史地位，一跃而居众猫之首，骤然间变得身价百倍、有钱难求。

说到结猫亲家……

必须说明，这在玩猫史上确是一种创举，确是一种发展，古籍未见，野史难查，但又的的确确带着我们老祖宗留下的那么股子古色古香的滋味儿。据说，这几年在北京、上海，尤其在天津卫，背地里结猫亲家的日渐多了起来。好您哪！雪团锦簇般的猫儿哪儿多？还不是在这些大地儿吗！特别是一些和儿女分开的老头老太太，更是对自己珍养的这种宠物儿关怀备至、柔情脉脉。不能总是让猫儿一天天老卧在膝盖上只给自己解闷逗乐子吧？还得关心它们的吃喝、洗澡、搔痒、梳毛儿，以至它们的爱情生活。再说这几年外国正闹什么艾滋病，这外国种的猫儿也跟着危险哪！要是再放任自流，那等于自个儿拿着宠物儿去玩玄！于是便免不了一瓶好酒、两盒点心，猫友之间，搭起鹊桥。既怡情养性，又广结人缘儿；既不致使谬种流传，又保证下一代的纯洁健康。猫结连理，人成亲家，两全其美，何乐而不为?

要再说到传至这塞外古城……

这必须要首先提到这里人们的一种特殊脾性：总爱自称自己住的这地儿为小北京、小上海、小天津卫！小是承认小了点儿，但在玩鸟、斗蛐蛐儿、比风筝、结猫亲家等方面却绝不甘于落后，而且玩得不遮不掩，光明磊落，一出手就带着点吃牛羊肉过多那种野性子。禀性虽然各有不同，却总是同一祖先的子孙。结猫亲家仍不忘老祖宗的遗教，瞧！连最新式的小卧车也开进这古色古香的大裤裆胡同里来了。

唉！怪就怪那洋猫儿一见了洋人儿就发了洋脾气，楞把好端端的一场结猫亲给搅了。您瞧！人仰马翻，前呼后拥，都顺着裤腿儿向大裤裆胡同深处追去了。这个乱乎啊！古泉井旁顿时像炸了马蜂窝一般。

好在老外们总算不无遗憾地走了。他们钻出了裤腿口儿，坐上了旅游车，顺着那现代化的十里长街，向着那二十五层高的引领时代新潮流的乾隆大酒家驰去了。据说，有二十四道乾隆皇帝钦定的名菜，诸如烤全羊、炸驼峰、烧犴唇、飞龙汤等正等着他们，要不这帮老外才舍不得大裤裆胡同里头这份热闹呢！

走了，好！没外国人跟着瞎掺和，这事就好办多了。有关这两只波斯猫成亲的始末，也就能够从头到尾慢慢地说明白了。听！裤裆深处那情真意切的呼唤声音，又从乱糟糟的人群中飘来了：

“佐罗！佐罗！……”

得！咱们就先从佐罗说起吧！

三

佐罗？这名儿您先搁一下，咱得先认认这位神出鬼没好汉的主人！

其实，您大概早认出来了，就是这位呼天抢地的高头大马的水灵人物儿。三十四五岁，可早已成为这大裤裆胡同里一位显眼的女中豪杰。老居户大多数是要手艺、卖吃喝、摆小摊、三教九流的个体户。可人家呢？却在这塞外古城最大的现代化百货商场里当售货员里的大组长。交际广，能耐大着哪！第一个把锦团儿似的波斯猫搞进大裤裆胡同，就是最有力的证明。难怪大伙儿都说裤腿口儿有风水，要不怎么能出这么个大能人儿。为了以示尊敬、以示近乎，大家愣能把人家的名和姓给忘了，一律称其为“大组长”！

大伙儿爱戴，有什么办法呢？

但街坊们对她那位男人，不知为什么总打不起精神尊敬。且不说那虾米似的身段儿，瓶底儿似的眼镜儿，扭曲的内八字腿儿，在这大裤裆胡同的老住户里显得格外别扭，就连他晚上出去白天窝着的“夜班校对”工作，大伙儿也觉得失之人伦常理。这么好个人高马大的媳妇儿，愣让她一夜夜干晾着。怪不得这么大岁数了没小孩，逼得老婆只好逗猫玩儿，总有什么毛病！但爱屋及乌，大伙儿还是背后客客气气地称他为“瓶底儿”，以示对知识的尊重。

得！主人介绍过了，回头再看佐罗……

只见这位雪团锦簇般的好汉，果然神出鬼没身手不凡。刚从肉串刘的摊子上窜过，顿时又钻进了烧饼王的铺面里。等那位瓶底儿率先扭动八字腿儿追了进去，只见一道白光从窗口一闪，眨眼间便又消失在绒线李的小店之中。那真称得起：穿房越脊如履平地，破门入户来去无声。真比法国电影上那个佐罗能耐大多了！

“佐罗！佐罗！”女主人的呼唤变得更焦急、更悲戚、更揪人心了。

但这锦毛好汉任你千呼万唤，就是再不出来……

裤裆深处，人越聚越多，越搅和越乱。但塞外自古多慷慨悲歌之士，见大组长欲晕倒状，便纷纷上前拔刀相助。尤其是那位母波斯猫的男主人，更是不记猫女婿两爪之仇，刚把自己的宠物儿交给了身旁战战兢兢的小媳妇儿，又猛地扑上去扶住了自己那摇摇欲坠的猫亲家。随之便带着一身帅气儿，亲临一线开始指挥搜捕！

但最尽心尽力的还得数瓶底儿……

看得出，这位夜班校对虽然长得有点窝囊，可真称得上是个天生的情种儿。为了自己水灵灵媳妇的宠物儿，竟忘了自己也算得个小知识分子，愣又从锅贴常的面案下钻了过去，到后头煤堆儿旁进行不懈地搜索。多亏充分发挥了虾米似的身段儿的优势，要不然大伙儿总会认为他早抽掉了脊梁骨呢！他每爬一步，就不由得要仰起瓶底儿眼镜看看媳妇儿的眼色。但不知为什么，他每一抬眼，就总觉得眼前飘洒着无数幸灾乐祸的眼珠子，而媳妇正依偎在那男猫亲家的怀里哭，一接触自己的眼神儿，还不忘记横扫自己两下子。他更不敢怠慢了，猛地内八字腿儿一蹬，搜索的范围又扩大到锅贴常后屋的床板下了。

您哪！爱需要见诸行动……

瓶底儿隐伏在床板下一声不吭了。他有点儿发蒙，厚厚的眼镜片儿上就像蒙上了一层雾。一时间什么也看不清了，只听得这儿传来了烙锅贴敲锅边的声儿，那儿又响起了热馄饨的叫卖声儿。而在这无数声儿的顶端，压倒一切的还是媳妇儿那柔肠寸断的声儿：

“佐罗！佐罗！我的宝贝儿……”

瓶底儿开始浑身打战儿了。爱！爱得过了头儿就是怕。是怕！爱屋及乌，就连媳妇的宠物儿他也怕！瓶底儿恍恍惚惚忆起，好像大前年就把这位小祖宗请回家里了。那时媳妇儿不但因为和自己结婚调回了城里，而且似乎已经转了正，正初露锋芒。有一天，媳妇儿提着个大纸匣子回来了，少有的高兴，脸盘儿上难得的阴转晴，两只水灵灵的眼睛也亮得令人蠢蠢欲动。更重要的是，愣罕见地没挑剔他做好的饭菜。正当他感到大为惊诧，就见媳妇儿从纸匣子里捧出个雪团锦簇的玩意儿。还没等他认出是什么来，就听见那玩意儿一见天日突然轻柔地叫了起来：喵！

“猫！”他失口惊呼了。

“咋呼什么？”媳妇儿的脸上立刻晴转多云，“总不能让我成天只伴着个窝囊废似的老公过日子！”

“这……”他知道这是指什么。

“这个屁！”更来火了，“每天馋猫儿似的作践人，可就是光发火不吐籽儿。三十岁了还种不下个人芽儿，我这是哪世造下的孽啊！”

“可我爱爱爱……”他急忙分辩。

“爱？”火上更加油，“爱值仨瓜子还是俩枣儿？都快成老绝户了，还他妈的爱爱爱！”

“别别……”他自知理亏。

“别给我现眼了！”马上接过话茬儿，“我可告诉你，这可是地道的外国种儿，少有的稀罕物儿，你要敢亏待我这小心肝儿，我可跟你没完！”

“那是！那是……”他忙应承。

“佐罗！”媳妇儿低头抚弄起猫儿了。

“佐罗？”他失口惊问。

“怎么着？”媳妇儿又要生气，“佐罗刺着你那猪耳朵啦？”

“没没……”他忙捂嘴。

“再告诉你！”媳妇儿却来劲儿了，“咱这屋里缺的就是点真正的男人味儿，我就是要借借这外国名儿冲冲这股晦气！”

“好好……”他竟又赶忙地应承。

“佐罗！妈妈的小宝贝儿哟！”媳妇儿又自顾自地亲着猫儿喊上了。

得！这猫儿一进门就当上了小祖宗……

瓶底儿趴在床下边回想边憋气，但不知为什么，越想这位小祖宗就越觉得害怕。锅贴常的铺面外猛然间一阵骚动，显然是佐罗又在哪儿出人意料地出现了。瓶底儿只觉得眼前有无数只脚在迈动，可就是怎么也钻不出床底儿来。您哪！内八字腿儿抽筋了。他悲哀，他忧愤，不敢埋怨媳妇儿，但钻在床底下却敢埋怨这位神出鬼没的小祖宗！

天哪！这猫儿简直是自己命里的一颗魔星啊……

当佐罗这名字越叫越顺口时，这家伙也越来越显示出这法国好汉的怪脾气了。浪里白条一般，一天到晚在家乱搅和。夜班校对忙乎上一晚上，一白天伺候它愣伺候不过来。又得按食谱儿给它配食儿，又得按时给它洗澡搔痒儿，又得给它加大运动量逗它玩儿，又得留神它溜走串错了门儿。多了！多了！花十分之一伺奉它的精力伺奉爹妈，准能博得个孝子的美名儿。可值得！谁让自己发火尽吐瞎籽儿，愣让一块好端端的肥地委屈着？

得！还得为了爱情做出进一步牺牲……

可就这样精心侍候着，还是免不了老出乱子。有一天，小祖宗佐罗竟然拒绝进食儿了。

蛋黄儿拌的米饭，摘了刺的小鱼儿，消过毒的牛奶，全然不屑一顾。这一下可把媳妇儿惹急了，一进门就是把他一顿臭骂。随之便抱起佐罗，马上亲手进行检查。当摸到佐罗的小肚子鼓起一块时，媳妇儿顿时大声惊呼了：妈呀！别是吃了耗子吧？"

"不……不会！"他赶忙分辩。

"不会个屁！"火马上点燃了，"瞧这肚子里鼓鼓囊囊是什么？亏你还是高中生呢！洋种猫儿能消化得了咱们中国的耗子吗？"

"是……是吗？"他瞠目结舌了。

"整个儿一个废物篓子！"火更旺了，"你想抠我的眼珠子呀？佐罗要有个三长两短的，就是舍着搬出大裤裆胡同，我也得和你蹬蛋！"

"别别别……"他吓得两腿发抖了。

"别什么！？"声儿更高了，"你知道'好女不嫁二夫'，就想变着法子欺侮我老实是不是？生儿子你没本事，你就得老老实实认着这好几百块钱换来的洋种儿当大爷！"

"今后我……我注意……"他慌得赶忙检讨。

"呸！你知道注意什么？！这是个公种儿，洋脾气的主儿！懂不懂？得像养着位千金似的那么娇着惯着，还得养它个兔胆儿没脾气！——让它见了什么都怕！见了生人怕，听见响动怕，换个地儿怕，就知道卧在床头儿上解闷儿逗乐子！"

“可猫一见耗子……”他还想解释。

“怎么啦？”问得瘆人，“你那书是不是念到狗肚子里啦？浑透了，你不会变着法儿教它连耗子也怕！”

“哦……”他如闻天音。

您哪！还别说，就从这一天开始，大裤裆胡同里还真有人研究起了巴甫洛夫的条件反射。那战战兢兢的实验劲头儿真是令人感动，只不过因为巴甫洛夫用的是狗，而这位对付的是一只洋种猫儿，所以收效甚微。

为此，只好改为专堵耗子洞……

突然间，外头那吵吵嚷嚷声又朝这头儿涌过来了。瓶底儿一惊又猛地从昔日的梦里晃悠回来了，透过厚厚的眼镜片儿向店铺外望去，就又见无数只脚从眼前闪过。显然是佐罗又声东击西地反方向出现了。自己如果再待在这床板下无所作为，且不说后果不堪设想，就是对爱情也是一种亵渎！瓶底儿想到这里，便拼命挣扎着往外爬。可谁能想到，内八字腿儿抽筋抽得更厉害了，就是一点儿也不给自己做主。

天哪！这还了得！这还了得……

可谁又曾能想到，他刚这么一暗暗叫苦，竟“噌”一下蹿出床底，内八字腿愣不抽筋儿了。他这意外的一蹿不要紧，可差点把锅贴常十三代传人吓得晕了过去。但瓶底儿却土地爷似的顶着满脑袋的土，竟痴痴地瞅着房梁上耷拉下来那长长的粘蝇纸，傻帽儿似的不动了。

锅贴儿招来的苍蝇正嗡嗡嘤嘤地乱撞着……

望着、望着，瓶底儿恍惚间觉得这黏黏糊糊的粘蝇纸条儿，正在化成曲里拐弯的大裤裆胡同。或者说是这曲里拐弯的大裤裆胡同，正在化成黏黏糊糊的粘蝇纸条儿。迷迷糊糊，弄不清了。只感到是那么油腻发亮，那么浓稠黑厚，正悄没声儿地招引着无数只乱撞的苍蝇。瓶底儿越瞅就越觉得不对劲儿，朦胧间，就觉得自己也化成了其中的一只；不知什么时候已经黏糊上了。挣扎不动，摆脱不得，最后竟变得自己仿佛天生就是这粘蝇纸条上分泌出来的，反过头来又去黏糊别人。瞧！又招引来一大片，刚才就连老外也跟着洋腔洋调地直喊："蒿！"

绝了！

瓶底儿更陷入云里雾里了。他恍恍惚惚忆起，自己年轻时候也似乎是个人儿似的。窝囊是有点窝囊，可愣高尚了好一阵子呢！那时候，腿儿还算顺溜，腰也还能伸直，眼镜儿还没这么厚，起码还敢挺着个鸡胸脯儿高喊：生命诚可贵，爱情价更高！也是那时候，自己的媳妇儿个子似乎也没现在这么高，身段儿似乎也没现在这么水灵，一脸菜黄色。据说在乡下还有什么猫腻的事情。但性格温顺，天生一副惹人爱的小可怜模样儿。得，这就足够了。瓶底儿眼睛里要的就是这种纯洁动人的形象，其他管他谁爱狗戴嚼子胡咧咧什么呢！但等招赘到这大裤裆胡同的风水宝地之后，他这才知道爱情这玩意儿果真不便宜呢！只不过八九年工夫，一切都在这太上老君的炼丹炉里变、变、变。老婆变得越来越水灵、越能耐、越高大，而自己却变得越窝囊、越胆小、越无能！尤其是在发现自己竟像个被阉了的老公之后，那虾米似的身段儿也就渐渐曲里拐弯似的形成了。

随之，便是请回了那小祖宗似的洋种儿猫……

猫、猫，对！那猫！瓶底儿猛一摇晃脑袋清醒过来了，像挣脱粘纸的苍蝇，撒丫子就往锅贴常的铺面外跑。这还了得，这还了得，媳妇丢了宠物儿，自己竟还在圈子外慢慢悠悠着？老天爷！这才叫罪上加罪哪！果然，内八字腿儿刚刚战战兢兢地跑动了没几步，就迎面见那位怯生生的女猫亲家正抱着她那宠物儿走来了。

似找，却没话，只有一双惊恐的眼睛……

瓶底儿却未发现自己土地爷似的那副尊容、厚厚的眼镜片儿后也是一双惊恐的眼睛。他怕。自住入大裤裆胡同这八九年来，因为对媳妇儿的高度尊重，他见了任何一个女人都怕。但今儿个这女人却似乎有所不同，又仿佛吸引着他非看不可。梦，简直是一个梦！年轻时自己也仿佛对照看外国画报，就曾这样在梦幻中装扮着自己未来的爱人。腰身，乳房，诗一般的线条儿，柔和的轻纱裹着一颗美好的心灵。眼前这一切似乎都不少，好像比梦幻中的还要更现代化。但不知为什么，还是越看就越觉得这现代化的娇小人儿越古老，两只眸子闪着战战兢兢的光，浑身上下都散发出一种惶恐不安的神情，就像一个古典的受气小媳妇儿，正不知所措地瞧着自己。

啊！她怀里也有只雪团锦簇似的猫……

就像按动了某个电钮，瓶底儿突然发现，自己似乎已经和这个娇弱小巧的女人认识好多年了，那么熟悉，那么相似，就连那战战兢兢、怯生生的神态也那么相同。恍恍惚惚间他再望去，仿佛看到这娇小女人眼神里那恐惧的神情也越来越少了，随之而来的却是更多的同情、怜悯，以至困惑和温柔。

是他妈的有点儿古怪……

但他还在望着她，她也在瞅着他，就像被某种吸引力牵引着，一时间愣撕扯不开了。战战兢兢的眼神儿，抖抖瑟瑟的腿肚子，难以琢磨的竟显得那么搭调儿。但关键还是那现代化受气包似的女人怀中那只猫儿，白得没一根杂毛儿，好像有一种牵制两个人的特异功能。

“轰”一声，古泉井旁又是一阵喧嚷……

瓶底儿猛一怔，那女人也猛一怔。但此时似乎已不仅仅是一厢情愿了，仿佛两个人都感到认识好多年了。瓶底儿似乎还在犹疑，但那怯生生的娇弱女人已早先替他着急上了：

“快！快！他……他们让我找你……”

女人的话音儿刚落，瓶底儿就觉得“嗡”一下大裤裆胡同又活了。敲锅边儿的，耍擀面杖的，吆喝叫卖的，讨价还价的，大声嚷嚷的，小声盘算的，喊五叫六的，敲锣打鼓的……顿时便灌满了两条裤腿儿，充塞了整个大裤裆，一下子便把瓶底儿刚才唤醒的那点灵性儿全给冲没了。

蓦地，那现代化的受气包儿在他眼里消失了……

瓶底儿现在只顾得循声追去，嗬！大裤裆胡同关键部位聚拢的人可真叫多！只见一个个正伸颈踮足、你推我挤，齐向历史悠久的古泉楼顶上望去。瓶底儿更不敢怠慢了，也赶紧向上瞅着。天爷爷！只见那位雪团锦簇般的小祖宗，竟神出鬼没地出现在那古老的瓦脊梁上。前爪儿抱着条不知从哪儿顺嘴叼来的小鱼儿，正高高在上优哉游哉地品味儿呢！且不说黑瓦映得白猫儿银光晃眼，就只要一提它是外国洋种儿，在这年头儿就够吃香的了！怪不得这乾隆爷留下的老茶楼，差点让这熙熙攘攘的人群给挤倒了。

但瓶底儿望着望着，却又陷入魔怔了……

他趁媳妇儿尚未发现自己到来这工夫，愣又迷迷怔怔地探索起这位小祖宗逃婚的始末。按理说，这位神出鬼没的好汉可不是吃素的。打从第二年入冬起，这方面的瘾头儿就大得出奇。还没等草发芽儿，便像疯了似的开始“叫春儿”。没明没夜地叫着，一会儿像小寡妇哭坟，一会儿像老太太咳嗽，搅得人白天晚上不得安宁。当时媳妇儿就曾对他发出严重警告：

“我可告诉你！如今这外国东西不管什么都值钱儿。你可得小心，一定要提防有人放出母杂种猫来咱家借种儿！丑话说在前头了。你要让谁蹭了咱佐罗的油儿，我可是和你没完！”

得！又是道圣旨……

瓶底儿记得，似乎为了保住佐罗这点油儿，差点没把他给折腾死了。封门闭窗，日夜监视，整天得听这位小祖宗忽而缠绵悱恻、忽而哀怨忧伤、忽而悲壮高昂、忽而狂躁暴怒等种种声调的嚎叫。您还别说，这条外国好汉还真有点能耐，竟招来好几只中国母猫天天在窗外争风吃醋。其中有一只隔壁的花狸猫来得最勤，求爱也最迫切，似乎也最得佐罗的青睐。当然，为了表示对媳妇儿的忠诚，他早已把这只花狸猫列为打击的重点。

可谁又曾能料想到，漏洞就偏偏出现在这里……

瓶底儿想起，那一天自己似乎已经做到万无一失了。不但赶走了那群在窗外争风吃醋的母猫，而且专门通知隔壁把那只重点对象拴起来。要知道，不但狗仗人势，猫也是仗人势的。这只花狸猫是属隔壁一位孤老太太的。而又据说，这位老太太曾是塞外一位大资本家的第七个姨太太。多少年的老绝户了，胆儿小着哪！让她拴猫儿，她敢不拴吗？得！一切都打点停当了，趁着佐罗打盹儿的机会自己也迷糊一阵儿吧！

您哪！让这位小祖宗累苦了……

瓶底儿忆起，似乎刚刚迷糊了十分钟，就猛听得里屋好像是有什么响动。先是一阵激动地哼鸣，随之便是一声柔情地回答。情真意切地一唤，情意缠绵地一应。喘息，还是喘息，渐渐地没声儿了，但此时无声胜有声。猛地，只听得那花狸猫尖厉地一叫，突然转入长时间幸福的呻吟。瓶底儿猛一惊，忙向里屋扑去。老天爷！晚了，晚了！只见那雪白的佐罗，早就和那花狸猫成了好事儿。瓶底儿顿时吓得目瞪口呆，他实在搞不清那只母猫是怎样为爱情挣脱绳索的，但确确实实看到里应外合在门槛下挖出的爱情通道。

佐罗，佐罗！真不愧是一条神出鬼没的好汉……

瓶底儿记得，当时他吓得几乎晕了过去，但立即动手掩饰现场，决心不把佐罗已被揩油之事声扬出去。好您哪！老婆要和您没完，那可不是闹着玩儿的！可佐罗却丝毫不予配合，一旦得手之后，便表现出一副分外满足、分外安详的神情，再不叫春了，更不日夜唱那爱情咏叹调了。自己的媳妇儿那是什么人儿？根据“人，有羞没个够；牲畜，没羞有个够”之精辟理论，顿时就判断出佐罗的洋种儿被借走了。于是乎他便倒了大霉了，一连好几天没明没夜地受着暴风骤雨的袭击。但这还不算，怒涛终于又涌过墙头冲向隔壁，只差把那孤老太太淹死！

“下贱！”声儿又在往那儿送，“自个儿年轻时往外卖还不算，到老了又打发猫儿接着出来卖！”

隔壁只有招架之功，绝无还手之力……

“怎么？哑啦！”声儿更是一浪高过一浪，“臭资本家的小老婆，剥削人还不算，又变着法子剥削猫来啦！”

隔壁还是毫不反抗，只有无力的抽泣……

“占了便宜卖乖！”声儿在痛打落水狗，“借走了洋种儿这就算啦？告诉你，没那么便宜！”

隔壁那哭声儿更显得惊恐不安了……

瓶底儿恍惚想起，这事儿是没那么便宜，一直闹了好些日子呢！最后还多亏了街坊邻居说合，孤老太太亲自上门搭礼赔情，还保证一定用打胎药把所揩的油儿挤出来，最后才算勉强平息了这场风波。似乎也就从这一次起，他就更把这外国种儿的小祖宗奉若神明了。平常日子还好说，一到佐罗叫春这节骨眼儿上，他就变得日夜战战兢兢，时刻惶恐不安，就像一年一度要过次鬼门关似的。

天哪！多会儿能给这洋种挑上个外国媳妇儿?

但又有谁能料想到，真给它找了一只门当户对的锦猫儿，它竟不知好歹地抗起婚来。根本不管别人死活，愣把条大裤裆胡同搅得像开了锅似的。瞧！现在这位小祖宗闹够了，乱足了，也把别人置于死地了，它倒消停地爬在高高的瓦脊梁上品起鱼来了。瓶底儿又是一阵暗暗叫苦，顿时再一次从成串儿的回忆中返回了现实。四周这个乱啊！喊的、叫的、吵的、嚷的、哄的、闹的，还有朝茶楼顶上扔石头子儿的，差点把个大裤裆给撑破了。而飘浮于这各种声儿之上的，还是自己媳妇儿那忽惊、忽乍、忽忧、忽虑、忽柔肠寸断、忽婉转悲啼的种种呼唤：

“佐罗！心肝儿！我的小宝贝哟！”

得！瓶底儿知道自己该上场了。躲得过初一躲不过十五，丑媳妇儿也总得见公婆！他一咬牙便扭动着虾米似的身段儿奋力向人堆儿挤去，大有一派为爱情赴汤蹈火的气势。只见自己的媳妇儿那晕眩儿大概仍没过去，还正半推半就地依偎在那位男猫亲家的怀里，但仍不误见了他就两眼冒火、银牙咬碎！正当他哆哆嗦嗦俯首准备充当泔水桶时，谁知却意外地只听到一个字儿：

“上！”

瓶底儿猛一抬头，只见那乾隆年间盖起的古泉茶楼，仿佛在一片人头攒动中正在摇摇欲坠。

“上！”又是一声。

他懵了，猛觉得无数只本来盯着那猫祖宗的眼珠子，“嗖”一下全又转在自己这虾米似的身段儿上了。黑的眼仁儿，白的眼白，闪闪烁烁，都仿佛正在期待着个更大的乐子。瓶底儿顿时感到心头涌起一阵子莫名其妙的悲哀。

但还是身不由己地向古泉茶楼后挪步走去。再一抬头，啊！终于发现了一双不同的眼睛！

又是她……

只见这位现代化受气包似的小媳妇儿，还在紧紧地搂着那只欲做新娘的波斯猫，正浑身打战地躲在茶楼旁的一个旮旯里望着自己。两只秀气的眼睛里溢满了惶恐也溢满了不安，又似迷迷怔怔地在做一个可怕的梦。自己那内八字步儿每迈动一下，她仿佛就把那怀中的猫儿猛搂紧一下，以至自己刚刚走到茶楼背后，就突然听得身后那波斯猫儿惨叫一声，竟挣脱出来飞蹿到了自己胯下。他一惊，下意识地猛一扑，谁料想这只猫儿竟被他意外地抓住了。随之，身后便传来了它那女主人魂飞魄散的惊呼：

“苔丝！苔丝……”

四

得！又出了个苔丝……

用不着多解释，大伙儿准知道：苔丝就是那只欲做新娘的猫儿的名字。如今时髦的就是这种叫法，何况又真是只娇滴滴的洋种儿呢！

重要的是它那两位主人……

您哪！那就趁瓶底儿往古泉茶楼顶上爬这阵工夫，抽空先认识苔丝的男主人。不用说，当然是那位有谱儿、有派儿、一身洋式小打扮儿、浑身还带着股匪气儿的男子汉。就拿能开着新式小卧车来结猫亲家这件事来说，您就可以看出这绝不是位平常的主儿。对了！这位如今是那二十五层高领导时代新潮流乾隆大酒家的小车队长！成天开着现代化的小卧车和老外们厮混在一起，早就习染成了半个洋人儿。可就是愣把家扎在东裤腿口儿上不搬，图的就是大裤裆胡同里特有的舒坦。人们敬他也是为了这个，竟连人带车一起恭恭敬敬地送了他个绰号：铁旋风！

再说苔丝的女主人……

虽然她比起苔丝的男主人是那么娇弱，那么纤巧，显得那么不搭调儿，但您绝对用不着产生疑心，月下老儿就专门爱这么拴对儿。再说，就连一些有名儿的老外都这么说：过西方的生活，娶东方的老婆！铁旋风如此行事，不能不说是一种现代化的选择。

但东裤腿口儿的老住户却似有微词儿：这小媳妇儿受气包似的哪儿都好，听话、服管教，可就是块生荒地儿呀！丈夫人高马大的，她却连个娃儿都不生。虽说她在街道托儿所当小阿姨挺卖力，可大伙儿还是一致认为她中看不中用，背后都非常惋惜地称她：瓷人儿。

说话间，瓶底儿已经晃晃悠悠地爬到了茶楼顶上……

瓷人儿紧紧抱着那只失而复得的娇猫儿，不知道为什么，也骤然感到自己的脚下开始晃晃悠悠了。围观者一个个兴奋不已，有的还失声喊起了怪好儿。但她却眼睛越睁越大，气儿也越喘越急，直勾勾地盯着那颤抖的两条内八字腿儿，心儿就像提到了嗓子眼上。好您哪！要不是这位倒霉主儿扑住了苔丝，自己今儿个还说不定是个什么下场呢！而现在？他救了别人却救不了他自己，还得爬在高高的楼顶上去找自己那只捣乱的猫儿！

瞧！摇摇晃晃、抖抖瑟瑟、战战兢兢……

再回头一望，瞧底下这个哄啊！骂街的、喊倒好的、打口哨的、送风凉话儿的、扬着脖子怪叫的、相互挤兑吵架的，还真乱乎出点国粹来。而乱军之中也有镇定自若、侠义心肠的，那就是自己的丈夫。瞧！他还在扶着那随时准备晕倒的人高马大的女人，正扯着嗓子向楼顶上那瓶底儿眼镜儿部署着下一步的行动。

神了……

瓷人儿却再不敢往下瞧了。又不知为什么，她突然间发现楼顶上那倒霉的人儿变得对自己更有吸引力了。她不但感到脚下在晃晃悠悠，似乎眼前也在晃晃悠悠了。仿佛有一股奇异的力量愣拽着她去做一个可怕的梦，不！说得具体点儿，或者是借楼顶上那晃晃悠悠的虾米身段儿去做一个可怕的梦。

瞧！在那高高的瓦脊梁上卧着品鱼的不正是苔丝吗？

不对！就连楼顶上的人也仿佛就是自己……

瓷人儿的眼睛越睁越大了，一动不动，就好像真的化成了一座名副其实的瓷人儿。梦，一连串儿的梦！楼顶儿又骤然化成了自己的家，大裤裆胡同古老小院陈设最现代化的家！丈夫是来去无踪、神出鬼没的，可现在却意外地提早回来了。大白亮天的，把她掀翻了就要搞“实验”。而且一干完了，准还要叨叨着提醒她：

“告诉你！我可是一连两个月没误撒种儿，你要是让我断子绝孙……”

她吓得只有光着身子打战儿……

“他妈的！”照着屁股就是一巴掌，“还是连点儿动静也没有，你是死人哪？”

她吓得又用双手捂住了眼睛……

“再来！”猛地又扑上来了，“咱铁旋风能在大裤裆胡同留下这种笑料？还捂什么劲儿？装的是哪门子的嫩？”

她只感到自己又一次被撕扯碎了，一片片地飘去……

但黑暗中仍闪现出一个又一个光点儿。一个光点儿扩大了，闪现出了自己：天真烂漫的中学生、父母宠爱的娇女儿，眼睛里总溢满了欢乐，嘴角边儿总挂着笑。另一个光点又扩大了，闪现出他：英俊挺拔的小司机，风流潇洒的多情种，浑身的魅力，满嘴的柔情。蓦地，两个光点儿“啪”地聚合了，更亮，更耀眼，飘飘忽忽地坠落在这大裤裆胡同的东裤腿口儿上。似乎有股什么味儿，似乎有股什么风儿，渐渐地好像这两团光点儿全没了，只剩下了个怨气冲天的铁旋风，还有自己这个自觉理亏的瓷人儿。黑暗中，他在咬牙切齿地撒种儿。惶恐中，她在战战兢兢地听任摆弄。绝望、绝望！在一片绝望之中眼前终于闪现出又一个光点儿，白得晃眼，但那里头并未闪现出希望，而是闪现出一只雪团锦簇似的猫儿：苔丝！

啊！苔丝正趴在茶楼顶上的瓦脊梁上……

恍惚间，瓷人儿又发现自己不是在家里，而是正借着那虾米似的身段儿在楼顶捕捉自己那只猫！猫啊！多么可爱的一只猫儿，又是多么能折磨人的一只猫儿啊！恍恍惚惚间她回想起，似乎丈夫在一次又一次“实验”后还未灰心，而是更坚决地把她当成了一只大药罐子，一服服当代最先进的专治妇女不育症的良药，一剂剂老祖宗传下来的妇女受孕的秘方，便可着劲儿没明没夜地往里头灌啊，甚至还专门把她打扮成个洋人儿似的，特意开着最新式的小卧车，到远郊一座子孙娘娘庙的遗址上烧了三炷香。这还不算，为了使她这块“生荒地儿”尽快变成“沃土”，还尽量地拣各种好吃的和各类营养物品往她肚子里使劲儿地填，比北京的养鸭专业户填烤鸭还认真负责。瞧瞧！这样的男人到哪儿去找啊？可大裤裆胡同却还是未见这位大能人儿的传宗接代人的诞生。

栽了！于是雪团儿似的苔丝小姐便代之出现了……

“喂喂！”丈夫的声音，“找老婆要只图个漂亮，我尽可买两张画儿贴着。瞧瞧！这个家也算他妈的家？冷冷清清的，只守着个瓷人儿，有他妈的什么劲！接着！这屋子里总不能没有个活物儿！”

她怀里一沉，好不容易才看清丈夫带回只雪团似的猫……

“愣什么？”声儿发冷，“我总得有个解闷儿逗乐子的吧？你不下崽儿，还不让我盼出个猫儿猫孙子？”

她一惊，突然低下头儿捂脸啜泣了……

“哭什么？”声儿更硬，“你还嫌我在大裤裆胡同里栽得不够啊？好像我爹妈都缺了八辈子德，害得我出了家门都没脸见人！”

她一愣，顿时理亏得连哭也停止了……

“你听着！”声儿更狠，“我可事先说明白，这可是只难得的洋种儿！母的——这就更加倍的贵重。听听这外国小妞的名儿：苔丝！就凭这个，你也得小心伺候！你要让我连这点乐子也没有了，你这下半辈子，别想安生！”

她一颤，刹那间觉得那猫眼变成了两束鬼火……

“脱了！”声儿一转，“别他妈的死绷绷的，外国书上说，浪不起来就他妈的撒不进籽儿！留着那份浪，还想干什么？哪个男人也不会像我这么整天傻干着一个瓷人儿的！”

大白天的，眼前又猛地一片黑暗……

猫。全因为那雪团锦簇似的猫……

瓷人儿更加恍惚了，朦胧间她似乎觉得自己一直就是在这条古老的瓦脊梁上走着。猫儿，难伺候的洋种儿猫啊！一切都得按着丈夫留下的外国法子来，照顾吃喝、调剂营养、逗着玩乐、带着运动，多了，多了！稍有疏忽，不但表现出对丈夫不够忠诚，而且也反映了自己毫无负疚之心。但不知为什么，越加小心越出娄子，越加精心护养苔丝就越显出一副娇弱无力的外国小姐模样儿。挑食儿、拉稀、消化不良等还好说，怕的就是不间断地伤风感冒。有一次，丈夫不知抽了哪股筋儿了，愣要亲手为自己的宠物儿洗澡。苔丝小姐虽略显不大情愿，但一入大脸盆那可真称得起：“春寒赐浴华清池，温泉水滑洗凝脂。”随之便是：“侍儿扶起娇无力。”然后才能是：“回眸一笑百媚生。”但好景不长，过了不久，苔丝小姐便开始喷嚏不断，浑身发抖打战儿，反复不停地做晕厥状。而自己那人高马大的丈夫，仿佛也骤然随着高烧糊涂了，愣破口大骂责怪起她来：

“你是干什么吃的？毛巾被焐热了吗？火炉子捅旺了吗？瞧瞧！直到现在还开着窗户，别说洋种儿猫了，就连我这么人高马大的也受不了！”

“没有……”她顿觉理亏。

“没有什么？！”声儿转激昂，“要不是怕破了大裤裆胡同的老规矩，要不是怕街坊们笑我瞎了眼，这个窝囊罪我早不受了，要是人家外国人，百八十个娘儿们也他妈玩遍了！”

“……”她只有哭。

“哭丧哪？”声儿更无情，“告诉你，要是苔丝有个长啊短的，你趁早给我请便！”

“……”她倒吸一口凉气，吓呆了。

惘然间，一切都似乎又在变，旋转着在变。刹那间自己又仿佛变到了古老茶楼的楼顶上，远处正是那只刚刚恢复健康的娇贵的猫儿，下边却是飘浮着的无数只幸灾乐祸的眼睛。哄声、笑声、吵声、闹声，似乎都在逼迫着她非朝这条古老的瓦脊梁上走下去不可。远处，可望见现代化的高楼，可望见现代化的十里长街，可脚下还是那汇集起来的古色古香的喊声：不能生孩子的女人！不能生孩子的女人！顿时，她把一切都忘了——孩子时学校读过的书，少女时外国小说中得来的梦幻，而眼前只剩下了这长得没有尽头的古老的瓦脊梁。

猫，一定要逮住那只雪白而又可恶的猫……

惘然间，她甚至感到只有逮住这只猫才能弥补自己的过失。不！或者可以说不仅仅是过失！在大裤裆胡同里女人不能生孩子，那就是耻辱，那就是罪！一切都怪不得丈夫：他发火，他讽刺，他戳着自己心窝子大骂，他没完没了地掀翻自己搞“实验”，他恶狠狠地请回了这只小祖宗似的猫，似乎都有他的道理，似乎都那么天经地义啊。

猫，一定要逮住丈夫这只心肝儿宝贝似的猫……

恍惚间，她觉得自己似乎已经晃晃悠悠地接近了这只猫了。但就在这刹那，她只听得楼下骤然扬起一片起哄声。再一眨眼，黑色的瓦脊梁竟然顿时化成了一片银白，而那只雪团似的猫却猛然变得浑身墨染过一般。黑猫，一只通体漆黑的可怕的黑猫！几乎与此同时，远处又飘来另一只猫柔情脉脉的呼唤。黑猫一听，似惊、似喜、似按捺不住地蠢蠢欲动。啊！不对！自己不是在古老的茶楼顶上，而是在现代化陈设已颇齐备的家里。

苔丝，苔丝开始发情“叫春”了……

“我可告诉你！”丈夫的声音，“满脑袋冒臭汗的人儿好找，可浑身雪一样白的洋种儿猫难求。你可给我看住了！要弄出几只小杂毛儿来，可没你的好果子吃！”

“可是……”她吓得手足无措了。

“啰唆什么！”声儿转烦躁，“出大价等着的且不说；张主任、李局长、马经理，都早跟我打过招呼了！你可别变着法子给自己男人找没趣儿！”

“可是……”她吓得还是这词儿。

“榆木脑袋瓜子！”声儿转愤怒，“连他妈的这个都不懂！如今这光有大彩电、高档录音机、进口电冰箱早不够谱儿了，缺了这洋种儿猫能算现代化吗？”

“可是……”她只想要求个办法。

“真他妈的！”声儿更不客气了，“让你看就得给我看好了！我自会挑八代纯的公猫儿，我自会挑配得上咱的猫亲家！”

可那只锦团似的猫儿似乎等不及了。一副英国小姐的派头儿，成天拖着一条长长的尾巴，在窗口的桌子上哀怨地踱来踱去，没明没夜地呼唤着爱情快快到来。那娇弱无力的神态感人至深且不说，就听那缠绵悱恻的叫声也能让你彻夜难眠。情种果然纷纷出现了。大概也是崇拜洋种儿，杂七杂八的本地猫还来得真不少呢！屋顶上、窗台上、房廊之间，竞相占据。利地形，争比献媚取宠，与屋里那英国小姐遥相呼应，日夜不倦地大肆演奏起爱情的奏鸣曲。但既有竞争，必有淘汰，最终有一只伟岸的公猫，既用声音又动武力，逐渐在这群雄性求爱者中占了上风。

天哪！这可是只浑身漆黑的野性子猫啊……

她认得，这只黑猫是隔壁个体户烧鸡刘的宠物儿，亮如墨玉，野如山猫，吃臭烧鸡吃的。而烧鸡刘虽油渍麻花，可年轻气盛，能耐大着哪，还是自己男人的铁哥们儿！他的猫儿来求爱，就更透着麻烦了，可这位英国白小姐却和这位本地黑少爷，隔着窗子打得越来越火热，大有一触即发之势。

她成天只顾得盯着黑猫战战兢兢……

但黑猫那张牙舞爪的模样儿她能防范了吗？又过了几天，那爱情的黏糊劲儿就甭提了。一天到晚隔着玻璃总接吻还不算，那苔丝小姐竟还对准窗子缝儿竖起了雪白的尾巴，表现出一副柔情蜜意、急不可待的献身样儿。这还了得！那黑少爷更是疯了一般，对准了又是闻，又是嗅，又是没命地嚎叫。还捎带着挠门抓窗，往碎里撞玻璃，充分体现出一片甘为爱情粉身碎骨的壮烈豪情。

她束手无策，差点吓晕了……

但就在她极度紧张之时，那黑猫却突然稀罕地不见了，代之而来的却是它的主人烧鸡刘。这家伙油渍麻花一身烧鸡味儿，一进门儿就馋眯眯地盯着她说：

“哟嗬！我说大哥怎么难得请弟兄们进屋呢，敢情大嫂子越关着越像月里嫦娥了！”

她吓坏了，比见了黑猫还怕……

“别怕！”他却满不在乎地说，“是大哥让我先来的。您说，我为什么总倒霉？今儿个说卫生不合格罚款，明儿个说漏税又得罚钱儿，还断不了每天让白蹭走七八只烧鸡，害得我总得求大哥四处替我磕头求情儿！”

她紧张极了，不知如何回答……

“这回我可找到根了！”他却主动说起来了，“还是他妈的开放好，要不咱哪能知道啊！一本外国书说，老外们绝不养黑猫！这玩意儿妖里妖气的，妨主！洋巫婆儿还拿煮了黑猫的白骨头咒人呢！不信？我拿这本小说让您瞧瞧，俄国老毛子的祖宗写的！”

她更不安了，多亏丈夫进门儿了……

“大哥！”烧鸡刘马上迎了过去，“您说兄弟够意思不？您刚一提我那黑虎敢打您那苔丝的主意，昨晚上我一咬牙就愣把它给活活摔死了！”

“别他妈的卖乖！”丈夫竟不领情儿，“别是捞鸡吃栽到热锅里煮死了吧？大伙可都说今天的烧鸡味不正，一股燎毛气儿！”

“得！”烧鸡刘也不分辩，“您就饶了我吧！大哥，那扣执照的事儿？”

“别净咧咧这个！”丈夫端起来了，“先说说哥哥吩咐你的事儿！”

“您说，”烧鸡刘马上回答，“我敢怠慢吗？大哥！您真好眼力，西裤腿口儿这一家也算得位能耐主儿，那猫儿我也查过了，八代纯种儿！尤其是那位人高马大的女主儿家，那水灵劲儿，嘻嘻……”

“别扯淡！”丈夫断然制止，“说正经的！”

“听您的！”烧鸡刘马上就一本正经了，“大哥！您说兄弟当这大媒人，一举一动能给您掉价儿吗？特意洗了澡，打扮得比他妈的港客还港客，专门把这位女主家请到伊丽莎白西餐厅，张手先送上四只烧鸡、两瓶儿茅台、一条儿‘三五’烟……”

“嗯！”丈夫略显笑意，“算我没白疼你！”

“那是！”烧鸡刘更来劲了，“好的还在后头哪！您想咱们的苔丝那可是娇小姐，有女家委屈着向男家求亲的吗？兄弟我就是要把她灌晕乎了，一切按照咱们的条件来，让她主动上门儿来求您！您可是咱东裤腿儿的骄傲，这份面子咱可不能让西裤腿儿得了！”

“好！”丈夫终于夸奖了，“那谈定的条件？”

“您哪！”烧鸡刘似有点儿泄劲儿，“这人高马大的大美人儿也绝非一位等闲之辈！我说，生一只，今年先归咱们。生两只，咱们先挑好的。生三只，当然咱们得两只。生四只，两只最好的归咱们。您想想，猫肚子是咱们的，生几只还不是从咱们这儿出？可这个刁钻娘们，却一个劲儿强调他们那种儿的重要性，愣要翻过来干不可！”

“岂有此理！”丈夫拍案而起了，“她不就是个大百货商场的大组长吗？告诉弟兄们，轮班儿到柜台上找找她的碴儿，一人给她来他妈的二十条意见！先把她的奖金扣没了，再变着法子把她那大组长给撸了！”

“别价呀！”烧鸡刘反倒给求上情了，“这位大美人儿相好的多了，不吃这个！”

“什么？”丈夫更来气了。

“您先别急呀！”烧鸡刘忙说，“可我一提您的大名儿，得！一切就又都翻过来了。只见这位女主家两只眼睛里水灵灵的净剩下笑了，再也不说她那种儿有多贵重了。她还主动请您明儿上午古泉茶楼上见，牵头儿来求您答应结成猫亲家！”

丈夫很得意：“就是古泉茶馆老了点儿。”

“不，不不！”烧鸡刘又忙解释说，“不瞒您说，这主意还是我出的！大裤裆胡同的事儿还是在大裤裆里咬个牙印儿好！老王掌柜已经答应了当个中间人，按老规矩办事比洋法子妥当！”

“行了！”丈夫鼓励地拍了烧鸡刘一巴掌，“兄弟！你那事儿哥哥也给你调顺了！”

得！天作良缘，猫亲家一拍即合……

果然，第二天丈夫回来后就变得眉飞色舞，态度不比寻常，而且也变得谦逊起来，竟决定亲自驾车去会见自己的猫姑爷。她隐约悲伤地琢磨出点儿什么，但总算为猫姑奶奶有了对象松了口气儿。这不，一切都按照预定计划安排得妥妥帖帖了吗？可又有谁能料想到，人调顺了猫却闹起了脾气儿，刹那间把大裤裆胡同闹了个人仰马翻，愣把自己一下子挑到了这古楼顶上。

啊！自己还在瓦脊梁上晃晃悠悠地走……

下面还是那么多幸灾乐祸的眼睛，飘着、浮着，就在脚下涌动着。而在这无数游动的眼睛中，又正泛起一阵又一阵的喊声、叫声、吵声、闹声、起哄声、倒好声，似乎随时都可能把这乾隆爷留下的古老茶楼推倒。突然，一片惊乍的叫声猛地从楼下直冲而上。她一惊，只感到脚下一滑，便骤然从高高的楼顶滚落而下。她恐惧地闭紧了眼睛，听天由命地等待着可怕的结果，下面的惊叫声越来越大了，自己再猛一睁眼，啊！自己正紧紧抱着苔丝安全地站在人群堆儿里。刚才那只不过是做了个梦，一个借着那虾米似的身段儿做的可怕的梦！

啊！不对！又仿佛不仅仅是个梦……

恍然间，她再抬头向茶楼顶儿上望去，只见那虾米似的身段儿果然真从瓦脊上滑落了，只不过因为古瓦间烂了一大片，杂草丛生，愣把他卡在那片塌陷处了。楼底下又是一片挺失望的叹息，瓶底儿喘着气还死死趴在那里打着战儿。但就在这工夫奇迹发生了，那一直在瓦脊梁上品鱼的猫儿，似乎觉得主人这模样儿挺好玩儿，竟好奇地慢慢晃悠过来了。而那虾米似的身段儿也仿佛在危难时仍不忘爱情，愣一顺手把猫儿给抄在了怀里。随之，他哭了！怪声怪气儿，也不知是一种什么滋味儿的哭。底下的人们喊着怪好儿哄笑了，但瓷人儿却又傻了、愣了，痴呆呆地不动了。

她，又从瓶底儿的身上看到了自己……

五

您还别说：瓶底儿虽然趴在楼顶儿上丢尽了人儿，可的确为大裤裆胡同做出了不可磨灭的贡献。

好您哪！古泉茶楼从此更有名儿了……

就打这件事儿发生后，谁都知道这大裤裆胡同东西各有一只洋种儿猫。恰似在两条裤腿口儿各缀了一只锦毛绒球儿，更引得游人如织、熙熙攘攘，就连老外也纷纷前来观光了。但自古说得好：取回经来唐僧坐，惹下娄子孙悟空！瓶底儿虽然忽明忽暗一连逮住了这两只宝贝猫儿，可引起轰动的却仍是东裤腿儿的铁旋风，西裤腿儿的大组长。

要知道，好戏还在后头哪！

好在瓶底儿根本就不敢计较这个。说白了，他尚有自知之明：自己不是净吐瞎籽儿吗？为了不再委屈媳妇玩儿次命，值得！因而打从古老茶楼的顶儿上惊险式的立功归来，他就战战兢兢地表现得更谦虚了。直至谦虚到虾米似的身段更打弯儿了，内八字腿儿更外翻了，瓶底眼镜后的眼神也更迷迷怔怔了。

好您哪！自己算不得个全乎人儿呀……

虽然他自惭形秽，但既然那猫姑爷和猫姑奶奶都平平安安地回家了，那结猫亲家的喜事儿还得接着往下办。得！顷刻间重打锣鼓重开戏，只不过戏台子已由楼顶上移回到屋里头罢了。瓶底儿似乎对此改动已非常满意，他一直还对那摇摇欲坠的茶楼顶儿心有余悸。

又是一阵紧锣密鼓……

恍恍惚惚间，瓶底儿只觉得眼镜前这个乱乎啊！但他绝没有想到，自己竟沾了猫儿的光，抱着新郎佐罗头一回尝到了坐高档小卧车的滋味儿。一连两天在大裤裆里钻来穿去还不算，还一会儿在东裤腿儿里请客，一会儿在西裤腿儿里摆席。再加上特意请来大媒人烧鸡刘两头张罗着，就更给大裤裆胡同增添了一种特殊的光彩。

“亲家！哈哈哈！”对方的男主人抱拳欢呼着。

“哈哈哈！亲家！”自己的媳妇儿扬手嬉笑着。

这回佐罗早让他抱死了，没跑儿！而眼前只有酒，烧鸡刘不断敬上的酒。笑声搅拌着，直把四周搅了个人摇桌晃、扑朔迷离。瓶底儿在一片喜气洋洋的喊叫声中，只觉得盘子里油乎乎的烧鸡似乎就要奓翅儿飞跑了。又是几杯灌了下去，竟仿佛晕乎乎地连谁是自己的媳妇儿也分不清了。水灵，真水灵，酒儿灌出的水灵，可就是不像自己的！笑，又是笑，带着酒味的笑，但人家却承认。听！那潇洒的铁旋风也主动来向自己敬酒了：

“亲家！再来一盅儿！您可是咱这里少有的知识人儿。就凭您那么厚的眼镜儿，也给咱大裤裆胡同添了风水了！今后有什么地儿用得着兄弟，您就尽管说话！”

“这……”他有点受宠若惊。

“喝呀！喝呀！”媳妇也少见温和地督促他。

“这……”他更不知道如何是好。

“喝！喝！”烧鸡刘也搭茬儿了，“结了猫亲家，就算一家人儿了。不分彼此，不分你我。就连我们大伙也听铁大哥的，用得着的地方您就敞开吩咐！”

“这……”他激动得更没词儿了。

还在劝。晃动的酒盅儿、交错的眼神儿、飘洒的酒点儿、热乎乎的喊声儿。他只觉手在抖、眼在跳、心里直打小鼓儿。晕晕乎乎间，他还想竭力把眼神收拢回来。但这一收拢不要紧，目光竟拐了弯儿，猛地集中到桌子角旁那娇小的身影上。

他更恍惚了……

“你傻啦？！”媳妇儿显然发火了。

“啊！”他一惊，竟突然失声大叫着，“我就会吐瞎籽儿！”

瞧瞧！这算什么和什么呀？莫名其妙……

可这位主儿却很虔诚，刚热泪盈眶地忏悔完了，便两条内八字腿儿一软，虾米似的身段一晃荡，竟一头栽倒在酒桌下醉瘫了。

逊色啊……

但这只能算作是开场的“急急风”，重场压轴子戏还在后头哪！当瓶底儿在自家屋子里再次清醒后，惘然间他发现自己竟又被分派了更重要的角色。好您哪！如今这什么事儿都不兴包办，即使是猫儿的婚姻大事也得允许有个相互了解的过程。好在大裤裆胡同至今仍保留着先结婚后恋爱的遗风，于是佐罗便和苔丝关在一起开始建立感情。而瓶底儿则被选定为男方的监护人，您能说这角儿不重要吗？

重要！重要得更令人忐忑不安……

瓶底儿迷迷糊糊想起，自己原以为这回在猫亲家的酒席上娄子算闯大了，不但会把楼顶上舍身救猫的功劳一笔抹杀，而且准会吃不了兜着走的。但奇怪的是自己的媳妇儿回家后竟没发火，后半夜还把自己醉不滋儿地拉进她的被窝儿，带着酒味儿说：

“今儿个这酒桌上的傻气儿冒得好！又逗乐子又解闷儿，还醉得恰是好时候！就连铁旋风都夸你知趣儿，比他家瓷人儿懂事理，像个大裤裆胡同熏出来的人儿！”

“这……”他让这意外给蒙住了。

“来，来呀……又犯傻啦？告诉你，只要你老是这么又懂事理又知趣儿，我呀也绝不会亏了你！”

“啊！”他猛地觉得心眼里发凉。

“真他妈的没劲！一动真格的就没你了！八十斤白面蒸了个大寿桃，废物点心一个！”

得！坐失良机，罪过大了……

果然，从第二天一大早起，媳妇儿就是在家脸也绷得像大组长似的。她严肃、认真、一丝不苟地总结起上次佐罗逃婚的教训，还反复强调了猫儿之间也必须有个相互了解建立感情的过程。随之，她便分配了他今后扮演的特殊重要角色——做佐罗恋爱的现场监护人，最后还谆谆告诫他说：

“记住！别让人家的酒儿真灌晕了头。那铁旋风是省油的灯盏儿吗？别说猫亲家了，就连亲爹他也会算计！咱要不看着，还不知道他会怎么样揩咱们佐罗的油儿呢！如今连半洋种猫儿也值好多钱儿。他要得手了，除了咱们那猫媳妇儿，准会把佐罗的洋种儿没命地往外借。好处都让他得了，可咱们的宝贝儿也非得让刮死不可！听着，别呆头呆脑尽冒傻气，在这大裤裆胡同混日子就得多长几个心眼儿！”

顿时，他觉得瓶底儿眼镜前尽冒光点儿……

光点儿闪烁着、变幻着，又化成了一个又一个光圈儿。圈套圈儿、环连环儿，又渐渐结成了光点闪闪的网套儿。自己的媳妇儿飘飘忽忽地隐去了，又见一个更大的光环里影影绰绰地闪出一个人影儿。瓶底儿晃了晃脑袋，骤然发现自己已经扮演了那特殊的角色，而眼前还站着个抱猫的娇小女人。

是她！又是她……

她还是打扮得那么洋气，可仿佛有什么见不得人的事儿似的，头儿总是垂着，腰儿总是弯着，腿儿总是抖着，似乎要自觉地比谁都矮三分似的。瞧！她抱着那只锦团似的猫儿站在屋门口那可怜模样儿。

她来这儿干什么？

“我……我男人，”声音结巴又打战，“让……让我来看着猫儿，建立感情，免……免得出岔儿……

得！又来了个特殊角色！

“我……我会，”她还在负疚地解释着，“想……想着法子不惹您讨厌，只……只看猫儿……”

瞧！这出戏的角儿就算配齐了！

瓶底儿一下子便被搞蒙了，虽然说，在古泉茶楼旁对这女人产生过似曾相识的感觉，但他绝没想到还能和她在一起共同完成监督猫儿恋爱的任务，尤其见她面对自己竟如此惶恐谦恭便觉得一时不知如何是好了。

她怯生生地瞧着他，他战战兢兢地瞅着她……

迷迷怔怔，这两位就像照镜子一般，竟各自抱着自己那雪团似的猫儿这样痴痴呆呆地站着。小四合院里这个静啊！树枝不动，花影不摇，悄没声儿的没有一点儿声息。两只猫儿仍顽固地互不搭理，可这两位却还是这么相互瞅着，门槛儿内外，一个不敢进，一个不敢出，竟傻帽儿似的整整站了小半晌午。

您哪！猫儿可不耐烦喽……

似乎佐罗越瞧苔丝就越恶心。蓦地，它一个挣扎便窜出了瓶底儿的怀抱向里屋跑去。他一惊，似醒了，猛然也惶恐地急向里屋扑去。而她？也骤然打了个寒战儿，顿时也下意识地冲进了门槛儿里。慌乱间，她想到的只是去帮忙逮猫儿，但一紧张苔丝却又趁机溜掉了。一眨眼屋里便被搅得一塌糊涂！他为她搜捕着苔丝，她为他追踪着佐罗，顷刻间便更乱乎得不亦乐乎。但终因佐罗和苔丝在屋内大肆发挥闪、展、腾、挪的绝技，最终使二人的围剿收效甚微。喘息，只剩下了紧张而又惶恐的喘息。蓦地，两个人的目光齐落在了敞开的门上，随之便不约而同地齐向那里扑去。人忙无智，这才是关键啊！出口被猛地堵死了，这两位主儿这才顾得上背靠门板倒腾起气儿来。

突然，他们发现两人的身子挨得这么近……

就这样，佐罗和苔丝漫长的恋爱过程开始了。瓶底儿还发现，自己的媳妇儿并不反对亲家也派来个监护人。好您哪！这年头儿谁都需要对谁提防点儿，人家那洋种儿猫肚子里也怕混进了土种儿。关键是多长心眼儿暗中较劲儿。这不，连自己的媳妇儿也去东裤腿儿夜班监护了吗？累是累了点儿，可绝不能让佐罗被揩了油儿！

瓶底儿被媳妇的举动深深感动……

但这两只猫儿却似乎并不理解主人的一片苦心。大概是“同色相斥、异色相吸”，竟久久相互间建立不起来一点感情。佐罗还是那副洋少爷的派头，睥睨一切，我行我素，至今对自己那异性同种儿仍不屑一顾。似乎自从和那花狸猫的爱情遭到破坏后，便终身抱定了独身主义的宗旨。而苔丝这位洋小姐就更有个性了，娇柔中透出了坚决，忧伤中显示出忠贞。虽整日里战战兢兢，但绝不受外界任何诱惑，好像至今仍眷恋着那只通体漆黑的野猫子。因此，虽经精心安排已相处十好几天了，但爱情关系却毫无进展。瞧瞧！一只卧在大立柜顶儿上，一只准钻在双人床下待着。一碰面儿，还必然少不了互相龇牙咧嘴、张牙舞爪，呼呼地对着发出威胁声儿。

您哪！这事儿可不那么好办啊……

虽说双方的监护人胆儿小，却似乎表现得都很有耐心。尤其是瓶底儿，恍惚间竟感到就连这样也显得有点太快了。这倒不是为了什么百年大计，质量第一。而是他在朦朦胧胧中，发现自己又似乎变得像个人儿似的。或者说，这还不仅仅是自己发现的，而是从她那双还有点战战兢兢的眼神儿中看出来的。好您哪！还有人儿怕自己、感激自己、尊敬自己、变着法儿讨好自己。这是自己被招赘进大裤裆胡同从没有过的事儿：人、人，自己又由一个窝囊废变成了一个人！

他鼻子一酸，真想哭……

可他没有，而是战战兢兢地只想报答。瓶底儿绝不计较尊敬自己的主儿有多么可怜，而只感到自己似乎有点儿不配这么着。他惶恐，他不安，他受宠若惊，他手忙脚乱，只顾得团团围住人家瞎转：您喝茶！您擦脸！您歇一会儿！您松松神儿！您、您您您……报答！报答！一个心眼儿就想着报答。但他却绝不敢再抬起头儿瞧人家，更不敢再挨近人家半步。规规矩矩、哆哆嗦嗦，比对方还要谨慎小心，仿佛就怕惊走了这唯一把自己当成人看的主儿似的。

奇怪！好像越是这样越把人家吓蒙了……

惶惶然间，这现代化的受气包小媳妇儿，比他还乱、比他还忙、比他还结结巴巴：给您添麻烦！给您找事儿！对不住您！打搅了您！谢谢您！您您您……嗬！越搅和越乱！他更感到不安了，慌乱间竟想到要加以说明，他绝没有其他意思！他知道自己这副尊容，他知道自己天生窝囊，他知道自己根本不配讨好对方！但，越着急就越出乱子，一紧张，他竟又愣喊出了这么一句话：

“放……放心！我……我不生孩子！”

啊！语一出，他便吓傻了！这说的是什么和什么呀？可怕！但痴呆中他竟发现，那现代化的受气包儿也骤然站了起来，似乎并不产生误解，而是也突然失口惊叫着：

“不不不！我也不生孩子！”

天哪！又是一个急不择言的二百五！但这一吐露不要紧，两个人之间的隔膜竟奇妙地消失了。再没有话儿，有的只是急促的喘息。蓦地，又像那天齐用背部顶住屋门那样，一刹那他俩又挨得那么近了。

您哪！一样不济的命啊……

就从这一天开始，尽管佐罗和苔丝还没有一点儿进展，可这两位之间却变得不再那么提心吊胆了，甚至还进一步发展到就像残疾人工厂那样，能在一块儿就感到轻松自在。又过了几天，还在发展，竟使瓶底儿朦胧间想起了自己十年前还曾经在市小报发表过文章呢！似乎眼前这才找到知音，当下立即翻出共享。于是那深藏箱底的“百万言”短文，便顷刻间捧到了那现代化的受气包眼前。而这位也因受此殊遇，竟马上激动不已地念了起来：

“本报讯，据特邀通讯员报道，本市第三中学在夏季爱国卫生运动中，共灭蝇一百零二万一千六百三十九只，计师生员工平均每人灭蝇一千零五十二只。”苍蝇、苍蝇、满纸死去的苍蝇……而瓶底儿却仿佛在这苍蝇堆儿里陶醉了，迷迷怔怔地竟想起了自己青春的美好时光。更令人不解的是，另一位也凝望着这一百零二万一千六百三十九只苍蝇聚成的大约七十个铅字儿，竟激动得云山雾罩起来，似乎也看到了自己的青春，也看到了自己那梳羊角小辫儿的美好时光。猛地，瓶底儿仿佛听到有谁在向自己喊：“又在败兴！”他一惊，猛一睁眼，屋子内虽不见自己媳妇儿人高马大的身影，但顿时，他神也散了，手也抖了，战战兢兢地缩回那拿着发黄小报的手……可是她……瓶底儿忽然发现，她还在看，津津有味地看，似乎自己那一百多万只苍蝇，顿时化成一丛丛五颜六色的鲜花。他根本不知道就是因为这七十个铅字儿，渐渐引起了她对往事的遐想。苍蝇飞去了，眼前只留下那孩子时读过的书，少女时迷恋过的外国小说……瓶底儿什么也不知道，但这足以使他感激涕零了。人，她还把自己当成个人！他一调头儿，真格地失声痛哭了。“怎么了？怎么了？”她顿时一片慌乱。“……”他抽泣着一句话也说不出来。

“我哪点儿不对了吗？”她更紧张了，“哪点儿得罪您了吗？哪点儿惹您伤心了吗？”

“……”他哭得连解释的空当儿也没了。

“你……”她惶恐地也要哭了。

“别！”他这才哽咽着说，“我……我得感激您！我……我得谢谢您！我……我得一辈子记您的好处！”

“啊……”她放心了，却也放声痛哭了。

“您哪！”他说明了，哭得也就更畅快了。

得！竟不知不觉拉着手儿哭到一块儿了……

但猫儿之间的相互了解就不这么容易了，尤其是洋猫儿发起洋脾气就更令人琢磨不透了。前几天，虽然一个卧在柜顶儿上，一个钻在床底儿下，还总算能够在一个屋子里待着。但这几天就明显有些不行了。佐罗在里屋，苔丝就非要去外屋，似乎在屋子里越憋越烦躁，谁见了都觉得碍眼。瓶底儿对这一切似乎很满意，却还是不敢怠慢。就不说自己吧！他可真怕收效甚微，这瓷人儿让铁旋风猛地刮一下子。

这就对了！大裤裆胡同最忌讳的就是忘乎所以……

这一天，几经商量，双方一致决定让佐罗和苔丝在一个盘子里共进午餐。好您哪！净谈外国小说，净听录音机里的音乐，完不成任务，那就等于玩玄！好在这样做其中也自有乐子：守着一个盘儿，头顶着头儿，各自抱着自己的猫来喂食儿，也别有一番情趣。但又有谁能料想到，刚这么一做，佐罗便大发法国好汉的脾气，呼呼恶叫着又是龇牙、又是咧嘴，还照准娇滴滴的苔丝鼻子上猛地就是两爪子。当然瓶底儿不能袖手旁观了，慌忙一拦，哦！这两爪子便挪在他的手上留下两道血口子。也几乎与此同时，她一紧张，竟失手扔了自己的猫儿，愣突然捧起了他那血糊淋拉的手，忘情地用嘴吸吮起来了。

您哪！这就叫但行好事，莫问前程……

虽然在一起就感到自己像个人儿似的，有尊重、有关怀，还有某种理解，但晚上还得分开。他去搞夜班校对，她去托儿所值夜班。两头的当家人安排的，只能奉命而行。好在一想到第二天还能够监护着猫儿发展感情，这夜里工作也就变得有滋有味儿，不那么寂寞了。瓶底儿怕就怕休班的夜晚，且不说一个人孤零零不好受，就单讲这屋里空荡荡的也容易使人浮想联翩啊！

可这一晚却偏偏又轮到他休班了……

瓶底儿这个翻来覆去地睡不着啊！可说真话，他向来不去怀疑自己的媳妇儿。自己净吐瞎籽儿，怪不得人家人高马大地却照样不怀胎。问题是自己这些天好像是中邪了，一闭眼睛就想入非非。媳妇儿因为自己无能才玩儿起猫儿来，可自己却无视这副尊容又做起了花花梦。罪过啊，罪过，但或许这也是件好事儿，自己无能就不该把人家活生生地害了，该离就离，让人家去生孩子，让人家去享受天伦之乐！自己无能就该配个无能的，只要脾性对头儿，两个人守着也是安安然然的一辈子。他妈的！又转着弯儿想回来了！也不瞧瞧自己这副窝囊废的倒霉样儿，哪点儿配？

他终于怀着癞蛤蟆的悲哀睡着了……

突然，似乎有谁在外头轻轻敲门，声儿不大，或者说仅仅是一种感觉，起初他还以为是梦，但那种感觉却仿佛越来越强烈了。他一个鲤鱼打挺坐了起来，又细听，似有似无，若隐若现，顿时使他感到更收不拢神儿了。恍惚中，他轻手轻脚地下了地，似乎是怕把那声儿惊走。他又蹑手蹑脚地向大门走去。门外那啜泣好像越来越真切了，他屏住了气儿轻轻地猛一拉门儿——

啊！是她，又是她！……

只见在冷冷清清的路灯下，她正捂着脸儿孤零零地站着，双肩在啜泣中不住打着战儿，浑身在冷飕飕的夜风中不停地抖动着。后半夜了，胡同里早连个鬼影子都不见了，她游魂儿似的飘荡来这里干什么？

“你？！”他失口惊叫了。

“我？！”她猛一抬头，一双泪眼，满脸悲戚。

“怎……怎么了？”他还在紧张地问。

“眼镜儿哥！”她却早已控制不住自己，猛地伸开双臂，绝望地扑向他的怀里了。

“啊！”他惊呆了。

六

瓷人儿只觉得自己正从一个又一个梦中惊醒……

第一个梦，一个大裤裆胡同里的陈年老梦。只不过忌讳往外说，故老年人总爱把裤腿儿紧扎着。她恍恍惚惚想起，似乎是一个小姊妹要求调班儿，她拖到半夜还是只好回家了。天是这么黑，夜是这么深，但她的步子却是磨磨蹭蹭的。她怕！怕那掀翻了的折腾，怕那没完没了的“实验”，更怕那贴在肚子上听动静的脑袋！就像一个残疾人每天都得忍受健全者的嘲讽那样，使她一想起家就觉得忐忑不安、自轻自贱。

天哪！还得这样过多半辈子呢！

怕，使她又不由得联想起另一个人儿：丑是丑了点儿，窝囊是窝囊得出格儿。但令人感到奇怪，正是和这么个不起眼的人儿在一起，自己却活得那么舒畅自在。似乎是老天爷有意这样安排的：通过救猫、护猫、看猫、守猫，命运成心推出这么个主儿，让自己也尝尝活人的滋味儿？瓷人儿越想就越犯迷糊，惘然间竟觉得那瓶底儿眼镜儿是那么厚道，那虾米身段儿是那么柔情，那内八字腿儿是那么稳重，那窝囊废长相儿是那么忠诚。天哪！他还让自己看他那一百多万只苍蝇，脏是脏了点儿，可那是多大的情分啊！就像残疾人和残疾人在一起无须避讳什么，自己一开头儿为什么不琢磨着找这么个主儿啊？

得！这儿另一位也陷入魔怔……

瓷人儿一抬头儿，猛地发现自己已经走到家门口儿了。顿时，她混混沌沌地又想起了妻子的责任、妻子的义务，还有那随时准备着的被掀翻……但还没等她迈进大门儿，就只觉门洞儿里一个黑影儿一晃，烧鸡刘竟意外地在她眼前闪现了。她吓了个半死，几乎失声惊叫起来。可烧鸡刘行动更为迅速，及时压低嗓门儿制止了：

"大哥有令，不许惊动了洋种儿猫谈情说爱！"

"啊……"她还是小声儿惊呼了。

"怎么？嫂子这十好儿晚上熬不住了？嘻嘻！别进去找骂，到我屋子里也能解渴！"

"你，你！"她更恐惧了。

"操！大裤裆胡同这事儿自古还少吗？公公骚媳妇儿，小叔子挎嫂嫂，妯娌们大倒班儿，多了去了，只不过大伙儿不说罢了！"

"这，这！"她浑身打战了。

"这叫撑死胆大的，饿死胆儿小的！怎么样？您又不生孩子，还怕我……"

"……"她顿时被吓蒙了。

"别怕，来，您悄悄儿过来听听！"

恍恍惚惚间，她连自己也搞不清是怎么被烧鸡刘拽进大门儿、拉到窗根底下的。没听到猫儿在谈情说爱，有的只是人的激情而又严肃的议论声儿：

"嗯！铁旋风劲头儿又来了，小心你给我种下了祸害……"

"那更好！那咱们就都不用断种儿了！"

"说得倒轻巧！便宜你得了，乐也找够了，转身儿去当甩手掌柜了，没门儿！"

"哪能呢！只要你怀里一有动静，我准和瓷人儿蹬了！"

"好乖……哎哟！别犯疯，悠着劲儿，慢点儿！嘻！快瞧！猫儿正瞅着你那副疯德行呢！"

"学着点儿，正好！"

笑，美不滋儿的笑，酣畅淋漓的笑！顿时，她更呆了，更傻了，更迷迷怔怔任人摆布了。迷迷怔怔中，她竟由着烧鸡刘又拽离了窗户，拉出了大门儿，默默地向大裤裆胡同深处走去。不生孩子！不生孩子！不生孩子……她一直在自言自语地小声儿叨叨着。似乎就是踩着这几个字的点儿，她竟然身不由己似的又被拉进了一个小院子，又被拽进了一间黑屋子。喘气儿？谁在拉风箱似的大喘气儿？手，谁的乱抓乱摸的手？烧鸡味儿，谁的呛人鼻子的烧鸡味！嘴，还伸过一张臭烘烘的嘴。她似乎忘了反抗，还像在迷幻中。烧鸡刘眼瞅着就要得手了，她却猛地一推，竟瘆人地叨叨出声儿来了：

"我……我不生孩子！我……我不生孩子！"

烧鸡刘还要往上扑，但那声儿却越来越大，越来越瘆人。烧鸡刘一时傻眼儿了，她倒一下子醒过了神儿，猛地夺门就向胡同深处扑去。夜风冷飕飕地一吹，她只觉得顿时那酸的、辣的、苦的、咸的，全一起搅和着堵在了嗓子眼儿上。她真想喊，真想叫，真想哭，但一瞧路灯下自己那渺小的身影儿，便又只剩下了那越来越微弱的自语：我不生孩子！我不生孩子……夜更深了，只有她还在这古老的胡同里游魂儿似的徘徊着。

您哪！自个儿不全乎，惨了！

是的！她似乎只能这么叨叨着了。向父母去说？向托儿所里满屋子睡熟了的孩子们去说？蓦地，她恍恍惚惚地好像听到，有谁正在一旁也和自己一起这样叨叨着：我不生孩子！我不生孩子……顿时，她觉着有股热乎乎的暖流在胸口儿涌动了，眼睛里一下子便涌满了热泪。朦胧间，她只觉得那虾米似的身段儿骤然便在泪光中闪现了：瓶底眼镜儿后溢满了同情，伸出双手，扭动着两条内八字腿儿焦急地向自己跑来了。多么亲切、多么厚道、多么可爱！一刹那，她只感到世界上再没有比他更亲近的人儿了。内心的暖流似乎涌动得也更来劲儿了。她急切地需要哭、需要同情、需要安慰，甚至需要爱抚！猛地，她不顾一切地向那里跑去了！

得！由一个梦里又坠入另一个梦里了……

第二个梦，一对可怜人之间温暖的梦！可大裤裆胡同里绝不允许，因而老年人总爱解开扎腿带儿抖瑟着。

好您哪！绝了人家的后还不老实……

他俩一开始也好像有点顾忌这个，但一悄没声儿地进了屋子里，她那委屈就憋不住了，就像抓住一根儿救命的稻草，竟搂着他的脖子再也不愿离开那鸡胸脯儿了。这个哭啊！虽然声儿压得是那么低，可哭得也够畅快的。再看他，本来就让这意外的事儿吓得够呛，再加上只穿着背心小裤头儿受此待遇，就难免更傻帽儿似的只剩下哆嗦了。

可她却让这鸡胸脯儿颤动得更迷糊了……

她只觉得自己在爹妈、伙伴、亲戚朋友间无法得到的，在这丑人儿身上就要得到了。人家都是全乎人儿，谁体会自己心底儿的苦处？只有他！只有他这个被女人背弃了的男人才能理解自己这个被男人背弃了的女人！想到这儿，她搂得他更紧了，不但畅畅快快地哭，而且还开始吞吞吐吐地说……而他，开头只像是脖子上挂着个纸糊人儿似的，一动也不敢动。但听清她说明缘由后，竟也跟着窝窝囊囊地哭了起来。他这一哭不打紧，愣差点儿把怀中这纸糊人儿给搂散架了。

泪是心中的油，谁不伤心谁不流……

但既是油，就有助燃的作用，更何况他只穿着背心和小裤头儿呢！而他那虾米似的身段儿又怎么看怎么像根儿干柴棒子，这就显得更有点玄乎。瞧！哽咽停止了，剩下的只是默默地拥抱。干柴棒子开始打战儿了，但对她来说，这就像一股又一股抖动的火苗儿，使她那本来就够炽热的身子猛地便燃烧起来。火、火！紧紧搂着已经不够了，她顿时想起了报答，不！更恰当地说，是报复！

“瓶底儿哥！”她火辣辣地叫了一声。

“叫……叫我？”他战战兢兢地问了一声。

“他们能……”她说。

“他们能？”他也说。

“我们也……”她又说。

“我们？”他也又说。

“我……我不生孩子！”她急切地叫着。

“我……我也不生孩子！”他慌忙地应着。

“等什么？”她像问他。

“等什么？”他像问她。

“你！”她猛地搂紧了他。

“你！”他也猛地搂紧了她。

“瓶底儿哥……”她激动得打战儿了。

“好人哪……”他一伸手拉熄了电灯。

得！干柴棒子终于点燃了……

梦！一个令人心摇神晃的梦！迷幻间，她只觉得头顶儿上那霹雷闪电再没有了，有的只是一片暖融融的云团儿，把自己遮着、盖着、卷着、裹着，柔情脉脉地在蓝天上遛弯儿。眼前飞过一只鸟儿、又一只鸟儿，风儿还送来了体贴入微的话音儿。多好啊！没了那吓人的折腾，没了那可怕的“实验”，就在这上头自己也能成个人儿了。但云团儿似乎仍觉不够尽心，还在轻轻地摩挲，还在款款地涌动。光点儿，细雨儿，柔情蜜意的喘气儿。醉了、醉了，她只觉得心窝里溢满了甜酒儿。

夜，更深了……

那梦就做得更起劲儿。但不知为什么，她激动，她尽兴，却突然咬着嘴唇儿轻轻哭了起来。云团儿一惊，打着战儿问话了：

“怎……怎么了？是……是我哪儿做……做错了？”

“没，没！”她猛地更搂紧了他，情真意切中竟又失口喊着，“放心！放心！我不生孩子！”

“你，你！”他也猛地又搂紧了她，“也……也放心！我……我也不生孩子！”

“瓶底儿哥……”她哭得更畅快了。

泪，同病相怜的泪！既然它是心中的油儿，那这一流就必定把火苗儿浇得更旺了。酣畅，放心！她只觉得云团儿顿时变得更炽热了，卷得更紧，裹得更深，一下子便把自己带向了一个从未到过的美好境界之中。猛地，她欢快地打起了战儿，只感到自己一眨眼也化成了一团云，和他搅着、揉着，刹那间便幸福地消融在一块儿了。

突然，她本能地感到了什么……

得！这一感觉不打紧，随着又是一个全新的梦！

怪了……

梦！又一个全新的梦……

似乎经过白天晚上的轮班儿见习，两只猫儿也渐渐地变得友好起来。

这可是大裤裆胡同的一大喜事儿……

谁说这大裤裆胡同没一点洋味儿？这不裤腿口儿就养着两只洋种儿猫吗？这两只小祖宗能和睦相处，那将来必然少不了一批洋后代。大裤裆里到处小银球儿滚着，一定又能在一片古色古香的乱哄哄中增加一绝！

可瓷人儿却似乎怕这个……

每天，她还来当苔丝的白班儿监护人。她好像早已隐约感到上当了：佐罗和苔丝仿佛现在才刚刚有了点儿“叫春儿”的劲头儿，可建立感情却整整提前了近两个月。或许说，为了猫儿难免牵扯猫腻儿之类的事儿。但她确实沾沾自喜上这个当值得！

她正在忐忑不安地等待着……

可猫儿却等待不了啦！佐罗和苔丝过去总是一个卧在柜顶儿上，一个钻在床底儿下。现在不同了，总爱往一起凑合。而且一逮住机会，就变着法子成双成对儿地专找背旮旯里溜，缠绵悱恻得玄乎。为此，她感到惶恐，他也感到惶恐。过去总战战兢兢地怕这两位小祖宗不接近，现在又总战战兢兢地怕这两只洋种儿猫过于热乎。天哪！它们过早地成其好事，自己那好日子就算完了！

瞧！人和猫儿的命运竟如此息息相关……

她和他显然慌了神儿。不行！得采取措施！于是，洋少爷佐罗便被关在了里屋里，而苔丝小姐则被限制在外屋活动。人为万物之灵，一切必须从大局出发。但关着关着，却似乎反而加速了这两只洋种猫儿的爱情发展。佐罗在里屋不屈不挠地抓门儿撞窗子，苔丝在外屋里应外合地叫声儿不断。这份儿乱乎啊！好像它根本没爱过一只花狸猫，它也根本没有钟情于一只黑猫子！

得！锣鼓点儿骤然加快了……

那一晚上留下多么美好的一个梦，至今一想，让人心里头还甜得直打战儿，可现在眼看要再做不成了，就连平时这安稳日子也兜底儿被搅乱了。瞧！里屋佐罗撞着脑袋寻死，外屋苔丝在扯着嗓子要赖！再没工夫像平常那样：小声说话儿，悄悄拉手儿。相互讨好儿，偷偷亲嘴儿！但猫向来不讲偷偷摸摸，它们要大大方方成其好事儿！她更惶惶然不安了，他更是手忙脚乱地开始镇压。但收效甚微，佐罗和苔丝终于公然“叫春儿”了。没完没了，没明没夜。一眨眼工夫，窗台儿外、屋顶儿上、房廊间、院子里，便招来了许多不明真相而又崇洋媚外的土种儿猫！

瞧！一双双闪亮儿的黄眼睛……

她惊恐地望着，甚至觉得在这一双双的猫眼睛中，还夹杂着一双烧鸡刘色眯眯的眼珠子。乱了、乱了！由于两只洋种儿猫牵头儿，古老的大裤裆胡同里便回荡起一片公猫、母猫、中外结合、土洋呼应的“叫春儿”大合唱！吵昏头了，可老街坊们却瞅出了希望。

您哪！咱们大裤裆胡同要开洋荤了……

这一天，她还没抱着苔丝来，众多的公猫和母猫就开始在窗子外闹乎上了。他吓坏了，惊慌得手足无措，生怕她被猫的围攻吓坏了。但谁又曾料想到，她来了后，面对众猫儿的嚎叫竟置若罔闻。秀气的脸庞儿涌起了两朵红晕，一双明媚的黑眼仁儿也显得分外有神儿。一进门儿，她便异常地把苔丝扔给了佐罗，任两只猫儿发了疯地去亲热。随之便是喝多了酒儿似的盯着他，只顾着自己傻乎乎地乐啊！众猫儿见洋伙计已各自有了主儿，便只好悻悻地离开这争风吃醋之地。但他在一片寂静之中还是缓不过神儿来，一时间竟又变成了个傻帽儿。

“瓶底儿哥！”她突然美滋滋儿地叫了他一声。

“啊……”他还莫名其妙。

“是，是！”她猛地扑到他的怀里说，“这回肯定是了！”

“什……什么？”他更傻了。

“不……不是我不行！”她更来劲儿了，“是……是他是个大没瓤子！”

“什么？什么？”他更糊涂了。

“瓶底儿哥！”她突然咬着他的耳朵轻轻说，“我……我有了！”

“啊……”他顿时什么都明白了。

“你……你能行！”她搂得他更紧了，“你……你没废了！你……你是个全乎人儿！”

“全乎人儿？”他开始打战儿了。

“这……”他抖得更厉害了。

“你？！”她慌了。

“您哪！”他却猛地搂紧了她。

“瓶底儿哥！”她又叫了一声。

“是您！”他哭了，哭得满痛心的，“使我又成了个全乎人儿！”

得！丑小鸭一下子就变成了白天鹅……

丑小鸭绝不会引人注意，成了白天鹅却准得出娄子。瞧！首先就震动了两只猫儿，顿时竟停止了亲热，似乎也在感到惊讶：今儿个这是怎么了？没有追逐、没有惶恐、没有隔离，更没有禁闭，有的只是不闻和不问。佐罗和苔丝稳不住神儿了，绿的猫眼儿瞪着，蓝的猫眼儿闪着，竟好像突然发现：这两位主儿的个子猛地蹿高了。您哪！没错儿，腰板儿挺直了！轮到两只猫儿惴惴不安了：

莫非另两位主儿要来换班儿了？

随之，便是第四个梦，一个大裤裆胡同最隐秘的梦！猫儿没成了，人倒先成了，这算哪档子和哪档子事儿啊？

但这却的的确确是真格的……

瓷人儿完全为自己成了个人儿晕乎了，白天看不够那虾米似的身段儿，竟主动头一回哀求小姊妹调了班儿，半夜来偷偷幽会瓶底儿。好您哪！窝囊是窝囊点儿。可正是他，又使自己成了个人儿！梦，她多么渴望再重复那晚上的梦。刚一想，心底儿便又甜醉了，她又醉了，竟忘了自己是走在夜深人静的大裤裆胡同里。那门儿，那人儿，那柔情蜜意的喘气儿，自己就是闭上眼睛，单凭感觉也能找到。但刚等悄悄跨进那熟悉的门洞儿，就猛觉得一股呛鼻子味儿迎面扑来。再定神儿一看，啊！又是烧鸡刘！

他来这地儿干什么？

她哪里知道：烧鸡刘早盯上她了。如果说，上一回他还有点儿后怕，生怕万一捅漏了，自己会被铁旋风卷出大裤裆胡同。那现在烧鸡刘就连这点顾忌也没了。大哥正犯愁呢：如今这离婚麻烦，女人咬定了不蹬还真没辙，得变着法儿找点儿碴儿……得！话说到这儿就够了！于是他就又开始为哥们儿两肋插刀了。好您哪！不插行吗？要不这大裤裆里源源不断的烧鸡怎么往现代化的乾隆大酒家那二十五层楼顶儿上的旋转大餐厅里飞？更何况这碴子找到了自己的手里，说不定就成了自己油渍麻花枕头上的一枝花儿。嘻嘻！打凉又败火儿！

但他却不知道，对方早已成了个完完整整的人儿……

“嘿嘿！”他一把抓住了她，“今儿个总算让我等着了！”

“你……你想干什么？”这回她不恍惚了。

“没什么！”他更嬉皮笑脸了，“别人捞走了稠糊的，也该让我舀点儿稀的喝！干嘛总找窝囊废呢？反正你又不能生孩子！”

“胡说！”这回她变得理直气壮了。

“胡说？”他愣没听出味儿来，“不信你就再去窗根儿下听听，大哥就为了这个，正搂着那大美人儿商量怎么着找碴儿蹬了你呢！”

“蹬了我？！”这回她竟敢于恨了。

“怎么样？”他还以老眼光看人，“今儿个你叫送货上门儿，我当然会变着法子替你遮掩着。和我烧鸡刘一个热被窝儿里商量事儿，准保你热乎得流油儿……”

语末了，猛听“啪”的一声！

“你……”烧鸡刘捂着腮帮子愣住了，这事儿怎么不叫人刮目相看呢？

“你去告诉他！”她仿佛忘乎所以了，“他是个废物！废物！废物！”

“什么？什么？！”这回该着他犯傻了。

“我能！”她得意忘形了，“我能生孩子！我能生孩子！我能生孩子！”

得！当时便把个烧鸡刘吓得拔腿儿就跑……

而大裤裆胡同里又哪儿听过这个啊？深更半夜的，声儿震着，音儿抖着，直把睡梦中的人们惊得愣往被窝筒底儿钻。啊！老街坊们都知道，大裤裆胡同里不但爱闹鬼，而且常有疯子！

那虾米似的身段儿慌慌张张闪现了……

一见这最贴心的人儿，她又变得心慌意乱了，仿佛又要步入一个可怕的梦。瞧！这黑乎乎的曲里拐弯儿的胡同，这一座座屋顶上长满了荒草的房子。瞧！那古老的茶楼儿，那摇摇欲坠的酒肆，那一家家发着霉味儿的店铺，那已经倾斜的老古玩店，还有那已经颓败了的娘娘庙前那对儿石狮子……在昏幽幽的路灯映照下，显得那么死气沉沉，那么朦朦胧胧，又那么寒气逼人！

明天。明天这一切就会搅着、拌着又复活了……

她还在呆滞地打着战儿。真正成了个人儿，她才更懂得了珍惜，她才懂得了怕！惘然间，她似乎看到了自己的丈夫铁旋风似的卷过来了，又似乎听到了大组长那泼妇般地沿街叫骂！更可怕的是，她竟又突然想起了一个老人们讲过的故事：在那乾隆爷留下的“漠北第一泉”石碑旁，老年间曾多次出现过专治妇女的木驴子！

古老的胡同，古老的梦……

突然，她发现他已经把自己搂住了，虽然也是那么颤巍巍，可搂得却是那么牢实。她感到了他那火苗儿跳荡似的热，打着战儿，又把心底儿那甜蜜的梦激荡起来了。一刹那，什么大组长、铁旋风还有那木驴子，顿时全都消失了，只剩下了一股子天不怕地不怕的劲头儿。猛地，她也紧紧搂住了他，亲着、吻着，热乎乎地喊：

“瓶底儿哥！咱们豁出去了！”

梦、梦！一个更加放肆而又更加甜美的梦！云团儿在情真意切地裹着、卷着、推着、涌着、亲着、吻着、摩挲着、爱抚着、豁出命地讨好着！融了、化了、揉了、合了、搅了、拌了，在纵情的欢快中再也分不清你我了！

啊！死了吧……

可梦却似乎非要往下做不可。恍惚间，好像并没有人来打扰，云团儿却骤然从自己身上消失了。自己正从半空中往下坠落、坠落，眼看就要坠落在另一个梦里了。耳边是呼呼的风声，眼前是一片模糊。等她再一醒过神儿，天哪！自己已经坠落在自己家里了。组合家具、美式沙发、录音机、电冰箱、大彩电，还有那让人见了就害怕的席梦思双人床。瞧着多么熟悉，又多么眼生。骤然，一切又仿佛旋转着化没了，只剩下了一个白色的光点儿，带着悲哀，裹着忧伤，影影绰绰地逐渐显现清楚了。

啊！原来是孤零零的苔丝……

她感到不祥，朦朦胧胧地想起，似乎是今儿个上午，正当苔丝和佐罗已经适应了无人管束的环境，眼看着就要成其为好事儿那工夫，得！诸神突然归位了！大组长第一个扑过去抱起了自己的猫儿，眼神儿竟奇怪地瞅着自己的丈夫打起战儿。而自己那颇为匪气儿的男人，也慌慌张张地抱起了自家的苔丝，目光没着落地瞧着自己。佐罗可着劲儿反抗着，苔丝拼着命儿哀叫着。此情此景儿，可真称得起，棒打鸳鸯两分开！更为奇怪的是，那瘦小的虾米似的身段儿，竟像背后安上了弹簧，“腾”的一下绷直了腰板儿，愣向着两位人高马大的主儿嚷嚷开了：

“松手儿！放开、放开、放开它！”

“你疯了……”大组长还想耍横。

“谁疯了？”瓶底儿竟瞪起了眼睛，“缺德，缺德，缺大德了！它们正要配对儿！”

“别这样……”大组长顿时软了。

“放开它！”瓶底儿更发起了狠劲儿，“它们要生孩子！它们要生孩子！

它们要生孩子！”

两只雪团似的猫儿也在喊、也在叫、也在抖着锦毛儿挣扎着。

自己似乎也在扯着嗓子抗议……

随之，这平时好端端清静的屋子，眨眼间便陷入一片混乱之中。喊不够，叫不够，那就是抢！顿时，自己扑向了苔丝，瓶底儿扑向了佐罗，四个人儿和两只猫儿便搅作一团了。人喊、猫叫，凳倒、椅翻，刹那间窗子外就引来无数只眼睛，古怪地闪动着，还夹杂着惶恐的声音：

“疯了、疯了！爱猫儿爱出疯病了！”

什么？什么？霎时，她只觉得窗外闪现出无数幸灾乐祸的眼珠子，正向着自己推着、挤着、滚着、涌着，莫名其妙地卷过来了。她一怔，便发现自己已经被拉到屋外了。那柔情的云团儿消失了，身旁只剩下了一股讨厌的铁旋风。梦，从蓝天上坠落下来之后的梦！不管你情愿不情愿，都得等着往下做。

瞧！那只孤零零的猫儿……

她迷迷怔怔，也是那么孤孤零零。身旁铁旋风暂时消失了，可外屋却传来了他和烧鸡刘压低嗓门儿的说话声儿。不容反抗，可透着股子可怜劲儿。

“我可告诉你，把自己的舌头好好管着！钱儿多得流油儿，你可得好好想想从哪儿来的”！

“大哥！我……我可是好心……”

“好心？你那好心可经常往外喷狗屎！你要敢把昨儿晚上的事儿往外捅一句，我就帮你到铁格子里找碗饭吃！不信，咱们就试试！”

“大哥！别，别别……”

“得！话就搁在这儿了！以后有用得着大哥的地方，还尽管吭气儿！”

“哎！哎……咱哥俩儿，谁对谁呀！”

恍惚间，外屋的声音消失了，再一抬头，他已经站在了自己的眼前。还是那么有谱儿、有派儿，一身洋打扮儿，就是突然没了那股男子汉的匪气儿。他一反常态，竟没有掀倒了泻火儿的意思，而是惶惶不安地瞅自己，好像天生就是个怕老婆的下贱货。

“这些日子，嘿嘿……”他找话茬儿。

“……”她不搭话，只想云团儿。

“赶明儿，”他还在说，“我给你搬回个录像机。那玩意儿真绝！有了它，看电影儿就像看小人书。嘿嘿！真带劲儿，两千六！”

“……”她还是不吭声儿，又想细雨儿。

“你……你怎么回事？！”他开始憋不住了。

“……”她还不接茬儿，更想得甜得心头打战儿。

“你……你真有了？”他终于可怜巴巴地问了。

“……”她一怔，可腰板儿挺得更直了。

“真的？”他带着哭音儿又问了一句。

“……”她还是不回答。

“没错儿！”他自己倒哭哭笑笑了，“我早知道，你能给我争脸儿，你能！快四十了要得个小子，他妈的！老天有眼，祖宗积德！”

“……”她更不搭话。

“这……”他又像在说服自己，“这准是两个多月前那一锤子！当时我就说呢！有，有股特殊感觉。是那么股子邪乎劲儿！准是、肯定、敢情、没错儿！”

“……”她却不由得想起了另一夜……

“是……是吧？！”他仿佛猛地又起了疑心真有了吧？活祖宗！说话、说话呀！你这是干什么你！”

“……”她似乎更是吃了秤砣铁了心。

但就在这时，他却突然发了疯似的猛向她扑上来了，一下子抱起了她就往席梦思床上扔。她不说话，紧闭上了眼睛，谁让自己还是他的老婆呢？一件件被剥光了衣服，他骤然变得抖抖瑟瑟的了。她赤裸裸地躺着，好像专门给他难堪似的一动不动。但她还是能感觉出，他的手正打着战儿在抚摸自己的腹部，他的耳朵正紧张地贴在自己肚子上听。神神道道，磨磨叽叽，还拢不住神儿地直喘气儿。

好您哪！苦了……

她哪儿知道，当烧鸡刘归来添油加醋地告密后，可把这位一向自以为是的主儿给打蒙了。是的！他需要找碴儿把老婆给蹬了，可现在这送上门儿的碴儿却似乎又太扎手了。自己的老婆能到外头打野食儿这事要一传出，那自己马上就得跟着在大裤裆胡同身败名裂大掉价儿！老婆再骂出自己是“废物”，再公然宣布她“能生孩子”，这里头的文章就更大了去了！自己不是成了满胡同人嚼在牙缝里的被阉了的老公狗了么？这太可怕了！那今后自己不但在大裤裆胡同里算不得个全乎人儿，而且在新旧地面儿也无法再混事儿了！

天哪！可那人高马大的怎么活？

幸好如今这铁旋风已带着很浓的现代化气味了！迂回一刮，顷刻间便把那人高马大的大美人儿扫到一边儿去了。而这位水灵灵的主儿也似乎觉察到了什么，也趁势一转身儿打道回府了。您哪！这就叫天下大事分久必合、合久必分！谁都怕自个儿出丑露底儿，于是那两只眼看就要合欢的猫儿首先便倒了霉！

而现在这迂回战术终于达到高潮……

她只顾闭着眼睛躺着，根本没料到他现在的眼神儿有多紧张。他怕她真有了，又怕她真没了。瞻前顾后，胆战心惊。他那副又哭又笑的怪模样儿，一会儿伸过耳朵去听听，一会儿探过手儿去摸摸，就好像得了魔怔。

隐隐的，肚子里真有个肉团儿在萌动……

她首先觉察到了，紧闭的两只眼睛里一下子便涌出了热泪。而他，也仿佛感觉到了，猛地照着她的屁股就是一巴掌。随着便傻帽儿似的扑在她的肚子上，亲着、吻着、嗅着、舔着，还疯疯癫癫地嚷嚷着：

“有了！有了！真他妈的有了！”

“……”她还是闭着眼睛，一动不动。

“好！好！”他更来劲儿了，“我也能有个儿子了！让那些红眼儿鬼再骂咱爷儿们！别躲我呀！今儿我得好好亲亲你，好您哪！有功之臣哪！”

“……”她还是歪着头儿，不搭不理。

“这个……”他猛地又打了一个激灵，“是……是我的吧？是……是两个月前那一邪乎吧？是吧？是吧？”

“……”她还是侧过脸儿，不吭不哈。

“是！是！”他似乎在说服自己，“肯定是！没错儿！是我的种儿！”

“……”她还是咬紧嘴唇，绝不接话茬儿。

“你吭声儿呀！”他突然带着哭腔，“他妈的！说呀！说呀！是我的！是……吭他妈的声呀！你这是想成心气我！对不对？老子今儿个一定要听你说、说、亲口说！”

得！动硬的了……

她刚来得及打了个冷战儿，就感到他猛地揪着头发把自己提了起来，推着、搡着、晃着、摇着、啃着、咬着、喊着、叫着！天旋地转间，她只觉得浑身快散架儿了，但心底儿里却猛地往上一股股直蹿火苗儿。越摇越旺，越煽乎越往头上顶！啪、啪地又是两个耳光子，她顿时便被打炸了：

“不！是他的！是他的！！是他的！！！”

“啊……”他惊叫一声儿，蓦地傻眼儿了。

“离……离婚！”她却还在喊叫着。

“别！别！”猛地，他乱了神儿跪下了，急忙抱住她的双腿，连哭带叫地哀求着，“就算我过去混蛋，不是玩意儿，成不成？求你千万别说气头儿话。孩子是我的！孩子是我的！我变牛变马也得报答你。孩子是我的！孩子是我的！别、别，千万别别别别……”

得！大裤裆胡同总算矮下了一个！

您哪？绝了……

七

又过了一年……

又有一帮老外到大裤裆胡同来参观，热闹依旧，一切还算满意。只是遗憾的是再没见到结猫亲家的盛况，因而那竖起大拇哥的“蒿！蒿！篙”也就减了不少。

唉！老街坊们能不为此深感惋惜吗？

好您哪！住得好端端的却不知为什么要搬走？抽筋儿抽的！就连那东西裤腿口儿各缀着的锦毛绒球儿也跟着没了。大裤裆胡同里缺了这颇带洋味儿的一景，致使好些人的身上便渐渐沾上了遗老遗少的气味儿。

骂！骂大街的还能少得了吗？

谁让这两户能人儿要污染这风水宝地儿？就说铁旋风这小子！愣不在二十五层的乾隆大酒家当小车队队长，非要调到一个更偏僻更老派儿的小县去混事儿。真他妈的没福气！可又听说最近他却偏得了个大胖小子，而且又和县长攀上了猫亲家。老天没眼！而那位水灵灵的大组长自从搬进了那座现代化的高楼，却仿佛永远不愿再迈回大裤裆胡同一步了。也缺他妈的良心！可也听说日子混得还挺不错，不但和什么大主任结成了猫亲家，而且还当上了那个最大的现代化百货商场的副经理，同时还抱养了个小闺女，打扮得像个小洋人儿似的。辱没祖宗！听着您哪，猫腻人家多少也难免些个猫腻事儿！

只有那瓶底儿还不时偷偷来……

不过这小子那瓶底儿眼镜儿却仿佛更厚了，那虾米似的身段儿也仿佛更弯了，就连那内八字腿儿也仿佛更扭曲了。一来，还总拿着一张发了黄的旧报纸，而且一见了女人就总贴上去让人家看，吓得小媳妇儿们瞧见他就四散逃跑，连派出所都惊动了。

据说，那上头印着一百多万只苍蝇的事儿……

（发表于《中国作家》）

黑丛莽

引子

大约在本世纪初……

那时的艾力玛山下还是一片海海漫漫的丛莽地带。地处偏远，人迹罕至，四野茫茫，草木狰狞，到处弥漫着一片神秘的野性气息。

终于，草莽深处出现了缕缕炊烟……

这是一批四处汇集来的流亡者、逃窜犯，以及对故乡绝望了的人。他们躲藏到这天高皇帝远的三不管地界，借着莽莽苍苍草丛的掩护，放火烧荒，棒打呆雁，以乡邻为界划成若干部落，过起了狂放的蛮荒生活。这些人喝得进酒，动得起刀子，为女人更舍得出命。面对这些比野兽还野的人，在丛莽深处野兽绝迹了，野兔罕见了，鹿一头头倒下了，大雁也再不在此驻足了，黄羊群越过山巅逃向了更加偏远的草地，就连吐着毒舌的长蛇也被扔进锅里煮成了蛇羹。

但绝不是所有的动物都会向人类屈服的。

当草莽深处炊烟变得越来越柔和的时候，当绿海腹地出现了片片田园和群群牛羊的时候，当男子汉们搂着丰腴的娘儿们失去野性的时候，那凶悍而不屈的动物开始复仇了。

这就是狼！

它们以褐色山崖为巢穴，神出鬼没地在草莽中肆虐着，留下了血，也留下了畜群的堆堆白骨。于是骏马开始变得桀骜不驯了，乳牛也变得不那么俯首听话了，更重要的是娘儿们也常在男人们的怀抱里一惊一乍起来。

丛莽中的人开始动荡不安了……

面对这凶悍而狡诈的对头，他们开始览集财宝求助于一个个枪手。但一个个追猎者却全都失败了，没有带走财宝，反而在这黑丛莽中丢尽了人。为此，枪手们暗中开始寻访比自己更高明的枪手了。经过种种努力，他们终于寻找到一位神秘的高手——

断魂张！

一

断魂张阴沉沉地站在那山根临时砌就的石屋前。

这是一条年近五十的精壮汉子。浓重的眉毛，虬然的络腮胡须，把整个面孔挤成一团漆黑，越反衬得他那眼白更阴、更冷、更像谜一样瘆人。

关于他的传说，也像他阴冷的眼白一样可怕。据说，他的老婆长得像月里嫦娥，但经不住断魂张身上带回的血腥味儿。虽然女儿已经七岁了，却还是趁他外出为财主看家护院之时，和一位漂亮的小白脸搅在一块儿了。热乎得实在可以，致使人们因此传说断魂张会使一杆枪而不会使另一杆枪。断魂张似乎置若罔闻，任乡邻们耻笑着。但有一天夜里，人们便听得那小白脸窗口“砰”的一声枪响，到第二天早上赶去看时，只见窗纸上留下一粒弹丸穿过的小孔。再进屋一瞧，便醒目地看见了那月里嫦娥和那小白脸赤裸裸搂在一块的身子，下面还流着血。扳开来看，枪法实在准，穿过了小白脸的下腰，不但准确地炸碎了这小子那杆“枪”，而且又顺势穿过了月里嫦娥那关键部位，彻底成全了一个断肠销魂梦。等官府赶来捉拿凶手，断魂张早带着女儿消失得无影无踪了。一晃十年，在故乡谁也不知他的下落。

但黑丛莽中，却骤然增添了一条好汉……

眼下，这条好汉似乎消停了。那杆古老的的单响枪无聊地立在石窗下，一捆捆带血的狼皮醒目地扔在石门旁。看来这家伙真不愧是高手中的高手，现已大功告成，就等下山去邀功领赏。十年的隐姓埋名，十年的浪迹草莽，眼看就要随着大笔到手的财宝结束了。但不知为什么，这神秘的枪手却痴痴望着眼前这茫茫的蛮荒旷野，一连几个时辰石雕般地一动不动。

断魂张的脸显得更阴沉了……

说穿了，他就像个正在战场上搏杀的亡命徒，猛地发现硝烟顿失、枪声骤止，惘然间自己已陷入一片不祥的死寂中。预示什么？不知道。他只感到，随着大功告成，胜利的喜悦早荡然无存，自己的心头却被一片神秘的阴影骤然笼罩了。

断魂张的目光渐渐移去了，仿佛是被一股不可知的力量牵引着，他那阴沉沉的目光渐渐落到了不远处的芨芨草滩上。那里，他那十七岁的女儿果果，正和三条毛茸茸的类似狗崽子的小动物嬉戏着。他陡然一惊，心头那神秘的阴影似乎布得更浓了。他从来就是条见血不眨眼的汉子，可这次却感到心头一阵痉挛，猛地闭上了眼睛。

但眼前却骤然窜出一条魔影……

越来越清晰了，张牙舞爪，血口洞开。断魂张蓦地陷入了沉思。在他看来，钱永远指挥着枪。自从他为钱来到这艾力玛山下的黑丛莽中，这嗜血成性的魔影便成了他的主要对头。

这是一条母狼！

在狼的王国里，只有最凶悍的母狼才配被拥戴为狼王。它狡诈贪婪，独自霸着所有的公狼，唯有它才享有着生儿育女的权利，而使其他母狼绝无享受性爱的机会。但作为狼王的的母狼又必须是胸怀博大的。它得率领着狼群东冲西杀，在人类布下的陷阱间保证每条狼的生存。狼群臣服于它，唯它之命是从，都愿为它献身。但往往只有一两条最强悍的公狼得宠，得以伴随左右，成为它最得力的副手。

断魂张所遇这狼王……

这是一条恶名远扬的母狼。这里的游牧民族很久以前便多次尝过它的苦头，都用异方语言把它称为魔鬼——乔勒！据说，乔勒在狼群里已算得曾祖母辈了。脖子上的绒毛早已落尽，只剩下老化的沙毛像针刺般飞奓着，但它却越老越变得凶残狡诈。莽丛中的野兔没了，土拨鼠消失了，麋鹿无影无踪了，它便率领着狼群以百倍的仇恨向人及其牲畜展开了进攻。声东击西，神出鬼没，面对着频频出现的枪口和陷阱竟能所向披靡。人们传说，乔勒能把羊只叼起甩而搭在背上，借着草丛鬼影般逝去。有的人还亲眼看到，乔勒能飞蹿上烈马的脊梁，赶着它自己去飞奔着送死。但一般乔勒总是不亲自出马，而是魔怪般地隐于幕后，指挥着狼群凶悍地四处出击。因而关于乔勒的传说越多，人们也越难见到这母狼的踪影了。

但有一次却大出人们意外……

这一回，丛莽人专门舍下了一圈羊，并在四下暗中布好了火力网，单等贪婪的狼群前来上钩。这一夜，明月高悬，羊圈里不时发出羔羊的咩咩声，但一直等到后半夜却还未见一条狼的踪影。人们还以为狼群已嗅到了人味儿，不会前来自投罗网了。但就在这时，人们只觉得一团浮动的云影在眼前一闪，羊群便突然在圈栏内惊炸了。率先冲出的是巨大的头羊，像魔鬼附身般抵碎了栅栏。随之便是整群羊蜂拥般地跟出，没命地追随着头羊向遥远的峡谷奔去。人们惊诧了。羊群必随头羊可以理解，但这头羊却又是怎么中邪发疯的?等早上人们追到峡谷这才发现，羊群早死下一摊。除了狼群吃掉的，一只活的也没给留下。这时人们望着一摊摊的血才明白了：这是乔勒单独前来闯阵!借着黑色云影的移动，狡诈地遁入羊圈，叼紧头羊的咽喉使其惊慌，隐蔽其后，然后用尾巴抽打它冲破羊栏，引导着狂乱的羊群自动到峡谷送死。

断魂张正是遇到这样的对头……

他还在沉思着。女儿和那三条狗崽子似的小家伙玩得更欢了。果果野气的笑声，小动物稚气的叫声，使他顿时变得更惶恐不安了。仿佛这就是根，这就是源，这就是他命中的灾星。毛茸茸的小东西又可爱地翻了几个滚儿，他竟猛地浑身战栗着，失神地瞪大了眼睛。

他在回忆……

是的！断魂张毕竟是断魂张。他不同于一般枪手之处，正在于他不轻易动枪，更不急于见血。丛莽人付出的财宝是诱人的，但他却不急于讨好他们。这条阴沉沉的汉子甚至命令把他的石屋建在人迹更罕至的山脚下，把女儿深锁在沉重的木门里，便整日间消失在险峻的山崖间不见了。

枪声，人们迟迟听不到他的枪声……

牲畜还在惨遭不幸，乔勒还在肆虐逞凶，于是丛莽人便渐渐开始怀疑这神秘的枪手了。一些家伙想到那石屋里看个究竟，当然其中还有更炽热的原因。但归来者往往面带血痕，鼻青脸肿。除了报告仍未见到断魂张的鬼影子外，便是告诉大伙那女孩儿如何像野豹子似的可怕。只有一个探讯者带回的消息例外，他告诉大伙断魂张还打了个“伙计”，就是黑丛莽远近闻名的女巫——黑牡丹。虽然这巫婆是个四十多岁的老干柴棒子了，但一旦被断魂张点燃了，烧得可真叫怕人，煽忽得芨芨草滩里直冒火光。

丛莽人后悔自己的选择了……

断魂张似乎也明白这一点。一连好些天他看尽了黑丛莽的白眼，后来甚至往石屋送粮送肉也怠慢了。他知道，人们只是耐着性子等合同到期，到时候就会不客气地请他卷起铺盖滚蛋。更可怕的是，那魔鬼般的狼王也仿佛趁势来嘲弄他，一天夜里竟打发来几条公狼，把他在石屋旁好不容易攒下的十几只羊，全部都给咬死在临时搭成的羊圈里了。而且还一连几夜亲率狼群，围着石屋肆无忌惮地蹿跳着、狂叫着。其中有一条狼的长嚎，显得格外凄厉、格外瘆人，似哭，又似在笑。

这就是乔勒……

断魂张记得，从此他在丛莽人眼中更变得一钱不值了。听说这些洗手不干的亡命徒和逃窜犯们，正准备舍出更多的财宝，去请一位刚刚在这里闯荡出名声的年轻好汉。据传，这家伙绰号叫“花面狼”，是一位更加行踪不定的诡秘枪手。他仗义疏财、狂放不羁，在各个部落间来去无影，是一位专在娘儿们身上打主意的风流好汉。虽然说男人们一提他就有点谈虎色变，可不知为什么女人们还是常常自投罗网。面对着丛莽间生下的一个个无主野种，男人们简直把他恨透了。但为了对付乔勒和它魔鬼般的狼样，人们还是宁愿把老婆和女儿深锁在屋里前去请他。以狼对狼！甘冒暂时风险，以求永远宁静！

断魂张即将走投无路了……

当时，他真想仰天长叹，世人怎么就不长眼睛？他准备甩手而去，不辞而别了。但谁曾料想到，传来的消息竟如此出人意料。当时花面狼正躺在一个骚娘儿们的怀里，面对着丛莽人送来的大宗财宝，先是破口大骂：“小子们有眼不识泰山！”后来更声称，“干这行，三个花面狼难顶一个断魂张！”

丛莽人瞠目结舌了……

听后，断魂张不由得为之一振。这不但是因为发现了一位有眼力的高手，更重要的是他终于在黑丛莽中得一知己。但他却绝对回避和这位年轻好汉相识，因为他还有个十七岁的女儿，他正在为她完成一个美好的梦。

他只是阴沉沉地加快了步伐……

是的！或许只有花面狼了解他的所作所为。断魂张绝不是那种花花枪手，几个月来他一直在褐色的山峦间寻找狼王乔勒的行动轨迹。他知道，要实现女儿那个梦必须有大量的钱，而为了这大宗的财宝就必须把狼群一网打尽。放倒一条或两条狼很容易，听一两下枪响更便当。而惊恐了的狼群在这山峦和丛莽之间，却是任何高明的枪手也难以对付的。断魂张宁可忍辱偷生，也绝不打算干那打草惊蛇之事。或许暂时的放松会使狼王失掉警惕，暂时的得逞会使狼群让血蒙了眼睛。但他却万万没有估计到，魔鬼乔勒竟会带着它那些凶悍的臣民先来警告他了。不但咬死了他积攒的十几只羊，而且彻夜围着石屋发出那恫吓的长嚎。

他更显得耐心了……

或许正是因为狼王的嘲弄所致，断魂张第一次除了悬赏的财宝，开始为自己的尊严而仇恨这群嗜血成性的野兽了。他看见了牲畜倒毙的惨状：那血、那白骨、那咬断的颈项、那破碎的尸体、那眼睛中仍残留的恐惧和悲哀，更加深了他对狼的这种印象：凶悍、残忍、暴戾、疯狂！大逆不道，活该天诛地灭！

弹，势在必发！

但当他满腔仇恨，终于在悬崖绝壁间发现了乔勒的巢穴——母狼的王宫时，却骤然被另一番意想不到的景象惊呆了。

断魂张阴沉沉地回想着……

二

芨芨草滩里……

果果还在和那三条毛茸茸的小东西嬉戏着。这是一个从小惯于昼伏夜出的姑娘。从她的身上可以看出，关于她母亲犹如月里嫦娥的传说很可能是真的。她也继承了父亲的某些特征：眼白也格外白、格外冷。只不过不同之处在于他的眸子更黑、更亮、更清澈晶莹，更充满野性罢了。

按说，她是江湖好汉的女儿，必然从小染就一身江湖习气，但没有。断魂张可算得是个林冲式的人物，总想着到头来带着个清白女儿落叶归根。不但从小就在老家给果果订下一门娃娃亲，而且长大后也不忘时时告诫女儿：男人大多是狼！为此，还教过果果两手拳脚，甚至还让她学着摆弄过枪。是的！断魂张本人也难免勾搭女人，但绝不在女儿眼前显露半分。面对着果果，他就是世界上最慈祥最正派的父亲，循循善诱，百依百顺，一心只想把女儿调教成荒野间的小家碧玉。

果果基本上没有辜负父亲的一片苦心……

至今，她仍按老家的习惯亲昵地叫父亲为“大大”。虽然说有时也难免把垂涎者打个鼻青脸肿，但内心却是典型小家碧玉型的。只盼得早日和大大一起清清白白地返回故里，尽快地去完成女孩儿家那桩隐秘的心事。十七岁了，何况还总有老家那首儿歌撩拨少女的心怀：

红衣红袄红盖头，
坐进红轿随郎走；
同钻一个红被窝，
共枕一个红枕头……

现在看来，这一天已经近在眼前了。和恶狼搏斗的日日夜夜总算熬出了头，眼看着就要下山邀功领赏回老家了。果果从来就不想知道生身母亲是怎么死的。只知道一躲过十年，官家就会把那笔冤孽债抹了，而且得来的悬赏也足能把往昔的血迹洗刷干净，更何况大大这回总算摆脱那可怕咒语的追踪了。

果果只觉得眼前似乎升起一股狼烟……

狼烟，是点燃干狼粪后升起的。不飘不散，远处看得显眼。古代兵家常用的，现被断魂张用于召唤娘儿们也算得一种创举。但自从那月里嫦娥躺倒在那血泊中之后，这阴沉沉的汉子就好像是专拣丑的泻火了。而这位应召而来的黑牡丹不但黑干枯瘦奇丑无比，而且跳神占卦也颇具蛮荒特色，专拣惨白的兽骨板在野火上炙烤，以观看不断龟裂的纹路预示吉凶。更难能可贵的是，这丑女人明知断魂张过不了两三个月就会把她甩了，但仍对这冷冰冰的汉子爱得撕心裂肺、眼中滴血，还不断时时拼死进上种种不祥的忠言。断魂张是不听这一套的，但却不该至今仍不知女儿已发现了这狼烟的秘密。更不幸的是，这娘儿们竟背着他求过了果果，一头栽倒在地便苦苦哀告上了：

“娃！你大听你的。狼可是鬼张三呀，万万动不得心思！招灾哩，引祸哩，再不住手大难就要临头哩！”

果果当即被这咒语吓蒙了……

要知道，当时确实快走到山穷水尽的地步了。不但正受着丛莽人的奚落，而且还受着乔勒和狼群的奚落。人的白眼，狼的怪叫，本来就使人够受了，现在又加上这丑女人不祥的哀告，就更使果果感到惶恐不安了。

所幸大大的枪声终于炸响了……

果果发现，情况和黑牡丹不祥的预示完全相反。大大骤然变得精神抖擞、信心百倍。第一枪便放倒了一条最凶悍的公狼，随之又掏回了这三条毛茸茸的小崽子。果果记得，当时自己就被大大兴高采烈的情绪感染了，顿觉心头的阴影一扫而光。

“狼崽子！”大大却说，“俺娃！替大大好生养着！”

“狼？是狼吗？”果果怀疑地问。

那三条小狼崽子才不管这怀疑呢！一放到炕头上，便支起四条小腿儿在狼皮褥子上瞎拱着，傻头傻脑，憨态可掬。但终因脑袋太大，刚爬动了几下，就被拽着连栽跟头了。它们似乎早被宠惯坏了，好像根本不懂自己处境的可怕，还埋怨、还委屈，还一个劲儿咿咿呀呀叫个不停。果果望着、望着，刹那间被这种幼小动物特有的魅态迷住了，根本不管大大抱回的目的，一下子便把这些小家伙揽入了怀中。

父亲也罕见地被逗乐了……

“大大！”她欢呼了，“绒团儿似的，真亲！”

“果果！”父亲却在提醒，“俺娃夜里可别怕，它娘……”

“谁？”果果忙问。

“乔勒！”父亲回答。

“哦！”果果一怔，全明白了。

“俺娃！”父亲怕吓坏了女儿，“大大就在果果身边守着哩，就是天神也不敢动俺娃一指头。等大把那些魔头引来灭了，就带着俺娃回老家去，你那毛头女婿早就等急了。”

“大！”果果嗔怪了，“俺才不怕哩……”

看来，这些毛茸茸的小东西并不知道自己未来的命运，更不知道自己将要扮演的角色，而只顾得在果果怀内闻着、嗅着、拱着、叫着，似在寻食儿，又似在寻找爱抚。突然，有的竟皱着鼻头从胳肢窝一直拱向她的乳房。刹那间，果果醉了。

从此，她好像也在扮演着某种角色……

但小家伙们似乎不仅给她带来了欢乐，好像骤然间也使邀功领赏回老家变得现实了。果果越来越怀着感激之情喜欢上了这些小东西，更把黑牡丹那可怕的忠告忘得一干二净了。

她只是忘不了那一连串可怕的夜……

果果记得，那时候只要一到天黑，大大就倒提着后腿开始折磨这三条小狼崽子。她明白大大的用意，但就是在头几天不明白，为什么窗口没有架枪，屋外也没有布下生铁的捕兽夹和深深的陷阱，而只顾让三条小东西头朝下挣扎着哀叫，彻夜不停?

但一连三夜，“它娘”竟没动静……

为此，果果竟对那狼王产生了一种莫名其妙的怨恨心理：狼毕竟是狼，抛却儿女，毫无心肝！似乎为了补偿小东西夜里受尽的折磨，白天她对它们照料得更周到了。而这三条毛茸茸的小家伙也仿佛对她更亲近了，一见了大大的身影，就拱着个大脑袋惶恐地往她怀里钻，咿咿呀呀地哀叫着，就像小孩儿求母亲庇护一般。果果莫名其妙地受感动了，真愿那母狼从此就销声匿迹再不出现了。

第五天晚上……

夜，仍然是令人惊悸的夜，果果还是搂着三条毛团儿睡着了。不知为什么，大大今夜没有再去折磨这些小东西，而是出人意料地在窗口支起了他那弹无虚发的枪。四周是一片令人提心吊胆的死寂，但果果还是由于连日来的疲惫酣睡过去了。那三条没心没肺的小东西也蜷缩在她怀里，憨态可掬地一动不动。什么都不存在了，只留下松弛后那一连串温馨的梦。突然，一声冷枪炸裂了，果果刚被惊醒，便听得窗外传来了一声声瘆人的狼嚎声：凄厉、悲凉、愤怒、绝望!

乔勒终于率领着狼群来了……

枪声、枪声，还是大大不紧不慢的枪声。果果知道，大大绝不是那种单凭眼睛射击的枪手，追踪声音也能够弹无虚发。但今夜却不知怎么了，枪声总显得有气无力，不但没有遏制住狼群的肆虐逞狂，而且似乎还像是在火上浇油。随着乔勒的声声长嚎，狼群变得更肆无忌惮了。

随之，更可怕的事情发生了……

果果怀中那三条毛茸茸的小东西，猛地也随着枪声醒了过来。本来它们是呆头呆脑的，但一听到狼王在窗外的凄厉嚎叫，竟像听到什么召唤一样，骤然间也本能地嘶叫起来。野性的蠢动使果果更加不安。果然，窗外顿时便是一片狼群的声声呼应。声嘶力竭，此起彼伏，乖戾吓人，悲凉狂怒。似惊喜小狼的存在，又似在痛悼幼崽的不幸。惊心动魄令人毛骨悚然。随之，便是狼群奋不顾身的撞门声、抓窗声、绕着石屋疯狂的扑窜声。鬼哭狼嚎，群魔乱舞，黑沉沉的丛莽就更似陷入了恐怖的末日之中。

但大大的枪声还是那样有气无力……

果果在极度的惊悸中几乎吓傻了。好不容易熬到了天亮，狼群总算暂时撤离了。狡诈的天性，使它们在阳光下又惊觉了需要隐避自己。但噩梦并没有过去。果果小心翼翼地推门一看，只见坚固的石墙和厚重的木门上，还残留着狼群奋不顾身撞击留下的爪痕和血迹。今夜将又会怎样？果果一想到此就不寒而栗。但那三条小狼崽子却又没心没肺地恢复了常态，憨头憨脑，又毛团儿似的在炕头上嬉戏了。玩累了，还是一个劲儿往她怀里钻。果果突然明白了什么：或许前几天的暂时宁静只能说明狼王的狡诈，而现实证明这魔头好像并不是全无心肝。

但大大到底怎么了？

父亲也好像并不期望女儿的理解，刚等狼群暂时退去，便再三叮嘱果果不得轻易开门外出后，就踏着狼迹自顾自地向荒蛮的深山走去了。虽然说孤寂是令人可怕的，但昨夜那恐怖的折磨却更是令人疲惫。几经挣扎，果果还是与那三条毛团儿似的小家伙睡去了。也不知过了多长时间，朦胧间只听得有谁敲门。果果一怔，猛发现既不像大大敲门的暗号，更不像黑牡丹叩门的声音。果果彻底被惊醒了，是谁？莫非是狼王趁猎手不在乔装前来索还狼崽！

但愿是个梦……

“是俺！”门外却有人主动答话。

“干甚？”果果警惕地问。

“卖命！”门外的声音还很傲气。

“咱买！”果果还以为又是讨便宜的人，摆好架势，猛拉开了门。

“果然称得起断魂张家的女娃！”迎面却送来一句夸奖。

“知道就好！”果果叉腰而答。

“没白跑一趟！”来人竟颇为欣赏，“怪不得昨夜里棋高一招。告诉你大，哪天黑夜灭狼用得着几个卖命鬼，就往山下捎句话！”

“你？！”果果一怔。

“俺？”来人避而不答。

果果抬眼望去，只见来人牵着马傲气地站在自己眼前。啊！这是个什么样的人儿啊？二十四五岁。精明，强悍。两道鸦翅般扬起的黑眉下，长着一个冷酷的鹰隼鼻子。一张紫棠色瘦削的脸庞上，眨着两只胆大妄为的眼睛。身穿藏蓝色长袍，腰扎古铜色绸带。上襟半敞着，下摆撩起掖在腰际。更特别的是，这家伙头上戴着一顶这里罕见的呢子礼帽，更衬得他那倔强的嘴巴让人难以琢磨。

来人的目光开始变得肆无忌惮了……

“话留下，人快走！”果果猛喝一声，“俺大自会谢你！”

“不！”来人的目光变得更胆大妄为，“俺可不愿让断魂张在身上钻枪眼儿！”

“你想干甚？！”果果怒目而视了。

“俺？”又没下文了。

但来人还是一动不动，绝不和以前来的讨便宜的人儿一般：涎着脸儿，抖着皮儿，讨着好儿，动着手儿，随之便满口不干净地挨了上来。不！来人像是在傲然地展览自己，没任何多余动作，只凭着一双火辣辣的眼睛单等愿者上钩。

顿时，果果又似乎隐隐被激怒了……

但这回出于一种莫名其妙的反常心理，不知为什么，果果竟认为这是对自己的一种蔑视。于是她骤然间傲然相对，仿佛是要看谁最后拜倒在谁的目光下。静，山脚下一片死一般的寂静。果果不动，他也不动，只是在眼睁睁地傲然对视着。

砰！猛地远处传来一声枪响……

果果刚来得及清醒，就见来人头顶上的礼帽突然飞了起来。但刚等她明白了什么，来人早已敏捷地一伸手又把礼帽抄了回来，而且仿佛忘了身后随时可能有第二声枪响，只顾得瞄准了那上面的枪眼儿窥视着果果。

“滚吧！”果果被激怒了，“俺大回来了！”

“是该这么着！”来人还在看枪眼儿，“果然名不虚传，多谢手下留情！”

“你？！”果果还想弄清他的身份。

“俺？！”来人却突然打了一声口哨，眨眼间就飞上了马背，随之猛地一抖缰绳，便闪电般地消失在丛莽深处了，只给果果留下了一个难忘的谜。

“果果！”大大不安地出现了。

“他是谁？”果果望着远方问。

“花面狼！”大大恨恨地答。

“哦……”果果沉吟了。

狼，人里头也有狼？所幸石屋里那三条小狼崽子饿得嘶叫了，骤然间又把果果从迷惘中引向现实。今晚？大大似乎也在沉思，但片刻间便变得精神抖擞了，简直和昨夜里不紧不慢的大大判若两人。果果哪里知道，面对这新的威胁出现，大大又加快了步伐，决心提前使她“完璧归赵”。

石屋前，一场令人心悸的安排进行着……

夜，又一个恐怖之夜终于来到了。茫茫的黑丛莽就像扣在一口巨大的黑锅之下，只有孤寂的石屋前意外地点燃四堆篝火。熊熊的火焰狰狞地跃荡着，时而倒映出山峦嶙峋的黑影。但更令人注目的却是那四堆篝火间的铁网笼子，里头出人意料地关着那三条毛团儿似的小狼崽子。火苗可怕地飞蹿着，小家伙们绝望地哀叫着。火光闪闪，怪影憧憧，更使这暗夜之中的蛮荒旷野蒙上了一层阴森森的可怖气氛。

夜，越来越深了……

果果躲在大大背后，透过窗口紧张地向外张望着。她骤然明白了大大的用意：昨夜乔勒终于忍不住前来“踩盘子”了，而大大那弹弹虚发的枪声为的就是激怒和麻痹狡诈的狼群。而今夜的石屋外却绝不是昨晚可以肆虐逞狂的天地了，篝火外围早已布下了重重的陷阱和沉重的捕兽夹，为的就是把恶狼一网打尽。

高明的枪手从不轻易动枪……

但夜越深沉越不见乔勒率众前来，火光闪闪的石屋前只能听到小狼崽子声嘶力竭的哀叫。绝望的、惶恐的，也是稚气的，竟越来越牵动果果的心。她借着火光向铁网笼里望去，只见三条绒团儿似的小东西正颤抖着挤作一堆，圆眼睛里闪着哀求的光，黑鼻头儿可爱地抽搐着，恐惧地呻唤着。果果望着望着，便不由得想起了搂着这些毛团儿嬉戏的日日夜夜。朦胧间似乎一切全忘了，心头竟只剩下了一片怜爱之情。

“大！”果果轻声叫了，“它娘不会来了，放了吧！”

“俺娃！”大大却毫不动心，“大今天也踩过窝子啦，那魔头今夜准来。”

“大！”果果还在哀求，“可天快亮了！”

“别出声！”突然，大大在窗口架起了枪。

“哦……”果果紧张得不吭声了。

果然，远处传来了一声凄厉的狼嚎。黎明前的夜是最暗的，篝火把蛮荒的旷野变得更加神秘恐怖。随着这一声悲凉的嚎叫，顿时便听得四野响起了一片骚动声。笼网中的小狼崽子像盼来了什么似的，猛然间便挣扎着嘶叫得更凄惨了。果果的心提到了嗓子眼上了，恐惧地瞪大眼睛向外望着。火焰像鬼怪般地抽扭狂舞，山影像幽灵般时隐时现。突然，几条狼影闪现了，起先似乎面对火光还是战战兢兢的，但听着那黑暗深处声声凄厉长嚎的指挥，骤然间便变得肆无忌惮起来，疯了般围着篝火张牙舞爪地狂嚎着。果果紧张极了，但大大似乎仍不着急。枪声有一下没一下地漫无目的地响着，致使狼群竟敢一条条地公然跃进光亮之中。看得出如若没有篝火的阻拦，它们早就扑上来撕裂了铁笼。果果恐惧得就要喊出声了，但大大的枪声仍然漫不经心。随之，那暗影中凄厉的长嚎变得狂怒了，果果只觉得眼前一黑，一条巨大的狼影便骤然闪现在篝火旁。

啊！乔勒……

是它！只见随着这条魔头的闪现，群狼顿时像受到了莫大的鼓舞，一条条扑前窜后咆哮得更疯狂了。而那篝火间的三条小狼崽子，也像幽灵附身一般，刹那间挣扎嘶叫得更凄惨了。啊！石屋前完全是一幅魔怪翻腾的恐怖场景。火焰抖动着，飞沙弥漫着。随处可见一只只伸出的利爪，随处可见一张张洞开的血口，随处可见一双双闪着绿光的仇恨的眼睛。惊恐间，果果只觉得就连石屋也快被撕裂摧垮了。

但这时大大的枪法又变得百无一失了……

“砰”一声，一条狼含恨栽倒了。又一声，又一条惨叫着跌进了火堆。但其余的狼却仿佛早被折磨得陷入疯狂，只要魔头不退，便没有一条吝惜自己生命的。果果看得出，大大似乎正利用狼群这种凶悍的特性，暂先放开狼王，沉着地瞄准着那一条条最残暴的帮凶。但她绝对没想到，那狡诈的乔勒似乎也早看破了这一招，又是一声瘆人的长嚎，便骤然避开了开阔的枪击面，率领着狼群猛然撤退到两翼的暗影中去了。是走，是留？不得而知，只是从暗影中传来了一片更加狂怒的恶嚎声。

大大似乎在催狼王痛下决心……

枪声响了，弹弹都准确地击中那铁网笼的四周，不要小狼崽子的死，要的却是它们那更加绝望的撕心裂肺的叫声。果然，那魔头似乎再也忍无可忍了，顿时在暗影中激怒地狂嚎起来。传说中狼是怕火的，看来现在为了自己的幼崽，狼群准备赴汤蹈火了。又是一声狼王的长嚎，狼群便纷纷呼应着蠢动起来。避开当中的射击面，猛地向两面再次撤去。看得出，随之而来的便是像离弦的箭一样向火网射去！

“大！”果果下意识地惊呼了。

但就在这时，猛听到两旁的暗影中却骤然传来一片狼群惊恐的哀嚎声、惨叫声，还有绝望的垂死挣扎滚动声。果果一怔，这才忆起那里正是大大布满捕兽夹和陷阱的死亡之地。

“果果！”大大终于松了一口气。

第二天打开坚实的木门一看，在这场人与兽的残酷搏杀中，还是人最终占了上风。黑丛莽中这个狼的王国终于彻底覆灭了。除了被击毙的以外，几乎没有一条幸免。有的落入了陷阱，有的被铁夹夹碎了脑袋，有的被尖桩刺穿了胸膛，有的则被滚石砸断了脊梁骨。而那条被称为魔鬼的狼王则被沉重的捕兽夹死死夹住了一条右腿，痛苦而绝望地躺倒在地苟延残喘着。

丛莽中呈现出一片散发着血腥气息的宁静。

只有那三条绒团儿似的小狼崽子还在毫无心肝地嘶叫着。它们似乎并不理解这是为谁付出了血的代价，而还在稚气、委屈、哀怨地咿咿呀呀叫个不停。大大终于开始收拾“残局”了，果果也紧跟着战战兢兢地走出门外。篝火早已熄灭了，石屋前到外都流着血，但大大却是兴奋的，对着一个个被掀翻的陷阱开始冷酷地补着枪。果果看到，那魔头竟随着枪响猛地支撑起了前腿，一声一声长嚎。但这叫声绝不包含畏惧，却像是在为伙伴悲凉地送葬。

果果一时间呆了、傻了、痴了……

她是第一次这么近地望着这条狼王：狰狞、乖戾、瘆人！但毕竟老了，脖颈上只剩下了针刺般的沙毛。巨大的身躯是精瘦的，但每个关节似乎仍显得那么强悍有力。看得出，它为了狼王的宝座曾付出血的代价：尾巴被咬断了三分之一，两只耳朵也残缺了，遍体尽是遮掩不住的缕缕创痕。就连那残喘的血口也被撕裂过，残存的伤痛早把整个狼脸抽扭得变了形。现在它终于落了这样一个下场，一条后腿被沉重的捕兽夹死死咬住了，露出了断裂的白骨，渗出了血。但这魔头却又是高傲的，冷冷的眼睛中没有一丝畏惧和乞怜，而有的只是仇恨、愤怒和不屈的挣扎。

小狼崽又在幽怨地哀叫了……

果果看到，像是有什么猛地烧炙着这条母狼，刹那间它那桀骜不驯的眼神中竟又透出了绝望和凄凉。像是要抚慰自己的儿女，它又转向铁网笼发出哀怨的长嚎了。果果痴痴地望着，稚弱的狼崽，垂死的母狼，绝望的对视，相互的呻唤……惘然间，果果感到，狼的形象似乎在自己的眼前开始变幻。

大大走来了……

他是踌躇满志的，脸上罕见地挂上了笑容，但他的行为又绝对是冷酷的。在一条条处理过那些垂死的狼伙后，现在开始来折磨这曾经不可一世的狼王了。果果不安地看到，这魔头竟骤然又抛开了儿女，目光中顿时又闪现出一股暴怒和狂傲的神情。颈毛飞奓，强支前腿，龇牙咧嘴地蔑视着那随时可能冒火的枪口。但大大却在笑，冷冷地笑，就是迟迟不开这一枪，而是用枪托不断戳着母狼的伤口，似在慢慢地报复几个月来人对他的奚落、狼对他的奚落，更重要的是这魔头对他的奚落!

果果慌忙用手捂住了眼睛……

但几乎与此同时，她便猛听得一声撕心裂肺的长嚎，等她下意识地再一睁眼，就只见那魔头生生咬断了自己的后腿。出人意料，迅雷不及掩耳。随之便飞溅着腥热的血，鬼影般向着大大凶狠地扑去。果果还来不及惊叫，就见大大连人带枪早被迎面撞翻在地。大大刚要挣扎，那三条腿的魔头却已经跃过他的身子，闪电般地朝丛莽深处遁去了。

梦！简直是一个撕裂人心的恐怖的梦……

后来的事情，果果再没有亲眼见过。只记得父亲先是一阵惘然，随后便沿着那狼王留下的血迹跟踪猛追了下去。丛莽中又是一片死一样的寂静，就连那三条小狼崽子也吓得挤作一团一声不叫了。傻头傻脑，小模小样，一个个只懂得乞怜地盯着她。果果望着望着，朦胧间竟觉得自己好像亏欠了它们什么，忙把它们从铁网笼里放了出来，急匆匆地抱回到石屋的炕头上。

血，外头都是它们父兄的尸体和血……

傍晚，大大带着满身的酒气归来了，枪也被他随手扔在屋角里。一看这举动，果果便知道那条母狼难逃噩运了。果然，大大带着酒兴开始夸赞起这条狼王来，竟称它“果不愧是断魂张的对头”！带着剧痛，只凭三条腿就能把一个高明的枪手拖着在山峦间转了半天。若不是山岩上留下了斑斑的血，早让这狡诈的魔头逃掉了。最后到了一个险峻的崖头上，眼看着进无进路、退无退路，这魔头竟还是没有一丝恐惧求饶的模样。背后就是万丈深渊，它却敢蔑视地对着枪口。更绝的是，临到最后那一枪，这魔鬼竟不愿在崖头上留下尸体。硝烟未散，只见这家伙仰天一声长嚎，竟猛挣扎着一跃向悬崖栽了下去。大大感叹地说：

“若要生在人世，定是一条好汉！”

果果被震惊了。但随之而来的却是一连好些天舒心的日子。黑丛莽中的狼患终于被彻底消灭了，大大往昔在她眼前展开的画卷也就变得更现实了：故乡的山、故乡的水，还有那故乡从小定亲的毛头小后生……但她就是不理解为什么大大迟迟不去邀功领赏，更迟迟不提如何处理这三条小狼崽子，而只是听任她娇惯着这些欢蹦乱跳的小东西，直至今天仍嬉闹在这洒满阳光的芨芨草滩里。

忘了，一切都被暂时忘却了……

一向孤寂生活的果果，很满足于眼前小家伙给她带来的欢乐。但她却不知道，大大在她身后已经凝视好半天了。

这阴沉沉的人还在回想……

三

断魂张渐渐地皱紧了眉头……

是的！他曾窥视过狼的巢穴，而且为狼的王国另一番景象震惊过。或许正是因为看到这群凶残暴虐的野兽的另一面，从而才埋下了今天这难以处置的隐患。

果果还在和那三条小狼嬉戏着……

断魂张记得，在狼群被一网打尽之后，自己本来是兴高采烈的。推迟十天半月才下山邀功请赏，那只不过怕万一走漏一两条残狼有损自己的声威。眼看就要辞别黑丛莽了，断魂张要的就是留下一世英名。越观察他就越感到踌躇满志，看来这茫茫的荒野已经凭着自己这杆枪变成了太平世界。多好啊！眼前没有一丝阴影，心头没有一丝困惑，身旁更没有这股来自幽冥间力量的嘲弄。

他娘的！全怪那黑瘦干枯的丑女人……

断魂张怨天尤人了！只要自己下山走一趟，想要什么就会有什么：竖起的大拇指，敬佩的眼神儿，火辣辣的庆功酒，白花花的银元宝。可自己却偏偏想到了泻火，而且放着黑丛莽养肥了的娘儿们不去惹，却偏偏背着果果在山弯的草滩里点起了狼烟。

果然，奇丑无比的黑牡丹匆匆赶来了。

现在，断魂张可真有点懊悔不已：这不是在给自己往来招鬼吗？虽然说，这婆娘真给人劲儿，使自己泻出的火儿差点把草滩都给烧着了。但随着这女人发疯似的乱亲、乱吻、乱啃、乱咬，尤其是后来那乱喊、乱叫、乱说、乱道，却使他浑身沸腾的血渐渐冷了下来。

“亲亲！俺的好亲亲！听俺这一回吧！”她把他搂得更死了。

“甚？”他一怔。

“求求你，让俺给你打一卦！”她更炽热了。

“卦？”他顿时把火全泻尽了。

“亲亲！俺的好亲亲！”她还如饥似渴。

他却一下子冷得再也懒得动弹了。谁料想，这黑瘦干枯的女人却是忠贞不贰的。猛地赤裸裸地爬了起来，带着满身淫秽就又开始为他占卜。荒草间一堆野火点燃了，她那特意带来的羊肩架骨板也取了出来。火苗儿就像被幽灵操纵着，鬼头般地闪着蓝幽幽的光焰。阵阵的青烟散去以后，这刚刚和他睡过的女人就变得更阴森叵测了，仿佛有鬼怪附身一般，刹那间就赤条条地化成个人不人、兽不兽、神不神、鬼不鬼的怪物。披头散发，深陷的双目闪着幽幽的死光。一阵狂乱的痉挛之后，便喃喃有词地念起瘆人的咒语。

他恐怖，他恶心，他恨不得拔腿就走……

但仿佛有一种超然的力量威慑着他，使他也一丝不挂地倒卧在草丛中动也不能动。那白森森的骨板在火焰上龟裂着，发出了吱吱的声响。恍惚间他感觉到，这不像是人在占卜，倒像是骨板自己在火焰上幽幽地在倾诉着什么，顿时，他感到毛骨悚然，功成名就后的那种踌躇满志也随之一扫而光了。

“亲亲！俺的亲亲！”她又突然发出了惊恐的呼唤。

“哦！”他下意识地失声惊叫了。

“大……大祸就要临头了！”那丑女人像要护卫他似的，一下子又赤裸裸地扑到了他身上。

“滚开！臭骚货！”他在恐惧中挣扎着。

“亲亲！”她却更搂紧了他一丝不挂的身子，“血汪汪的！冤魂就缠在咱们果果的身边呀！”

“甚？！”他像突然明白了什么，拽紧她的头发猛地就把这娘儿们摔开了，“妈的！原来是想离间俺父女呀！”

“老天有眼，老天有眼！”她哭得更哀戚了。

断魂张记得，虽然从那一刻起他就发誓再不和这女人打交道了，但她留在他心头那不祥的阴影却反而越来越浓了。大祸临头？冤魂缠身？折磨得他彻夜难眠。为此，他竟莫名其妙地恐惧起自己使惯了的那杆枪，总觉得枪口上滴着血：有野兽的，有飞禽的，也有人的。难道父亲的冤孽债也要女儿还吗？他望着果果开始心疼地坐立不安了。

一连几天他总想防患于未然……

就连断魂张自己也搞不明白，为什么这回自己竟能被几句鬼话搞得坐立不安？他越安慰自己，就越感到惶惶然不可终日。是黑牡丹卦灵，还是自己老了？他不知道，只是双目紧紧盯着女儿再离不开了。他要防患于未然，他要随时准备为女儿拔除祸患。

直到今天……

他一直在死死盯着果果和那三条小狼崽子在芨芨滩里嬉戏。惘然间，他那布满不祥阴影的心头似乎裂开了一条缝儿。他陡然一怔，便只觉得眼前好像又汪起了一摊摊的血。猩红的，里头还倒毙着二十多条狼尸。它们死死地瞪大眼睛，仿佛在幽幽地凝视着果果和那三条小狼崽子。断魂张更加惶惶不安了，猛地便越看这嬉戏的小动物越觉不祥。

莫非那丑婆娘的卦正应在这里？

是的！黑丛莽把狼称作“鬼张三”。狼就是鬼，鬼就是狼！自己用人家的孩儿灭了人家的娘，还断了人家的种，这些“鬼张三”能善罢甘休吗？而果果却和这些小狼崽子越缠越热乎，难道这里头不隐伏着可怕的兆头吗？想到这里，断魂张竟觉得这些绒团儿似的小东西令人毛骨悚然起来，恨不得立即冲上前去狠狠训斥果果一顿，然后亲手把不祥之物一条条扼杀。

但这能仅仅怪怨果果吗？

断魂张又犹豫不前了，骤然紧闭双目，但往事还是历历在目地展现在眼前。他娘的！那时候自己不但受尽了人的奚落，也受尽了狼的奚落，乔勒竟敢公然带着它的狼伙来抄他的老窝。那些日子里，他可以说是对这些凶残的动物恨透了，恨不得从老到小一条条把它们碎尸万段！没有一丝怜悯，有的只是夜以继日的搜索。你抄我的窝，老子也要端你的窝！这一天，他终于冒着危险摸到了血腥的狼窝。

眼前就是这个凶残暴戾的世界……

他做好了充分的思想准备，为了摸清这些“鬼张三”的活动规律，为了实现自己那一网打尽的盘算，他估计会目睹一些血腥残酷的场面。但当他隐蔽在母狼王宫外暗自观察时，却骤然被另外一番奇异的景象惊呆了。

这难道就是狼的世界吗？

第一天他就看到，在怪石嶙峋的荒崖旁，那嗜血成性的狼正扮演另外一种角色。血口利牙没有了，魔头乔勒竟化成了个柔情脉脉的“它娘”，小心翼翼地从隐蔽的狼窝里叼出自己的狼崽子，一个个为它们舔刷着毛茸茸的身子，梳理着皮毛。耐心、细致、体贴入微。随之便躺倒下来，好像享乐似的闭起眼睛，任小狼崽子一条条钻入怀内吃奶。而这些小东西却似乎隐现出某种暴虐的天性，吃奶时是蠢动不安的，甚至撕拽着乳头拼命地咬。咬出了血，撕下了毛。但这魔头除了偶尔痛苦地呻吟一下外，却毫无狂暴的反应，仍是那么温情脉脉，充满了母爱。

这或许还可以理解……

而四周出现的另一种情景却是他难以想象的。环绕着母狼的王宫，不远不近地可望见七八条成年的狼。它们大多支起前腿蹲坐着，一个个歪着脑袋羡慕地望着狼王哺乳，一动不动，更无一丝声息，仿佛生怕惊动了眼前这圣洁的场面。现在它们不像狼，倒像一条条温驯的狗。目光中闪现出怜爱，也闪现着柔情。好像狼王正是替它们哺育儿女，它们正沉浸在一片难以言喻的感激之中；又好像它们也向往着这动人的母爱，连自己也仿佛早已身临其境了。

宁静，眼前是一片充满柔情的宁静……

断魂张当时就感到心神有点恍惚了。到后来，通过天天的暗中窥视，他不但渐渐地发现了狼群的活动规律，而且也逐步看清了这些嗜血动物的另一面：在群狼单独相对时，荒蛮的峡谷里却似乎是永远安详的。很少见相互间血腥的厮杀，为了生存有一套铁的王法。魔头主宰着一切，弱小者是天然受到爱抚和保护的。断魂张亲眼看到，有几次狼王外出猎食的时候，就曾有几条母狼偷偷溜到这里，悄悄叼出小狼崽子来，宠爱地为它们梳毛，柔情地为它们舔澡，还变着法子逗它们嬉戏，好像是冒着危险来感受那做母亲的幸福。即使风闻狼王归来，它们也总是夹着尾巴恋恋不舍地离开。三步一回头，情景十分动人。

狼还懂得爱？！

但事实确是这样。断魂张还在暗中观察到，在狼王率众外出的情况下，也总会留下一条得宠的公狼守护着这些小狼崽子的。它并不见得就是父亲，却绝对没有人类那种偏窄心理，十分认真可靠，护卫小狼崽子总是尽心尽力。逗弄它们玩耍让它们高兴，还得忍受这些小祖宗们无穷无尽的折磨。常常被搞得灰溜溜的，模样十分滑稽可笑。而那些顽劣的小狼崽子却绝不就此罢休，挠它的鼻子，上它的头顶，撕它的皮毛。尤其对它的尾巴兴趣更大，又啃、又咬、又拽、又扯。常常把它咬得疼痛难忍，愤然而起，但最终只不过是绝望地哼哼几声，然后便又叹息着乖乖地躺倒在地，继续任这些小狼崽子百般折磨着。

一天天就这样过去了……

当他逐步摸清了狼群出没规律的时候，一个全歼狼群的计划也在他的心头形成了。而实现这一切的关键却是三条小狼崽子，利用的正是这种出人意料的舐犊之情。但与此同时，他仿佛也受到了狼群的感染，竟莫名其妙地对这些绒团儿似的小家伙产生了某种负疚之情。虎头虎脑，憨态可掬，没心没肺地调皮捣蛋，似乎处处都在撩拨着他那早已冷了的心。

但还是咬紧牙关开始干了……

这一天，他又背风潜伏到了这狼王的巢穴旁，趁着乔勒率众外出猎食时，首先开枪放倒了一条留守的得宠公狼。断魂张清清楚楚记得，当硝烟散尽之后，那三条小狼崽子似乎吓呆了。完全不懂得尽快逃走，而是拄着前腿儿，歪着大脑袋，瞪着圆眼睛，迎着枪声颇为好奇地望着。血，身旁就是流淌着的血，但它们却一排排蹲坐着，傻头巴脑地竟不懂什么叫死亡。当时，他就感到有点手软，但还是一咬牙把这三条小东西掏走了。

于是，人与兽的一场恶斗就开始了……

但不知为什么，石屋四周倒毙的狼越多，他对这三条小狼崽子就越加放纵。关于如何处理这些魔头的后代，他似乎更没有去想。是宠惯女儿，还是因为其他？恍恍惚惚，难以言喻。总之，断魂张自从目睹了狼的王国的另一面，虽然表面还是那么冷酷，但内心却对这些狼的遗孤有点优柔寡断了。何况这些绒团儿似的小东西还有功。

终于拖到黑牡丹来占卦了……

断魂张从漫长的回忆中清醒过来，目光又阴沉沉地落到果果和那三条小狼崽子身上。天还是那么蓝，芨芨滩里还是到处洒满阳光，那三条小狼崽子还是那么没心没肺地翻滚嬉戏着，但断魂张的脸色却变得越来越冷酷了。对！

狼毕竟是狼，黑牡丹的卦是应在这里了。它们既然能断送自己整个狼的家族，也能给自己女儿带来祸患。

现在是该对它们下手了……

四

果果陡然从一个噩梦中惊醒了……

又是一个早晨。窗棂上射进几缕阳光，映照着那三条还在酣睡的毛茸茸的小东西。四野没有一丝声息，石屋内显得那么恬静柔和。

但果果却仍被可怕的梦境困扰着……

她清清楚楚记得，刚进入那梦是多么甜啊！一片鼓乐唢呐声，她就被迎进喜轿抬走了。颤悠着，耳旁还伴着那熟悉的儿歌：红袄红裤红盖头，坐进红轿随郎走，同钻一个红被窝，共枕一个红枕头……果果只觉得一下子掉在了蜜罐子里，甜得浑身由不住直打战儿。

红，眼前尽是一片喜色的红……

啊！不对，果果只觉得四周渐渐燥热起来，眼前的红色也红得越来越不对头。她刚掀开轿帘一看，便猛地发现喜红早已化为一片火焰，喜乐声也骤然化为声声狼嚎。再一回头，便发现喜轿也顿时化成了铁网笼，自己正被死死关在中间。四周是可怕的篝火，身后是闪烁的狼影。只不过这次一切都颠倒了，索命的是那条凶残的母狼，而隔着火焰绝望嚎叫的却是自己的父亲。瞧！大大上当了，不顾一切地冲了上来。一声巨响，随之沉重的捕兽夹下便飞溅起了血，还闪现出断裂的白骨……

果果猛地被惊醒了！

预兆着什么？她不知道。但这可怕的梦魇从此却沉沉压在她的心坎上，使她一直感到神志恍惚。惘然间，她竟对身旁那三条毛茸茸的小动物产生了某种神秘感。是爱，是怕？她搞不清。是祸，是福？她猜不透。只感到美好的未来骤然间变得吉凶难测了。

三条小狼崽子还在没心没肺地酣睡着……

果果猛地忆起，就在昨天大大已经忧心忡忡地和她提出：是到了处置这些狼崽子的时候了！当时她猜不透大大的用意，还曾经为这些小东西大哭大闹。先是夸它们有功，引得它爹、它娘、它叔、它姨俱来送命，咱不能图情不领倒要见血哩。后又讲毛团儿似的让它们多活两天有什么了不起，再长大一些处置也不迟，到头来还落几张好狼皮呢。最后，她竟使出了最绝的一招儿，戳着大大的心窝子哭着喊：

“昨日里俺亲眼见，那丑女人又迎着狼烟儿寻你了！装神哩，弄鬼哩，变着法子让大大恨上女儿哩！您就跟她好去吧，过去吧，没死没活缠去吧，果果再也不受这老干柴棒子折磨啦！”

当即大大就面色阴沉，手足无措了……

而现在石屋里却只剩下她一个人了。看得出是有什么心事折磨着大大，他好像甚至连自己也不相信了。无端受了女儿的委屈之后，又忐忑不安地重新到深山摸底去了。莫非是那魔头万劫不死？还是大大也做过同样可怕的梦？果果顿时觉得眼前是这样的孤寂，心头是这样的恐慌。再低头一看，那三条憨态可掬熟睡的小东西，似乎骤然也变成了一团不祥的谜。

她开始为过去那想法懊悔了……

是的！果果是听说过一些养狼崽子养出祸的故事，但是她也曾为这个动过脑子啊。据说母狼为使小狼凶悍也是颇费心机的。初生下来是哺乳，到略大后就哺以肉食了。此时的母狼可以说是疲惫不堪、舍生忘死了。为了小狼的成长，对人类及其家畜极其暴虐凶残。整日间扑杀着牛羊，大块大块地吞食于腹中，然后回到巢穴反吐出来专供小狼来抢食。再稍大，母狼就叼回羊羔诱导小狼来捕杀了。小狼刚要得手，它便故意抢走。小狼略显不安，它又从旁激励。反复诱导，使其见尸为乐，扑杀果断，性格残忍，百折不挠。随之，母狼便开始带小狼“现场实习”了。它把小狼锻炼得鬼一般狡诈，魔一般凶狠。果果知道这些，她曾反其道行之。而现在……

梦，那可怕的梦！

果果越想就越感到恐怖。她不想看到捕兽夹下的白骨碴子和血，只想马上见到从小相依为命的大大。眨眼间，她早已跳下炕头来，扑到石屋外就无师自通地点燃了狼烟。果然，只待片刻大大便神色不安地匆匆归来了，一见女儿便惊慌地问：

“俺娃？！”

“大！”果果一下子扑入父亲怀中，竟孩子般地啜泣起来。

“俺娃！俺娃？！”大大更焦急了。

“大！”果果却只抽泣着说出这样几句话，“狼崽子……大说咋处置，就咋处置吧……”

“好娃！”父亲竟为此大大满足了，“大大贴心的好娃！”

随之，这平时寡言少语的汉子，竟变得反常地爱叨叨起来。一再告诉女儿说，山里没有一丝狼迹了，千真万确没有了，他打包票没有了！紧接着便嘱咐女儿赶紧打点行装，他这就下到黑丛莽邀功领赏，一等他返回之后，明早便立刻起程回老家去。看得出，他还被心头那不祥的梦魇折磨着，再顾不得断魂张平日那沉着冷静的神态了，现在所想的只是尽快离开黑丛莽这神秘之地。

“大！”女儿却又轻柔地说，要不，要不，等今夜俺睡着了，再处置吧……”

“好心的娃！”父亲生怕破坏了眼前这美好的气氛，“听俺娃的！听俺娃的！”

大大急切地就要下山邀功领赏去了。突然，只听茫茫的丛莽中传来一片嘈杂的马蹄声。果果一怔，不知为什么，竟又马上联想起昨晚那可怕的梦境：莫非这里不应那里应，梦里的祸患就在眼前了？

果然，一片飞尘向山脚滚来了……

大大猛地提起了枪，果果躲在父亲的背后不安地张望着。只见马背上全是些天不怕、地不怕的年轻汉子，为首的正是那专掏女人心肝的花面狼。他们来干什么？果果正在惊诧，只听一声尖厉的口哨声，这群无法无天的汉子们便在大大的枪口前骤然勒马停下了。但毫无畏惧之色，目光中尽是大胆的嘲弄。

父亲一咬牙，猛地瞄准了领头的花面狼！

谁料想这家伙还很高兴，又是一声口哨，便骤然把自己的帽子抛向半空，紧接着便以迅雷不及掩耳之势摘枪就射。枪声刚停，礼帽早又落入手中。还未等人喘过气来，这家伙已经指着上头的枪眼说：

“俺记性好，这回不劳大驾了！”

“知道就行！”大也不怵这个，“谁想提根烧火棍来这找便宜，俺断魂张这条枪可不是吃素的！”

“找便宜？”花面狼仰天大笑了，“便宜没好货，俺可不犯贱！如若这么看人，断魂张三字可要贱卖了！”

“那你？！”大大的声音更狠了。

“借条道！”这家伙一抱拳，“丛莽人如今养肥了，一个个滑头滑脑的，俺嫌这儿活得累，弟兄们想到后山野草地闯闯！”

“走！”大大的枪口恶狠狠地指路。

“好嘞！”这家伙随之便又是一声欢快的口哨。

果果看到，顿时七八匹骏马齐向山口冲来。这简直是一群无忧无虑的亡命徒，无法无天的流浪汉，喊着、叫着、笑着、闹着，对自己竟理也不理，只顾簇拥着那目空一切的花面狼，从自己身旁席卷了过去。

果果的自尊心竟莫名其妙地受到了伤害……

但就在这时，那骄傲的家伙却骤然勒马立在峡谷口的高坡上，忽然挥动着他那顶礼帽怪叫起来：

“哎！女娃家！用得着俺，别忘踩着这条道来后草滩！”

随之，便是这群亡命徒放荡的笑声……

果果被激怒了，不等大大端枪作答，马上就跳起来向峡谷喊道：

“等着吧！除非小姑奶奶去收尸！”

笑声，又是满不在乎的笑声。但这群亡命徒却早消失在峡谷深处了，身旁只留下了大大咬牙切齿的诅咒：

“狼！他妈的一群狼！”

狼？又是狼？！果果觉得，那夜里留下的可怕梦境又在眼前翻腾开了。看得出，大大也对这帮流浪汉的路过感到不安。仿佛更坚定了尽快离开这不祥之地的决心，随之便急匆匆下山去邀功领赏了。果果一个人忐忑不安地回到了石屋里，一眼就看见那三条小狼崽子已经睡醒了。

顿时，她又想起了对大大的许诺……

但小家伙们却仍然那么傻头巴脑、没心没肺，刚醒过来便顽皮地在狼皮褥子上撕咬嬉戏着。一见果果进来，似乎又马上想到了饥渴，一个个摇头晃脑甩着小尾巴拱了过来，憨态可掬地向果果乞怜讨好着。婴儿乞食一般，咿咿呀呀叫个不停。

果果一时间又呆了、傻了……

梦，那只不过是个梦，而这却是现实！果果望着望着，只觉得一片脉脉柔情又涌上了心头。要知道，有多少个日日夜夜和这些小家伙们相伴在一起啊！喂养它们，戏弄它们，还带着一种女孩儿们特有的本能爱抚它们。为了分辨它们，还像对待小羊羔那样，一个个用剪子为它们在耳朵上铰下耳记，而且还专门给这些小家伙起了名字：斗鸡眼儿、小讨厌、馋不够。但刚才自己已经答应了大大，今夜就要下狠心处置它们！

小家伙们还在摇尾乞怜地望着果果……

她不忍心再看了，但心眼里却总想着：它们曾为自己排遣过孤寂，它们曾为自己带来过欢乐。猛地，梦中那一条条狰狞的狼影似乎又在眼前闪现了。果果一怔，更觉心头不安了。既怕自己的许诺唤出了恶狼的幽灵，使那恐怖的梦境变成现实，又怕这些不祥的小东西留在身边，使那可怕的梦魇永远追踪着自己。

但更重要的还是少女心中隐伏的爱……

迷惘中，果果就这样左右为难着，又在三条小狼崽子的嬉闹中迎来一个傍晚。小东西们显然闹够了，一个个挤入她的怀内睡着了。大大还不见归来，石屋内又陷入一片死寂之中。但不知为什么，旷野里总像有父亲的脚步声，而且小家伙们越在她怀里亲昵地拱动，她似乎就越感到有谁在拼命催她做出重大的抉择。

夜幕终于笼罩了茫茫的丛莽……

果果终于慌乱地做出了决定。她赶紧把三条小狼崽子装入一个毛口袋里，随之便推开家门向那黑沉沉的峡谷走去。夜风徘徊着，山口发出阵阵呜咽。但她还是不顾一切向里走着，决定放这些小东西自去逃生。对！这样既满足了大大的愿望，又不致触动那魔头的幽灵，更对得起小狼崽子曾给自己带来的欢乐。可怜巴巴的，远远地走吧，让老天爷决定它们的死活吧！果果在黑暗中终于磕磕绊绊地停了下来，一咬牙便把三条小毛团儿掏出来摸黑放到了草丛里。叫，又在稚气地叫，惶恐地叫，抖抖瑟瑟地叫，直叫得果果心儿一阵阵战栗着，一下子涌出了两行热泪。

但她还是一咬牙回头便跑……

夜是这么黑、这么浓、这么重，一切都隐没得这么深，但果果不用回头就望见了那三条毛茸茸的小东西。顶着大脑袋，夹着小尾巴，迈着短腿儿，像几个没娘的孩子似的正追着自己乱拱乱爬着。果果猛地站住了，进退两难地就要大哭了。但就在这时，却猛听得夜风中似乎传来一阵窸窸窣窣的声响，随之又仿佛是一声幽幽的哀鸣。果果顿时毛骨悚然了，拔腿就往峡谷外跑，虽然四野顿时又陷入一片死寂之中，但果果还是头也不回地逃回了石屋里。

大大终于回来了……

他似乎并没有看出果果神志恍惚，而是一进门就愤愤不平地讲起自己在黑丛莽中的遭遇。据他说，这些过去的逃窜犯们是脑满肠肥了，一个个变得滑得流油。就因为缺狼王乔勒一张狼皮，竟提出一年之后确实证明无狼再来兑现财宝。果果听后，当即觉得故乡那个甜美的梦被击碎了。

她更惘然了……

“俺娃！”大大突然古怪地问，“那三条狼崽子呢？”

“俺……俺，”果果慌忙掩饰，“等大大走后，到峡口给处置了……”

“唉！”大大却在惋惜。

“咋？”果果大感意外。

“该养着！”大大竟恨恨地喊，“等一年后这帮家伙敢昧财，咱再放狼归山，让小子们也尝尝厉害！”

“啊！”果果惊呼了。

夜，更深了，沉沉的荒野也显得更神秘莫测了……

五

一年之后……

苦熬苦盼，断魂张总算等到了这一天：下山邀功领赏，准备重返故乡！

多亏老天保佑！一年来艾力玛山下竟没再发现一条豺狼的踪影，致使茫茫的黑丛莽间又呈现一片和平景象。炊烟飘荡得更安详了，牛羊变得更驯顺了，就连丛莽人怀里的娘儿们也变得更温柔多情了。几乎与此同时，断魂张也提着那杆神枪在黑丛莽里走动得越来越频繁了。

他懂得怎么提醒脑满肠肥的人们……

于是那些变得油头滑脑的男子汉们渐渐感到不安了。或者是悚于断魂张那冷冷的枪口，或者是悚于断魂张那阴沉沉的眼神，或者是悚于断魂张那令人恐怖的杀人不眨眼的传说，总之他们感到再无借口了，只好商量着舍财送鬼了。

这一天，黑丛莽终于摆开了饯行的酒宴！

断魂张长长舒了口气，又重新感到踌躇满志了。他不知道女儿至今仍向他隐瞒着一个最可怕的秘密，只是骤然对未来又充满了希望，再看女儿也是兴高采烈的。显然时间早抹掉了她心头不祥的阴影，似乎只留下对故乡那小后生的憧憬了。单等今晚喝过这送行酒，明天一早就动身返回久别的老家。

断魂张带着女儿跨马来赴宴了。

天上没有一丝乌云，地上没有一丝阴影，但刚一踏进茫茫的芨芨草滩里，却骤然闪现出黑牡丹，她挡住了去路。这家伙被甩了一年多了，显得更黑、更干、更老、更丑，但那幽幽的眼神却始终未变。断魂张一见，脸色便顿时变得阴沉沉的了。他娘的！这娘儿们在这关键时刻，又当着女儿的面让自己丢人现眼来了！断魂张稳抖马缰，带着果果就要夺路而去。但这娘儿们却毫无羞耻，猛地扑上来就抱住了他的马头：

“亲亲呀！就算俺是你的一条狗，这回你就听俺一次吧！”

“他娘的！”断魂张咬牙切齿了。

“求求你！”她却还在不屈不挠地喊着，“十天内出不得门，出不得门呀！”

“甚？！”果果的声音是不安的。

“狗操的！”断魂张破口大骂了，“你把俺当孬种耍啊！今天祸患，明天灾难，后天恶鬼缠身！多亏俺不尿你那一壶，要不早让你吓丢了魂儿。臭骚货还想糊弄俺，算你妈的看错人瞎了眼！再不滚到一边去，小心老子这烧火棍灭了你！”

“亲亲、亲亲啊！”她却在马镫上碰头碰出了血，“走不得呀！走不得呀！”

“找死！”断魂张恶狠狠地猛扬起了鞭子。

“啊！”那女人应声骤然栽倒在草丛里了。

这真是可怕的节外生枝。断魂张虽然终于甩掉了这黑瘦枯干的丑女人，但心头还是布下了一层阴影。幸亏黑丛莽摆下的酒宴还是丰盛的。那大块大块的肉，那大碗大碗的酒，很快又使养肥了的丛莽人恢复了往昔豪放的性格。一堆堆篝火辉映着这茫茫的荒蛮之地，浓烈的酒气更使这神秘的旷野变得野性勃勃。丰腴的娘儿们争相向他献媚取宠，昔日的亡命徒们也竞相夸他枪法如神。尤其是身旁那堆犒赏得来的财宝，就更使他心头那点阴霾一扫而光了。

那可怜的丑女人早让他抛在脑后了……

断魂张酒喝得越多，就越庆幸自己终于保住了一世英名。临到老虽算不得衣锦荣归，却也算体体面面回家扎老窝了。一个枪手除了图个囫囵身子还图什么？这就可算一个难得的好结局了。

酒，使他越来越晕乎了……

等丛莽人纷纷醉倒，已经深夜了，断魂张这才跨马和女儿一起向石屋归去。这本来是一个明月高悬的蛮荒之夜，但随着夜风的徘徊却骤然堆起了漫天的云团。莽莽苍苍的旷野间朦朦胧胧的，只有云隙间偶或透出的月光冷冷地在大地上飘洒着。但断魂张仍然是兴高采烈的。要知道，马鞍后不但载着犒赏的财宝，而且那些酒醉后的丛莽人还豪爽地答应明天一早送来一辆铁轱辘大车，还有两匹善于长途跋涉的马。

十年来颠沛流离的生活就要结束了……

“俺娃！”断魂张酒醉后更柔情脉脉了，“等回到老家，大马上就给俺娃办喜事！财主家闺女有的俺娃都能有，大为果果舍得出这个！”

“大！”果果只是轻声嗔怪着。

“俺娃！”断魂张的声音甚至有点凄婉，“只要到时候，俺娃别嫌大就行……”

“甚话哩？！”果果使小性子了。

“到时候，”断魂张仍在继续说，“俺娃和你那毛头女婿出门种地，下河撑船，大在家里给你俩看娃娃。只要俺娃每天回来给大煎两条小鱼、热一壶烧酒，大这后半辈子也就知足了……”

“大……”果果的声音也透出了凄凉。

随之，断魂张便似乎已醉入自己勾勒的那梦幻里了。晃晃悠悠，但仍跨在马鞍上喃喃自语着。果果赶忙贴马跟上，眼含热泪听着大大这一串串难得的醉话。

现在，只剩下她是清醒的……

果果突然感到，大大是老了，老到渴求子女怜悯了。他今后再不是不可一世的断魂张，而只是个恋着炕头的好老头了。果果越听心里就越受感动，恨不得连夜就能飞回故乡那老屋去，赶忙把大扶在热炕头上，然后就飞快地去给老人家煎小鱼、热烧酒。

但眼前的夜色却更深、更浓了……

突然，远方似乎传来一阵窸窸窣窣的声响，好像夜风正卷着无垠的沙蓬在旷野里滚动。猛地，又有几只怪鸟从丛莽中惊叫着飞了起来，仿佛是受到了黑暗中什么的惊吓。骤然间，果果面对着这里黑沉沉的荒野忐忑不安起来。她想到了马鞍后的丰厚财宝，更想起了刚才那些豪爽的丛莽人过去大多曾是亡命徒、劫道贼、逃窜犯！现在，他们甘心拱手相送吗？果果一刹那感到危机四伏。但大大却在这时似乎彻底地进入醉乡了。

一丝幽幽的月光穿透了云隙……

果果一怔，只见眼前骤然变得恍恍惚惚起来。但也正由于这样，深夜丛莽间的一切才显得更阴森可怕。草木狰狞，黑影幢幢，仿佛到处都隐伏着一些劫财害命的亡命徒。幸亏大大早习惯于马背生活，沉醉但还不至于栽倒下来。果果慌忙催马向云隙间投下的光亮处走去，她想让隐伏的歹徒还能看到大大肩上还挎着那条枪！

但愿能借助于他的一世英名……

可谁曾料想到，刚等踏上那光亮地带，就猛听得一声嘲讽似的凄厉长嚎。果果才觉得耳熟，只见黑乎乎的丛莽间飞蹿出几条黑影，魔怪似的，眨眼间便迎着骏马猛扑了过来。果果刚望到那伸出的利爪，便只觉眼前一黑，自己已经和大大一起被扑到了马下。又是一声长嚎，月光也被惊得又躲回了云团深处。丛莽又是一片漆黑，只听得骏马惊叫的逃窜声。

黑暗中，大大绝望地惨叫了……

一声，又是一声，惨绝人寰，撕心裂肺。果果一听，也跟着下意识地惨叫起来。随之，云团也仿佛被这惨叫撕裂了。透过微光，果果恐怖地看到，那飞蹿的魔影早化为四条狂怒的恶狼，其中三条正惨不忍睹地撕裂着大大的胸膛。指挥的那条虽未动爪，却显得更加凶残，暴跳如雷，身后还仿佛缺了一条腿……

“乔勒！”果果再次绝望地惨叫了。

仿佛应召而来，果果只觉眼前一闪，它那两只恶狠狠的利爪已把她死死按倒在地。随之，血淋淋的大口、白森森的尖牙，还有那闪着绿光的复仇的眼睛，便猛地直逼到她的脸前。果果在惊恐中本能地还想挣扎，但其他三条恶狼竟闻声抛开大大，也疯狂地扑过来了。

又是一声惨叫，果果自知必死无疑……

但意外的情况发生了，就在果果的惨叫声中，那三条狼扑向的却是那残暴的魔头。不顾它的固执和狂怒，竟猛地把它撞翻在地，群起而攻地和它撕咬起来。果果绝不敢相信这是事实，眼前一黑便又昏过去了。

又不知过了多长时间……

密布的云团终于散尽了，只留下一个洒满月光的荒原。果果渐渐苏醒了，惘然地瞪大了一双眼睛。她多么愿意刚才所发生的一切仅仅是场噩梦，但刚一侧头便看到了身旁骤然闪现出三条狼影。它们都拄着前腿向她蹲坐着，一双双闪着绿光的眼睛久久地凝视着她一动不动。果果恐怖得又要喊叫了。但就在这一刹那，她突然望见了这三条狼的耳朵上曾剪过的耳记：斗鸡眼儿、小讨厌、馋不够。果果顿时什么都明白了，猛地捶打着胸脯痛彻心扉地呼叫起来：

“大，大呀！是果果生生要了你的命……”

远处，又是一声凄厉的狼嚎。这时身旁的三条狼才像听到什么召唤，终于恋恋不舍地走开了。三步一回头，一停一呻唤，直至渐渐隐没在远方黑暗的草莽深处。

果果还在绝望地惨叫着……

六

又过了几天……

茫茫的黑丛莽上，又增添了一座醒目的新坟。紧傍在一棵古老狰狞的野山榆下，为的就是借那树冠下的一片浓荫。

果果还在坟前跪着……

那狼王血腥的复仇故事，第二天便在草莽深处沸沸扬扬传开了。谁也没有想到饯行酒会变成送葬酒。只是诡秘地议论着那魔头是阴魂不散，还是死而复生？除此之外，人们便不安地望着这突然陷入绝境的女娃，似乎都在为她的意外生还感到惊诧。

果果为此战栗了……

仿佛就是为了躲避这一切，她才久久地跪倒在父亲的坟头前。但黑土掩埋不住往事，泪光中还总是闪现出大大那被咬断的脖子、刨开的胸膛、撕裂的肢体，还有那血泊中死不瞑目的双眼！她悔恨，她痛苦，她恐惧，她绝望，她想一头重新扎回那孤寂的石屋去。躲开众人的目光，躲开坟前的回忆，只留下一个人畅畅快快地哭。但现在连这也不可能了，那黑干憔悴的丑女人早自动成了这石屋的主人。

果果还在战栗着……

她清清楚楚地记得，当第二天黎明她终于逃出那恐怖的绝境爬回石屋时，一推门看到这女人早意外地坐在炕头上。一身素孝，两眼泪光，黑干的脸上还留着一道皮鞭抽下的血痕。果果当即惊呆了，战栗着再也说不出一句话来。看来凶讯她早知道了，正像司判官似的等待着自己的到来。

但这丑女人还是一动不动，一声不吭……

果果在极度惊悸中目瞪口呆着，不由得想起了她那一次一次的占卦，她那一次又一次的预言，她那一次又一次的警告……果果浑身打着战儿，不知为什么，竟恍惚中发现自己就是大大惨死的祸首，而炕头上这个女人也似乎有权将自己任意处置。但等来等去，却只等来幽幽的一句不着边际的话语：

“俺知道，尽在情理……”

果果悲痛欲绝地骤然间号啕大哭了。后来的事情，便一切都听任这面带鞭痕的女人处置着。为大大荒野收尸，缝整撕裂的肢体，装棺入殓，以至挖墓出殡，完全是由她指点进行的。现在这丑女人虽再不烧裂骨板占卦了，但丛莽人仍仿佛被一股神秘的力量慑服着，竟都服服帖帖地听她安排行事，好像她从来就和断魂张是原配夫妻似的。

石屋在不知不觉中易主了……

果果怀揣着那可怕的秘密是难以反抗的，或者是怀揣着一种无名的感激听之任之的。这个黑干憔悴的女人却对果果什么也不说，什么也不问，而是离开石屋行踪变得更诡秘了。她整日间游荡于狼群出没的峡谷，游魂似的昼夜在山峦间转悠着，还不时发出那怪异的呼唤：

"亲亲！跟俺回家吧……"

是在叫魂，还是在求得和大大一起合葬狼腹？难以言喻。但在一片毛骨悚然间，果果只感到五脏俱裂，顿时这石屋内仿佛再无容身之地了。

那呼唤还在日夜继续着……

果果被强烈地震撼着。但那重新出现的狼王却不知是因为这娘儿们黑干枯瘦，还是因为她妖气满身，竟容忍其在狼的世袭领地上日夜喊叫，奇迹般地不动她的一根毫毛。丛莽人更为之肃然起敬了，但投向石屋的目光也更加诧异了。

果果不安地期待着她的远去……

但石屋门口猛地一片白素一晃，那黑黝黝的面孔还是闪现了。似乎对果果更置若罔闻了。深陷的眼睛显得更亢奋，闪着幽幽的光，好像正在引着谁走进门来。果果吓得几乎失声惊叫起来，但这女人还是对她视而不见，只顾得对谁疯疯癫癫地叨叨着：

"亲亲，好亲亲！到家了，到家了！俺给你煎鱼，俺给你热烧酒！"

果果一下子就扑出了门外……

新起的坟头前，她又不知道长跪了多少时候。那悔恨、那痛苦、那悲愤、那绝望，竟渐渐化成了三个字轰鸣般地在她耳畔回荡着："该报仇！该报仇！该报仇……"但最后，她似乎还是被这轰鸣击倒了。果果无力地扑到坟头前，悲痛欲绝地呼喊着：

"大呀！谁让果果只是个女娃家……"

顿时，眼前的一切变得朦朦胧胧起来。摇晃着、抖动着，又似乎渐渐地清晰了起来。是谁家的炕头上？大大竟安然地端坐着，只不过仍穿着那套入殓的衣服。随之，那黑牡丹恍恍惚惚地闪现了，却似乎骤然年轻起来。她端着煎鱼儿，捧着热酒壶，正亲亲热热地向大大靠去。果果伸着双手急呼着，但谁也不去理她，好像从不相识一般。果果明白为什么，羞愧难当，悲愤至极，又捶着胸脯凄惨地喊了起来：

“大呀！谁让果果只是个女娃家！”

“女娃家？”那丑女人却意外冷冷地插话了，“俺要有你这么个脸盘盘，你大也落不下这么个下场！”

“啊？！”果果一颤惊呼了。

但随之一切便又抖动着变得混乱了，晃悠着显得模糊不清了。果果急切地还想挣扎着去问个究竟，可大大偏这时恍恍惚惚地又隐去了。似对她无声的谴责，又似对她不屑一顾。顿时眼前又只剩下了一片黑暗，还有她那绝望的呼唤声：

“大呀！等等俺、等等俺吧！”

“等着、等着哩！”黑暗中却似乎还残留着那丑女人的声音。

“啊？！”果果又是一怔，猛一睁眼，只见眼前仍是大大的新坟。旷野茫茫，荒草萋萋。梦，原来是个梦！但一回头，却骤然发现梦境似乎还在延续着，那黑干枯瘦的女人仍然留在自己的身畔，正对着她反复叨叨着：

“等着哩！你大正在等着哩……”

果果像突然明白了什么，几天来的迷惘、惶恐、惊悸和绝望，似乎眨眼间便一扫而光了。她猛地跪倒在这丑女人脚下，紧抱着她的双腿，抬起泪眼急切地问道：

“你就算俺的亲娘！告诉俺，果果该当咋办？！”

“好娃！”女人猛地搂紧了她。

“快说！”果果似乎仍很厌恶这种亲热。

“你大，”女人也骤然变得神情严肃了，“今早天不亮就捎来话，让你到后山千万找到一个人！”

“谁？”果果忙问。

“花面狼！”声音压得很低。

“找他？！”果果倒吸了口凉气。

“好娃！”这丑女人却仍在耐心地开导着，“女人家，就得凭自己的脸盘盘把男人当枪使！要不，靠甚来给你大报仇？！”

“这？！”果果惊呆了。

“你别忘了你大是咋死的！”黑牡丹的声音骤然变冷了，似在猛戳那秘密！

“天哪！”果果悲怆地呼叫了。

“舍不得身子套不住狼！”黑牡丹的声音又变柔和了，“你大总在叨叨：一世英名，一世英名……”

“别嚼了！”果果的眼白里突然闪出冷光。

“娃！”黑牡丹的声音也随之哽咽起来，“去吧，去吧！你大有俺做伴哩……”

“娘！”果果火辣辣地喊了一声。

莽莽苍苍的荒野顿时变得死一般寂静，仿佛也被丛莽间一连串的血腥事变震惊了，只好在这场人与兽的搏杀中战战兢兢地保持着缄默，以待事态的发展！

果然，第二天传来的消息便更加不祥……

上午人们才发现，两匹价值千金的好马被乔勒带着三条恶狼扑杀了。下午便又传来令人更加恐怖的消息：那黑干枯瘦的丑女人在断魂张的坟头旁上吊了。鬼影憧憧，人心惶惶。但丛莽人还是成全了黑牡丹的心愿，把坟头扩大了一倍，让这丑娘儿们和那碎尸的枪手合葬了。

只是久久不见那石屋有任何动静……

女巫死了，再没有预言者。几个胆大的丛莽人只好结伴亲自去看个究竟，决心解开这狼也舍不得吃的女娃在家久居不出之谜。但等他们意外地望见那把封门锁后，便顿时惊得目瞪口呆了。

啊！这女娃早已无影无踪了……

七

但时过不久……

穿越险峻的艾力玛峡谷，在那更加荒蛮的原始草原上却出现了一位冷若冰霜的姑娘。罕见的美丽，背后却拖着一杆沾满血污的枪。她一次又一次谢绝了人们盛情的挽留，整日里跋涉在茫茫的荒野上似在寻找什么。

这就是果果……

仿佛是黑牡丹为她的血管里注入了妖异的血，使这婀娜的女娃一下子便变得与平时判若两人了。她并不知道那巫婆已实现诺言追随大大死去了，只感到那咒语般的叨叨似乎在耳旁出现得更频繁了。每当她在这原始的草原上陷入绝望时，就会突然戳着她心头上可怕的秘密，迫使她跪在地上向苍天发出惨叫：

“大呀！是果果生生要了你的命……”

于是，她便又顿时像入了梦似的开始行动了。那红袄红裤红盖头的梦幻早已不复存在，少女的贞操已准备用于那固执的念头：复仇！复仇！复仇！但在这无边无际的原始丛莽间，那行踪诡秘的枪手却像游魂似的难以捕捉。似乎人人都见过他，又似乎处处都难见他的踪影。一连好多天了，她还是四处都扑空了。

这一天……

饥渴、疲困、日晒雨淋，终于使陷入疯狂的果果再也支撑不住了。眼看夜幕又要笼罩神秘的荒野，她却一头栽倒在草莽中晕过去了。多亏了一位年迈的牧马人路过救了她，等她刚一苏缓过来就惊讶地问：

“孩子！你一个人在干什么？”

“找狼……”她痴痴地回答。

“狼？！”显然大吃一惊。

“人，也是人……”她还很惘然。

“乔勒？！”牧马人忙问。

“甚？”她一怔，“他也叫乔勒？”

“一个专叼娘儿们心肝的家伙！”老人不无赞叹地介绍开了，“这家伙魔鬼般地讨人喜欢。妈的！在前头又把公爷的儿媳妇给放倒了！”

“哦！”果果一跃而起了。

随之，她便猛地扑出了门外，不顾一切地投身于黑沉沉的草莽中去了。狼，现在她需要这条狼！她需要这个乔勒来对付另一个乔勒！远远地，她就听到山弯旁传来一阵豪饮狂笑声，但她现在什么都不怕了。即使那里是个魔窟，她也准备冲进去借那复仇的火种。近了！她一咬牙便闯了进去。啊！果然是这群无法无天的流浪汉，是这群无忧无虑的亡命徒！

但就是缺少了他……

“啊嗬！”可这群人还是为她的意外出现欢呼了，“老天爷！小姑奶奶真的来收尸了！”

“少鬼嚼！”她无视这群起的嘲弄，“他在哪？”

“他？”又是一片号叫，“小亲亲！迟不来，早不来，你情哥哥正让人家占着怀！”

“说！”她竟狂怒地端起了那杆枪。

“哈哈！”笑得更野、更狂、更放肆，“端上枪抢枪，有滋有味给劲哩！来呀，开路！”

她被一阵阵狂荡的笑声簇拥着，终于在另一座毡包里见到了他。

花面狼……

只见这家伙赤裸裸地光着半截身子，怀里正抱着个满风骚的光屁股女人。虽然说一见她意外地出现在眼前，他便马上把那女人摔在了一边，而且那玩世不恭的脸上顿时还闪现出一副惊讶和严峻的神情，但果果还是屈辱地猛把眼睛闭了起来，任身后的怪喊乱叫继续着：

“狼哥！小亲亲收尸来了！”

“等甚哩！快脱光了让收呀！”

“端上枪抢枪，躺下来缴械哇！”

“骚娘儿们！去、去、去！更好的一道肉菜上来了！”

应该说，黑牡丹那暗示早使她有了思想准备，但面对这一切她还是不由得浑身战栗着。更使果果感到羞耻的是，那光屁股女人就好像她真的前来抢夺什么，竟当着众人猛地搂紧了花面狼的身子。果果想喊，喊不出来，想叫，又叫不出声。顿时只觉得这里也化成了一处名副其实的狼窟。但就在这时，却听得那家伙骤然一声怒喝：

“他妈的！全给俺闭上臭嘴！”

毡包里顿时鸦雀无声……

“妈的！”他还在狠狠地骂，“断魂张有好事能想到俺？瞧那枪上的血哇，定是鬼魂打发上闺女来报丧了！”

“哦！”果果惊诧他的眼力了。

“说吧！”他又猛地把那风骚女人推出门外，逼视着果果问，“仇人是谁？”

“乔勒！”果果咬牙而答。

“哦！”这小子也是一声惊呼，声音竟变得苍凉起来，“打狼的反让狼灭了，天网恢恢！一物降一物，一报还一报，说不定哪天咱们也得让甚东西给灭了！”

“……”果果感到不祥。

“听着！”他却声音突然一振，“你能看得起俺？”

“……”果果不答。

“你能信得过俺？”他又是一声逼问。

“……”果果仍然不语。

“好啦！”他却猛地夺过了果果手中那杆沾满血污的枪，“伙计们！眼睁睁看着一条好汉让狼放倒了，真枉他妈黑丛莽闯荡了一场！听着，这报丧棍子俺接了，仇算咱们一人摊一份！”

“好嘞！”亡命徒们又是一片狂呼乱叫。

果果一阵激动，她真不相信目的竟这么容易达到了。只是恍然感到，刚才的狼窟仿佛正在变成福地，而眼前这群年轻的无赖似乎也快立地成佛了。

便宜，一切都这么便宜……

随之所发生的一切，就更使果果感到扑朔迷离了。这伙无法无天的亡命徒好像一听舞刀弄枪、见血报仇，就手痒得把世界上的一切都忘了。任毡包外还有个赤裸的女人嫉妒地哭泣着，他们竟簇拥在一起卖弄地大谈起了那条神出鬼没的狼！

“乔勒！”有谁也阴森森地喊了一声。

顿时，果果眼前便骤然闪现出一条嗜血的凶悍魔影。据这群家伙说，就在大大把那狼王击下悬崖不久，就在这山后更加荒蛮的草丛中，有人就发现过一条拖着三条腿的苍狼。遍体血污，疲惫不堪，但行踪也更加诡秘不定，似游魂，也似鬼影。随之那传说就更神乎其神了。有人说，曾亲眼见这残狼望月祈祷。有人说，曾亲眼见这孤兽庙旁听经。神神道道，越传越玄，后来人们竟怀疑这是不是乔勒，因为它仿佛修仙得道了，竟从来不伤害后草地的一只羊。又过了不久，这条狼又鬼影般地消失了。直到前不久，一位放驼人才发现峡谷中又好像晃动着四条狼影。但等马背上的人们正准备通力合剿时，它们却又像旋风似的消失得无影无踪了。

“够了！”果果猛听得花面狼一声喝止。

随之，这一伙争着在女人面前卖弄的亡命徒便被撵出了毡包，而且这个也被称为“乔勒”的家伙也自动退了出去。好像忘了她是个自动上门的女娃家，只给她留下了许诺和希望，竟未留下一点一滴讨价还价的暗示。面对着只剩下她一个人的空空荡荡的毡包，果果似乎发现黑牡丹那咒语突然失效了。她好像又变成了从前那美好而纯洁的女娃家，骤然间扑倒在地上泪流满面地呼唤了：

“大呀！多亏你暗中保佑！大仇不报，果果没脸见你！”

夜深了……

果果终于躺下了。毡包外，夜风幽幽地在这原始的旷野上徘徊着。卷着沙砾，扫过草丛，就像有谁在门外不怀好意地走动着。果果本能地又在惊恐不安了，但最后还是连日来的疲劳征服她熟睡了过去。梦，多少天来难得的一个酣畅的梦。但就在这时，她猛惊觉似乎有股炽热的喘息正迎面向自己的脸上扑来。果果一怔，下意识地就去摸枪。但黑暗中传来的却是一股玩世不恭的声音：

“别找了！报丧棒不是早交给俺了？”

“你？！”果果本能地喊叫了。

“俺？”回答仍然是无法无天的，“这不乖乖地让小姑奶奶收尸来了吗？”

“天哪！”果果绝望地惨叫了。

但在黑暗中一切都是徒劳的，眨眼间人似乎又变成了兽。在一片炽热的喘息中，果果只觉得这家伙全身赤裸裸地向自己压来了。自信、熟练，而且强悍有力。果果一时间仿佛忘了黑牡丹一再的叮嘱，本能地又在顽强地抗拒着，而且还把大大所教的两手拳脚也用上了。但这一切似乎只能更激起他的兽性，更激起他那暴戾的征服欲。果果终于挣扎不动了，被他那炽热而赤裸的身子裹着、缠着、搂抱着。浑身也好像越来越绵软无力了。

她还想挣扎……

但就在这时，黑牡丹那咒语般的叨叨却骤然又在耳边响了起来。随之，就连这丑女人本人也仿佛在黑暗中出现了，正帮助花面狼压住了自己的胳膊，按住了自己的腿，剥掉了自己身上的衣服。果果再挣扎不动了，一咬牙，猛地把脸闪向一旁，凄厉地喊叫了：

“给你！给你！”

黑暗中，他好像猛一愣怔……

“大呀！大呀！”果果却仍在惨叫着，“你不该生生把女儿也喂了狼！”

顿时，毡包内一片死寂……

但果果仍在紧闭双眼等待着。她等着预先付出代价，她等着含恨付出少女的贞操。可谁曾料想到越等就越没有动静。不但那炽热的喘息骤然消失了，而且就连毡包也逐渐变得阴冷瘆人。随之便是一声狼嚎般地喊叫：

“他妈的！你也把俺当成狼！？”

果果惊惧，甚至懊悔……

“别悚！”声音却又一转，“也怪俺自作多情，真他妈的败兴！”

果果还来不及缓过神儿来，人已经赤裸裸地走了。

夜风还在徘徊着……

八

艾力玛山前。

又不知过了多少天，黑丛莽越来越显得惶恐不安了。自从果果在人们心目中神秘地消失之后，那狼王乔勒便在这块原始荒野间变得更加肆无忌惮了。他不但率领着三条凶悍的壮狼四处公然袭击畜群，而且在断魂张惨死后对人也竟毫无畏惧了。就在前不久，这三条腿的魔头又凶残地扑杀了一个脑满肠肥的丛莽人。而据说，这人又恰是力主敛财灭狼的。

它们还在复仇……

但更令人惊悸的却是那石屋，山脚下那孤独而又不祥的石屋！

一连串可怕的谜还没有解开：那女娃为什么能在狼口下独自生还？后来又神出鬼没地消失在哪里？随之丛莽人便又恐惧地看到，这狼也舍不得吃的女娃留下的石屋，变得越来越阴气惨惨、怪影憧憧的了。似有一股妖异的力量吸引着，每到深夜，那凶残的狼王总要带着三条壮狼到这里徘徊，彻夜凄厉地嘶叫。但从声音分辨得出情绪是截然不同的。那苍老的狼王叫得那么悲凉、那么忧伤，使人不禁回想起这里曾倒毙过它的许多臣仆，更重要的是还有它最宠幸的那两条公狼。现在它们似乎又在这阴森森的石屋前相会了，正在苍凉地相对倾诉着、呜咽着。而那三条壮狼的嚎叫却又仿佛是别样的。似在哀告，似在乞求，时而还伴随着渴切的抓门弄窗声。好像石屋内还隐藏着什么使它们魂牵梦绕的东西，使它们在悲凉中变得狂怒了。丛莽人不了解内情，毛骨悚然间只觉得石屋顿时变成鬼屋了。

但还不止于此……

前几天，那专叼娘儿们心肝的枪手又突然回来了。带着他那伙年轻的亡命徒，更把黑丛莽搅得惶惶然不可终日。娘儿们一个个闻讯蠢蠢欲动且不说，可怕的是他们也被那妖异的石屋吸引了。她们根本不顾夜晚凄厉的狼嚎，竟砸门破窗住了进去。这一晚是丛莽人最惴惴不安的，不但两三个丰腴的娘儿们骤然失踪了，而且那石屋传来的声音也更加可怕：狼凄厉的长嚎，人放荡的狂叫，还有那失踪娘儿们嗤嗤的笑声。

夜幕下，苍狼、人狼都汇集在这不祥的石屋内外了……

丛莽人叫苦不迭，一提这石屋就面如死灰。但仅仅过了一夜，这伙亡命徒竟出人意料地一把火把石屋给烧了。丛莽人本来想高兴一下，但随之便想到这不等于撵狼下山吗？狡诈的乔勒会加倍凶残地报复，黑丛莽将变得永无宁日！人们开始密谋对策了，这次不但准备舍出大批财宝，而且舍出怀里几个最丰腴的娘儿们，一定来个以狼治狼，最好能使双方两败俱伤！但那花面狼的心思却仿佛不在这上头，烧掉石屋后便骤然沿山畔神出鬼没地活动开了。时而东，时而西，行踪飘忽不定，就连最得宠的娘儿们也不知道他们在搞什么。只留下那烧掉屋顶、烧掉门窗、烟熏火燎的石壁，在茫茫的荒野上向人们预示着不祥。

偏偏这时，果果归来了……

她是疲惫的、凄凉的、心如死灰的。好些天来，她是怎样跋涉回来的？她惘然。经历了多少痛苦和磨难？她似乎也不知道。只恍恍惚惚记得，第二天等她再一走出毡包，那伙年轻的亡命徒早已消失得无影无踪了，眼前顿时又变成了白茫茫的的一片。花面狼是给她留下了银钱，留下了吃喝，但也留下了绝望，无法挽回的绝望！

她恨，但不知恨的是他人还是自己……

她鄙夷地抛弃了他所留下的一切，恍然间似乎马上变成了一具游魂，脑海里好像什么都没有了，只是本能地在活着，在走动，在穿越峡谷，在向茫茫黑丛莽走来，时间、空间、旷野的一切都不存在了，即使为什么回归到这孤独而又可怕的石屋，她也不明白。或许这只是下意识在支配？或许这里还残存着一丝幻想？她无法说清。

啊！人，这里还有人？

但果果却仿佛置若罔闻，甚至好像没有看到人们望着她的目光是惶恐的、惊诧的，也是呆滞的。她不知道人们早已把她当成了不祥的祸患，更不了解丛莽人意外地会聚到这里的目的。

她只是痴痴地站着……

原来，那失去夜晚寄托的狼王果然狂怒地窜向黑丛莽了。仿佛是为报复烧毁这石屋，便借着夜色更凶残地扑向了人和畜。血，到处是牲畜的白骨和鲜血。骤然间这几天狼群又悄悄消失了，但人们还是抓紧时间来修复这石屋。为了安抚狼王及其仆从，他们便虔诚地准备进一步把它修成一座狼神庙。偏偏果果这时出现了，就更加深了人们的某种神秘感。她那恍惚的眼神、冷漠的面容，竟使人们惶恐间不知是把她当成鬼，还是当成神？

“老天爷！”有谁惊呼了一声。

果果微微一颤，好像这才猛地发现石屋已经被毁了，在这茫茫的荒野上也再无自己落脚之地了。但她还是那么惘然，就像有风吹着她似的，恍惚间她又像游魂一般就要飘走了。但那些早把她看得神乎其神的丛莽人，却突然惶恐地纷纷跪倒了，急切地向她哀告着：“饶了我们吧！是花面狼烧的，是花面狼烧的呀！”

花面狼？！

果果浑身颤抖得更厉害了，摇晃间似乎那飘走的游魂又突然依附在身上了。身子有了分量，眼里就有了泪水，心里就有了恨，口里也就有了撕心裂肺的喊叫：

“花面狼！狼、狼、狼，眼前尽是狼！”

人们闻声惶恐地四散了。果果却在惨叫中突然发现，自己似乎并不是在绝望中回到这里的，好像在惘然中还依稀存在着幻想：他曾答应过替自己复仇，他也曾放过自己赤裸裸地走了。他或许还算得一个人，天地间也或许还存在着良心。而现在一切都破灭了。他是提前回到了黑丛莽，但首先残酷报复的却是自己。心狠手辣地烧了这石屋，赶尽杀绝地断了自己的归宿！

“狼、狼、狼！全是狼……”

这次果果对人生彻底绝望了，还在不断撕裂人心地喊叫着。她在诅咒这山、这水、这人、这兽、这无情的丛莽、这混杂着人与兽骨的大地，甚至还包括诅咒自己为什么要生，为什么不死，为什么还会有幻想和希望。

茫茫的荒野固执地保持着沉默……

突然，果果像发现了什么，这绝望的诅咒竟随之猛地停止了。她死死地凝视着远方那新近突起的坟丘，似乎骤然间意外地找到了自己的归宿。她再不喊了，再不叫了，在一片死寂中痴痴地向那里走去。

野榆树狰狞的枝丫也仿佛在向她招手……

但净土之下仿佛也难有安宁。走近之后，她猛地发现大大的坟头似乎扩大了一倍。恍然间她明白了，那黑干枯瘦的女人早抢先一步伴随大大于地下，而把人生的苦难和屈辱全留给了她。狼，这也是一条狼，把大大也让她抢走了。果果变得惶恐不安了，猛扑在坟头上哭叫起来：

“大呀，大呀！果果是送了大大的命，可她不该把果果也往狼窝里推呀！撕俺的心，裂俺的肺，毁俺的身子呀！”

但坟头似乎显得更冷了……

随之，她更变得急不可待了，她像必须尽早赶在地下才能分清这个理，诉清这个冤。紧接着，一条腰带便挂在那横出的枝丫上。果果眼含热泪再一次望了下这神秘而又无情的黑丛莽，便一咬牙投入了自己拴就的圈套中。眼前一黑，好像那苦难和屈辱也就要随之消失了。

砰！远处蓦地一声枪响……

果果只觉得自己骤然间往下坠落，等她倒地睁眼一看，就只见一匹烈马早已飞驰闪现在眼前。还没等她喊出声来，马背上的人已经提枪跳下马来。

“花面狼！”果果惊叫了。

仍不答。只是翅眉微挑，眼露寒光，冷酷的嘴角微微抽动着，似嘲讽，似怜悯，又似卖弄，久久地凝视着她。果果不寒而栗了，但这家伙这时竟颇为自信地喊了一声：

“跟俺来！”

果果不听则罢，一听恐惧顿时化成了满腔愤懑。“跟我来……”她也在重复，但那声音却是战栗的。猛然，像有多深的仇恨痛击着她，似乎连她自己也未想到，她已经跳起来，一记狂怒的耳光早狠狠抽击到他的脸上了。

顽石震响，似有火花……

果果一时间傻了。她等待着，或是江湖无赖满不在乎的哈哈狂笑，或是绿林好汉桀骜不驯的震怒咆哮。二者必居其一，但结果却是同样可怕的。好在果果已经准备死了，仇恨使她敢于对峙等待着。

沉默，暂时只有可怕的沉默……

但顽石却意外地没有崩裂，四野也仿佛在这令人心悸的对峙中凝固了。就在这时果果突然发现，那双冷酷的眼睛是被怒火渐渐燃烧起来了，但令人不可理解的是表面却好像蒙上了一层泪光。果果猛地被触动了，不知为什么浑身忽然变得绵软无力了。

烈马不耐烦地长嘶了一声……

顿时，顽石复活了。没有狂笑，没有咆哮，有的只是一系列迅雷不及掩耳的动作。果果还来不及清醒过来便发现自己已被顺势一提横搭在马鞍前了。随之就是两耳生风，在他的跨马挟持下向远方闪电般地驰去。

除了震惊，一切都无济于事了……

果果听天由命地再不去做任何挣扎，心头只剩下了对不可知命运的诅咒。父亲被一个乔勒撕裂了，自己现在眼看又要被另一个乔勒撕裂了。茫茫的黑丛莽，这可怕的蛮荒旷野，为什么总是这样神秘而又冷酷地折磨着人？！

马蹄还在狂怒地奔腾着……

那桀骜不驯的眼睛中罩着的泪光，早已又被她忘得一干二净了。狼，他在她的心目中又彻底化作了一条狼！让他去脱光吧，让他去撕咬吧，让他去寻欢作乐吧。谁让这里是冷酷无情的黑丛莽？！

又不知过了多长时间……

骤然，烈马长嘶着驻足了，她知道决定自己命运的一刻也随之到来了。一横心，她猛地闭上了眼睛，一咬牙准备把未来当死亡对待。她感觉自己已被抛下了马鞍，但也骤然感到四周是这样死寂得可怕。没有燃烧的篝火，没有淫荡的狂笑，有的却是一片令人胆寒的冷漠。她再也控制不住自己了。要知道，那一刻拖得越久也就越令人恐怖！

她似乎被迫睁开了双眼……

啊！果果只觉得自己似乎走到了地狱门前。这是个山势险峻、怪石狰狞、寸草不生、令人心惊胆战的小小峡谷。四周由陡峭而高耸的石崖紧围着，只要扼守住眼前这唯一的通道，就连最善于变幻的魔鬼也休想逃出这石谷半步。过去这里曾是强人出没的巢穴，后来也曾为盗马贼囤积马匹的大本营。果果知道，大大即使是凭着“断魂张”这响当当的名字，生前也只能故作矜持而不敢多看它一眼。

而现在……

果果一抬头狠狠地向花面狼望去，只见这家伙似乎变得更加冷酷无情了。岩石般筑就的面孔上没有一丝表情，只是用冷冷的目光逼着她向可怕的峡谷窄口走去。黑丛莽啊，令人诅咒的黑丛莽！果果又是一咬牙，猛地便向那里走去了。她想早早地下地狱，她想早早地去死！

但眼前的景象却比死还让人震惊……

只见在这强人出没的峡谷内，却骤然闪现出狼王乔勒和那三条壮狼的魔影，但现在它们是身陷绝境的。那魔头似乎已被打断了脊梁骨，虽然仍是血口大张、目露凶光，但躺在血泊中已明显地动也不能动了。而那三条年轻的狼虽然尚能挣扎着来回逃窜，但从身上的伤口看也只能算作没头的苍蝇乱撞了。更重要的是，花面狼也不知哪来这么大的感召力，除了他那帮无法无天的年轻亡命徒外，竟还能有这么多的枪手来为他效劳卖命。枪口、枪口，峡谷四周都隐伏着瞄准了的枪口！随时都可以炸响，随时都可以消灭这黑丛莽间最后的几只野兽。

恍惚间，果果几乎不敢相信自己的眼睛了……

她完全被眼前这乍寒乍暖、忽惊忽喜、骤明骤暗、大起大落的强烈变幻震撼了。她根本无法理解这魔鬼是怎样立地成佛的，更无法想象这家伙是怎样搂着娘儿们为另一个乔勒布下这天罗地网的。好像花面狼也不给她这个机会。他仍是那样冷酷，只推，便把果果推到了众人面前。

枪！眼前的支架上架着父亲那杆枪……

刹那间，果果突然明白了这凶悍的汉子刚才为什么眼中会映出泪光。要知道，父仇子报，按江湖惯例这才算得真正的报仇。不但可以维护死者的一世英名，而且也可骤然提高生者的身价。果果从小跟随大大闯荡江湖，自然更明白这样安排是怎样煞费苦心的。她痴痴地望着父亲留下的这杆枪，不禁心头一酸，几乎双膝一软跪倒在他的面前。但就在这时，她感到自己的肩头被一只大手死死钳住了，随之便传来了他恶狠狠的耳语。

“少给俺丢人现眼！要想给你老子报仇，就自己去拨动这根报丧棍！”

果果又是一怔，顿时热泪盈眶了……

但刚等她在众人一片敬畏的目光下端起了那杆枪，眼前却骤然出现了另一种不可思议的景象。她为此蓦地目瞪口呆了，就连四周那些不要命的枪手也不约而同地骤然发出一片惊呼：

“哦！”

只见那三条尚能惶恐逃窜的壮狼，猛地一望果果的身影，竟突然间再不做任何挣扎了。一个个直勾勾地凝视着她，那眼神里似有意外相见的喜悦，似有绝处逢生的期望，又似有某种难以言喻的悲戚和凄凉。最后，那一双双狼眼里更好像再不存在其他人了，竟支起前腿，一排排地蹲坐在她的枪口下，只顾得歪着脑袋，竖起那铰有印记的耳朵，狗一般温顺地痴痴望着她的面孔。

刹那间，果果感到神志恍惚了……

但就在这时，垂死的狼王却猛地发出了一声凄厉的长嚎。震撼人心的，似在绝望中仍不忘发出警告。可谁曾料想到，那三条狼竟好像也陷入了恍惚之中，还是一动不动。不知为什么，果果的手也随之开始颤抖了。突然，那身旁另一个乔勒也对她发出警告了，耳畔传来恶狠狠的低语：

“妈的！你老子的心肝让白掏了？！”

果果一怔，猛咬牙一扣扳机。只听得峡谷中一声惊炸，就看见左边一条狼眼里充满了困惑，望了她片刻，终于一头栽倒了。

血！随之便是狼王一声悲怆的长嚎……

但另外两条狼仿佛只剩下了惊讶，还是一动不动。果果的手战栗得更厉害了，枪口也随之在剧烈地抖动。但就在这时，那钳子般的手却猛地握住了铁枪筒，随之冷冷的目光也向她刺来了。果果一惊，又忙咬牙扣动了扳机。枪声炸裂，只见第二条狼又圆睁着两只不解的眼睛，望着她接连摇晃了几下，也一头栽倒再不动了。

血！垂死的狼王又是一声绝望的长嚎……

但剩下的这条狼还是一动不动，歪着脑袋支坐着，像呆了、傻了、凝固了。果果一时间也似乎呆了、傻了、凝固了。只留下枪口颤抖着，眼前却莫名其妙地闪现出三只毛茸茸的小东西，抓心哩，挠肺哩，傻乎乎地拱着脑袋嬉戏哩！但随之耳旁传来的声音也更狠了：

“真他妈的败兴！断魂张死得活该！”

砰！最后一枪终于放出去了，但果果却没看清这条狼是怎样栽倒的。血，眼前尽是血，还有那狼的眼神里塞满的困惑、不解、幽怨和悲哀。

她顿时恍惚得一动也不会动了……

但就在这时，那垂死的狼王竟像鬼魂附身一般，又是一声绝望的惨叫，竟拖着那打断的脊梁，猛地挣扎着从血泊中飞蹿起来。张着血口，舞着利爪，出人意料地闪电般向果果扑去。迅雷不及掩耳，眼看果果就要倒在魔爪下了。但就在同时，另一道闪电也射出去了，蓦地便横在当中。等果果清醒一看，那冷酷的花面狼早已和凶悍的乔勒搅成一团了。

众人惊呆了，枪口更无济于事……

果果惊悸地看到，这都被称之为“乔勒”的人与兽现在是彻底平等了，都在凭着爪与牙和对方殊死搏杀着。牙，都在寻找对方的要害部位。爪，都在深深掐入对方的躯体。扭曲着，翻滚着，石崖上到处都飞溅着血。人和兽是不同的，但血却同样的鲜红。渐渐地，好像是兽占了上风，一条利爪猛抓入人的肩头，随之那瘆人的尖牙便向着人的喉管狠狠咬去。

果果惨叫一声闭住了眼睛……

但是黑牡丹那妖异的面孔却闪现了，而且还在果果心中引发了一股痛彻心扉的悔恨：为什么，为什么在那毡包之夜自己没有付出应有的代价？！为谁留着？为谁留着？为谁留着？！正当果果再一次睁开眼睛想狂喊时，却骤然发现人又占了上风。只见他猛然抓住了狼的利爪，低头顺势向狼的下颔狠狠顶去，几番扭斗，便也骤然本能地咬住了兽的喉管。再没声息了，只有更疯狂的扭曲翻滚，还有那大量喷溅的血。

人们更是呆若木鸡了……

果果紧张得屏住了呼吸，刹那间觉得烧毁石屋完全可以理解了：他这是怕她误入狼窟，他这是在逼狼发狂上当，他这是……突然，那血腥的扭滚猛地停止了。首先是兽的利爪一松，瘫软得再也一动不动了。随之是人也松开了口，张大嘴急骤地喘息着。看来，兽已死了，但人还活着。只不过流淌的血污使人与兽已暂时难以分辨了。

顿时，四周的人们复活了……

首先是他那伙年轻的亡命徒不顾一切地扑了过去。恍然间，果果只觉得自己也化成了其中的一员，甚至是最亲近的一员。她泪流满面地扑上去了，恨不得马上把堵塞在心头的千言万语向他倾诉。

血！他的嘴里流出了血……

血！他的胸前流出了血……

果果一时间只觉得世界上再不存在别人了，眼睛里只剩下了她和他，一个女人和一个男人。她凄惨地叫了一声，便猛地跪倒把他揽在怀内。她轻轻地抚着他的头，慢慢地摩挲着他沾满血污的脸。而他，虽然嘴角上仍挂着撕咬下的狼毛，但喘息间的话音竟变得分外柔和：

“应了……你来收俺的尸……”

“不！”她却不顾一切地喊着，“俺给你！俺给你！俺这就给你！”

“晚了！”他的嘴里又流出了血，“这也算报应……俺琢磨过你，打过你的主意……多了，女人咱毁的多了，可动真心的就是得不到……报应，该！”

“不，不不！”她又在凄惨地喊，“你是好人！你是好人！你是好人！”

“好人？！”他苦笑着说，“好人有这个死法吗？可俺知足……”

“天哪！”果果猛地搂紧了他，“你可不能撇下俺呀！”

“放心！”他更衰惫了，“俺早给你买好了马……雇好了车……明早你就带着那笔财……上路回老家去……”

“俺……俺不走！”果果撕心裂肺地喊着。

但他却脑袋一沉，骤然间在她的怀里死去了……

尾声

第二天，断魂张的坟头旁又显眼地多了一座新坟。

丛莽人是暗暗自喜的……

他们恍然发现，似乎正是那女娃家为茫茫的黑丛莽同时灭了两个祸患，但很快就又为果果的行为感到惊诧不安了。那女娃不但披麻戴孝甘愿做花面狼的未亡人，而且又游魂似的飘向了那可怕的峡谷，专门为那三条死狼堆起了一座瘆人的“野狼坟”。等人们再发现她的时候，她已经吊死在那老榆树的枝头了。为此，人们竟变得豪爽起来，随之便又大方地把花面狼那坟扩大了一倍，将两人合葬了。

啊！神秘的黑丛莽啊……

（发表于《文汇月刊》）

古德、您哪、拜拜

人坐在炕头上向外瞧着那条狗，狗卧在院子里朝上瞧着那只鸟儿，鸟儿立在篱笆墙上往远瞧着那片望不到边儿的庄稼地。

都老了！要不干嘛一动不动、迷迷怔怔，一瞧就是这么两个多钟头？

您哪！……

这人

这人？背后大伙儿都管他叫老爷子。

老爷子来这村子里，掐指一算，已经四十好几年了，教书。

开头大伙儿管他叫先生，孩子们管他叫老师。如今村子里好几辈儿人都是他的门生弟子，总不能再混在一堆儿没大没小地一个调儿喊吧？得！除了孩子们仍坚持原来的称呼外，大人们早改口尊称为老爷子了。

以示区别，以示推崇……

为此，老爷子住的这座房子，虽然在四周骤起的新屋对比下，显得越来越古、越老、越破、越旧、越寒酸，但却长期不衰地保持了这远村“文庙”

的地位。

在村里人的想象中，孔夫子大概就是这副模样儿……

“文庙”地处村子中间。一溜三间大正房，四周一圈儿篱笆墙。小院不大，门前却有五株垂柳。台阶不高，稍远面对一片水坑。虽臭，倒也映得一弯明月。村里人难免有点粗喉咙大嗓门儿，可路过这里还是不由得屏神静息、提足而行。这倒不是因为圣人门前礼儿多。好您哪！老爷子正在为孩子们劳神呢！但在一片鸟鸣蝉噪声中，院子里却仍不时传出师娘那风风火火的说笑声，其间还夹杂着一条小狗儿欢蹦乱跳的欢叫声。这个人们也爱听，师娘在为老爷子解闷儿呢。

可如今，这声儿却骤然消失了……

谁路过这门儿都会悄悄往里瞅一瞅。唉！只剩下个痴呆呆的老头子和一条狗。“文庙”倒是有点“文庙”的气氛了，可也显得太冷冷清清，死气沉沉的了。真好似一下子抽掉了“大成殿”的主梁骨，这位“孔夫子”的模样儿转眼间就给朽了，不多时就朽成一个核桃，皱纹儿特多，却没一道儿带笑的。

开头那些日子就这样过去了……

老爷子当时还能支撑着，儿女们回来办完丧事不久，他就用一通“天下大任”之类云云全都给撵走了。可过了不久，就似乎有点不对劲儿了。过去那绷着脸儿、爱较真儿、精气神儿满足的老爷子，几天来竟变得迷迷怔怔、恍恍惚惚、丢三落四、魂不守舍，就像换了个人儿似的。

老爷子突然退休了……

村里人也有点恍恍惚惚，但那似乎是寄托着另一种哀思。好您哪！没有师娘年轻时那副秀气的模样儿，能把老爷子从城里吸引来像根儿似的扎下吗？可谁又能料想到，她比老爷子整整小了十二岁，竟一撒手给先走了，却留下这么个无处不需要照顾的老古板儿，还有那条狗。

没先没后，这算哪档子事儿……

老爷子一天天呆坐在炕头上，村里人就难免慌了神儿。几个得意门生不惜临时抱佛脚，四处搜集着老年问题的书。您甭说，还真翻到不少呢！据说，日本操蛋，美国缺德，苏联也少人味儿，还是咱们中国对待老年人行！弟子们决心按照书本上说的，勒紧了裤腰带也要保持东方文明。古人早就说过：为富不仁！那就是告诉咱们：越穷越有德行！既然师娘殁了，子女又在外工作，那老爷子咱们就得想尽办法孝敬着，包括那条狗。

村里人都行动起来了……

问寒问暖、好吃好喝、填火热灶且不说，每日里还不断派些胖头小小子、喜人小丫头，盘绕膝旁，打打闹闹，尽量招老爷子高兴。老头儿平时就喜欢这个。可这回却有点不对头，起先还勉强应付着，到后来就显得受不了了。核桃皮儿抽巴着，就顾了眼巴巴地盯着卧在炕沿儿下那条狗。

村里人更慌神儿了……

这是一条农村常见的那种“笨狗”。黑腰身，白花蹄儿，油光发亮的黑脑门儿下，眉心间显眼地长着两个小白点儿。虎气中透着几分妩媚，调皮里又衬出一股孩子气儿。这是师娘在最小的儿子也外出工作后养的，论年头儿也该有十好几年了。大伙儿也知道，老爷子从前最烦这条狗，几乎达到了深恶痛绝的地步。

大伙儿又何尝不是呢？

这家伙可算得全村儿狗中第一无赖！从小就仗着“圣人”的名声儿，女主人的宠爱，可真办了不少惹人嫌的事儿呢。不管对着男人、女人，一抬腿就要得意扬扬地撒尿，而且总爱冷不丁地扑到你身旁大叫一声，吓你一跳。还不等你缓过神儿来，它又撒着欢儿跑了。虽不出口伤人，却也扬你满身尘土让你哭笑不得。更令人不可忍受的是，它还爱跟着女主人到处串门儿。师娘当然是最受全村尊重和欢迎的人物了，可它也非得争着当个上宾。谁家稍有招待不周，它就总爱犯那偷偷叼走谁家鞋子的老毛病。有一天，师娘串了七八家门子，有什么说在兴头，大伙儿就难免对它有点怠慢。这一晚，这家伙竟叼回了人家四五只鞋子，而且全部抛进了“文庙”对面的臭水坑里。害得师娘第二天又是赔情又是赔鞋，领着它足足忙乎了好一阵子。而它却毫无悔改之意，当天竟又把一只扔进了臭水坑。无法无天，是全村公认的头号顽狗。但人们还是欢迎师娘到家串门，为此竟不惜为它暗备食物和骨头。据说，老爷子知道后大发雷霆，认为此足以影响他一尘不染的名声，曾发誓要处死这个“厌物儿”。但因师娘护短，终难达到目的。最后，一直闹到老爷子和狗誓不两立的地步。

而现在，老爷子又一天天死盯上了它……

村里人一时琢磨不透老爷子的心思，只觉得这条狗现在变得什么都可以原谅了。您瞧，这家伙自从女主人去世之后，仿佛真有点“圣人门下弟子风”了。不但再不对着人抬腿撒尿，就连偷着叼鞋的把戏也绝迹了。庄重、严肃，只是稍嫌过点头儿。整日里耷拉着脑袋那副老成持重、愁眉苦脸的样子，真让人以为它也在先天下之忧而忧。更可怕的是，这家伙也变得像老爷子那样一尘不染了。别说骨头，就连过油肉也不为所动了。最后，干脆卧在屋里再不出门槛儿了。眼睛痴痴地望着，耳朵尖儿不时抖着，好像在倾听什么，又像在等待什么。这样一卧就是一天，似乎就是在这一动不动中骤然变得苍老了。那眼神儿中映着泪，可脾气也随之越来越躁了。

大伙儿瞧见它就觉得揪心……

可老爷子还在一天天地死盯着它，一愣就是好半天，就是始终不见处理这“厌物儿”的动静。屋子里一片死气，冷清得还是令人为狗的命运担忧。直到有一天，老爷子盯着、盯着，那深陷的眼窝里竟涌出了两汪老泪，大伙儿这才长长松了一口气。想必是人也伤心、狗也伤心，伤心把主人和狗捏在一块儿了。您说，是不是这个理儿?

可又有点儿不对头……

没过几天，老爷子却似乎又厌烦起这条狗来了，为此竟变得特别难伺候。做了一碗鸡丝儿面刚劝着吃了几口，一斜眼瞅见了那躺在地下的狗，得！来气了。一撂筷子，颤巍巍地走了，村后的野滩里一转就是半宿，总像在躲着什么。天黑了也不许拉灯，又像怕瞅见什么。黑咕隆咚地就这么闲坐着，真让人感到别扭。

干嘛呀？不就是一条闷着头儿的狗吗……

不对！狗也变得让人难琢磨，似乎也瞧着老头子越来越不顺眼，脾气大着哪！不理它还好，痴呆呆地把下巴搭在前爪子上，一动也不动，一卧就是那么大半晌。只要老爷子一有动静，就像搅了它的什么，得！马上也来气儿了。不是翻白眼儿，就是龇牙咧嘴，还外带着威胁性的直哼哼。这算什么和什么呀？“文庙”内就像埋了两颗定时炸弹，直搞得全村人一天到晚提心吊胆。

“大成殿”里果然出事了……

这一天，老爷子又有点反常了，似乎在空空荡荡的屋子里听到了点什么声音，眼神儿竟开始捕捉了。那声儿似有似无，忽隐忽现，最后就仿佛落在了狗的身上。没了，没了，但老爷子的目光却盯着那狗死死不动了。静啊，静啊，突然间老爷子竟神神道道地想起要讨狗的好来了。

也是！这么个屋子冷冷清清的就谁和谁呀？不就是一个老头子和一条狗……

老爷子开始抖抖瑟瑟地给狗拌食儿了。集大伙儿送来的美食之大成，亲自端到了老伴儿留下的这“宠物儿”的眼前。屋子里没有一点声息，静得让人甚至不愿出气儿。但谁也没曾料想到，好心没好报！等老爷子再轻轻一推狗食盆儿，那畜生这回就不仅仅是龇牙咧嘴了，而是气呼呼地叫了一声，冷不丁地就给老爷子的手上来了一口。这一口还了得吗？顿时使老爷子手腕上鲜血直涌，两眼老泪横流。

疼得吗？又不像……

等村里人闻讯赶来，只见老爷子正端着胳膊痴痴地坐在炕头上，眼睛直勾勾地望着那狗，似乎又犯了魔怔。而那狗也仿佛悻悻未平，正冷冷地卧在一旁。一动不动的人，一动不动的狗，冷冷清清的屋子，真死寂得怕人。这一天下午，老爷子颤颤巍巍地在村后野滩里转得更久了，直到半夜还不见回来。待村里人打着手电筒找到，才发现老爷子扑倒在老伴儿的坟头儿上，竟像个小孩儿似的睡着了。

这事儿算闹大了……

老爷子像骤然又老了许多，狗也骤然像老了许多。村里人觉得光靠自己的能耐，似乎已无法收拾“文庙”这摊子了，于是便写信急召老爷子的三子一女回来。在大伙儿看来，自己的村子是偏、是远、是穷，可绝不能在这事儿上留下什么话把儿。得！还是让亲生儿女回来发扬祖宗的老传统吧！包治百病。

但这时，老爷子却又犯魔怔似的注意上了一只鸟儿……

三儿一女闻讯都赶回来了。

老爷子这些儿女们都很争气，不但一个个插着翅儿都飞进了城里，而且对留在农村的父母也很孝顺。

谁不夸老爷子的福分……

但一母所生，也各有不同。那就是老爷子越精心培植、越严厉教诲、越感到满意、越老实、越本分、越听话的子女，往往一进社会就越窝囊、越受气、越没心眼儿、越没出息、越得不到提拔、越是一副天生受罪鬼的相。而最小的儿子小四子则从小调皮捣蛋、不爱读书、爬房上树、搬砖揿瓦，好像生下来就是为了成心往死气爹的。可也是这小子，如今出息着哪！比哥哥和姐姐蹋得红、吃得开、挣得多、住得棒，听说还当着个什么贸易公司的大经理呢！

可见并非种瓜得瓜、种豆得豆……

儿女们刚刚来到篱笆前，便顿时感到满目凄凉。只见娘在世时那满院的花全蔫了、遍地的草也萎了，鸡没了，猪没了，好像都撵着娘匆匆地走了。只剩下了一个孤零零的老头子，站在空空荡荡的院子里，托着胳膊，愣着神儿，正痴痴地望着房檐下那群叽叽喳喳的鸟儿。

老了，转眼就变得这么老了……

房檐下的那群麻雀似乎已看到来人了，扑腾腾一下子飞上了大门外的柳梢头。而老爷子还在迷迷怔怔地望着，一动不动。三丫头第一个忍不住了，心头一酸，猛地悲戚地喊了：

“爹！”

“哦！”老爷子答应了一声缓过神儿来。

使儿女们感到惊讶的是，他竟毫无激动的反应，目光呆滞，态度平淡得怕人。

“爹！您这是在干什么？”女儿还在热切切地问。

“数鸟儿。”回答得干脆。

“数……数鸟儿？”儿女们面面相觑了。

“数鸟儿就是数鸟儿！”老爷子竟不耐烦了，“找那只黑翅儿老家子！”

“老……老家子？”儿女们倒吸了口凉气。

“就是麻雀！”老爷子更来火了，“就是家雀儿！房檐下一窝一窝的！问什么？！”

“哦，哦！”儿女们赶忙点头表示明白。

进了家门，儿女们更觉得不安了。往日娘在时那热气腾腾的屋子没有了，眼前是一座冷冷清清的冰窖。更可怕的是，昔日里跟着娘欢蹦乱跳迎接自己归来的那条狗，现在也老实得有点反常。它闷着头儿卧在炕脚下，竟对进屋的人谁也不看一眼。三丫头睹物思人，热泪一涌，就想扑过去摩挲摩挲它。哪想刚一挪步，就听老爷子在背后大吼一声：

“小心！咬人！”

“爹！”三丫头柔声解释说，“它想娘，心烦，脾气儿躁，就下错了口……”

“胡说！”没等话音儿落地，老头子竟生气地嚷嚷上了，“它老了！它老了！”

什么？老了就咬人？儿女们不吭声儿了。

只有小四子还不服气，总想动动这条娘惯坏的狗。可这一下不要紧，它开始瞧见谁都不顺眼了。古里古怪地龇牙，莫名其妙地发火。好像人一多就会搅了它的什么，最后竟夹着尾巴悻悻地去到院子里了。儿女们越来越感到周围的气氛是这么不对劲儿。再一细看，啊！娘的照片都让爹藏到哪儿去了？

夜，清幽幽的月光洒进了屋子里……

一家人总算坐到一个炕头上来了。但好像没了娘，这个家就聚合不在一起了，神散了。老爷子变得越来越古怪，只要听到哪个儿女搭茬儿劝说，就显得浑身烦躁、坐卧不宁。等，等啊，等到快把儿女们熬得打盹儿了，他却突然恍恍惚惚地开口说话了：

“爹想起了小时候一档子事儿……”

儿女们马上挣扎起来倾听。

“炮仗！”茫然的声音。

当时儿女们就被炸蒙了。

“小时候，”但他却还在茫然地说，“年初一就得了个炮仗，你爷爷让我留着，我听了，一直像宝贝似的保存着。好不容易盼到了年底儿，让放了，一点，哪还有点响儿？潮了、蔫了、掉捻了、没劲儿了、扔了，白白是个炮仗了……”

儿女们惊诧了，这是什么和什么呀？

“我就不明白，”还是茫然的声音。“这一年到头儿冷冷清清的，干嘛非憋到年底儿放炮仗不可？”

儿女们一个个又在面面相觑了。

“放！放！”更像自言自语了，“没命地放！越响、越亮、越炸得粉身碎骨，就越觉得痛快……”

儿女们一个个显得手足无措了。

“可我那个，”还在自言自语，“却蔫了、萎了、没捻了、不响了……”

儿女们更觉不祥了。

“我……我干嘛非等到年底儿？”声音更恍惚了。

儿女们要采取断然劝阻措施了。

但刚等“爹！”一喊出了口，老爷子打了个愣怔，便突然又变得烦躁不安了。还没等儿女们再搭上话茬儿，他已经向门外嚷嚷上了：

“狗呢？狗呢？这该死的厌物儿！咬我、烦我、成心往死折腾我！唉、唉！”

真的！那狗呢？

月光颤抖着，儿女们在慌乱中忙向窗外望去，只见在一片皎洁的银辉中，那狗正抬着头儿、拄着前爪，一动不动地坐着。好像根本忘记了屋里还有什么人，只顾自己望着那月亮上面飘过的浮云，在痴痴地做一个遥远的梦。

老爷子的喊声顿时消失了……

儿女们也感到迷茫。老人家这到底是怎么了？是因为对老伴儿的怀恋精神有点儿反常？还是因为内心积压着委屈心理有点变态？还是因为像小四子玄玄乎乎说的那样：异化！老年性的异化！越老古板儿就越异化得没边儿没沿儿！

这到底是因为什么？

第二天，老爷子虽然尚能有一句没一句地和儿女们搭着话儿，但仍然是恍恍惚惚、心不在焉，似乎又和那狗找上别扭了。

而那狗，也仿佛有点不正常……

院子里一片空荡荡，篱笆上柳丝儿懒洋洋。这家伙不但再不愿进屋子了，而且似乎在院子里待得也开始烦躁了。窗上总有一双双窥视的眼睛，屋里总传出一声声窃窃的话音儿。它仿佛再也不能忍受了，先是悲哀地来回徘徊，随之便罕见地向着大门外走去了。

“站住！”老爷子失神地大喊。

奇怪！他既像见不得这狗，又像离不开这狗，突然竟踉踉跄跄扑出了屋子，率先追上去了。儿女们个个惊慌失措，只好跟着扑了出来。天哪！顷刻间篱笆墙外一片混乱，人喊狗叫、你跑我撵，最后多亏了小四子英勇无比，牺牲了一条进口水磨牛仔裤，才总算把狗给套住了。

它，第一次脖子上被拴上了绳索……

俘虏押回，老爷子仍悻悻不平。牛仔裤咬开两道口子，狗依旧恨恨有声。人怒视着狗，狗白眼看人，死一般地没有声息……突然，狗狂跳着开始挣扎了，扑腾着，怒叫着，霎时便冲撞得满院尘土飞扬。不似硝烟，胜似硝烟，顿时乡亲们也闻声赶来了。众目睽睽下，老爷子满脸的皱纹抽搐着，眼也直了，手也抖了，根本不顾儿女弟子的劝阻，猛地扑过去对着狗就是一脚、又一脚、又是狠狠地一脚！

狗，绝望地哀号着……

这一天，老爷子似乎也觉得有点儿有失斯文，天不黑就回屋蒙头大睡了。只留下忐忑不安的儿女们，和村里的乡亲们一起悄悄地商量着。这该怎么办呢？老爷子越来越乖僻了，今儿个打狗，昨夜里那炮仗！儿女们说时无意，乡亲们听得有心：什么？什么？炮仗……

对！绝不能让老爷子留下遗憾！

第二天一大早，村里就似乎憋着股什么劲了。田野上虽然静悄悄的没一点声儿，但人们却好像战战兢兢地听到了什么响动。只有“文庙”内依旧冷冷清清、死气沉沉。

狗，还是悲哀地被拴着……

老爷子大概是为了掩饰昨天的失态，又痴痴地站在院内望着那群鸟儿。狗哀叫了一声，鸟群扑棱棱又飞上了柳梢头，但他还是一动不动。反常，都反常！爹反常，狗反常，可儿女又该对谁去反常？

柳丝儿耷拉着，树蝉儿呻吟着，这反常到何时是个了啊……

当机立断，找到出路！

三儿一女压低嗓门，在屋里悄声再次研究到底应该怎么办。老大、老二的住房虽然分别仅为十二点六平方米和十一点九平方米，却决心马上接爹去共享天伦之乐。虽乐的范围是那么狭窄，极易摩擦起火，但即使抛妻别雏也在所不惜！女儿更为坚决，好像爹非她莫属，并声称斗室之内更可见孝心。唯独小四子很鄙视兄姐的自我牺牲精神，而且引用弗洛伊德原理推论出再为爹找个老伴儿的必要性，同时保证一切经济负担和物质准备均由他负责！不是哥儿们尚讲哥儿们义气，何况是亲亲的哥儿们那更得讲哥儿们义气！但三丫头坚决反对，两兄长也颇有微词，吵声渐大，猛然间望见窗外老头子呆滞不动的身影，为防意外，只好暂时“停火”。

简直是个折磨人的老头子啊……

突然，三丫头指着窗外轻声惊呼了：“瞧！鸟儿，果然有那么只鸟儿！”

顿时，屋内连窃窃低语声儿也没了。儿女们齐趴在窗子上向外望去，只见在对面的篱笆上，果然落着一只麻雀，黑翅儿，似离了群儿。烦躁不安，但任它翅儿抖着，爪儿刨着，就是连那柳梢头也飞不上去了。老了。爹望着它，它望着那成群飞掠过麦熟地的鸟儿群都一动不动了。好像在想着什么，神了。

儿女们也感到眼前变得恍恍惚惚了……

没一点儿声，更没有一点声儿了。院子里这个静啊，就连被拴着的狗也趴卧在那里不动了。似有什么又吸引着它，那神态更显得迷惘而专注了。鸟不动，狗不动，人更不动，仿佛小院的一切都在一片死寂中凝固了。

儿女们的神情也变得迷迷怔怔了……

猛地，小院四周炸裂般的一声、一声，又是一声，骤然击破了眼前的沉寂。随之，此起彼伏、密麻交织的炮仗声，便惊天动地般地爆响成了一片。小挂鞭的清脆，轰天雷的闷重，二踢脚的高空震荡，滚地炮的连珠炸响。放！放！痛痛快快地放！崩他娘个粉身碎骨，炸他娘个淋漓酣畅！

小小的“文庙”在声浪中打着战儿……

儿女们一惊，目光猛地一抖，眼睛便紧贴窗口更一动不动了，似在战战兢兢地等待炸裂这阴气沉沉的小院的一刹那。

响，四周还在震颤中响……

只见篱笆上那小鸟儿骤然不见了。凝神呆望的狗骤然也匍匐不动了。只剩下老头子一个人，还在连天炮仗声中痴痴地呆站着。他茫然地望着四周，像身边的一切都不存在了：这院、这屋、这狗、这鸟。只剩下了耳旁这炸裂般的声响，远的、近的，沉闷的、清脆的。他在听，他在一动不动地听！神情是那么的专注，身子却在微微地发抖。

突然……

狗从惊恐中复活了，一伸腰，便挣扎着站立起来。探起头儿，似乎还在这惊天动地的震响中寻找着什么。猛地，它迎着连天的炮响吠叫了。一声，又是一声。随之，它便绝望地拖长声调大叫起来。

但这更像嗥……

老爷子在呆滞中战儿打得更厉害了，似迷惘，又似清醒；似惊惧，又似思忖。身子在剧烈地抖，目光在缓缓地变。

儿女们匆匆来到老人身旁了……

待四周的炮声渐渐平息后，篱笆墙外早围上了一层又一层的人。有老的、有小的，有男的、有女的。一张张憨厚的脸，一双双期待的眼睛。子女们骤然间明白了什么，泪水在眼眶里打转儿，但却不知该说什么才好。但这足够了，庄稼人求的就是这个眼神儿。

再看老爷子…

站在儿女们身边儿，还显得那么恍恍惚惚，但似乎又和往日的恍恍惚惚有所不同。他好像又重新认出了眼前的这些人：儿子、女儿、大人们、孩子们……嘴巴抽搐着，似想说些什么，却又说不出来。篱笆内外，就这样默默地对视着，又变得没了一点声儿。

阵响过后，才知道什么叫静……

乡亲们也似乎忘了吭声儿，他们只是期待地望着。人们多么盼一阵炮仗崩出个合情合理的老爷子，但眼前这位有点儿像，又有点儿不像。乡亲们更战战兢兢了，生怕说不对劲儿又把老爷子那刚醒过的神儿给掖了回去。

老天爷！但愿炮仗真的能避邪……

似乎老爷子不那么“隔涩”了，又似乎还有点儿不对。不好！老爷子的目光突然又转了，好像在屋里院外搜寻着什么。又过了一阵，他又仿佛看不到眼前的一切了。猛地，他向着篱笆外急切地喊上了：

“小五儿！小五儿……”

这喊声在村舍田野间回荡着。人们不禁为之一怔。虽然这名儿从未出自老爷子之口，但大伙儿还是忽然记起，这是在喊狗。

“小五儿！小五儿……”

这声音在远方的麦地上飘荡着，但院里却骤然不见了它的踪影。多会儿出去的？不知道。只能看见院里留下的它咬断的绳索。

这狗……

这狗

这狗，是曾经被亲昵地叫作过：小五儿！

儿女们曾坚决反对过这个称呼：什么？老大、老二、三丫头、小四子，如今又出了个小五儿？但谁让自己的兄妹一个个先后走了，而娘又耐不得膝下没有儿女的寂寞。总得有谁来逗娘高兴，那小五儿就叫小五儿吧！

似乎可以这样推想……

这条狗并不理解其中的含意，只感觉到这声儿中含着爱抚、亲昵和庇护。有了这声儿，就可以在家调皮捣蛋、在外好吃好喝。有了这声儿，就可以任意撒娇起哄、随心欢蹦乱跳，甚至可以不把那古板儿老头子放在眼里。它从小就很少和同类接触，或者在这声儿的纵容下，它根本就没有意识到自己是一条狗。

为此，它也曾有过萌动，却从来没有过恋爱……

它满足这声儿的爱抚，追逐着这声儿生活。但终于有一天，这声儿变得越来越微弱了，甚至就要听不到了。只在最后那个夜晚，才又听到了这声儿微弱的呼唤：

“小五儿……小五儿……”

它不懂，不顾周围那些人们骤然的饮泣，一下子便欢腾地扑到炕沿边儿上，像往常那样递上一只爪子。一只手挣扎着伸过来了，抖抖瑟瑟地又握住了它。亲昵，但无力，只有断断续续地泣诉：

“要好生待小五儿……我死了，别嫌它……该给它找个狗伴儿……可怜见的……”

它不懂，还在兴奋地闻着、嗅着、舔着这只枯瘦的手，甚至还激动地呻吟着。但四周猛地响起了一片绝望的哭声，那手也突然松了，它一下从炕沿边儿上滑落。它惘然，仍想再一次扑上去，但受到的却是哭泣中的呵斥，号喻中的踢打。最后，它平生第一次让戴上了皮套圈儿，被孤零零地拴在院子里。任它困惑、任它不满、任它反抗，那过去庇护它的声儿却永远再不会出现了。

它记得那土堆儿，一切都被埋在那下面了，连人带那声儿……

从此，亲昵的呼唤消失了，小五儿这名儿也等于消失了。更重要的是，往日那痛快的日子也随之消失了。骤然间的冷冷清清，使它似乎突然发现了自己只不过是一条狗、一条没了主人的狗。

您哪！这叫什么滋味啊……

它惶惶然不可终日了。更可怕的是，那个经常给它白眼儿的老头子，过去整天不着家，现在也一天天待在屋子里不出门了。它不懂得这种变化，却渐渐在迷乱中变得固执起来。它开始一天天趴在地上倾听着，一动不动，就盼那亲昵的声儿出现。

"小五儿……小五儿……"

有几次，它似乎听到这声儿回来了，缥缈的、隐约的，但也是柔情的。近了、近了，马上就要回到它的身边儿了……但又是谁在动？谁在响？把这声儿惊走了、搅没了。四周又变得空空荡荡、冷冷清清。它垂头丧气，它焦躁不宁，脾气变得越来越坏。就烦声音，就烦响动，更烦身边这个阴沉沉的老头子。

干吗？他总在一个劲儿地盯着它……

但它还在一天天地卧着，竖着耳朵在听、在等，一动也不愿动，生怕错过了时机。就这样，自然而然地原先那小五儿也再没有了，眼前只剩下了一条凄凉的老狗。

但它还在固执地等待着……

老头儿古怪地来它眼前晃什么？它下意识地咬了他的手。屋里干嘛又回来了这么多的人？它又烦躁地躲到院子外。似乎那声儿也被吓得藏在篱笆后头，它惘然间第一次独自向大门外走去了。这又碍着谁和谁了？但突然间招来的却是又喊、又骂、又追、又撵、又捆、又拴，最后还有从未受过的踢和打！

它在悲愤中完全绝望了……

它似乎忆起，当它第一次被拴起来之后，那声儿就再也不见了，留下的只有漫长的悲哀。而这一次脖子上又被套上了绳索，那将又会意味着什么？它吓傻了，痴痴地再不挣扎、再不叫了。

狗，仿佛也能预感到不祥……

好像又不对！似乎正因为它被绳子拴着，那声儿又急匆匆地闪现了。在篱笆外，在水坑旁。就要跨大门了，就要进小院了，就要来到这儿解救它了。它战战兢兢地匍匐在地上，激动得连大气儿也不敢出了。

瞧！还有那只鸟儿，也痴痴地立在篱笆墙上替它张望……

来了！就要来了……

突然，一片天崩地裂般的炮响，猛地把这一切都破坏了。那鸟儿骤然不见了，那声儿顿时被淹没了。它震惊、它恐惧、它悲愤、它狂怒，终于绝望地开始长嗥了。好像它本能地感觉到，小五儿这呼唤永远也不会出现了。它跑了，趁人不备远远地跑走了，院子里只留下了被它咬断的绳子。

狗，人的眼睛里没有狗。它是孤独的……

但就在这时候，那呼唤却意外地闪现了，有人在向着静静的田野急切地呼唤着：

“小五儿！小五儿……”

它听不到了，院内看不见它的踪影，只能看到老爷子张皇失措的面容。他还在喊，他还在叫：

“小五儿！小五儿……”

像这一阵炮仗把他那迷乱的心震开了一道缝儿，老爷子似乎突然发现了狗的珍贵。再不仅仅是喊了，他猛地甩下众人追出去了。儿女们又感到不安，尾随着就要劝阻，但小四子却拦住了哥哥姐姐，又玄玄乎乎地说上了：

“先让爹找去吧！说不定认出了狗，就认出了人儿……”

老爷子没听见，只顾呼唤着四处寻找了。

村里村外是这么静。连天炮仗响过后的那种静。漫长的、安详的、悠着劲儿的那种静。树在这悄没声儿中生长，庄稼在这悄没声儿中发黄，牲畜在这悄没声儿中配种儿，鸡鸭在这悄没声儿中孵化。一切都自自然然、无声无息。

老爷子走着走着，那口中的呼唤声儿竟越来越小了，他几乎搞不清自己究竟是在找狗，还是在寻找自己。

老爷子默然了，但还在闷着头儿走……

他只感到，自己这一生就像坐在一辆老伴儿赶的牛车上，缓缓地按着一个节奏向前轱辘着。哪里是一站，不知道。车轮儿一个声儿地转着，牛脖子上的铃铛一个劲儿地响着，老伴儿那温情的话儿一个劲儿地说着，他渐渐晃晃悠悠地睡着了。梦，一连串的梦。平淡无奇，但很温暖安适。突然间，车轮儿像撞在了什么上头，剧烈地震荡，他被惊醒了。猛一睁眼，车不见了，人不见了，梦消失了，眼前只闪现出一片黄昏中茫茫的旷野。没有风，没有一丝响动，只剩下他一个人。

暮年就这样突然地来到了……

他惶恐，他不安，他甚至莫名其妙地追悔起一路上没敢爱、没敢恨、没敢喊、没敢叫，就只落得现在这样形影孤单、两目苍茫了。说不清是对妻子的思恋，是对往事的追悔，是对自己窝囊一生的叹息，还是对骤然降临的迟暮的恐惧，一刹那他感到心迷眼乱、手足无措了。

猛地，一声声惊天动地的炮仗震响了……

他打了个冷战，似乎又从另外一个梦境中被惊醒了。惘然间发现，原本就没有什么车，原本就没有什么人，原本就没有那可追悔的一切。只有落日、黄昏，还有那条狗才是最现实的。沉思中，他又急不可待地向着四野呼唤了：

“小五儿！小五儿……”

随着这苍凉的呼唤声，恍惚间他觉得那狗真的回来了，但不是现在这条大狗，而是条刚刚出生的小狗儿。四条小腿儿顶着个胖胖的大脑袋，在炕上傻乎乎地乱拱乱爬着。一不小心，竟让大脑袋拽得栽了个跟头，还孩子气儿地呻吟起来。老伴儿竟也跟着闪现了，忙心疼地把小家伙抱进被窝儿里。他不满，可老伴儿却突然惊喜地嚷嚷了：“它拱奶呢！它拱奶呢！”还不等他再说什么，老伴儿已经搂紧这毛茸茸的小东西，亲昵地叫了起来：

“小五儿！小五儿……”

随着这遥远的声音，恍惚间他觉得那狗已经扑到自己的身边了。但还不是现在这条大狗，而是条长腿细腰的半大子狗。顽劣、调皮、蹦出跳进。虽深得老伴儿宠爱，但他却从未叫过他一声“小五儿”。叫？和孩子们论排行？那等于承认自己有了个狗儿子。有失斯文！但老伴儿却似乎又在它身旁闪现了，才不管这些呢，好像正在嘱咐：“小五儿，小五儿！天这么晚了，快去找老头子！”这家伙真欢蹦乱跳着来了，也不管他正在别人家给孩子补课，跳进门儿来就围着他又扑又叫，最后竟叼着他的裤腿儿非拉他回去不可。“嘶啦”一声，裤子几乎被拽了下去。幸亏他提得快，不然准会斯文丧尽。他刚想抬腿狠狠给它一脚，远处就传来了老伴儿焦急的呼唤声：

“小五儿！小五儿……”

随着这逝去的声音，恍惚间他觉得那狗就要跳到他的怀里了。还不是现在这老气横秋的狗，而是条娇纵坏的大狗。虎头虎脑的，仗着老伴儿的宠惯，越来越无法无天了。似乎有几个外地工作的得意门生专程来探望他了。他高兴，老伴儿高兴，弟子们高兴，这家伙也高兴。但礼貌得有点反常，仅在院子里瓜棚豆架下围着他们撒了两圈欢儿，就自行隐退了。一个大拼盘、几样农村菜，早在屋里炕桌儿上摆好了。虽谈兴正浓，还是被老伴儿催进屋里。但进门抬眼一看，便不由得暗暗叫苦了。只见这家伙竟跃居炕上，正专拣大拼盘里的酱牛肉片有滋有味儿地品尝呢！成何体统？是可忍孰不可忍！他当即顺手抄起一把火钩子，狠狠地就要向它打去。这家伙也似乎自觉理亏，顿时也瞠目结舌了，一动不动。但就在这火钩子即将见血之际，老伴儿忽然猛扑过来托住了他的手，慌慌张张地失口喊叫着：“小五儿不懂事，你也不懂事？！”什么？刹那间他几乎被这古怪的逻辑弄得下不了台。而那家伙却刚等醒过神儿，便一跃躲在女主人身后，竟得意地公然汪汪汪地叫着向他示威了。弟子们忍俊不禁大笑着为他解围来了，那家伙还在兴奋地叫，最终还得老伴儿嗔怪地加以制止：

“小五儿！小五儿……”

随着这声音的逐渐飘远、逐渐消失，恍惚间他突然发现，那被大脑袋拽倒的小狗儿，那细腿长身的半大子狗，那偷吃牛肉的调皮狗，都一个个甩开了他，匆匆追逐着那声儿远去了，消逝了。在眼前只剩下了一条闷闷不乐、烦躁不安、日渐衰老的狗。而它也似乎准备着追随那声音远去了，给他留下的只是那哀怨、不满和悲愤的目光。他又不安地战栗了，随着自己那烦狗、厌狗、拴狗、踢狗的一幕幕往事在眼前闪过，突然间他竟脱口喃喃自责了：

“小五儿不懂事，你也不懂事？！”

语音儿未断，他突然间发现，那狗似乎已经从自己的眼前消失了。仿佛往事就此被割断了，过去就这样被带走了，四周一下子变得这样冷冷清清、空空荡荡。不！不能割断，不能带走！留下它，就等于留下了往事，就等于留下了回忆，就等于留下了人生的乐趣。他又开始惶恐地呼唤了：

“小五儿！小五儿……”

震响骤停后的田野显得是这么清爽、这么宁静。风儿不吹，树儿不摇，就连麦浪也仿佛懒得动弹了。似乎整个村子都屏住了呼吸，生怕惊扰了一个永恒的梦。

“小五儿！小五儿……”只有老爷子的呼唤还在村前村后回荡着。

村里人都默默地听着，一动不动，都盼这位辛勤了一生的老人能找回自己那狗，也能找回自己那梦，也能找回他自己。

儿女们也一动不动，他们也仿佛正被这声儿吸引着去见自己的娘亲。

田野静悄悄……

那呼唤还在飘着，越飘越远。飘过了村后的麦地，飘过了河边儿的柳林，飘向了那埋着一个又一个梦的野滩。

那狗正在这里，守着一个坟头儿……

可以这样推想，当人们震惊于阵阵炮仗声中时，它早已在绝望的长嗥后咬断了脖子上的绳索，趁人不注意悲哀地溜了出来。它垂着头、塌着腰、夹着尾巴，一步步伤心地向着村口外跑去。身后，村舍还在炮声中打着战儿。迸起的火花，腾起的硝烟。它三步一回头，怨恨地望着，不安地瞅着。或许它就这么认为，就是这恐怖的震响、可怕的火光、讨厌的烟雾，把那亲昵的声儿阻隔了、吓跑了。人类再不可信赖了。它要找，它要亲自把那声儿找回来！

村里那炮仗声渐渐平息了……

但它却仿佛并没有觉察，而是在迷幻中固执地越跑越远了。凭着它的本能，凭着它对往事的印象，终于跑到了这片埋着世代人梦幻的地方。坟头儿上已经蒙上一层绿茵茵的青草。它开始悲哀地呻唤了。没有回音儿。它开始刨动土堆儿了。还是没有回答。它正准备长期守在这儿等下去了，突然，远方那早已消失的呼唤却隐约闪现了：

"小五儿！小五儿……"

它那耳朵尖儿一颤，骤然卧在坟头儿旁一动不动了，呆呆地听着，痴痴地望着。

"小五儿！小五儿……"

它还是一动不动，战战兢兢地倾听着。音儿似乎不对，但声儿却是同样挠着心坎儿的。它伸长了脖子更不敢动了，像生怕把这呼唤惊跑。

"小五儿！小五儿……"

它痴了、呆了，仿佛化成了一条泥犬木狗。但眼神儿却在急骤地变幻着：期待、喜悦、困惑、不安，似正在做着一个多变的梦。

他来了，凄凉地叫了一声："小五儿……"

它不动，痴痴迷迷地望着他。

他站住，又轻轻叫了一声，"小五儿……"

它不动，眼神中似又闪出了疑虑。

他再不叫了，眼睛里溢满了老泪。

它还是不动，像怕失掉这声声呼唤。

他望着它，眼前是一条骤然衰老了的狗。

好像是他，又不是他。

好像是它，又不是它。

全是因为这久已消失的呼唤……

静啊！没有一丝声息，没有一点响动。只有一个又一个坟头儿，静静绵延在这四周的草地里。蓝天下，显得是那么安详、那么恬静，任天上投下的云影在草皮儿上轻轻摩挲着。

他还在望着它，像在寻找失去的往事。

它也在望着它，像在找回丢失的过去。

他望着它，一动不动。

它望着他，一动不动。

像凝固了。在这青冢绿草间，人与狗、过去和现在、梦幻与现实，都像在一片静悄悄中。

虽然近，却仍有距离……

无声无息中，儿女们和村里人都悄悄找来了。他们也都在远处默默地望着这人、这狗。但这人、这狗却仿佛一点儿都没觉察，仍然在默默地对视着，仿佛在相互重新认识。

人，一动不动。

狗，一动不动。

旁边，就是那曾经给过这人、这狗欢乐的坟丘……

突然，小四子的目光落在那坟丘旁被狗刨起的黄土上。四周的空气开始惊颤了。猛地，只听小四子一声怒吼，就见他抄起一块石头便向那狗扑去：

“浑蛋！我让你刨坟！”

人在吼声中骤然惊醒，狗在梦幻里变得更呆。小四子眼看就要举着石头砸了下去，顿时老爷子复活了，猛一下扑上架住了儿子的手，下意识地竟恶狠狠地喊了起来：

“小五儿不懂事，你也不懂事？！”

狗一怔，迷幻中像找到了什么，骤然躲到老爷子身后，竟失神地示威似的叫了一声。

老爷子一怔，也骤然呆滞不动了。

人们也一下愣了神儿。

只有那喊声还在这茔地里回荡、回荡，似在重复着谁的声儿、谁的调儿、谁的音儿、谁的话儿？

但人们谁也不愿再往下想……

终于，老爷子想到往回走了。更令人想不到的是，那狗也默默地跟上来了。虽然还显得迷迷怔怔，但总算开始调头儿回家了。儿女们和村里人既高兴又紧张，提着脚跟儿尾随在后头，生怕弄出点声响儿来，再把这两位给惊回头儿去。

篱笆上那孤零零的鸟儿又闪现了……

人们感到又有点玄乎，但这黑翅儿老家子却置若罔闻，一见远方归来的那人、那狗，便激动得又抖翅儿、又弹爪儿，叽叽喳喳地叫个没完。

不好！这人、这狗、这鸟儿……

果然，老爷子一看见这鸟儿，便站住不动了，似乎又显得有点不对劲儿。那狗也盯着这只鸟儿，也仿佛骤然间变得垂头丧气了，四条腿一软，竟倒卧在大门口懒得动了。

到家门了，这又犯了什么毛病？……

但这狗、这人，又有所不同。老爷子仅仅是愣了一会儿，便甩开狗自顾自颤巍巍地大步跨进院里、走进屋里。狗还是一动不动地卧在大门外，仿佛誓死再不愿跨进这冷冷清清、死气沉沉的小院了。

这算怎么和怎么档子事儿啊？

儿女们和乡亲们心头上又布满了疑云：老头子又犯倔独自回屋去了，而狗又死不愿挪窝儿，这事儿何时才是个了啊？但又似乎不对，老头子在屋里轻轻叫狗了：

“小五儿！小五儿……”

狗，耳朵尖儿一颤，又迷迷怔怔地站了起来。

“小五儿！小五儿……”

狗，浑身又是一抖，竟恍恍惚惚地迎着这声儿进屋去了。

神了！这娘留下的呼唤简直神了……

屋子里久久地没有一点声息。人不见一点动静，狗也再不见出来，静悄悄地就像根本没进去人和狗似的。

大伙儿越来越犯疑了……

三儿一女逐渐慌了神儿，首先不安地向屋子里走去。但他们刚一跨进门槛儿，便被眼前的景象震得悄没声儿了。啊！墙上骤然挂满了娘的照片。大的、小的，一张张、一幅幅。娘在笑，娘在笑着望着爹、望着狗，也在望着他们一个个。

静啊！搅拌着甜的、酸的、欣慰的、悲戚的，静啊……

只见爹坐在炕沿儿上，正在凝视着娘的照片。狗也蹲卧在这悄没声儿中，屋子里似乎正弥漫起一片柔情，沁入了老人、狗以及儿女们的心坎儿。女儿首先禁不住啜泣了，老爷子一怔，但他并不想掩饰，而是又对着那狗轻轻地呼唤了：

“小五儿……小五儿……”

狗呻吟着，慢慢地向他挪去，片刻竟把头伸在了老爷子的膝盖上，紧紧依偎着，一动也不动。

儿子们开始啜泣了，但老人却摩挲着狗的毛儿说：

“你娘嘱咐我……别嫌它……要给它找一个狗伴儿呢……”

窗外，那归来的麻雀飞上飞下、叽叽喳喳，终于一只只归窠了。只剩下一只还孤零零地留在窗口外，不时雀跃一下向内望着。

老爷子似乎又被它吸引了。

这鸟儿……

这鸟

第二天，老爷子又站在房檐下看鸟儿了。他似乎仍然在琢磨什么……

成群的麻雀都飞到田野上去觅食儿了，只有那只黑翅儿老家子还留在窗口上发呆。老爷子望着它，它也望着老爷子。不同的是，经过那阵炮仗震响之后，老爷子的眼神儿仿佛变得柔和了，而它却好像还是惊魂未定的。

似乎可以这样推想……

这是一只从小寄居在老爷子檐下的麻雀，可真正称得起名副其实的“家雀儿”和“老家子”。要不怎么总把它和“家”字连在一块儿呢？它从刚一破壳起，就仿佛和老爷子一家结下了不解之缘。到有了鸟伴儿后，就更觉这房檐头儿选得不错。一个爱说爱笑的老太太，一条欢蹦乱跳的狗，一片热热火火的景象。得！正有利于踩蛋儿、孵雏儿、相亲相爱理毛儿。谁还能想到将来还会有别样的日子？

那时候，老爷子根本顾不上理它们……

它也仿佛顾不上理这老头子，伤心事儿来了。有一天，它那鸟伴儿贪箩筛下的食儿，就永远消失了。它是孵过许多蛋，喂过许多雏儿，有许许多多的鸟的后代。可鸟界不讲这个，大了，飞了，自己成家了，情分也就了了。该怎么办？它也不觉着这是什么忘恩负义。只是感到鸟伴儿没了，骤然冷清得可怕。可檐下这院子里种满花，长满菜，喂着鸡，养着猪，食儿不缺。笑声不断，它又开始慢慢适应了，甚至在这环境中渐渐飞不高了。

那时候，老爷子也没想到会理它……

它也似乎没有想到会去理这老头子。但是有一天，当一片绝望的痛哭之后，过去院子里那热热火火的一切，仿佛眨眼间便随之没有了。而这个老头子却在一片死气沉沉之中，长时间异样地留在这檐下不走了。还有那条狗，也整日里一动不动。四周是这么空空荡荡、冷冷清清，使它顿时想起了蓝天、想起了田野、想起了那随群飞翔的欢腾劲儿。它挣扎，它扑腾，它想飞上柳梢头，它想飞向麦熟地，但越挣扎就飞得越低，越低就越觉得恐怖，越恐怖就越觉得绝望。没办法，它老了。

这时候，老爷子意外地注意上了它……

它也发现了。但随之而来的便是漫天的炮响、满目的烟雾。一只小小的鸟儿面对这巨大的震撼，它在篱笆下被震荡蒙了。等它清醒后再看，就连那阴沉沉的老头儿也不见了，狗更见不到影儿。家雀儿、家雀儿，没家还成为什么家雀儿？它在房檐上望着这空空荡荡的院子，似乎更感到末日就要临近了。

而现在，这老头子又反常地盯上了它……

它无法理解，正当它绝望恐惧到极点的时候，眼前的一切又好像变了。狗回来了，人回来了，一夜间都好像变了。那狗显得是那么平和，那老头儿显得那么安详。悄没声儿地你看着我，我看着你，让鸟儿瞧着都舒服。简直像换了一个人、换了一条狗。它惘然，它惊讶，愣着神儿傻站在窗台儿上。虽然好像那个“家”又回来了，它却感到一种新的孤独。

瞧！这老头儿还在没完没了地瞧着它……

为什么？它不懂。幸亏屋里又走出了几个人，一下子引得老头子把眼神儿闪开了。傻瞧着那模样儿没了，脸上竟闪出一道一道的笑纹儿，但他还是指着它说：

“你们瞧这只黑翅儿老家子！”

它一颤，本能地躲过众人扫来的目光，忙挣扎着扑棱棱地由窗台儿飞到篱笆上。它感到困惑和不安，它要躲开这一双双眼睛。

鸟儿飞走了，老爷子的面前就剩下提心吊胆的儿女……

他们也同样感到困惑和不安：怎么着？又有点玄？炮仗刚完了又要说鸟儿？昨天夜里已经变得好好的，今个儿早上别又犯了魔怔？小四子说过，老年性异化，越老古板儿就越异化得没边儿没沿儿！这……是玄！

老爷子似乎也看出了儿女们的心思，但还是憋着劲儿要说：

“别那么瞅着我，爹不犯魔怔！我只是想告诉你们：老家子这玩意儿也挺有意思，人越老毛儿越白，它可是越老翅儿越黑！”

虽神情安详、面带笑容，可这没边儿没沿儿的话总让人犯疑，还是打住的为好，三丫头当即提议：

“爹！跟我去看看外孙散散心！”

“嘿嘿！”老爷子笑了，“傻丫头！就连那黑翅儿老家子也懂得：老就是老了！让黄翅儿老家子尽围着打转儿，谁领着雏鸟儿学飞学觅食儿？那非把众鸟儿坠得飞不起群儿不可！”

哦！原来是为了点这个？没玩玄，很正常。可儿女们更觉得于心不忍，老二当即插话：

“爹！那是鸟儿……”

“鸟儿？”老爷子说道，“鸟儿也明白这个理儿。你们瞧！那黑翅儿老家子也知道守着这房檐儿，顶多飞到篱笆墙上落着。”

鸟儿不懂，仿佛为了再次躲开扫来的目光，把头掖在翅儿下开始挠痒了。老爷子却还在望着、望着，似乎眼神儿又有点苍凉了……

“爹……”老大吞吞吐吐也忙搭话了。

“就这么着了！”老爷子一怔，又变得满精明的，“你们都快点回去。放心吧！爹还要琢磨着给小五儿找个狗伴儿呢！”

“爹……”几个大的都觉得爹骤然变得这么好，好得似乎有点那个……

“您听我说！”只有小四子始终想着自己那弗洛伊德式的计划，并欲趁势推行。

“你小子少开这个口！”貌似发火，但目光中却透着宠爱和凄凉，“你那堆洋玩意儿，爹在院里早听到了！当时没抽你大嘴巴子，就算你便宜！你小子再敢瞎掰乎，小心我立马打折你的腿！”

“爹！小……小四子也是着急！”老大不识眼色，赶忙出来打圆场儿。

“着急？”故作嗔怪，“急得把爹看得连鸟儿都不如了！瞧那黑翅儿老家子，伴儿早没了，还懂得守着个窝儿自得其乐呢！”

鸟儿不懂，站在篱笆上却是悲哀的……

儿女们也不懂，还蛮有兴趣地张望着。其实并不是这样的。麻雀一对儿一窝儿，公雀先死了，母雀会有别的鸟窠收留。而如果母雀先死了，那公雀就得一辈子打光棍儿。这可能是因为母体总能为鸟群孵儿育女，不断壮大鸟的群体，而独守空窠的公雀却只能为双宿双飞的鸟群做出牺牲：探路、报警、以身相试稻草人等。待到老了，现实将变得更加严酷。鸟群逐渐把它遗忘了，它只能孤独地在窝畔觅食儿，寂寞地对天愣神儿。虽然它也本能地留恋生命，害怕冷冷清清，总盼屋檐下永远生机勃勃，但它却只懂得渴求，从不知什么叫埋怨。最后，当它实在挣扎着飞不起了、跳不动了，它便会自然而然地默默死去。

老爷子一辈子都在屋檐下守着家雀儿过日子，他能不明白这个？

或许正是他明白这个理儿，他才对儿子、对女儿、对乡亲们、对周围的一切，感到是这么满意。或许是那一阵炮仗震得他心胸豁然开朗，才使他骤然变得这么合情合理、这么平和安详。总之，一夜间简直成了个好到不能再好的老头子，甚至好到让人产生了一种不祥的预感。难怪小四子背后悄悄对哥哥姐姐神秘地叨叨着：

“玄！另一种玄！到哪儿再找这么好的爹啊！莫不是娘在暗地里招手儿？”

鸟儿仍然立在篱笆上。小风儿习习，柳丝儿依依。它一动不动地站着，仿佛也渐渐被那老头子安详平和的神态陶醉了。院子里卧着那懒洋洋的狗，台阶前站着那说笑着的人，这就足够了、够了！

它不懂得：捡回来过去，那未来也就立即呈现在眼前了……

第二天，儿女们在老爷子的反复劝说下，含着一种淡淡的忧伤终于要走了。

鸟儿还立在篱笆上，狗儿还卧在院子里。好像它们都受了老爷子的影响，今天变得更平和、更安详，懒洋洋得也更有分寸了。对老爷子送儿女们的走，似乎也采取了“君子之交淡如水”的态度。神情上难免有点哀愁，但身子却一动也不动。

一群麻雀从麦浪尖儿上扑棱棱地跃起，向着河畔的翠柳林飞去了。十几条欢蹦的小狗儿窜出村口，也追随着村里人来和老爷子一起为子女送行了。

田野静悄悄，四周没有一点儿声息……

“老大、老二，”老爷子停住步说，“你们都有几个炮仗。小时候，爹总不让你们放。这次回去了，该放就放，可千万别也等到老了。”

“三丫头！”老爷子又久久望着女儿，半晌才说，“要……要学你娘，学你娘！”

“爹！”女儿哽咽着，但……

“小四子！”老爷子罕见地摩挲着小儿子的头，颤抖着说，“就……就你不像爹，好、好、好、好！”

“爹！”傻小子哭了，就他没有这个“但”……

送别似乎是没完没了的，乡亲们始终在后跟随着。望着父子们依依惜别的离情，谁也不愿再多说什么。渠水静静地流着，麦浪缓缓地涌着，树影儿轻轻地摇着，一片又一片的庄稼悄没声儿地延伸着。只能听到老爷子声声的嘱咐，儿女们低低的啜泣。乡亲们越走也越这么想：多好的老爷子啊！一夜间变得好到不能再好了。但他们同样也为此隐隐感到不祥。

远处，谁家的放牛娃在吹响短笛儿……

老爷子终于站住再不远送了。不知为什么？儿女们却顿时想起了篱笆上那鸟儿，还有院子里那条狗。一股惆怅的离愁别绪几乎使儿女们不愿动了，但老爷子却一声声撵他们了：

“走吧，走吧！小五儿还在家等我呢。”

“小五儿……”女儿哽咽着更不愿动了。

“走吧，走吧！”老爷子更加慈爱地推着她，“孩子们在家盼娘呢。”

“爹……”老大、老二都还想再说点什么。

“走吧，走吧！”老爷子还是温和地催。

只有小四子还不甘心，总想重新再挑起点乐子。但这平时伶牙俐齿的小伙子，吭哧了半天，竟莫名其妙地迸出这么一句话儿来：

“爹！那我们走了……古德、您哪、拜拜！”

什么？没有发笑，只有发蒙，老爷子挥着的手骤然不动了。

儿女们不敢回头，终于怀着那不祥的预感咬着牙走了，消失在田野的尽头，消失在远方的麦浪深处。但他们的眼前却总出现娘养大的狗、爹看惯了的鸟儿，以及那空空荡荡的小院儿。从今后，就只剩下了这三个：人、狗、鸟儿……

老爷子也在沉思中往回走着，但他的耳边却只是回响着小四子留下的那话音儿：

“古德、您哪、拜拜！”

他迷惘、他不安，竟莫名其妙地被这混合词儿困扰住了。在什么时候听到过类似的话儿。在小日本儿侵华时？在抗战胜利后？他根本无心去问是与非，而是骤然感到，在这土洋结合的“古德、您哪、拜拜！”声中，自己一下子便被推得老远老远的。恍惚间，他发现自己已经生活了好久好久了，久到仿佛早已不属于这个时代了。似乎就是在一片朦胧中，那未来就是踏着这“古德、您哪、拜拜！”的点儿，加速向自己走来了。

夕阳下，那鸟儿正立在篱笆上等待他……

作为一只家雀儿，它似乎最怕没人的人家。遥见和蔼的老头儿回来，仿佛便身不由已地欢叫雀跃起来。但一看到他那眼神儿，就吓得马上住口敛翅儿了。这是怎么了？老头儿又望着它呆呆站着，竟又莫名其妙地自言自语了：

“古德……您哪……拜拜……”

它不懂，却本能地又感到不安了。院子里那狗也好像听到这声儿了，似乎也感到有什么不对头的地方，忙挣扎着起来迎接，但仿佛连摇摇尾巴的劲儿也没了。鸟儿又痴迷了，它似乎又本能地觉察到，那几个人走了，檐下这老头儿又有点变了。

但好像变得又有所不同……

没有变回到过去那烦躁阴沉的老模样去，只是眼神儿有点不对头儿。但当那些大人孩子们来送饭聊天儿时，就连那眼神儿也变得又安详和蔼了。他们还难得地给它撒了一把米，一直怜爱地瞧着它啄着、鸽着。

但还是有所不同……

送饭的大人孩子们走了，老头儿又痴呆呆地坐在台阶上，望着远方的落日，轻轻地摩挲着膝旁那狗。篱笆上的柳丝儿轻柔地摆着，但老头儿的目光却是苍凉的，好像在无可奈何地默默等待着什么。

鸟儿不懂，还在啄食儿，它很满意……

村里人也很满意。如果说，过去大伙儿曾认为老爷子好得不能再好了，好到差点让人产生一种不祥的预感，那么现在就连这种预感也全部给忘了。老爷子越来越让人感到放心。不但过去的坏脾气儿一点也没了，而且又成天没明没夜地颠儿来颠儿去，重新为各家各户的孩子们忙乎上了。虽然说人老了难免有点犯迷糊，常用爹的名字骂儿子，又用儿子的名字叨叨爹，可谁又让几辈人同是他的学生呢？说到认字解题儿那更是颠三倒四，常常搞得新来的教师暗暗叫苦，但大家也觉得这是发挥“余热”。他们都认为孩子们还小呢，只要老爷子高兴就行！

没这点劲儿还算中国人吗？

在这种劲头儿的促使下，大伙儿对老爷子照顾得更无微不至了，就连师娘留下的那条狗也大沾其光。狗食盆儿里从不缺好吃好喝。这里还必须补充一句：人们早对这家伙刮目相看了，对它赞不绝口，盛赞它老成持重、温文尔雅、大有“学者风”。

苦就苦了这只黑翅儿老家子了……

它又一次陷入了迷惘。在它看来，一开始老头儿仅是眼神儿不对，爱一个人痴痴傻坐着。随后就有点不对头儿，总像在躲着什么，一天到晚在外头风风火火不回家。屋檐下重新变得冷冷清清、空空荡荡。只剩下一条孤零零的狗懒洋洋地趴在院子里，嘴巴搭在前爪子上，一卧就是老半天。

冷清得可怕，又有几窝老家子搬了家……

更可怕的是，狗还有食儿，而它却在老头儿撒过两把米后被遗忘了。它似乎越来越飞不动了，连飞上篱笆也费劲儿了，有几次甚至几乎扑腾着进不了窝儿，只能在屋檐下“雀跃”，也显得笨了。食儿找不着，只好眼巴巴地瞅着那狗身旁的食盆儿。羡慕、嫉妒，但它始终搞不明白：为什么长着翅儿会飞的往往不如一条狗！

漫长的时日，难耐的饥饿……

那狗还是一动不动，悄没声儿的，似乎只要扑腾一下翅儿，就可以美餐一顿儿，但不动声色才是最可怕的。常言说得好：会咬的狗不叫！何况还有那猛地一扑呢！它甚至为此又想起了那立起的箩筛，没有生命根本就不会动，但“啪”的一下，还是把它那贪食儿的鸟伴儿吞噬了。生存的本能，使鸟儿也对周围的一切充满了警惕。

但它并不懂，这也是一条等于被遗弃的狗……

这狗经过那阵炮仗的震响之后，仿佛变成了另一条狗。但那是因为它认为那亲昵的声儿又回来了，它对人又产生了新的依恋。但谁曾料想到：那老头儿渐渐不回家了，而只把它拴着留在院子里。老头儿亲昵的摩挲使它对绳子默默地忍受了，可也不能总是这样没完没了地等待啊？爱，拴在绳头儿上的爱！一天又一天就这么冷冷清清过去了，它也显得越老越懒了。但要知道，越是这样，就越耐不得寂寞啊！

瞧！眼前跳来只小鸟儿……

是这只黑翅儿老家子。蹦跳着、啾啾着，就像过去在麦浪上试探那稻草人儿。目的是那狗食盆儿，但瞧的却是狗那眼神儿。翅儿展着，爪儿跳着，心儿缩着，眼儿盯着。捕捉它的每一个动静，细看它的每一个反应。只要一看哪儿有点不对劲儿，扑棱棱奓翅儿就准备飞！

雀跃，鸟儿还在试探性地雀跃。进一、退二，退二、进三……

那狗懒洋洋的眼睛开始有亮儿了，一动不动地望着这只小小的家雀儿。耳朵尖儿不时抖一下，鼻头儿不时抽一下，似乎很来神儿。但它又不敢乱来，好像生怕把这唯一的活物儿惊跑了。眼前又只留下一片空空荡荡、冷冷清清。

鸟儿开始停步望狗。

狗也开始歪头瞧鸟儿。

它不动。

它也不动。

小院里的一切仿佛在它们的身边儿消失了。它的眼睛里只映着它，它的眼睛里也只映着它。除此而外，那篱笆、那柳梢、那屋檐、那大门外的田野，好像全都不存在了。

那鸟儿又试着往前一跳。

那狗还在绝对地保持稳重。

它战战兢兢。

它也战战兢兢。

试探着……

这一天，老爷子又在谁家正为孩子忙乎着。一个梳羊角小辫儿的小妞妞兴冲冲地跑了进来，眼睛闪着亮儿，小手儿比比画画着说：

“爷爷，老爷爷！有一只鸟儿落在小五儿头上了！”

“什么？”老爷子惘然。

“真的！”小妞妞还在嚷嚷，“狗娃、小豆儿、莲莲、屁蛋儿，都看见了！”

老爷子一怔，顿时感到心里头是这么空空荡荡的。似乎失落了什么？但说不清、讲不明。他就像被什么拽着似的，匆匆忙忙就向自己那小院跑去了。大人们不敢造次，孩子们却叽叽喳喳地跟着跑来了。

老爷子在篱笆外站住了……

小鸟儿没立在小五儿头上，却的的确确站在狗食盆沿儿上。狗不动，鸟儿也很坦然。只是这小院仿佛再也不是他的了。

老爷子痴痴地望着，孩子们也乖乖地瞧着，但有稚气的窃窃私语声儿：

“瞧！这狗、这鸟儿！这狗、这鸟儿！”

老爷子闻声儿调回头来，苦笑着望着孩子们，竟失神儿似的脱口说：

“还有这人……”

孩子们不懂，一哄而散了。

第二天，老爷子仿佛已经找到了自己的位置，再没有出门儿。从清早开始，似乎就一直沉浸在那莫名其妙的惆怅之中，始终紧贴着窗口坐在炕头上，愣着神儿向外张望着。

院子里静悄悄的，没点儿声响……

那黑翅儿老家子又出现在狗的身旁了。一跳、两跳，然后抖着翅儿跳上了狗食盆沿儿上，低头啄食了几下，随之昂头啾啾地鸣叫。狗侧头望了它一眼，又把嘴巴搭在前爪上，似乎卧得更悠闲安然了。没有什么过分亲热的表现，仿佛神交已久，一切都很恬淡。鸟儿还在叫，倏地跳到狗背上去了。但狗还是一动不动，甚至闭上眼睛打盹儿了。好像只要有一只鸟儿在身旁，什么都满足了，安详得令人羡慕。

老爷子还在望着……

又一天，那黑翅儿老家子站在狗食盆沿儿上的情景，好像也被一群在柳梢头歇脚的麻雀看见了。当然，黑翅儿老家子自由自在吸食儿那神态，就更引起了这群麻雀的注意。一只、两只、三只、五只……随之便是一大群鸟儿都落了下来。大概它们认为，连一只孤雀都可以藐视这条衰老的狗，那它们就更可以为所欲为了。黑翅儿老家子惊恐地啾啾求援了。只见平常那懒洋洋的狗，猛然一跃而起，扑腾着向着鸟群狂吠了。罕见的发火，少有的勇猛。顿时，鸟群惊乍着四处飞走了，小院里又只剩下一片安详的宁静。狗还是懒洋洋地卧着，像什么也没有发生过似的，似沉思，似养神儿，只留下那只黑翅儿老家子，在它的鼻子跟前跳着、蹦着、啾啾着。

老爷子还在望着……

又过了几天，那黑翅儿老家子守着狗食盆儿，似乎越来越飞不动了。就连那矮矮的篱笆墙，它都必须先扑腾上下面的柴火堆，然后才能抖着翅儿再飞上去。再看屋檐下那窝，那比篱笆可要高多了，这鸟儿怎么能归得了这窠呢？谜，简直是个谜！但这黑翅儿老家子却丝毫不给人无家可归之感，每日里仍旧围着那狗啾啾地叫着。

老爷子还在望着……

这一天，天刚放亮，屋檐下的麻雀便一对儿一对儿出窝了，叽叽喳喳、闹闹嚷嚷，一拨儿一拨儿飞走了，但就是不见那黑翅儿老家子的踪影，柳丝儿不动，树影儿不摇，似乎都在为此感到惊讶。那狗被麻雀的吵嚷声惊醒了，伸着懒腰走出了狗窝，但还是不见那只小小的鸟儿。小院静悄悄的，似也在怀疑。突然，哪发出的声儿：啾啾！啾啾！再一细看，那黑翅儿老家子正尾随狗的后头，扑腾腾从狗窝里飞了出来，一下便颇为得意地落在狗的脑门儿上。小院顿时便显得宁静安详了。

老爷子还在望着……

一天天过去了，那黑翅儿老家子和狗仿佛变得更默契了。鸟儿那讨好的啾啾声渐渐少了，那取悦的雀跃也渐渐没了。除了自然而然地去盆里吸点食儿外，再没有一点多余的动作了。一天天，鸟儿立在篱笆上，狗卧在院子里，谁也不去打搅谁，谁也不去理会谁。但正因为这样，也就更好像谁也离不了谁。就仿佛相伴已经一万年了，现在它们正相伴着默默向未来隐去，渐渐地和大自然消融在一起。

时间、空间，早已在它们身旁不存在了……

老爷子一天又一天地望着，心变得恬淡了，神儿变得安详了，目光变得柔和了。他终于悟出了什么。

秋天，来到了……

鸟儿还立在篱笆上，狗还卧在院子里，人还依偎在窗口旁。

远处，静悄悄的田野显得更苍茫了。篱笆墙外，一片片垂柳叶儿悄悄飘落着。只有屋顶的炊烟，还在湛蓝的天上袅袅飘荡着。人生……

这话

村里人都沉浸在丰收的喜悦里，似乎都未发现老爷子这细微的变化。

人们只觉得老爷子更值得敬重了……

虽然说，老人家到各户串门少了，也不再到自己孩子身旁穷忙乎了，但他们却未追究原因，只觉得老爷子变得一天比一天更随和、更安静、更容易满足、更不给人找事儿了。他们不但对此感到满足，而且以此感到骄傲。

哪个村里的“文庙”，有这么好的“孔夫子”啊？

乡亲们完全没有理解到：老爷子现在正自觉而恬静地步入了人生最后的历程。由敬到孝，弟子们正暗中集资，决心要再为自己村里这位“孔夫子”重新再盖一座现代化气魄的“文庙”。好您哪！老爷子一辈子为村里的几代人忙乎了，能让他老人家再住这又老、又旧、又矮、又破的房子吗?

不能，起码得先来个洋式儿抽水马桶……

老爷子并不知道这一切。不知道往日的门生弟子们正在为他烧砖烧瓦，正在为他画图规划。更不知道他们已经在那未来的“文庙”四周种下了一行又一行小树。

天，渐渐变冷了……

儿女们似乎也没有觉察老人心境上的微妙变化。他们是孝顺的，总在设法勒紧裤腰带，不惜和爱人发生摩擦，尽力往村里寄钱。但总是一次又一次被老爷子退回去了，而且复信里总是写着一个又一个令人欣慰的消息。更令人感动的是，老爷子还反常地总爱给小孙孙们写信，满纸慈爱的叨叨，却绝没半句教导之词。但仍然未引起儿女们的注意，他们还只是这样认为：人老了，老得更让人敬重了。

寒风中，冬天终于来到了……

老爷子的老寒腿又出毛病了，终于坐在热炕头上不能出屋了。正由于他自觉而恬淡地步入了人生最后的历程，他似乎连那人生终点的时刻也忘了。他不想这个，只是很平静地任时光缓缓推涌着渡到那人生的彼岸。

老人很满足地坐在窗口，总是一天天地向外默默地望着那狗。

那狗也在院子里静静地卧着，也总是一天天地向上望着那鸟儿。

那鸟儿也还在篱笆上痴痴地立着，也总是一天天地向远方默默地望着。

人、狗、鸟儿，都望见了什么？不知道。只能感觉到，正和谐地沉浸在一片永恒的静穆之中，仿佛置身于一个既属现在也属未来的梦境里，就连自己也把自己忘却了。

但儿女们却总在好心地搅扰着……

女儿首先来信了，说是要来接爹去和小外孙团聚。老爷子一怔，似乎觉得时间马上流逝得快了，但他还是乐呵呵地回信说：“爹要走了，你娘留下的小五儿谁来照顾呢？”

那狗不知道，一副无所谓的神态……

老大、老二不忍心了，分别来信表示可以设法连小五儿也接去。老爷子又是一怔，似乎觉得时间马上流逝得更加速了，但他还是故作玩笑地回信道："小五儿也走不了，它已经找了个好伴儿，是一只鸟儿。"

那鸟儿也不知道，一副超然的模样儿……

从此，老爷子骤然发现，时光再不像往日那样缓缓流淌了。一封一封的来信仿佛推涌着时光飞一般地流逝着。老人家预料到了什么，只觉得那最终时刻的节奏迎面加快了。

人、狗、鸟儿的宁静失去了……

果然，这一天，正当他捂着双腿在热炕头上愣神儿时，就听见一群孩子拍手喊着什么从远方跑来了。这是怎么了？村里人从不许孩子们到这门口吵嚷，今天为什么这样反常？正思忖间，孩子们那奶声奶气儿的喊声，已经涌到篱笆外了：

古德、您哪、拜拜！

古德、您哪、拜拜！

古德、您哪，拜拜拜拜！

古德、您哪、拜拜！

人、狗、鸟儿全愣住了，似乎这欢乐的稚气的叫声更预示了什么。随之，只听后面又是一阵汽车声响，还没等老爷子定过神来，小四子已经随着刹车声出现了。

"爹！"这小子兴奋不已，"我是专程来接您。"

"等等！"老爷子却仿佛还在迷惘中，"外头……外头孩子们嚷嚷什么？"

"嘿嘿！"小四子挠着后脖颈儿，"车开到村口儿，孩子们拦住问干什么？我就逗他们玩儿着说：接爷爷和你们古德、您哪、拜拜！这小家伙们，一听就给哄上了。"

"古德……您哪……拜拜……"老爷子竟又愣着神儿重复上了。

"爹！"傻小子却错误理解了，"穷家破业，有什么舍不得的？我又掏腾着换了一套房子，三室一厅外带洗澡间。最大的一室归您！怎么样？够孝顺的了吧！”

“古德……您哪……拜拜……”老爷子还在重复。

“该拜就拜！”这小子还在错误地理解，“爹！大哥、二哥、三姐，都跟我说了，我什么都依您！狗啊、鸟儿啊，还有什么宠物儿，都带着！”

“你……你这是在催爹……”老爷子说。

“不催行吗？”这小子抢过话茬儿，“您老不愿挪窝儿，大伙儿的一块心病！”

“傻小子！你呀……”老爷子一咬牙，终于缓过神儿来。

小四子更来劲儿了。他觉得随着最后这一声，爹又变成了个蛮精神的老爷子，总是乐呵呵地瞧着自己，好像怎么看也看不够，甚至比娘在世时见着他还邪乎。眼神儿中透着点凄凉，但那一定是故土难离。一时间，小四子那生茬子劲头儿又上来了，撂下爹跑出门外就扯开嗓子喊：

“狗兄弟在哪儿？黑翅儿老家子在哪儿？准备走啊，古德、您哪、拜拜！”

鸟儿吓得差点栽下篱笆，忙调回头儿痴痴地瞧着院子里的狗。

狗吓得挪了一下窝儿，忙调回头儿痴痴地望着窗口上的人。

人微微颤抖了一下，又愣着神儿痴痴地望着远远那天边儿。

走？终于没走成……

任小四子火冒三丈，任乡亲们帮着劝说，老爷子慈祥地微笑着就是不改主意，气得小四子逢人直嚷嚷：

“这算怎么和怎么回子事儿啊？精神文明、物质文明，西方道德、东方道德，通通都加到一块儿了，还解决不了这个问题儿！”

老爷子笑答：“快了……”

气走了小四子之后，天气变得更冷了，但这小院里似乎又很快恢复了正常。鸟儿依旧缩着脖子立在篱笆上，狗仍然蜷着身子卧在院子里。悄没声儿的，就像什么也没发生过似的，仿佛自己又把自己忘却了。

只有老爷子似乎有点异样……

仍没有恐惧，仍没有慌张，只仿佛感到坐着等待也劳神儿，变得一天比一天昏昏沉沉地爱睡觉了，即使在热炕头儿上倚着窗台儿向外瞧着，也还是常常身不由己地进入了梦境。

这一天，窗外似乎传来一阵啾啾声……

朦胧中一望，只见一只欢快的鸟儿，正站在外头的窗台上歪着头儿瞧他。跳几下，又啾啾几声，还不停地用鸟喙啄着玻璃，似在急切地想告诉他什么。

啾啾、啾啾！它还在鸣叫着……

他仔细一看，很熟，但又不太像那只黑翅儿老家子。眼珠儿闪亮，翅膀儿有力，浑身透出股活灵灵的劲头儿。

啾啾、啾啾！另一只鸟儿在叫……

再向远望去，外面也似乎不是寒冬。蓝天下，一缕缕翠绿的柳丝儿迎风轻轻摇摆着。枝头上还站着另一只鸟儿，正声声地召唤着窗台上的伙伴儿。

啾啾、啾啾！含情脉脉地对叫……

他顿时明白了什么，越瞧就越认出了这只鸟儿，黑翅儿没了，但眼神儿却是永远难忘的，只见它又依依惜别地啾啾了两声，便抖着翅儿跃上了枝头。又是几声，骤然就伴随着自己的鸟伴儿飞向了蓝天，渐渐地消融于万里无云的晴空深处。

消失了、消失了，在欢乐中永远消失了……

他羡慕，他渴求，但似乎总觉得还被什么牵拽着。冷，他感到冷，一种不祥的冷。刹那间，蓝天、翠柳、动听的啾啾声全消失了，心头只留下一片不安的预感。

冬天，现在仍然是冬天……

他猛一睁眼，只见院子里那狗今天变得异样地不安静了，不住地哼哼着，像在悲哀地呻唤。再仔细向窗外看去，更觉得不对头了。那狗垂着头儿，耷拉着尾巴，来回徘徊着更凄凉了，似乎正在焦急地寻找什么？再猛一抬头，啊！篱笆上那呆立的鸟儿不见了。

他想起了蓝天那隐没了的鸟儿伴侣……

他好像还有点不甘心，猛地挣扎起来，拄着拐杖颤巍巍地来到院子里。

还是四处都看不见。狗拴着，似乎显得更悲哀不安了。他忙上前放开。狗闻着、嗅着、哼哼着，径直跑在了那篱笆下的柴火堆旁。他拖着两条腿急切地跟了过去。啊！那鸟儿早死了、冻硬了。什么时候？不知道。狗又悲哀地呻吟了。

是谁的声音，“走了！先走了一个……”

他一调头，颤巍巍地回屋了。这一天，他一直倚窗坐在炕头上，目光是苍凉的，痴痴的，一动不动。院内，那狗早把那鸟儿衔在了狗窝旁，急切地把狗食盆儿全翻了过来。但那鸟儿任食儿埋住，还是一动不动。那狗又急切地用爪子把它轻轻刨出来，摆弄来、摆弄去，但那鸟儿还是毫无反应。最后，那狗显然是绝望了，把鼻子伸在地上，趴卧在那里直勾勾地瞅着那早已死去的鸟儿，整整一天一动不动。天是这么冷，村庄、农舍、柳枝、空气、人、狗，都仿佛和鸟儿一样，在严寒中冻住了。

雪，纷纷扬扬地下起来了……

又是一个滴水成冰的早晨，窗口上结满了冰花儿。老爷子好像一夜未眠，又好像才起来便又倚在窗台儿上睡着了。似乎那飞上蓝天的鸟儿早把他引向了缥缈的未来，身边的一切早已不存在了。

怎么？她来了……

轻盈的脚步，羞赧的脸庞。一条黑油油的大辫子，两只水灵灵的黑眼睛。红底儿白点儿的小褂儿，豆绿色散裤脚的长裤儿。婀娜的身条儿，多情的眼神儿。后头，还传来一阵阵嬉戏的喊声儿：

“红袄绿裤黑长辫儿，教书先生的好媳妇儿……”

她似乎才满十八岁。一见他，就玩着辫梢儿，嗔怪地对他说：

“走吧，俺来接你啦！老待在这块儿，也不嫌腻歪！”

走、走！可……

她还在催促他：“快走吧！还在那儿磨蹭什么？你瞧……”

他顺着声音望去，只见往日那被大脑袋拽倒的小狗儿，那细腿长身儿的半大子狗，那偷吃酱牛肉片儿的调皮狗，都一个个从她身后欢蹦乱跳地闪现了，前扑后跳、兴奋异常。骤然间，一条衰老不堪的狗也扑上来了，在她那娇憨的笑声中猛地和它们碰在一起，眨眼间便合成了一条虎头虎脑的狗。摇头摆尾，得意扬扬地在瞧着他。

顿时，他变得急不可待了……

但又是一个冷战，他似乎马上下意识地想到了什么。猛一睁眼，便急切地擦去了窗口上凝结的冰花，不安地向院内望去。漫天银白，柳枝上挂满了雪，篱笆上落满了雪，小院的地上也铺满了厚厚的一层雪。但任他怎样细看，却不见了那狗的踪影。刹那间，老爷子感到这白茫茫的世界是这么空空荡荡、渺渺茫茫。他失声呼唤了：

"小五儿！小五儿……"

又是她的声音："走吧！小五儿不是在这儿吗？"

又是一怔。惶恐间，他又急忙拄着拐杖挣扎外出。雪，满目的雪。他揉了揉昏花的眼睛，忽然发现在院子当中，隆起着一大一小两个雪堆儿。他预感到了什么，又支撑着走到跟前。只见那似狗形的雪堆儿上，闪露出两个黑孔，晶莹的、泪浸润的，那是一双凝固的眼睛，似乎还在凝视着那小小的鸟形雪堆儿。望着、望着，这回是他自己喃喃自语了：

"走了，又走了一个……"

雪，还在下着，似扬起漫天鹅毛，交错着在空中轻荡着。老爷子还在一动不动地呆站着，任一片儿、一片儿的雪花儿落满了他的全身、积过了他的双脚。仿佛面对眼前这一大一小两个雪堆儿，他决心成为第三个。

突然，她似乎又在提醒他："别傻站着！走啊……"

他乖乖地跟着这声儿走回了屋里。

"走啊！走啊……"

他乖乖地顺着这声儿躺在了炕上。

"走啊！走啊……"

他感觉自己是在走，轻轻地向前走。前面就是她那少女的婀娜身影，肩头上立着那只啾啾的鸟儿，身旁跟着那条欢跳的狗。她总在耐心地引导着他，三步一回头儿，眸子里闪着柔情的光，轻轻地向他呼唤着：

“走啊！走啊……”

他觉得自己越走身子越轻快，渐渐地似乎在空中飘飘忽忽地游荡了。眼前的一切色彩都不存在了：春天的苗绿、夏天的麦黄、秋天的叶红、冬天的雪白，四周只裹着一片恬淡的蓝色，浮荡着一层柔和的光。他感到自己仿佛置身于一片柔情的轻纱中，正梦幻般地向着未来飞翔。

“走啊！走啊……”

她的声音仿佛懒慵慵的，变得更轻、更轻。而自己的身子也好像变得更轻、更轻。在这恬淡的蓝色中轻柔地飘荡着，似乎心里面的一切烦恼都消失了，甚至连心也仿佛要消融在这美好的宁静中了。他在轻柔地飞，他在轻柔地翱翔，只想尽快地把自己也融化在这永恒的宁静之中。

“走啊……走啊……”

这声儿一点儿一点儿消失着，他感到自己也在一点儿一点儿消失着。恬淡的蓝色、柔和的光，他只顾得沉浸在一片美好的境界中飘荡着。抬眼望去，啊！

她，渐渐消融在永恒的宁静中了。

狗，渐渐消融在永恒的宁静中了。

自己，也在欢慰地消融着……

雪，还在纷纷扬扬地下着……

老人家就是在这样安详的睡梦中，缓缓地向人生的彼岸走去了。

医生说：就要瓜熟蒂落了……

但挣脱开这秧儿、藤儿、把儿的过程，似乎却是缓慢的。老人家在静静地睡着，儿女们和村里人甚至产生了一种朦胧的侥幸心理。这天凌晨，一个小伙子在远方竟忘乎所以地唱起了什么：“明天，明天比蜜甜……”但也就在这刹那，老人家开始咽下最后一口气。歌声中，他难得地睁了一下眼，好像是为了证实自己曾在这个时代生活过，挣扎着竟吐出了这样最后一句话：

“古德……您哪……拜拜……”

远方，那歌声还在田野上回荡着，好像忘我地越唱越动情了。

村口，孩子们正在嬉笑着踏雪去学校。一张张冻得通红的小脸儿，一双双映得闪亮的黑眼睛。是和父母再见，还是向谁告别？他们又顶着漫天的大雪，奶声奶气儿地嚷嚷上了：

古德、您哪、拜拜！

古德、您哪、拜拜！

古德、您哪、拜拜拜拜！

古德、您哪、拜拜！

田野上一片银白……

（发表于《小说界》）

附

动物趣谈

话说骆驼

我是写动物小说的，《花城》约稿，实在不敢拈花惹草地到花城去卖弄。好在广州又名五羊城，动物也占有一席之地，那就先率着几种草原常见的动物来遛遛。地北天南，姑且借此拉拉家常话儿。

先说说骆驼！

骆驼名声极好。论个头，当为众畜之首。但没脾气，一只羊儿完全可以把它胯下当成凯旋门走来走去。不仅如此，还哪儿艰苦就往哪儿去。留下水草丰美的牧场给哥们弟兄，自己甘愿到最偏远的戈壁荒漠去安家落户。颇有当年下乡知青的献身精神，却至今仍未见刮起返城风。故留下了“沙漠之舟”的美称，常使文人墨客感叹不已。

尤其是它那忍辱负重！

你常听说过虎啸、龙吟、狮吼、狼嚎、马嘶、牛哞、羊咩、鸟鸣，等等。可听说过骆驼是怎么嚷嚷的吗？没有。面对茫茫的戈壁大漠，永远是只顾着不吭不哈地跋涉。沉默，久久地沉默！但这沉默绝非是“沉默乃处世之宝”

的沉默，却有点似日本人所倡导的“沉默是金”那种男子汉的气魄。若不然也不会踏出古丝绸之路，更不会踏出近代史上远通俄罗斯、乌兹别克斯坦、蒙古等国的茶道。

动物间真正的男子汉！没有一丝牢骚，只知道任重道远。生命不息，奋斗不止，好一身人间也难得的阳刚之气。

但如若你能深入到瀚海深处的骆驼王国，或许你马上就会为自己的感叹倒吸一口凉气。天哪！原来每一处“骆驼王国”里只有一位男性公民，它就是“驼王”。而其他的除育龄母驼外大多是被阉割了的骆驼，俗称使役驼。创造上述种种奇迹的又恰恰是这些失去性势的家伙。绝不像人间的太监，它没了那方面的追求也就没了权势的欲望。无阳而刚，好似一个流动者的司克芬斯之谜，着实让某些人类仿生学家兴奋不已。

阉割竟有如此的妙用！

是的！当新的一茬小骆驼降生后，大约一半是小公驼。初生时无忧无虑，并不受驼王的歧视。但当它们的性势略显觉醒的时刻，就难免父子生分了。然而，绝用不着老驼王分心，牧驼人自会为它消除隐患。苍凉的荒漠上点燃了一堆篝火，骆驼王国的臣民们被一峰峰聚拢了。优胜劣汰，绝大多数小公驼都被轮着个儿阉割了。当那团血糊淋拉的玩意儿扔在篝火旁时，很快就被窜过青烟的牧驼犬吞食了，随之，性势的觉醒立即停止，剩下的只有两眼朦胧，到最后一切追求也没有了。唯一的任务便是顺着缰绳去塑造坚韧不拔的骆驼群体形象。

当然，既然讲优胜劣汰，就总有个别小公驼例外。身架初显傲岸，性势已露锋芒。百里挑一，作为后备的驼王。幸运是幸运，但正如“人生识字忧患始”一般，这位今后的日子也就不那么好过了。为避免近亲繁衍，大多立即就被输送到另一个陌生的骆驼王国去。就因为保留了那玩意儿，就得远离父母兄弟姐妹，孤零零地到他乡异土去“个人奋斗”。而且这仅仅是开始。须知陌生的骆驼王国里仍有老驼王，绝不肯轻易让出一个后妃嫔妾。绝没有人间国王传位那样文质彬彬，要想称王称霸就必须付诸暴力。说不定半道就有伤亡夭折的可能，得！总还会有一峰未被阉割的小公驼来替补。

难啊！似还不如挨一刀一了百了呢！

但怪就怪在这里，既有了性势就有了自我，就有了欲望，就有了追求，就似乎懂得了自身存在的价值，就仿佛明白了贪婪占有的意义。当然，绝非是为了“以权谋权”“以权谋利”等，骆驼王国只懂得“以权谋色”。人间虽也有此情，但绝不如骆驼来得光明磊落。为此，那幸存性势的小公驼，往往得在外国狂躁不安数年。头一次挑战，大多落个头破血流。第二次挑战，也大多只能落荒而逃。第三次挑战，很可能还是陷入了更大的孤独。但既有了性势，就必然欲火如炽，一年一度的血雨腥风也就势在必行！

好在一年就那么一回！

正如俗话中所总结的“人，有羞没够；牲畜，没羞有够！”骆驼一年只发情一次，平时骆驼王国里的气氛还很祥和。

但其间又自有其独特的规律，颇令人感到造化的神奇。骆驼的发情恰和气温成反比。天气越热，越显得冷静；天气越冷，情欲则变得越加炽烈。也难怪！炎热时掉得一根毛儿不剩，赤裸裸地难相互吸引。严寒时披上了绒毛的甲胄，雄赳赳的就难免引发了男欢女爱。这期间的现任和后补驼王大都会因情而“疯”，其情其景常令骆驼王国的上帝——放驼人也谈“驼”色变。这家伙不但敢于攻击任何同类入侵者，而且“色胆包天”地竟敢藐视“上帝”。就连人类偶尔涉入它的禁区，它也会狂追不舍置其于死地而后快。你爬上树去，它会猛啃树干；你躲入井中，它会倒下紧压井口将你捂死；你若被它追上撞倒，它将会死死将你碾成一堆肉泥。当然，“上帝”毕竟是“上帝”，自有制服它的办法。问题是那保留了性势的小公驼，为了这一年一度的欲火中烧那可惨了。

几度春秋，几番搏斗，老驼王终于年老力衰败下阵来了。小公驼没有白保留那玩意儿，也终于涉上了高高的沙丘，成为拥有无数嫔妃妻妾的新驼王。君临一切，好不惬意。但远远望去，就见那昔日威风凛凛的老驼王已经被牵走了，须知驼掌早已被列入了珍馐佳肴。而又过不了多久，又总会见远离驼群的深处，隐约出没着一峰可怜巴巴的孤独的小公驼。

新的一轮开始了。

只有那些失掉性势的骆驼，绝对地超然物外。没有欲望，没有追求，也就没有了烦恼。顺其自然，形象越来越好，说不定它们还感谢，早挨了那一刀。

啊！骆驼……

戏说驴子

再说说驴子！

驴子，农村山野间最常见的家畜了。干的杂活儿不少，却绝对耐不得寂寞。恰和骆驼的任劳任怨相反，常常爱大发牢骚，而且不分地点场合，一遇机会就长吁短叹。据说，开始因其声震四野，尚令众兽不敢轻举妄动，但自从发生了“黔之驴”事件之后，对它的叫声便随之传为笑谈了。更有甚者，竟被追而贬之为“蠢驴”了。

其实有点冤枉！

驴子干活儿向来不捡不挑。驮柴、驮水，还专爱驮着小媳妇儿回娘家。爱喊、爱叫，那也纯属是爱的咏叹调。嗅觉极好，老远闻到异性的气息，便昂首竖耳赤诚地歌唱起来。奔放、豪迈、无遮无掩，实在为“小人物”中难得之举。而主人又拴着人家，不让其火辣辣地去奔享爱情，那发点牢骚的长吁短叹算得了什么？

说到“蠢驴”，那就更名不副实了。知情人都明白，骑骆驼骑马出事儿的少，骑小毛驴的往往正闯了祸。故民谚曰：“毛驴是个鬼，摔下来不是胳膊就是腿。”鬼，说明它狡黠。要不，阿凡提也绝不会总是骑着它四处找财主和巴依的麻烦。试想这位幽默大师如果骑着一匹高头大马疾驰而来，说不定大伙儿以为是佐罗呢！

但说来说去，驴子还只能算个牲畜界的“小人物”。比不上牛能耕耘犁耙，比不上马能驰骋疆场，只陪伴着老婆娃娃们干些杂务活儿。可又谁曾料想到，就是这么个小牢骚鬼竟在历史上获得了无比崇高的地位。不但出现在诸多的民间传说中，而且在外国也成了一大政党的招牌。

这实在是一种独特的文化现象！

君不见，有时驴子的身上竟沾满了仙气。谁都知道，道教的始祖老子是骑着青牛出函谷关的。可就是没人能搞明白，他的嫡系传人张果老是多会儿把牛换成了驴？而且总爱倒骑着，优哉游哉地放手由它走去。没几分仙气儿成吗？这可是方向和路线性的大问题！仙人都把身家性命交给了它，足以证明了驴子绝非人间的凡物。就不该，有时驴子也在兴妖作怪。据民间传说，武则天当了皇帝后，也颇想学男性皇帝那样占有三宫六院七十二嫔妃。但试了几位面首之后，总觉难尽欢畅，于是便有驴妖出现独占后宫，甚至进而有了爱情的结晶——驴头太子。后母皇累遇反叛，驴头太子却能东征西战血染沙场，直至拼掉了自己的驴头。此传说尚在小说演义中可见。虽意在维护男性尊严，给中国历史上第一位女皇帝头上泼污水，但无形中却抬高了驴子的身价，使其不但得以逞雄宫闱，而且驴字后头第一次挂上了“太子”二字。兴妖作怪值得，尽使六宫面首无颜色！马、牛、羊、骆驼，均没有这个福气。唐太宗虽曾为随他征战的骏马留下了石刻的浮雕，可却被砸碎了偷运到了国外。但传说却是砸不烂的，至今驴子仍在和武则天谈情说爱。

其实在国外，驴子的身价也很高。美国四年一度的总统竞选，即又被称为驴象之争。小小的驴子竟敢与巨大的象决一雌雄，足见它在老外心目中也绝非等闲之辈。试想，满街举着驴头问鼎白宫，是何等的荣耀光彩？国内国外一样，凡驴不凡。

但仍断不了挨骂。

也难怪！在历史沉积越厚的地带，驴子这种个性似乎就越不合时宜。即使有美国人举着它的脑袋呐喊助威，在这东方古老的土地上仍被人称为蠢驴，雄性驴子更干脆被称为叫驴。不甘寂寞，吵吵嚷嚷，活该！

驴不但蠢，而且有时还顽固不化，生性倔强。性子来时，须从它前头拉着，后头赶着，它才肯乖乖就范。于是自古便有人想到要改造驴子的性格，让它与名声极佳的马交配。而驴子也不保守，主动热情地予以配合。果然效果奇好，下一代竟只知道埋首干活儿，更听不到一丝怨言和牢骚，并且有了个新的名字：骡子！

就只不该，天阉！

羊城羊话

按说，在广州话羊似有点班门弄斧之嫌。瞧那五羊城的雕塑：犄角锐利，目光有神，居高临下，一副奋力向上的模样儿！但越瞧就越觉得和我们草原的羊不一样。这大概是应了古时那段话：橘生淮南则为橘，生于淮北则为枳。原因是：水土异也！

我说的是北方的羊！

羊，草地上最温驯的动物。味道好极了，但绝没有一点脾气。难怪小伙子常常用这样的歌调儿引诱姑娘们：我愿变只羊儿来到你身旁……如果都像五羊雕塑那样竖着犄角走过，那非把女孩子吓跑了不可。虽山羊略比绵羊调皮了点儿，但大都尚能做到：我愿你举起鞭儿，轻轻地抽打在我的身上。绝无先礼后兵的现象，而且主人的鞭儿越重它们就越恋群儿。群起而入，群起而出，一听不到主人的鞭声就会变得浑浑然而不安。“文革”前筹拍的电影《鲁迅传》中曾引用了胡适一段话：老虎总是独来独往的，只有绵羊才成群结队！用意何在？自当别论。但从动物学角度讲，起码还是符合事实的。

还是李季先生说得好！长诗《王贵与李香香》里有这么一句：羊群走路靠头羊……他了解羊群组合的实际。羊，大体分山羊、绵羊两类。但无论哪一类，数量有多少，大体头羊只有一位：雄健的公羊，又称种羊，群里所有的羊必须臣服于它。牧羊人只要制服了头羊，整个羊群也就服服帖帖的了。不但在草原上如此，就连屠宰场上也是如此。老年间北京就时髦吃涮羊肉，每年不知需要杀多少只羊。但羊儿也畏死，临进屠宰场总是蜂拥着后撤，颇费人力时间。这时候就需要一只特殊的头羊了，在前头大摇大摆地引路，随之群羊便前后有序一只只慷慨引领。头羊有功，当然免死。周而复始，把同伴一批批地变成了火锅里的涮羊肉。

头羊何来如此巨大的魅力，竟能使伙伴们为它赴汤蹈火？究其原因，乃唯独它保留了雄性性势。羊类社会，极其残酷。接羔有两个季节，即接冬羔，接春羔。无论冬羔春羔，凡雄性者一律阉割，幸免者极少。经此一刀，从此后它便更名为：羯子，或者羯羊。变得格外恋群，就知道吃肥了对人类做无私奉献。有个别未阉割干净的，就难免有点不守本分，和古代某些太监似的惹是生非。但毕竟比不了刘瑾、李莲英，大多很快地就成为涮羊肉或手把肉，只是味道稍差一点儿：膻！至于母羔，则性功能越强越好，一年后则可变为适龄母羊。它们像珍珠一般在绿野里撒满羊群，这是草原上滚滚而来的财源。羯羊恋群，母羊恋公羊，当然那唯一保持性势的头羊就成了羊群的无冕之王了。绝不像人类，谈情说爱中那“我可以为你死！”往往是虚言，而羊群确能为了雄性头羊去粉身碎骨。

但头羊也往往受到挑战。最近内蒙古电视台实地拍摄了一部极其珍贵的动物片：野羊。其中有许多难得的镜头，颇发人深省。野羊无主，当然牧人们就无法对其阉割。雄者谁能独占花魁，那就要在搏击中看真本事了。随之，镜头里便出现了战败者另谋出路的情景：不顾人设的羊圈羊栏，竟溜进了家羊王国。先还是偷偷摸摸，后来便是喧宾夺主了。也难怪！母羊们也似乎懂得赶时髦，就像我们吹捧那些在境外并不走运的歌手一样，只要一进来便狂热地以身相许。而那原有的头羊也因为不是进口货，似也明白只能拱手相让。窝里斗是常见的，对外却自惭形秽挺不直腰板儿。羊儿这是怎么搞的，从哪儿学来这种坏毛病？

但您还别说，交配生下来的第二代还颇野头野脑的，有点野性子。牧人们并不排斥它，电视片里还特意记录下了它们的某些特性。要知道，即使在羊群里搞封圈围栏也不成了，好些年前我们就花了百两的黄金买来澳大利亚的种羊。要不，羊儿只能个儿越来越小，皮毛越来越沙，穿皮夹克吃涮羊肉都要大受影响。来几个冒牌的野货就来几个冒牌的野货吧，关键是自己要能挺直腰板儿！

啊！成群结队的羊……

山野鹿语

本来只准备吆着畜群到花城逛逛，谁料随后竟又跟来了猴子跟来了狼。干脆，免受了这种拘束，谁愿跟着来就跟着来。好在广州是个开放城市，而且草原也并非为牛、马、骆驼、羊特有。比如，我就在贺兰山下看到一只小鹿，竟颇为悠然自得地混居在牧场上的羊群里。

我一直在研究达尔文的学说，但就是始终搞不清鹿这种物种为何能保持到如今。按说它应当属生物链中最弱的一环，既无钢牙利爪，又无强悍的体魄。除了那一身杂有斑点的保护色，剩下的便只有战战兢兢随时准备逃窜了。而且鹿尾可以保胎，鹿茸可以壮阳。野兽们虽不知它的肉身有助于男欢女爱，却也视之为最易到手的珍馐佳肴。实在奇怪！按弱肉强食、优胜劣汰之说，它本该是早应绝灭的物种。连钢牙利爪身躯庞大的狮子、老虎、大象、披甲的犀牛，甚至狡诈的豺狼等俱都渐渐列入了濒危物种，而它却繁衍生息不止处处展露姿容。难道怯懦也是一种生存的手段？当然，白唇鹿也濒临灭绝，但谁让它有那样的嘴头子呢？人类早已总结出来了：笔头子，嘴头子。惹祸全因这两头子！

至于我在贺兰山下见到的那只混群于羊群中的鹿，嘴巴绝没有这类问题。据我向牧人打听的结果，原来是他进山拉木料偶然捡到的。不知哪个违法的歹徒偷着狩猎，它的母亲便因外出觅食成了牺牲品。这是完全符合鹿的习性的。公鹿大多是些花花公子，只知道为争夺配偶相互决斗。一旦成王，便只顾纵欲，生儿育女概不负责，完全交于母鹿去哺育。母鹿为了后代有充足的乳汁，便不得不留下鹿羔儿去四处觅食。它们隐蔽得极好，色彩完全和大自然融为一体。一般来说，母鹿若在外遇害，仔鹿也就跟着完了。而这只小鹿的劫后余生，纯属是偶然。因为牧人们一向视鹿为吉祥的动物。在喇嘛庙一年一度的“萨玛”仪式（又称“跳鬼”或“跳神”）中，戴鹿头面具的舞蹈者一出现总会受到欢呼，在牧人看来鹿是驱魔辟邪的，于是这只鹿崽受到了善待。牧羊人将它交给一只乳汁充足的母羊哺育，日久天长它竟认定了母羊就是自己的母亲。

惭愧！动物界也免不了“有奶就是娘”！但和人类又有所不同。它并不是因此而身价百倍，甚至自视甚高，而是降格以待之，自己也把自己当成了一只羊，幼弱时如此，稍长时如此，即使身高超过了母羊也如此。这是我亲眼看见的。当时我正下放在阿拉善草原劳动，也是在一次进贺兰山拉木头途经遇到的，那情、那景的确很感人。虽然仍是只小鹿，但已需深深地弯下脖子去探母乳了；母羊也对它视如己出，完全由着它的性子瞎折腾。有时它顽皮地跑远了，母羊还会亲昵地向它发出呼唤：咩……随之，尽心尽职的牧羊犬就会闻声窜去把它拢回羊群来。看得出，它和狗也相处得挺好，一齐归来时还相互追逐着嬉戏。你咬我一口，我弹你一蹄子。貌似认真，其实谁也不会动真格的，只是一种更亲昵的表达方式。当时我就深深地陶醉了，只觉得既那么隔绝而又那么和谐，一种强烈的反差造就了一种大自然的神奇之美。但我却忘记了现实对人和动物也有很严酷的一面，忘乎所以就会产生意料不到的悲剧。

我终于恋恋不舍地走了，脑子里仅仅留下个童话。谁知等我第二次进山拉木头的时候，山野下这一切竟都如梦般幻灭了。那悲戚的牧羊人缓缓对我说，他不该也渐渐忘却了它是一只鹿，而更不该的是它自己也完全把自己混同成了一只羊。似乎觉得人、狗、家养的驴、蒙古包前的马对它如此亲昵是天经地义的。这里是这样，别处也是这样，人间到处都充满了爱。唯有一次本该引起人们深思的举动，也被牧羊人当作笑谈忽略了。那一次羊群游牧到了额吉淖尔——母亲湖畔，这只小鹿也随着群羊到湖边饮水。这是它第一次面对着这样天然的大镜子。引颈间它蓦地被水面映出的影像惊呆了。怪物，简直是怪物！显然它不了解那满身花斑的纤巧动物就是自己，刹那间吓得回头就跑，致使整群羊也跟着它莫名其妙地惊蹿着。从此就显得有点恍惚，求援似的对人、对狗、对羊群更依恋了。是信任，也是在寻求保护。就不该当另一羊群也来母亲湖畔扎下蒙古包的时候，它也把这种信赖和求援扩充到了那人、那狗、那羊群。这也是大自然设置的一面镜子，但它还是没有从这些惊诧的目光中认清自己。更不该的是它还在寻求沟通和理解，终于引发了在那人的授意下那狗的扑上。悲剧发生了，那羊群也觉得理应撵走这混群的异类。据牧羊人说，当时它竟一动不动，只顾惊讶地睁着一双怯生生的眼睛，似至死都不能理解。好在看它从小长大的这边的人和狗也冲上去了，它终于受伤后却保住了一条命，而且被笃信佛教的主人又送进了山林。悲戚的牧羊人最后仍向我叨叨说，不知道现在它怎样了？是的！关键在于它现在觉悟不觉悟自己是只鹿！

从此这个故事的童话色彩消失了，却带着一股神秘的氛围伴我生活了许多年。有时我觉得我就变成了那只鹿，也同样多次陷入了那种不可理解的险境。但看我受困的人和狗却少有见义勇为的，而我的山林又在哪里呢？

人们！要好好认识自己！

说　马

马在人们的心目中形象极佳。虽久居人类胯下，但从古至今却受到中外一致推崇。即使你现在到雅典、罗马、佛罗伦萨等地访古，仍不时可以望到它们居高临下的雄姿。虽然是石雕铜铸的，但依然可以想象它们当年的尊荣。归途中如路经原列宁格勒，您还可以看到彼得大帝跨马的青铜塑像。人不必说，马更神采飞扬。再要路经茫茫的西伯利亚原野，还不时可以听到那首古老而凄婉的歌：可怜我这匹老马……奇怪！马是多会儿沾染上了鲁迅先生所说的某种“国民性”？

追索马被人类驯养的历史好像已近万年了。起码在原始部落时期它就早已出现在人类的生活里。这一点在古玛雅人、古印第安人、古安尼特人，以至从我们祖先的考古挖掘中都可证明。最初，人类大概只把它作为猎食对象。食草类，既无钢牙利爪，又少嗜血天性，唯一的优势是矫健善奔。不找这样的大块头食物，难道偏要找狮子老虎去玩命吗？于是多余被捕猎的马匹便渐渐被驯养起来，和猪一样成了人类食物的备用品。可以说，第一个发现四条腿比两条腿跑得快，并开始在马背上打主意的人绝对是天才。但使马能真正脱颖而出的却是马镫。别小瞧了这简单的玩意儿，绝对可称得上是划时代的伟大发明。

这份荣誉绝对属于咱们中国！英国剑桥大学的李约瑟博士已做出了权威性的考证。在他那部举世闻名的《中国科技史》内，对马镫发明的评价是足以令中国人自豪的，不但是我们改变了马沦落为猪的命运，而且使马从此参与了改变历史的进程。须知，有了马镫之后人和马便浑然成为一体。人有了马奔腾的四蹄，马有了人敏捷的思维，于是便有了跨越疆界的战争。一代天骄成吉思汗不必说了，他便是依仗着无数马上健儿的铁蹄踏遍了欧亚大陆，为世界写下了至今仍令人震惊的血雨腥风的一页。马，自从挂上马镫之后便身价倍增了，人能够“马革裹尸还”竟也算死得其所了。故有学者评论清代的衰亡日：马上得天下，马下失天下。由此不难看出，枪炮发明以前人类的历史几乎就是由马蹄踏出来的。

即以中国人引以为傲的万里长城为例，无论秦长城、赵长城、汉长城，以至明长城，依我看都是专为马修筑的。一个目的，挡住外来的金戈铁马。据说长城在月球上都可以看得见，但在历史上似乎却收效甚微。因而古代即有赵武灵王的觉悟，首先提出“胡服骑射”，以马制马，以其人之道还治其人之身。但下场并不好，虽贵为一国之主，最后还是被困饿死于宫中。汉武帝也有所突破，故他的大将霍去病的墓前有了“马踏匈奴”的石雕。但不该“轮台诏”忏悔得不在点上，致使他的后人发现女人或者比马强，遂有了《昭君出塞》的故事。唐太宗不愧为一代明君，这大概也与他的爱马是分不开的。虽然他也深知女人的魅力，也送公主去和亲，但却仍不忘从西域引进各种名马。乌孙进贡的血汗马就是一例，因而“唐宗宋祖”在中国历史上占了一席之地。

一句话，马在历史上的地位不同凡响，而且竟由此引发了一门学问：驾驭术！小至驾驭文字，大至驾驭人生、驾驭政治，故深埋于秦始皇地宫中的马俑并不感到寂寞。瞧！还有一条条好汉和自己同埋于地下几千年了，连个名儿都没落下，只得了个共称：兵马俑。生和这些好汉冒死冲杀，死和这些好汉长埋地下，造就了“秦皇汉武，唐宗宋祖，一代天骄成吉思汗”等一代代“风流人物”，还有那条孟姜女至死也哭不倒的万里长城。

但就不该开掘了使其重见天日，一匹匹骏马目瞪口呆“当今世界殊”。只见外国同行在雅典、罗马、佛罗伦萨等地至今仍高高在上，而自己竟这么久被长埋于地下。偶尔也在帝王陵寝的墓道两旁看到一对两对的，但大多和石雕的文臣武将一般俯首帖耳，比外国的马匹有教养多了，好一派儒雅的忠恕风度。榜样的力量是无穷的，于是至今仍在秦兵马俑坑内痴呆呆地傻站着，绝没有哪匹敢抬腿弹蹄的。

凝固的骏马，永不倒的长城啊！

道 狼

在茫茫的大草原上，除了牛马驼羊之外，牧人们谈论最多的大约就是狼了。虽现已很难见其踪迹，但有关它的神话、鬼话、妖话仍层出不穷。似乎少了它，广袤的荒野上反而多了一份寂寞似的。

也难怪，自从有畜牧业以来，狼群就仿佛是上苍为牧人们设置的天敌。神出鬼没，狡诈凶悍。不但击杀怯懦的羊只屡屡得手，就连偷袭比它大几倍的驴子也毫不含糊。月光下，借着云影的隐蔽，陡然就飞蹿上了这位自以为是家伙的背部。前嘴紧咬鬃毛，后尾急赶驴屁股。强驴虽仍不忘牢骚声声，但最终仍难免被赶回狼穴被众狼分食了。这就是狼王的风格，颇具阳刚之气，常令领群的雄马、头羊、驼王、种牛为之汗颜。

但只要你一深入狼的王国进行一番科学考察，这种阳刚之气定会使你大感惊诧。狼群绝不同于家畜社会：雄性做主！这是一个典型的母亲王国：雌性为王！阳衰阴盛，却凶悍无比，不由得使人想起了历史上吕后的当权、武则天的称皇。尚有两位似可“与狼共舞”：慈禧老佛爷和江青。但仔细想来又似对狼有点玷污。狼王只对六畜造成损害，尚且没有祸国殃民的记录。

作为统率狼群的母狼，绝没有汉高祖、唐高宗垫底儿，只能靠自己的搏杀在狼群中崭露锋芒。精于谋略，善于布阵，而又勇于身先士卒。但更重要的却是必须具有极强的生育能力，以保证小狼崽子一代更比一代凶悍。绝无夫贵妻荣或其他关系网可说，完全靠的是自身所发出的那种狼性的独特魅力。为此，在狼的王国里组织颇为奇特，作为狼王的母狼在性关系上也搞专制。不论下属有多少公狼母狼，唯有它一个享有性爱和生儿育女的权力。奇怪的是群狼均没有异议，私下里打情骂俏极少。普通母狼似自惭形秽竟没了这方面的要求，而公狼则只知道在狼王面前献媚取宠一比高低。一般来说，狼王也只根据勇猛凶残的表现挑选两三位作为性配偶。不看资历，重在表现。能者得伴左右，弱者随时淘汰。这样，在狼的王国里就形成了一股特有的凝聚力。母狼如若想独享性爱就必须变得更为凶残，公狼如若想发泄欲火也必须更为强悍。难怪草原上以雄性为王的牲畜常常败在它们的手下。狼群不受阉割制约，靠的全是生存竞争！当然，留在人的心目中的印象，必然也只剩下了凶狠、残暴、疯狂和嗜血成性。

但狼王也有它的另一面，每当率领狼群血腥搏杀之余，它也在荒山野岭上的狼穴旁充分展示着它的母爱。那情景也是格外动人的。柔情脉脉，舐犊哺乳。而其他公狼和母狼也丝毫不含妒意，只是拄着前腿蹲坐着静静地瞅着，也仿佛怕惊扰了这圣洁的场面。狼崽是共有的，狼群都视之为己出。而狼王不但爱子情深，且教子有方，幼时哺以乳汁，稍长即吞食猎物以哺之，再大便捕回羊羔之类任幼崽练习扑食。当然，既然当了狼王便很难专心去做贤妻良母，率领狼群东征西战仍是首要的职责。这样，每次出击便有一条亲信公狼留下任保姆之职。别看这条公狼对外凶悍无比，但对这顽皮的小狼崽子真可谓“俯首甘为孺子牛”。陪群顽嬉戏，任幼狼撕咬，有时竟被撕咬得皮毛脱落口鼻出血，绝无怨言。一遇危险还得把小狼崽子一条条衔在最安全的狼穴里。有的甚至还为此献出了生命，不可不谓壮怀激烈。

草原茫茫，阵线分明，自古便形成了这种家畜和野狼各为一方的父系社会和母系社会的大搏杀。人当然是站在家畜一方，丝毫不考虑大自然设置这种天敌的意义。终于，人靠着现代科学把狼群彻底从牧场上消灭了，但随之而来的便是击碎生物链这一环所带来的消极后果。原来，狼群只击杀那些老弱病残的牲畜，在客观上有助于畜群的优胜劣汰。同时，狼群也捕捉那些破坏牧场的小动物。如旱獭、土拨鼠之类食草翻土的小野兽。现在狼群是销声匿迹了。而噬草小动物却泛滥成灾，不但和畜群争草，而且使牧场日渐沙化。这绝不是为狼辩护，而是经英、美、澳大利亚许多科学家考查得出的一种结论。君不见，美国西部地区某位哥儿们正在自己的牧场上试着豢养狼群吗？当然，干什么都得有个分寸，也不能把狼当成印度圣牛似的由它四处乱跑。杀还得杀，只是不要赶尽杀绝罢了。您一定记得当年割资本主义尾巴割得多么彻底，现在要重新长起来可是费老鼻子的事了。狼也一样，大自然绝不会莫名其妙地设这么个物种儿。

聊　猫

过去，草原上是很难见到猫的。也难怪！牛马驼羊各司其职。唯独它好像是专门供人玩儿的，娇媚柔弱。且别说抓耗子了，就连大自然严酷的风霜雨雪，它也无法应付。因而中国玩猫虽已有几千年的历史，但至今它仍很难成为牧人的“宠物”。

但在城市里却绝对不一样!

外国玩得邪乎。诸如举办世界性的猫展，全球性的猫赛，其盛况比人类的选美大赛有过之而无不及，致使很多落选的美女娇娃恨不得把自己也变成了猫。在中国玩得颇有特色。诸如给猫起名曰:雪里拖枪、枫林晚霞、彩云托月、泼墨梨花等。古色古香，玩猫竟能玩出古老的诗意来。虽近代已逐渐开始洋化，但也足见中国养猫史的源远流长。

猫成为人类的宠物，实在是个奇怪的历史现象。可以说不用去翻阅有关它的动物专著，人类早就对它的习性了如指掌：好打呼噜，好睡懒觉，好挑食儿，还好招蜂引蝶。每年一次的“嚎春”就更够人受。时如婴儿怪啼，时如怨妇哀叫，一惊一乍，常使生人彻夜难眠。尤其值得一提的是，它还涉嫌忠诚问题。嫌贫爱富有目共睹，溜出不归更是习以为常。如和犬那种“狗不嫌家贫”的高尚品质相比，原应受到“过街老鼠，人人喊打”的待遇。但人类却对它宠爱有加，这使某些落魄者百思不得其解。

其实只可查查历代的野史，就不难考据出猫儿受宠的缘由。一个字儿：媚！时而娇若无骨，时而憨态可掬。常伴主人膝上任抚任摸，又随主人入睡两情依依。就连那轻柔的呼噜声似窃窃私语，更使主人放心地进入那美好的梦境。故据明代笔记小说载，君王后宫多养猫。非为排遣寂寞，乃宫女竞相学猫之媚。目的在于取悦皇上，以独得龙身的宠幸。为此，我很怀疑俗言猫咪之咪应为媚，起码也应是迷。当然后宫纵容宫女养猫，始作俑者乃是皇上。媚，当权者所追求的一种最高级享受，更何况他还可借猫惩治那些当媚不媚者。据流传于民间的宫闱秘史所言，明代嘉靖皇上就是这方面的老手。这位一生只知炼丹成仙纵欲的圣上，惩治那些难使龙心大悦的宫娥用的就是猫。将其塞入那欠媚者裤裆之内，上系裤腰，下勒裤腿，任猫儿在这憋气的“洞天福地”里闪、展、腾、挪、撕、咬、挠、抓，致使明代宫女常常谈“猫”色变。而因媚得宠的猫也不乏捧场者。君不见，狸猫换太子中那只猫被写得何等壮烈忠贞？媚者，忠也！

往事越千年！随着现代文明的逐步发展，皇帝老儿虽已没了，但猫的媚性却仍在延续。真可谓：江山易改，禀性难移。并已由后宫渐渐走入千万百姓家，致使媚态得以不断地扩散。只不该受“中国月亮不如外国的圆”的影响，似乎中国的猫儿也不如外国的媚了。洁白如银的波斯猫已跃居猫中的极品，本地猫倒给人以一种遗老遗少的感觉了。但尽可放心，玩洋猫儿只不过是为了时髦，手法却仍带着点古色古香的古典味儿。比如说，这些年某些大城市日渐兴起的“结猫亲家”便是一例，正在努力使洋为中用。好您哪！雪团锦簇似的洋猫儿多少钱一只？绝不能由着它那洋性子胡来！仁义之邦，仁义待之。于是便不仅整天瞧着它卧在身旁给自己解闷儿逗乐子，而且无微不至地关心它的吃喝、洗澡、挠痒、梳毛儿，进而乃至爱情生活。当然，提到这事儿就由不得想到了艾滋病，绝不能让自己的洋猫儿得上这种洋绝症。还是中国的老法子好，求的就是个相互知根知底儿。随之便是几瓶好酒，几条好烟，猫友之间互搭鹊桥，既怡情养性，又广结人缘儿；既不致使“谬种”流传，又保证下一代的纯洁健康。猫结连理，人成亲家，何乐而不为呢？虽然，其间也难免有介绍人，也难免进行讨价还价。诸如，你别揩了我家的油儿啦，你别偷了我家的种儿啦，以至关于下一代的分配方案等。但也必须看到，洋猫儿的价格现已有了回落，而且另一种社会关系网却正在逐渐扩大。猫亲家间，办事方便多了！

文化中有婚嫁文化之说，过去仅指人而言，现在猫竟拓宽了这一领域，足见其媚是如何的迷人！但媚超过了一定限度就近于妖，而受宠越深也越易代主人受过。古妲己不就是一例吗？现有关于猫也有这样一个故事，足以提醒世人媚必须掌握分寸。有一个颇有地位的家庭，年事已高的女主人只靠着一只波斯猫排遣寂寞。女主人死时，这只又肥又大的波斯猫也到垂暮之年了。可惜面对新的环境它仍故技重演，在发送女主人归来的子女前仍玩着旧的把戏。时而拉开冰箱自拿食品，时而跃上沙发抢占位置，时而睡觉时争夺女主人的枕头，时而夜静时学人发出声声咳嗽。尤其令人发怵的是，它还会深夜推拉屋里的门，在各房间之中走来窜去。子女们属现代派，相信西方的猫妖异之说。谁也不便明言，但隐约之间却又仿佛看到了什么。或者正是这点救了这老洋猫的命，它只被当作不祥之物恭恭敬敬地被远远地抛弃了。但它好像还不懂这是媚得过了头。有一天深更半夜竟又悄悄溜回来举起爪子敲门。咚咚！咚咚……终于被子女悄悄扼杀了。

猫真是一种至死不改的媚态动物，但有人还说可以照猫画虎，甚至称猫还是老虎的老师。说这种话的人或许也有他不得已之处，但尚有一点我绝不敢苟同。言者称，猫教老虎留了一手儿是没教后者蹿房上树。我看则不然。虎不会蹿房上树已是王中之王，会这一手儿倒显得有点轻浮。应该说，猫没教会老虎的绝招儿是：媚！若不然老虎怎么会成了濒危物种，而猫却依然有人为它们料理婚事。

怪不得鲁迅仇猫……

侃　狗

在六畜中，挨骂最多的大约要数狗了。什么走狗、疯狗、癞皮狗、夹着尾巴的狗等。其实，人类的行为狗负什么责任？究其原因，终于发现是因为和人类的关系太密切了。常言说得好："打狗看主人！"倒霉就倒霉在它过于忠诚了。"走狗烹"是什么意思？那就是说主人利用完之后也难免对它下毒手！

您哪！心眼儿太实了绝没好处！

查查历史，甲骨文中就有犬字，那说明狗和人相处已成千上万年了。"子不嫌母丑，狗不嫌家贫"，狗的种种好处是有史可查的。就连要求极严的儒家也不得不批给它个"义"字，遂有了"义犬救主"等传闻。直至今日，它仍在草原上发挥着极大的作用。绝不同于牛、羊、马、骆驼，它在牧人心目中仍是少不了的助手。看门、护家、拢羊、赶马，甚至帮助照看孩子，尽心尽职，早就超过了某些浪荡子弟。我就在荒漠中亲耳听到过这样一个故事：父亲外出了，妈妈去放牧，蒙古包前就留下三岁的孩子在和狗嬉戏。这时几条荒漠狼出现了，垂涎欲滴地对准了那胖乎乎的男娃娃。但狗却绝不因狼是近亲而睁一只眼闭一只眼，随之一场殊死的护卫战就开始了。等女主人归来一切已结束了，眼前只呈现着两条倒毙的狼，一条垂死的狗，还有那号啕着但完好无损的孩子。狗的身上除了裸露的骨茬、流淌的血，余下的还有凝视着主人的眼里那两滴泪……狗在草原上很受尊重，不但牧人们把它当作无言的朋友，就连一代天骄成吉思汗对它也比孔老二大方多了。文字算什么？他把自己四员名震欧亚大陆的战将命名为"四犬"，要的就是儒家那头一个字儿：忠！

但到当代，随着忠字意识的混乱，就连荒漠上的狗似乎也无所适从了。"文革"期间，就发生过这样一件令人啼笑皆非的事儿。边境地区要打狗，但绝非为了防止狂犬病，而据说是因在反修前哨狗的乱喊乱叫似通风报信。牧人们当然要"忠"，只能含泪眼瞧着自己的无言朋友被打死。狗也比较糊涂，还以为狂吠猛扑是对主人的忠诚，结果最勇猛的狗全被消灭了，留下的往往是些只能充当玩物的怯懦的狗。十多年以后，牧人心头的余痛刚消，却又见有人到荒原来找那些早已消失的狗。据说是德国一警犬专家经多年研究，声称中国的藏狗——嘎尔斯乃狗类中的珍奇品种，多方面优于驰名于世的德国警犬，愿以一万美元一条的代价收购。而这种藏狗很可能仅存于漠北荒原和西藏腹地，来人正是到此调查了解的。但没了，没了！起码荒漠上已经没了。这才叫"老外一个屁，胜读十年书"！没德国专家的研究，这些狗很可能死了就死了。有了老外这一万美元的评价，它却在众人的痛心疾首中得以名垂"狗"史了。这绝非杜撰，请查阅英国《大不列颠狗类百科全书》，其中就有关于它的条目。

但这并不等于说狗就没了缺点。

比方说骂人"狗男女"，就和狗性有点沾边儿。据我考查，六畜中绝少不了遭阉割的，就连肉鸡也难逃小刀那么一挑。但狗却往往例外，这就助长了它的性自由。老年间在大街小巷中经常可看到狗交配的情景，性解放到久久难以自拔。小孩子很爱中间插一杠子，抬起来以游街示众。为什么给予狗性自由？说法颇多。比如就连皇上也缺少不了狗肾、狗鞭作为壮阳药物。但我对另一说独感兴趣：广开门路，另育新种！君不见，现如今老少爷们儿就喜见千奇百怪的小狗儿，仅留下最伟岸的公狗传宗接代能达到这个目的吗？尤其那种似猫儿般妩媚，似猫儿般娇柔，似猫儿般听话，似猫儿般大小的狗最值钱，弄一条总赚个千八百的。

由此看来，狗的缺点也似人造成的……

但不管怎样，这仍不失为一条门路。藏狗嘎尔斯绝迹了。咱们就在娇小、妩媚、娇柔、听话上下功夫。作家们也不妨试试，不是有人鼓励您也变变笔法吗？

怎么样？

猴文化的困惑

1

按说，在猴年我是应有所作为的。

须知，我这大半辈子尽写动物小说了，笔下尽和大大小小的动物打交道。大到写了昂首挺峰的傻骆驼，小到写了为主求荣的百灵子。干这行吃喝的，不琢磨这个成吗？于是八小时以外，研究动物就成了我最大的爱好。

但猴年已过，我却至今仍未写过一只猴儿。

非我不喜欢它，而似乎皆因感兴趣得过了头儿。幼年家居北京，叔叔大爷们常常带我走进戏园子瞧名角儿的好戏。那时的马连良、谭富英、张君秋，甚至包括梅兰芳梅老板，我大体都有幸得以一睹风采。但除了武打之外，我竟如受刑一般，不是把大人们折腾得六神不安，就是在名家的唱段中酣然入睡。气得叔叔大爷们只好大骂我朽木不可雕也，充其量只不过是个配看要猴的主儿。

说到点子上了！

不错！放着高雅的我不享受，一听见门外耍猴儿的锣声我就人来疯。偷抓上一把糖豆儿，再揣上几个小钱儿，逃过母亲和奶奶设下的封锁线，一追耍猴儿的就是大半天。跟着穿胡同，钻小巷，过闹市，有时为此逃学挨板子也在所不惜。钱给了耍猴儿的，糖豆儿进贡给了猴子，直至夕阳西下仍然恋恋不舍，弄得猴主儿也颇过意不去，冲着我一个劲儿直嚷嚷："小爷！您这是跟到哪一站算个了啊？莫非不是想当猴哥，就是想当我的徒弟？"

这正是我求之不得的！

最后，终于还是被撵回来了。但一顿好打之后仍痴心不改，夜里睡在母亲的怀抱里仍想着白天那演独角戏的小猴儿。太逗了！一会儿倒立，一会儿翻小翻儿。抓耳挠腮，蹦来跳去。圆圆的小眼睛，红红的猴屁股。人模狗样的，有几位名角儿能比得了啊！幼年的心目中，没有耍猴人手中的链绳儿，更不理解那频频敲响的锣声，有的只是小猴儿的诸般绝技。学！变着法儿在家里胡折腾。怪不得母亲经常责备我说："你就是一只调皮的猴儿！"

这竟使我颇为得意。

成年后，我仍乐此不疲。耍猴儿的少了，就带着一双小儿女到公园里逛猴山。看猴儿们怪相百出，听孩子们欢笑声声。多亏了童年时的"返祖现象"及时地停止，我对猴儿的观赏才渐渐由"趣味性"转入"知识性"了。孩子们瞧的是小猴儿在猴山间的欢腾嬉戏，我瞧的却是老猴王在猴群间的欺男霸女。猴儿的社会颇为独特：等级森严，尊重权威。老猴王不但得吃、得喝、得居高临下，而且母猴们也心甘情愿地成为它的妻妾。其他公猴虽垂涎欲滴、跃跃欲试，但时机不成熟却绝不忘献媚、取宠，争着为老猴王搔痒理毛儿。也有个别偷香窃玉者，公猴们竟能够及时向老猴王检举揭发。当然，下场是可想而知的，天哪！在孩子们眼中的一片欢欣的童话世界里，原来竟隐藏着这么一位霸道的独占花魁的主儿。

我开始为猴儿们愤愤不平！

翻书，查资料，为公猴们的合法性爱寻找理论基础，但很快就发现自己失败了。须知，优胜劣汰、生存竞争，猴儿们也难得例外。若不如此，而让每个公猴儿都能搂着个母猴儿，说不定时至今日仍难进化成人呢。更何况，猴王也绝不同于公蜂和公蚁，除交配外责任还极其重大。在丛林里排难除险、扶老携幼，以保证猴群其乐融融，颇有王者风。多玩几个母猴儿，系小节。君不见，为此猴子王国里产生了多少动人的故事？赴云南抓金丝猴，行家往往只捉猴崽子。母猴虽可逃之夭夭，却宁愿追随小猴儿身陷囹圄。驱之不舍，多么伟大的母爱呀！马来西亚密林中的猴儿，甚至还懂得为死者哀悼。一只猴儿死了，群猴就会挖坑将其埋葬。唯独将死猴的尾巴留在土外，不是作为丰碑，而是观其是否真正死了。若遇风吹草动，那尾巴偶然一摇，猴儿们便会欢呼着把它重新掘出。往复数次，绝不灰心。最后虽终属徒劳，但随之而起的哀啼不是更有人情味儿吗？

猴儿，挠人心肺的猴儿！

后来，我对这方面的专著更阅读得如痴如狂了。不但搞清了它们之间的科、目、属，而且搞清了它们为人类科学献身的伟大精神。不是这样吗？有人正试着给人类移植猴子的角膜，有人正试着给人类移植狒狒的心脏，有人还试着给黑猩猩安上一颗人类的脑袋。

小时候那耍猴儿的锣声又敲响了。

我摊开了稿纸……

2

但随之而来的便只剩下困惑。

不是我收集的有关猴儿的故事不够多，而是源于我创作的是小说。文学作品，不管你多么神通广大，你总得设法把猴儿领入现实生活。

得！麻烦跟着也就来了。

刚一动笔，这猴头就显得颇不顺从。抓耳挠腮，龇牙咧嘴，一连串儿就朝后翻了几个跟头。似知道我的小说大多以市井为背景，要领也只能把它领入凡夫俗子之中。俗气！还不如在童话中猴子捞月亮呢。跟着我的笔头子重沾人间烟火，掉价儿。

您哪！惯坏了。

也难怪，我们的老祖宗似乎比达尔文还高明。早在好几百年前，就不但把它进化成了人，而且进化成了神。

不信？您就瞧瞧！

一部《西游记》早就使孙悟空名闻中外。猴儿是猴儿，可任何英雄豪杰能比得了吗？吴承恩老先生绝难想到，他创造的这位泼皮猴儿竟数百年屹立神坛岿然不动。不但皇帝老儿曾为它立过齐天大圣庙，就连在“换了人间”后也威风不倒。一出《孙悟空三打白骨精》更使它成了政治暴发户，就连当代独领风骚人物也带头向它顶礼膜拜，虔诚地诗云：“千刀当剐唐僧肉，一拔何亏大圣毛。”连根毫毛儿也动不得，足可见神到何等分儿上了。虽经训示可修改为：“僧是愚氓犹可训，妖为鬼蜮必成灾”，但后果已经可想而知了。“文革”中有关猴气虎气之论一起，于是天下便涌现出无数的“金猴”和“千钧棒”，而且成帮结伙成了“队”。一时间只砸得中华大地烽烟四起，满目疮痍，哀鸿遍野，白骨成堆，比大闹天宫还要有声有色。现如今金猴儿虽捂着红屁股大多另谋他就，但那留下的千钧棒却仍令有关学者专家笔杆儿发抖。怪不得猴儿不愿走进市井之中！

摘面儿！就是不能成神，也得成魔、成妖！虽和鬼字沾边儿，但也紧挨着女字有股脂粉味儿呀！唐代即出现了此类小说，《补江总白猿传》便开了此例先风。据注释云：“述梁大同末欧阳纥妻为猿所窃，后生子询。《崇文目》以为唐人恶询者所为之。”但不管怎样，猴儿拥抱着名人的妻子，并有了个名人的儿子，是古有记载了。多么令人浮想联翩，足见中国古代文人也有艳绝一时的科学探索精神。到后来《初刻拍案惊奇》中的“盐官邑老魔魅色，会骇山大士诛邪”，那期间的猴头就不仅仅拥抱着一个名人的娇妻了，乃完全把猴类社会独占花魁的法则引入了人类社会。在山洞中掳来了众多的美女娇娃，自在得实在没边沿了。飘然若仙，酣畅淋漓。后虽被大士所诛，但也应了那句老话：“宁在花下死，做鬼也风流！”是的！猴儿宁做鬼也不愿在凡夫俗子中当玩物。不信您就听听这个故事。“文革”后期，“四人帮”似乎也想夸耀夸耀他们造成的“大好形势”，破例批准在某草原举办一次“那达慕盛会”。稀罕！各类人物闻风而来，其间还交杂着一位衣衫褴褛的耍猴儿者。谁料因半途上车挤人杂，穿着小红衫的猴儿竟被惊蹿下了火车。得！于是在一处反修防修的前哨牧场上，便开始有鬼影儿飘忽频繁闪现。不但钻蒙古包窜帐篷打破坛坛罐罐，而且经常骑在头羊背上把羊群惊得四散。最后干脆和民兵捣起乱来，飞越马鞍彻底搅乱了反修的战略部署，使草原上的阶级斗争变得日渐复杂。草原上极少见过猴儿，却常见一个穿红衫的小怪物。于是世风日下，反修者一个个神志恍惚。老太太们开始祈求于神佛，致使反修堡垒不攻自溃。只便宜了那猴儿，每夜都得以享受大量供果。它才不管鬼不鬼呢！

而现在有人却总想把它引入凡间。

您哪！逼人！万般无奈，舍了天界、鬼界，也非得去考“托福”。要到人间，也得争取到洋地面儿上闯荡去。不是外国的月亮比中国的圆，是人家在电影或小说里给猴儿的地位是没法比的，似比孙悟空都强。不受儒、释、道三教管辖，也不受那么多条条框框限制。没有紧箍咒，没有五行山，也没有猪八戒那蠢货总在一旁打小报告，有的却是能和金发碧眼的美女大搞恋爱。《金刚》里的大猩猩就是这样，大闹纽约四处寻找它那失落了的爱。找不到那当演员的漂亮妞儿，一怒之下就摇晃着高耸入云的帝国大厦泻火儿。力大无穷，差点儿愣给摇散了。这也不枉在人世走一遭啊，有多威风！而《人猿星球》里就更邪乎了，干脆叫人类又灭绝了一次。愚昧嘛！因战争爆发相互残杀只能沦为次等动物，从而使人猿又控制了地球上的一切。得！哥们儿！跟着猿爷从头儿进化起吧！在《人猿巴克斯》里，那就更玩玄玩得近于猫腻儿了。叙述一位女动物学家因研究人猿习性，竟和一只大猩猩日久生情。最后愣抛夫弃子，和这只大猩猩远走他乡终身厮守在一起。瞧！没把它拉入人类社会，倒让它拐骗走个妇女。最具有人情味儿的要属《人猿泰山》了。绝不涉及人猴间的情恋问题，可那也是把人带回了丛林间的猴儿窝里。虽最终得以重返人类文明社会，但总觉得没有在猴群里活得自由自在。到头来还是抛弃了荣华富贵，再次回归大自然和猴儿一起生活。不过没忘带回一位柔情的美女，使公猩猩们都放心了。一句话，在国外做猴儿也比国内风光。瞧咱那电视片里，猴儿顶多给个探长当当。有多大油水儿，还是考“托福”去吧！

难哪！天、地、人三界转了个够，现如今的猴儿都抖起来了。洋味儿十足，都不愿进入市井之中。

没辙！土气。

3

可我又压根儿不服！

神话，魔幻，或扮演外国的时髦猴儿，是好，可也不该忘本啊！不是我揭老底儿，自古还是和凡夫俗子做伴儿的多，真正能和洋妞儿打交道的猴儿没几个。既然被从深山野林里抓了出来，那就得供人玩儿，供人耍，供老少爷们儿逗乐子打哈哈。还必须指出，大多数还必须一辈子打光棍儿。

不信？回头再瞧瞧一开头提的耍猴儿。

据查《中国百戏考》，耍猴儿又称猴戏。既然称之为戏，就势必和文化艺术沾了边儿。但据我了解，操此业的猴子大都难高雅起来。整日里出没于市井之中，就只顾得跟着主人在芸芸众生中讨一口饭吃。绳链儿一拽，小锣儿一响，就得翻腾跳跃于茶楼酒肆之间，以博老少爷们儿哈哈一笑，忙得难有一点儿现代意识。更绝的是，为讨得凡夫俗子的一个碰头好儿，还必须人模狗样地大跳加官。主人一声吆喝，就得穿上小红袍，戴上乌纱帽，不住地往尖嘴猴腮的小脸儿上换面具。一会儿红脸儿，一会儿白脸儿，一会儿黑脸儿，一会儿三花脸儿，一个劲儿往官场里凑近乎，您说这俗不俗？这还不算，官是当上了，老少爷们儿还想要点儿意外的收获，非得要它撩起官袍来看看猴屁股。嘻嘻！红的。凡夫俗子就爱这个，让人高尚得了吗？最可悲的还在这儿，浪迹江湖，难免有个别要猴的主儿死了。猴儿获得自由，本该是件好事儿。谁料被好心人放归大自然后，竟变得惶惶然不可终日。没有绳链儿，愣晃晃悠悠站不稳当。没有小锣儿，就痴痴呆呆再难翻腾跳跃。入山林如入牢笼，见同类如见怪物。抖抖瑟瑟，哀啼不已，直至有另一要猴者把它带回市井重操旧业，才得以在老少爷们儿的喝彩声中恢复生机。

您哪！绝无考“托福”的打算。

就算摆脱市井，落入非同寻常百姓家中，据我所知，此类猴儿也绝非个个善终。现成就有这样一个故事，或许正可说明高雅对猴儿的危害性。“文革”前，一位著名的电影演员赴西双版纳拍摄一部故事片。结束后，当地的傣族少女曾赠送他一只小猴子。情真意切，于是这位演员便把这只小猴子带回了上海。环境是幽雅的，教养是高尚的，给予它的影响肯定也是深刻的。主人刮胡子，小猴子也学着往小毛脸上涂肥皂沫；主人刷牙，小猴也学着往嘴里挤牙膏；主人洗澡，小猴儿便蹲在抽水马桶上看开放冷热水龙头。学得颇为认真，一步步向人类文明靠近。但谁曾料想，左邻右舍竟为此大倒其霉。这一日，突然飞流顺楼道而下，大有水漫金山之势。原来是这猴儿趁主人不在，正在卫生间里动用冷热水龙头也要洗澡。但只注意了开而未学会关，致使此种进化竟殃及池鱼。邻里岂能罢休，同声谴责主人令猴儿也学资产阶级生活方式。主人万般无奈，只好凭艺术家的声誉又把它送到公园里的猴山。适得其所，也算一种归宿。何况这位演员仍旧情不忘，有空儿就到公园看它。工作人员也总会指着某只飘来荡去的猴儿告诉他：“瞧！那不是！”总算对得起那傣族少女的一片真情了，演员似也觉着得到了某种安慰。但他却绝没想到，“文革”中他竟因此被拉进了猴山当众批斗。在众多猴儿于四周的蹦跳窜越中，主持者当众宣布了他的罪状：“不但在银幕上放毒，而且还妄图在猴山中放毒！竟公然把一只患有丛林热的猴儿塞进公园，以图达到其不可告人的罪恶企图。是可忍孰不可忍！”他瞠目结舌了，下意识地寻找着那只猴儿。但主持者立即嗤之以鼻，傲然宣布道：“你以为真正的革命者会上当吗？我们当时就把这只瘟猴儿扔进了狮虎山！罪恶阴谋，只配给狮子老虎当小菜吃！”在猴儿的欢腾和人的口号声中，他只能站在猴山中目瞪口呆。

他在猴山里向猴儿们低头认罪了。

难以与人为伍，那就让它们自有一片天地。万一不幸落入凡尘，人也不要愣去搅和。您哪！还真有这地儿。虽处于市井之中，但确属猴儿们特有的领地。我的挚友王伯阳就曾在一篇小说里记述过这样一件真事儿，说的就是这么一块世外桃源，但又深深关联着中国的饮食文化。桃源前头就是以某大菜系闻名的酒家，猴儿们相聚一起，虽有网栏罩着，却待遇极高。香蕉鲜果等满足供应，要的就是它们在嬉戏中养得脑满肠肥。任何人都不允许来此打扰，偶尔光临者只有那位一代名厨。脑满的用处是让旷世名菜“猴脑”供人进补。虽从未有谁告诉猴儿们底细，但它们却一个个分外乖巧。只要名厨一到，顿时便停止了嬉戏。一个个呆若木鸡，抖瑟瑟地盯着名厨的眼神儿。目不转睛，战战兢兢似等着末日的宣判。那温良恭俭让的神情，着实让人瞧着感动。但只要等那名厨一盯住了某个目标，其他猴儿顿时便是一片欢啸。不待名厨亲自动手，刹那间便群起而把那只相中的猴儿抛了出去。真可谓深通人性，善识人间的眼色心思也。待那倒霉猴儿被名厨提走之后，网栏里似又恢复了永庆升平。欢声不已，跳荡不已，有的猴儿竟激动地拥抱在一起。

真是别有一番天地！

瞧瞧这些事儿，能让人服吗？天、地、人三界都能受到高规格的待遇，能不让人产生怀疑吗？据说，现如今峨眉山的猴儿越来越蛮横不讲理，不仅挡道讨食儿，而且公然拦路抢劫，专门夺小姑娘的花头巾和照相匣子。但后经了解，过去它们可没这种邪招儿，纯属让人惯的。不信让它在那位名厨手下试试，和等着被吃猴脑的猴儿没什么两样儿。

该怎么写就怎么写？

可成吗？一时间我只觉得一只只猴儿正在向我挤眉弄眼儿。

您哪！靠边了站就难以动笔，只能瞧着神猴、魔猴，走入人间的洋猴儿由着性子折腾。您还别说，瞧久了也就豁然开朗了。干嘛呀，非牵着几只可怜巴巴的猴儿在市井里献丑？弄不好，不是得罪了猴儿，就是显得自己缺少现代思维。年轻人会说你陈腐，年老者又会说你轻浮，猴儿们也会嫌你对它欠尊重。

烦人！难有作为……

（发表于《天津文学》）

与耄耋作家的一席对话

代跋

王 欣

问：冯苓植伯伯！您让我和建华这样的年轻人来编选这部选集，目的何在？您放心吗？

答：放心！我已至耄耋之年，太老了！一方面是想借你们年轻人之力，为我翻箱倒柜从各种文学期刊中寻找相关旧作；而另一方面是更想借你们年轻人的眼，使我这个老糊涂能更客观地与时代“接轨”！尤其是你，不仅具有哲学社会学硕士学位，而且还是曾与我多次促膝交谈的小老乡。哲学似更能理解动物小说，故远天远地地把你从太原师院请来了。

问：那既然苏叔阳先生亲自为您作序并题写书名，您为什么不拜托他来编选呢？要知道，他在我们年轻人的眼中可是一位著名的大作家，改革开放后他的剧作《丹心谱》曾引起过轰动性的效应！

答：不行！我俩同岁，都已近耄耋之年，太老了！他之所以愿为我作序和题写书名，纯属是为了近三十五年的友谊！而在我的心目中，知名不知名是次要的，我更把他看成是一个好哥们儿！

问：三十五年？其中必有一些好玩儿的故事吧？

答：有！我常和老朋友说，苏叔阳是一个才华横溢的人，也是一个极不善于利用自己“资本”的人！凭他改革开放初期“一炮打红”的成就，即使不能成为文坛上的马云，起码也应在文艺界混个一官半职。但没有！而更难能可贵的是，他至今仍乐知天命地保持着一颗赤子之心。

问：太笼统了，请您说得更具体点？

答：我只记得那还是二十世纪八十年代初期，我头一次应邀赴四川参加一个大型笔会。当时作家界的名流几乎都来了，只有我是个来自远天远地的“不入流”。多亏了苏叔阳的“刮目相待”，才使我土头土脑地摆脱了尴尬。后来我俩又遍游了巴山蜀水，随之又乘船沿长江顺流而下。在武汉他带我认识了著名作家白桦，在苏州他又带我拜访了当代文学大家陆文夫等，使我这个只知牛马骆驼羊的野小子茅塞顿开，文学视野也变得豁然开朗起来！

问：但这又和您的动物小说有什么关系呢？

答：有！我曾向他问过：对官场文化我一无所知，对人际关系我又极其恐惧，那我今后写作该怎么继续呢？他回答：人常说性格即命运，你就依据你的性格特点找你既不恐惧而又熟悉的写呗！

问：您就开始写牛马骆驼羊了？

答：当时也还是尚不明确，只是在四处碰壁一番之余，最终写出了《驼峰上的爱》，在《收获》发表之后，才若有所悟。谁料又是这位哥们儿首先为我喊好，遥望草原远距离地为我点赞。不仅称之为是什么“杰克·伦敦式”的，而且还专门为单行本的出版写了序。有他这番“呐喊助威”，从此我似乎就和动物小说结缘了。

问：那等于说因动物小说您二位的缘分更深了？

答：也可这么说，却又君子之交淡如水。三十多年来我曾赴北京无数次，但他却从未请我吃过一次饭。同样，他来内蒙古的次数极少，我也从未请他吃过一次饭。从某种意义上讲，我俩均互相无所求，故反腐倡廉我俩早已自觉做到了。进入老年甚至连见面的机会都少之又少，均觉得心里只要有对方就足够了。直到这次出版社要出这部动物小说选，这些陈芝麻烂谷子似的往事才又对你抖搂出来了。人老了！回忆往事既感到欣慰，又有些伤感，但对友情的回报却永不能忘!

问：这是老一辈的人生哲学，那我和建华又该怎么对待这次选编呢?

答：放开啊！前面已经说过，伯伯主要是想借用你们那双年轻的眼睛。我们已经太老了，与外界的接触也太少了。而你们正处于“眼观八方”的激情岁月，对纷繁的现实社会比我们看得更全面，对文学界的现状比我们看得更清楚，对当今读者群的所需比我们看得更一目了然。尤其是你是取得哲学硕士学位的，更应以哲理性的目光替老头子们来编：可取、可舍、可删、可改！只要你们年轻人满意，我老头子就满意。故不论老小还是那句话：君子之交淡如水！就请和出版社年轻的编辑合作放手去选编!

问：这就是您说的全部?

答：还有一句话：拜托年轻人了……